昆阳关

董新铎 著

作家出版社

目 录

第 一 章　总角之好相向去　南巷老宅草木深 / 001
第 二 章　雇奴婢凡木被告　念故园卉子回门 / 012
第 三 章　操旧业凡木论道　辟蹊径木匠惊异 / 021
第 四 章　谈买卖田雨使绊　签合约辛茹失踪 / 030
第 五 章　凡木匆匆租店铺　雅士喋喋道昆阳 / 041
第 六 章　寻辛茹李黄受命　遇卉子凡木感伤 / 052
第 七 章　开新店田禾受邀　起争执水生挨训 / 064
第 八 章　凡木林间会田雨　李黄深山救辛茹 / 073
第 九 章　叶邑狗肉诱宾客　文寨柏酒醉愁人 / 082
第 十 章　愿不愿息事宁人　有没有未雨绸缪 / 091
第十一章　丢牛车孟江断指　遇贵妇凡木露才 / 099
第十二章　被效仿凡木生计　见辛茹母女泛酸 / 108
第十三章　宅院内三女齐聚　粮商家卉子受辱 / 117
第十四章　生人恶意堵门店　书办巧言震粮商 / 125
第十五章　主仆偶遇长城下　水生遭劫老林中 / 136

第 十 六 章	上公堂凡木应诉	见赈济知县动容 / 148
第 十 七 章	触情怀凡木落泪	遭劫持主仆舍钱 / 157
第 十 八 章	赴宛城险遭割肉	宿客栈夜遇官差 / 167
第 十 九 章	凡木听人论朝政	水生泣泪洒宛城 / 178
第 二 十 章	芥子店内讲漆器	辛茹床前出怨声 / 190
第二十一章	宛城南乡民起事	临河镇凡木献马 / 200
第二十二章	王莽点将出京师	刘秀不战进昆阳 / 209
第二十三章	李知县撞柱殉难	昆阳城轮番被攻 / 219
第二十四章	凡木出城葬知县	刘秀策马搬救兵 / 229
第二十五章	急缴械王凤保命	遇兵祸卉子遭殃 / 239
第二十六章	小女子舍生取义	大丈夫痛心守灵 / 250
第二十七章	昆阳之战现分晓	宛城宫闱起血腥 / 260
第二十八章	葬苏婉男女齐手	怜卉子凡木倾家 / 270

第一章　总角之好相向去
　　　　南巷老宅草木深

　　鸟舟顺澧水逆流而上，过昆阳扭捏向西，距文寨不足十里时，桨声一时稀疏许多。河道变宽，水流放缓，船工倒省些力气，只那时疏时密的雾霭，蛛网般挂在前头，为行舟者平添诸多烦忧。忽有器乐声由远及近，沉甸甸潮湿沉闷，渐渐地被水汽食去。船工看时，见河岸上依稀走近一队娶亲者，人们穿红戴绿，在浅雾中忽隐忽现，枣红马驾辕，鼓乐班分走车旁。大约是困乏劳顿所致，乐手显得慵懒拖沓，梦游般走出老远一段路径，才冷不丁弄响一次手中乐器。

　　船工停下舟楫，揉揉眼伸长脖子，而后惊呼道："家主快看，河岸上有一队娶亲的，马车边提着盒匣的婢女极像叶红，不会是卉子被人娶走了吧？"

　　立时，自舟篷内走出一位手捧书简者，他举目望向岸边小道，果见一辆两轮马车被人簇拥着缓缓走过。马车上撑着橘红伞盖，伞盖外缘垂着流苏，伞盖下是张大红盖头，这盖头将车上人面目遮罩。他踮足翘首，急于辨认车上何人，却逢团雾袭来，岸上人一时匿于雾霭之中。待娶亲者重又出现，他最终确认了那婢女身份，手中竹简砰然落地。他没去理会那扭曲着的竹简，只木然站在原处。良久，他指使船工将鸟舟靠岸，而后弃舟而去。他独立道中，眼望一行人一点点消失在雾霭深处。

露湿鬓发，雾罩容颜。此人身长八尺，生得倒也健硕，上着棕色丝麻短襦，下穿青色犊鼻长裤，脚上的岐头履早被露水打湿。见道旁有堆枯草，他先是颓然坐在枯草之上，而后顺势躺下，双目圆睁。少时，发白的河道里传来船工的呼喊声，先缓后急。他听而不闻，面目呆滞，任由噙水的团雾慢悠悠自鼻尖挪过。

一位收秋的老农打一旁经过后，又反身回来，望着眼前这位双臂平伸者蝙蝠一样贴着枯草，他先是一愣，而后倾身细看，接着不解地问道："秋露伤身，就这么躺着不怕冻出病来？你叫什么名字？哪个村上的？"

"我叫凡木，文寨人。请问尊驾，方才过去的娶亲者你可认识？他们奔何处去了？"凡木起身后，捏去面颊枯草，望着苍茫远方，急切地问道。

"寻常人家哪来这么大排场！指定是城里的有钱人看上了哪家闺女。一行人奔昆阳去了。"老农说罢，见凡木没再言语，便扛锄走向田间。

见老丈的背影被雾霭淹没，凡木几欲走下河岸，却总是不舍，就这么呆呆站着，木然望着昆阳方向。最终是船工上得岸来，他好话说尽，死缠硬拉，才将凡木拽回乌舟。而后，小舟轻飘飘消失在苍茫水雾间。

乌舟行至文寨码头，浅雾中，高高的寨门依稀可辨。时过正午，阳光正懒洋洋将淡雾扒开，而后悉数收去。船工连叫两次："家主，到了。"舟篷内并无回音。船工遂将缆绳拴在码头的木桩上，而后回身探头细看。见家主盘腿而坐，双目凝滞，面无血色，忙劝道："家主呀，您都半个时辰没有说话了，那马车上坐着的到底是谁，还没坐实不是？那会儿雾大不说，新娘的头上还蒙着盖头。"船工话音才落，见家主扭转身来，对他说道："水生，你带足铜钱或金条，去集市上买几个奴婢过来。"水生听罢，一阵欢喜，遂把箱盖掀开，将五铢钱和金条装满褡裢，而后手挽褡裢，笑嘻嘻去了。

少时，水生阴沉着脸悻悻然返回乌舟。没等凡木问话，水生急着说道："家主，如今是新朝了，朝廷已有旨意下来，禁止买卖土地，禁止买卖奴婢，小奴寻遍集市，先前扎堆儿买卖家奴的地儿，这会儿连个影子都没见着。"

凡木惊道："禁止买卖土地？禁止买卖奴婢？自先秦至今两百多年，此乃闻所未闻之事，如今轻易就能破了旧制？你听哪个说的？"

水生忙道："小奴是听油坊掌柜说的，就是我家西边那棵老槐树旁……"

水生尚未说完，凡木极不耐烦地问道："你没有向油坊掌柜打听一下别的事儿吗？"

水生结结巴巴道："别的事？哦，对了，家家家主，您听了可别生气，油坊掌柜说，卉子嫁到昆阳去了，是给一个富家老爷续弦，卉子是吃错药了吧！"

"放肆！"凡木厉声喝道。

见水生抡手自打右脸，凡木面带愠怒走回舟篷。少时，他钻出舟篷，抓住水生的手捂在掌心，而后轻声说道："平白无故地，卉子断不会这么委屈自己，其中定有蹊跷，不定有什么难言之隐，你该替她想想才是。此事暂且搁下，你再去找那油坊掌柜田禾，私下说给他听，就说我们急用几个奴婢，是买是租，悉听尊便，让他从中周旋。"

望着水生怯生生上岸远去，凡木摇摇头钻进舟篷，望着眼前的几个木箱发呆。他不想让外人知道他箱子里装了何物，更不想让人看戏一样盯着木箱问长问短。买来也好，租借也罢，终归比用他人便当。

这边凡木躲进舟篷静候水生回来，那边水生已找到油坊掌柜田禾。田禾弄清水生的来意后，翻眼看看对方，而后惊道："凡木？凡木没死？"

水生瞪眼怒道："看你说的是什么话，你才死了呢！"

油坊掌柜忙道："我又没说你水生不是？一个奴才居然敢这么跟我讲话，我来问你，你说凡木没死，他这三年跑哪儿去了？既然凡木回来了，那他为何自己不来？如今朝廷三令五申，不许民间买卖奴婢，这掉脑袋的事非同儿戏。"

水生并未多言，只将装满五铢钱的褡裢晃来晃去，偶尔扭头望向老街对面的铺子，且有要走的样子。油坊掌柜见状，便不再多问，直勾勾盯着褡裢，而后，咽一口吐沫，示意水生随他走进后宅。水生看时，见后宅房舍蛮多，男奴女婢足有十人之多，正各忙各的活儿。有人将芝麻放锅内焙干，有人将焙干的芝麻放石臼里捣碎，有人将捣碎的芝麻捂成饼状，而后依次放入一截空心木头之内。水生自然知道，这木头原先一人难以合抱，

第一章　003

只是后来被锯子自正中一分两半，再由木匠将这半拉木头挖空，底部钻出细孔，榨油的工匠只需将芝麻饼放入木头肚内，再将一块木板压在芝麻饼上，这木板一头固定，另一头被木楔夹住，工匠抡起大锤，用力砸向木板之上的一根木楔，随着木楔下移，木板一点点挤压油饼，芝麻油便顺细孔流出。油坊的后院里锤声叮咚，油香扑鼻。水生拿指头蘸一点香油，而后塞嘴里不住咂舌。

"想要几个奴婢？是挑还是不挑？"油坊掌柜冷不丁问道，"水生啊，咱得事先把话说透，若是有人问起此事，即便是买卖，你也得说是租用，懂吧？你先按租借付钱，看看风声再说。"

水生回过神来，他自然懂得其中道道，挑与不挑，其价格大不一样，至于后者，谁都不傻。于是，他仰头说道："能买则买，不能买就租，至于是买还是租，价格如何，回头你跟我家家主商议，眼下急用四个奴婢。挑自然是要挑的，歪瓜裂枣的，即便你白送，我家家主怕是看都不看的。"

油坊掌柜诧异道："水生啊，你也抖起来了，凡木一下子就要四个奴婢，这两年来你们主仆去哪儿发迹了？"

水生不悦道："说买卖，说买卖。田掌柜，我先挑人，随后将人带给家主逐一过目，家主若是瞧不上哪个，我再来找你调换，咱这得事先说好，免得家主说我不会做事。"说罢，水生拣顺眼的挑了两男两女，付过定钱，领上人出了油坊。油坊掌柜送出大门，摇头望着一行人奔河边去了。

水生领男奴女婢登上乌舟，见凡木依旧呆坐舟篷，遂探头轻声说道："家主，小奴领来四个奴婢，您出来相相吧？"

凡木看时，见两个婢女正右手压左手，手藏衣袖内，举手加额，躬身施礼。两个男奴则左手压右手，躬身低头，那头颅几近膝盖。凡木不悦道："为何还有女的？"言罢，定定望着水生。水生低首说道："家主，小奴原是想让婢女侍奉您的，您不如意，小奴这就去找油坊掌柜调换。"一婢女低眉言道："家主息怒！婢子有些力气，脏活重活，家主尽请吩咐，如有悖家主意，婢子甘受责罚！"另一婢女忙道："是啊，是啊，家主您就留下我俩吧。"凡木望着低眉婢女道："你像是读过书的，祖上是读书人？"那女子言道："回家主，婢子自小喜读先父的书简，后家父犯事，家道中落，遂沦为婢女。"凡木定神看时，见这婢女不过及笄之年，生得眉清目秀，柳腰莲脸，那不甚干净的面颊，加之污浊凌乱的长发，显出平日里劳作之艰辛。

迟疑片刻，凡木道："水生，你先带他们去香附客栈，开几间客房，让他们洗去身上油污，等天黑时一道来搬运木箱。"见水生怯生生望着自己，凡木接着说道："我不想让人看见舟上的木箱，免得左邻右舍问长问短。这大亮的天，我一人待舟篷没事的，你们去吧。顺便看看老宅，两年了，那坍塌的老宅如今只怕成狗舍鸟窝了。"

四奴婢听罢家主所言，知是已被接纳，忙不迭施礼谢恩。凡木摆摆手，示意众人去了。见码头上有人走动，凡木立时钻进舟篷，木然远眺东边的昆阳城。这个时辰，卉子大约早已进城。卉子为何会屈尊与人续弦？凡木百思无解。他与卉子青梅竹马，幼年时的卉子常去他家玩耍，两人时常手牵手看他父亲雕刻木器，父亲精巧的手指变戏法一般，很快便在木器上雕出精美图案。竟有一枚木屑悄然飞到卉子的发辫上，卉子晃头数次，那木屑生生不肯离去，凡木为卉子捏掉木屑时，看见了一张花一般怒放的脸。可如今恍若隔世，父母仙逝，卉子远嫁。凡木摇摇头，忽觉阵阵心痛。

凡木的父亲早年练就一手好手艺，木工活儿、油漆活儿样样了得，箱子、柜子、几案屏风、首饰盒、食物盒、壶、盂、杯、盘等，但凡出自他手，无不雕刻精美，鱼儿、鸟儿活灵活现，呼之欲出，漆绘、油彩、锥画等技艺用起来更是游刃有余。一场大火，却带走了他父母双亲，带走了小他一岁的妹妹，带走了一家人积攒的整个儿家业，他能幸免于难，纯属造化。不得已，他携了一卷书简，远走他乡，铤而走险。好在上苍施以恩典，使他最终有缘重振家业。

西天的晚霞红彤彤漫过老青山巅，澧水上橘红一片。有商家在码头卸货，船工的号子声低沉浑厚。当号子声被暮色掩去时，水生的咳嗽声最先进舱，继而是杂乱的脚步声。凡木看时，见沐浴后的男女一个个像洗去泥巴的萝卜一样，水灵灵颇为光鲜。他让水生及新来的两个男奴一人背上一口木箱，两个女婢各自怀抱一床铺盖，他自己则手捧书简，一行人小心下得鸟舟，趁着暮色向香附客栈走去。

这客栈原是卉子家正经居所，正房与厢房通共四间，一家人凭着寨外几亩薄地，日子过得倒也消停。后因卉子的母亲痼疾常犯，所服汤药有增无减，举家生计便日渐拮据。虑及日后恐难为继，不得已，一家人齐手将后院菜地略加平整，搭起茅屋两间，聊以栖身，遂在前院门头上挂起客栈招牌，将前院房舍腾出，供寨外码头上过往之人借宿之用。

卉子的母亲身子羸弱，她父亲倒极为健硕。老两口儿知是凡木来客栈入住，自是喜忧掺杂，两人相视一眼，领上卉子的妹子芥子，一道出门相迎。凡木见状，本不愿多说什么，只点个头自顾进屋，却听卉子的母亲一旁说道："真是凡木回来了，还带回这么多东西，他爹，快去帮衬一下。芥子呀，你愣着干啥？还不快接了你凡木哥的书简？"凡木忙道："不必劳驾叔父和芥子。叔母身子可好？"卉子的母亲长叹一声道："甭提了，叔母这不争气的身子可害苦了一家人！咳，咳，咳。"凡木不解道："卉子今日成婚，按说该是满院喜庆才是，可这门里门外也没见贴有大红'囍'字呀！"卉子的父亲一旁怪道："芥子她娘，你咳嗽得这么厉害，还唠叨个不停，少说两句不行吗？凡木啊，看你气色不好，一定是饿着累着了，叔父这就下厨给你做饭去，你吃了晚饭早点歇着，明儿个咱爷儿俩再叙旧话，你看行吧？"凡木应下后，辞过叔母和芥子，去了客房。

早有婢女端了盆温水过来，凡木洗罢脸后，婢女遂将水盆端至床边，又自行蹲下，欲侍奉凡木洗脚。凡木迟疑一下，打发婢女去了。凡木随意洗了脚，而后端坐床沿，出神地望着门口一块被油灯映亮的条石发呆。一只耗子悄然出现在条石上，警觉地东张西望，忽见有人盯着自己，便刺溜一声消失在墙角的幽暗里。见婢女把饭菜逐一摆上方桌，凡木喊过水生，要来老酒一坛，自斟自饮。不消多时，凡木已是醉意蒙眬，大约是心底沉着悲苦，他赤红的脸上显露哭相。水生心疼地搓着手不敢吱声。等凡木的头冬瓜般垂下，他急忙唤来婢女，一道侍奉家主睡下，而后一步两回头地出了屋门，又将屋门轻轻关上。

当最初的一声鸡鸣消失在深巷尽头，类同的声音此起彼伏。凡木老早醒来，对那鸡鸣声厌烦透顶。他把头缩进被窝，灰色的棉被一如土包鼓着。天色大亮时，凡木懒洋洋起身下床，就着水盆草草抹把脸便出门去了。寨子毗邻澧水，地势不高，水汽极易集聚，凡木看时，见薄雾低锁于房舍上方，黛瓦半隐，树梢迷离。小街两侧，已有早起的商家依次卸去门板，昏暗的铺子内显露人影。自后宅烟囱冒出的蓝烟，瞬间与淡雾合二为一。

　　循着熟悉的街道，凡木步入南巷，他家的宅子就在南巷深处。凡木驻足观望，见眼前残垣断壁，草深及腰，坍塌的土墙处惊起飞鸟连线，这飞鸟在半空盘桓一圈，而后飞进沉沉雾霭里。凡木拂去蒙尘，在一块五尺来长的条石上坐下。他一点不知这条石来自房舍的哪个方位，也想象不到家里起火时是何种境况。那天他带水生游乡卖木器，次日刚进寨门，便闻到了浓烈的焦煳味道。凡木俯身捡起一截焦黑的木条，拿至眼前端详。父母的容颜仿佛就在眼前，他忽觉双眼模糊。一阵沙哑的咳嗽声由远而近，他揉揉眼扭脸看时，见卉子的母亲颤巍巍已到身后。大约是气力不足，老者在条石上坐下时显得极为笨重。良久，老者道："凡木呀，家里失火后，你跟水生去了哪里？三年了，左邻右舍都以为你那个了。"

　　凡木伤感道："叔母啊，这几年我去了哪里，一时半会儿也说不清楚，要紧的是我活着回来了，您说是吧？叔母的身子三年前可不是这样的，瞧过郎中了吗？"

　　老者叹道："瞧过不少郎中，郎中的方子大致一样。天天喝着汤药，这老病就是不见好转。不是叔母这不争气的身子，卉子也不会远嫁到昆阳去，是叔母害了这孩子！叔母对不住卉子，也对不住你呀，凡木。"

　　凡木忙道："俗话说，男大当婚，女大当嫁，叔母您这么说倒让凡木不知所措了。"

　　老者的眼里闪出一丝泪光来，她悲伤道："那是什么人家呀！那老头儿比卉子他爹还大出不少呢！"

　　凡木手中的木条悄然落地。良久，他低声问道："午间我已听人说起过，只是不敢相信而已，怎么会这样？"

　　老者哽咽着说时，已是语不成句。那日黄昏，老天忽降大雨，寨外码头一时大乱，卸货者争相跑进寨子。有三个客人住进香附客栈，这客人一老两少，老者分明是位掌柜，说是自昆阳而来，本是卸了货物便连夜返回的，不想天不遂意。卉子自街上抱头跑进院子时，几乎与那年老客商撞个

第一章　　007

满怀。卉子羞涩地撩去贴在右脸的一缕湿发时,蓦然发现那老客商正直勾勾盯着自己,她一阵慌乱,红着脸跑进后院。天晴之后,老客商迟迟没有离去,他发觉卉子的母亲气息不畅,彻夜咳嗽,且常去南门里一家药铺抓药。这老头儿趁人不备,悄然去了趟药铺,他好话说尽,施以重金,托药铺掌柜从中说媒,并承诺事成之后,另有酬金若干。那药铺掌柜得了人家好处,自是情愿去做月下老儿,他来到卉子家里,直言相告,说卉子的母亲早已痨病缠身,后半生只怕是汤药难停。卉子的父母听罢,自是意气消沉,殷实大户也怕摊上个病秧子,何况寻常人家。沉郁间,那药铺掌柜笑言,有人情愿将病人自今往后的所有药费记他账上。卉子的父母很是疑惑,未及发问,却听那药铺掌柜接着说道,有个粮商,富甲一方,昆阳城内无人不晓,卉子如能进他家门,自然少不得穿金戴银、锦衣玉食,病人何愁再有药费之忧!知是去富家做小,卉子一家人自是不应。怎奈那年天不作美,雨大成灾,眼见寨外几亩薄地几近绝收,客栈也少有人来,而病人每日里所服汤药却有增无减。渐渐地,卉子的父母便心有所动,加之那药铺掌柜三番五次前来说媒,卉子最终应下了这门婚事。卉子的孝心打动了父母,一家人抱头哭过,便遂了那富商心愿。

纳采、问名、纳吉、纳征、请期、亲迎,如此六礼却是不能少的。那富商托媒人送些丝绸、麻布、牛羊肉等,而后说明意愿,此为纳采。媒人再到女家,互换庚帖,请算命先生推算八字,占卜吉凶祸福,如有不妥处,可有化解之法,此为问名。将占卜之事告知女家,定下婚约,此为纳吉。定下婚约之后,男家送女方诸多聘礼聘金,此为纳征。男家还需占卜一次,以定婚期,而后前往女家,将婚期告知女家,此为请期。而亲迎则为六礼之末,需新郎带队来女家迎亲。卉子的母亲这么说时,咳声连连。

卉子的母亲最后言道:"可话又说回来,卉子虽是受些委屈,可那男家的礼数一点没少,这或多或少也算换回点体面。凡木呀,这是没有法子的事。你叔父叔母都知道你对卉子好,卉子也心知肚明,只是你这一走就是两年多,连个口信也没有捎回,说句不好听的话,你是死是活,谁能知道啊!"叔母言罢,暗自垂泪。

凡木重又捡起那根乌黑木条,拿在手里拨弄不止。

卉子的父亲走来时带着风声，他一开口便显得极不耐烦："卉子她娘，你一大早跑出来，也不说上一声，这大冷的天，你咳嗽得还轻啊！"见没人理会自己，他扭脸说道："凡木，你一回来就租来四个奴婢，租来的不也得花钱呀！租这些奴婢，就为伺候你吗？"

凡木轻声回道："叔父啊，咱先不说这个，先说说盖房的事吧，凡木想及早动土，让这废弃的老宅早日恢复到从前的模样。随后，再雇佣几个木匠和漆匠，凡木想重操旧业，以安家父在天之灵。"

卉子的父亲一晒道："凡木，你没有发烧吧？这可不是随口说说的事啊！除非你那木箱里装的都是钱。哈哈哈。"

凡木淡淡说道："叔父，那木箱里的钱指定是够用的。有劳叔父出面张罗张罗，盖房的事，凡木想及早动土，但凡出力的人，凡木断不亏待！"

良久，眼前这位叫五邑的叔父胡须带笑，他咧嘴说道："你那三个箱子里都是钱呀！叔父早就看出来了，凡木不是凡人，你自小伶俐，将来一定能成大器，这不，说来就来了不是？动土的事，你叔父是行家里手，寨子里谁家破土动工，大都是请你叔父前去张罗的，不信你去问问。"

凡木道："这样再好不过了，有劳叔父多多费心，小侄这边先行谢过！"凡木说罢，深深拜下。

卉子的母亲叫菊花，菊花见状，赶忙说道："都是自家人，凡木你这么说就见外了不是？你自小跟卉子一起玩耍，你们形影不离，你家和我家，你们哪天不是随意进出？这跟一家人没什么两样不是？"

提及卉子，凡木原本稍好的心绪这会儿重又沉郁下去，他望着手中木条，一言未发。倒是五邑接了话茬道："凡木呀，论长相，论性情，我看卉子哪一点都比不上她妹妹芥子，芥子也就小卉子一岁零点，等你这宅子起来后，你把芥子娶过来算了，嫁近处，芥子也能天天照看她母亲不是？"

凡木不觉一惊。菊花看一眼凡木，转脸说道："她爹，这么大的事，你怎么张口就来！只不过，凡木呀，你叔父说的也不是全没道理，先不急，你好好想想。她爹，咱先回吧，怎么也得让凡木掂量掂量不是？"

五邑忙道："是啊，是啊，不急，不急。凡木呀，早饭做好了，咱回去用过饭再议这动土的事吧？"

见菊花艰难地自条石上起身，凡木忙丢掉手中木条，上前搀扶。随后，三人一道回客栈去了。

早饭无非是粥、饼和小菜。凡木简单用过，便将水生及另外四人叫来，他示意水生把屋门关严，而后肃然说道："我们主仆能够遇上，那是命中该有的事。水生，你跟了我多年，凡木我能有今日，你有着不世之功，如今有两条路任你挑选。一是离开我自立门户，我会给你足够的钱让你成家立业；二是还跟之前一样跟着我，我们有福同享，有难同当。你不必急于回我，想好了再说不迟。"

水生赶忙跪下，噙泪说道："家主您万万不要遗弃水生，水生不才，却是诚心愿意在家主身前侍奉，离开您，我怕是东西南北都辨认不清。水生老早就铁了心，愿一辈子鞍前马后侍奉家主，即便水生日后娶妻生子，无论后嗣多少，也都是家主的奴才。"

凡木扶起水生道："也好，日后我们主仆仍同舟共济。你们四人逐一报上名来，说说看，是否真心愿意随我一道重振家业，你们毕竟是不得已才来我这里，若是心有旁骛，或有难言之隐，凡木概不勉强。前路不详，或许是刀山，或许是火海。"四个奴婢恭敬地报上名后，都说愿毕其一生，听家主使唤。凡木点点头接着说道："老子云：'善者，吾善之；不善者，吾亦善之，德善。信者，吾信之；不信者，吾亦信之，德信。'与人为善，诚信立业，既是圣人古训，也是我凡木行事之根本。凡木自重整家业始，誓以春秋商圣陶朱公为楷模，意欲将生意做到昆阳乃至宛城去，尔等日后必当大任，还望各位莫负凡木厚望！"

众奴婢一时感激不已。恰在这时，拍门声骤然响起。水生先是一惊，随即打开房门，领众奴婢去了。五邑进屋后，眼珠滴溜溜一阵乱转，而后盯着木箱观望良久。

凡木原以为五邑这么急着见他，是为老宅动土的事，叔父如此上心，这让凡木一阵感动，他正要问叔父是否择个吉日动土，却听叔父说道："凡木，屋里这会儿就我们叔侄两人，叔父很想知道这两年来你去哪里发财了，什么生意会来钱这么快。"迟疑片刻，凡木道："叔父，您老尽请放心，凡木一不会偷，二不会抢，这木箱里的铜钱虽然成色已不是很好，可都是正经的五铢钱,这钱一点不脏。"五邑忙道:"叔父不是疑心你的钱来路不正,叔父只是好奇而已。"凡木稍作停顿,随即将话题移开:"叔父,依侄儿看,这动土的事就不用择什么吉日了,今日就请工匠破土动工吧,越往后,天越冷。"五邑摇摇头接话道:"也好,叔父这就找些工匠来,赶在岁旦前把房子盖好。"五邑又说了些不甚要紧的话,便悻悻然出了院落。

第二章　雇奴婢凡木被告
　　　　念故园卉子回门

　　在五邑的张罗下，凡木家老宅每日都有新样子。紧挨老宅有个大水坑，鸭粪集聚，坑里常冒浊气。虑及日后院小了不定够用，凡木便指使工匠把水坑填平，多筑三间瓦房，如此一来，宅院比起先前要大出一半。

　　这天，凡木坐在院中几近腰粗的原木上看工匠忙活，一个在公所里做事的人急匆匆来到宅院，神色慌张地道："凡木，亭长让你去公所见他。"凡木道："何事？"那人迟疑一下，道："你去了，亭长自然会说给你听。"凡木盯一眼来者，一边暗自揣测，一边跟随那人去了公所。

　　亭长姚盖在公所里正襟危坐，对面则坐着油坊掌柜田禾，那田禾不时望向屋外，显得局促不安。公所里本就阴晦，偏有团雾自河边移向当院，并滞留许久，屋子内愈加昏暗，田禾的面容显得模糊不清。凡木进屋后，见田禾不安地看着自己，一脸为难的样子。

　　姚盖指指田禾身边，算是让座。凡木落座后，急着问姚盖："亭长唤凡木何事？"

　　姚亭长道："你家正在建房，那就长话短说，有人告发你私下买了四个奴婢，可是实情？"

　　凡木看一眼田禾道："亭长听谁说的？"

　　亭长道："你不用看他，田禾也被告了。其实，用不着谁来告发，寨子里就这么点人，说句难听的话，谁家的狗是公是母，我姚盖都一清二楚。今儿将你们一并叫来，不用我说，你们该晓得所为何事。"

凡木是后到者，不知田禾此前给亭长说过什么，生怕说差，迟疑着瞟一眼田禾。田禾自是明白凡木用意，笑着说道："亭长啊，实不相瞒，凡木那四个奴婢的确是从我家领去的，我收的只是定金。你是知道的，我那小小油坊，哪里用得着十几人啊，当初买那么多奴婢，还不是指望行情好时再卖出去，赚几个铜钱用，不想朝廷一道公文下来，说不让买卖就得当即停下，家里养着这么多活口，哪一个都比鸡鸭费粮，如此下去，田禾实在是吃不消啊！"

姚亭长道："吃不消也得窝着！只能怪你田禾背运，这是没有办法的事。凡木，你怎么一言不发？用得着我把新朝政令原文宣读一遍吗？"

凡木忙道："亭长，大可不必。正如田掌柜所言，我的确从他那里领走了四个奴婢，不知道是哪个多事人将此事拿到公所里说，如此一来，本是坊间碎语，竟也成了告发。其实，那四个奴婢只是租用，说是买卖，证据何在？田掌柜，你手里握有买卖的字据吗？"

田禾忙道："哪有什么字据，本来就是租用嘛。亭长，你别信某些人的胡言乱语，吃不到葡萄就说葡萄酸的人明明是不安好心，那些人生怕别人遇上丁点儿好事。"

姚盖翻眼逐个端详眼前这两个像是有意兜圈子的人，而后肃然说道："凡木，田禾，乡里乡亲的，我姚盖犯不着难为诸位，既然你们都说是租用，我就依了你们，那四个奴婢并非买卖，如此一来，我也少了诸多麻烦，省得我依律行事，使你们招致官司。既是借来的，为避嫌，凡木，你明日就将四个奴婢如数归还田禾，此事就此了结，可好？"

田禾、凡木相视一眼，满脸无奈。

见二人没有异议，亭长道："凡木，这两年多你去哪里了？一回来就开始建房，如何发迹的？"

凡木静静回道："当初家中遇难，父母双亡，凡木躲过一劫，实属天意。继而，上天再施洪恩，让凡木有缘重振家业，凡木当不负天恩，以安父母在天之灵。"

凡木的话里带着几多伤感，虽是答非所问，那姚盖却也不便再问，只干涩地笑着。

凡木起身后，与田禾相视一眼，而后谢过亭长，辞别出来。不想，公所外集聚一群人，揣着手窃窃私语，见凡木和田禾一前一后出来，众人忙住了口，显出若无其事的样子。

两人并肩行至油坊门外，田禾低声问凡木："凡木，你真要将那四个奴婢送还与我？"

凡木道："不送还又能如何？姚亭长的话你不是没有听见，莫非田掌柜另有应对之策？说来听听。"

田禾道："这一时半会儿的能有什么应对之策！我是说，你将奴婢归还与我也行，这是没有办法的事，可你当初出的钱恕我不能如数退还，毕竟你把奴婢领走，一用就是这么多天。再说了，那些钱我用了不少，短时间内，无论如何我都难以凑齐。"

凡木停下脚步，望着眼前这个泥鳅一样的人，无奈地说道："田掌柜，论辈分我该叫你叔父才是，按说我凡木不该与叔父争执这点皮毛小事，可叔父的话让侄儿听着别扭。这样吧，你能给多少就给多少，余下的钱，抵作香油如何？来日我家做活的木匠一定不在少数，伙房用油时，我差人适时到你油坊去取，叔父，你看如何？"田禾一脸难看的样子，像有一只臭虫掉进饭碗。凡木接着说道："田掌柜，噢，叔父，你算过没有，这四个奴婢若是一直待在你家，不知一天得吃掉你多少粮食，这些天他们吃的可都是我的。"

田禾眨眨眼，怔怔望着眼前这位俊俏小伙。自己行商数十载，本以为能把账算到极致，不想，比起这位侄子来，竟还差出一大截子。田禾无奈地应下后，二人各自去了。

凡木走进客房，见名唤辛茹的婢女正小心擦拭几案上供奉的书简。这婢女腰肢纤细，颈项白皙，发髻上插着一根玉石簪子，小手粗糙，却极为灵巧。见凡木进来，辛茹忙放稳书简，退到一边垂首而立，静候吩咐。凡木望望辛茹的簪子，再看一眼她粗糙的小手，一丝不安悄然袭上心头。他在床边坐下，喟叹一声道："辛茹，此前你在田掌柜的油坊，每日里都做些什么活儿？"

辛茹忙道："回家主，有什么做什么，不让闲着。"

凡木道："本该是男人的活，女的也得干吧？你这手就是佐证。看得出来，你头上的簪子是玉石做的。"

辛茹回道："这簪子最初是母亲给插上的，婢女视它胜过贱命。父亲过世前，曾把簪子取下，用衣襟擦拭数遍，然后使尽浑身气力，才将簪子重又插回原处。"

凡木黯然道："世事无常，世事无常啊！辛茹，我来问你，为何每日里都要精心擦拭这册书简？"

辛茹道："回家主，婢女看得出来，这书简家主极为珍视，虽不明就里，可凡是家主珍视的，婢女就该用心伺候。"

凡木看一眼辛茹，而后凝神望着书简，眼里闪着些微泪光，一字一句说道："你很机灵，很明事理，好生伺候它是对的，兴许将来你会知道这书简的来历，知道书简对凡木意味着什么。只不过，眼下你们还得回到油坊掌柜那里，这是没有办法的事。"

辛茹眨眨眼，诧异道："回油坊？家主不要我们了？奴婢做了什么错事，家主尽可责罚，求家主留下我们吧！"辛茹说罢，屈身跪下，精瘦的双臂瑟瑟发抖。

凡木不忍直视，闭目说道："起身说话，起身说话。辛茹，他们几个去哪儿了？"

辛茹犹豫着不知该不该起身，见凡木睁开眼睛，用手示意她起来，便缓缓站起，低声回道："回家主，水生指派婢女留下来等候家主，领上他们三人去老宅帮工去了，水生说，盖房子的事奴婢们大活干不了，扫个地，递个什么东西，还是能行的。另外，即便派不上用场，眼瞅着家里的房子一天一个样，心里也很是舒坦。"

像是被不知名的小虫叮了一下胸部，凡木捂着胸迟迟没有说话。良久，他起身道："去吧，叫他们回来。"

大约是辛茹在路上说了什么，几个奴婢进屋时显得战战兢兢，低着头不敢言语。倒是水生望着凡木问道："家主叫奴婢回来有何吩咐？"

第二章

凡木咬咬牙道:"有人去公所告发了我和田掌柜。朝廷早有旨意下来,禁止买卖奴婢,执意去做,指定招惹官司,好在亭长从中斡旋,最终撇清。我思虑再三,眼下你们还是回到田掌柜那里吧,容凡木与田掌柜商量个万全之策,然后再让你们回来不迟,这至少堵了告发者的嘴。"见四人无语,凡木接着说道:"既遇见,便是缘,世间没有无缘无故的遇见。安心去吧,凡木断不会撇下你们不管。"

辛茹对凡木的话深信不疑,抬起头望望家主,见凡木眼里闪着亮光,她撩一下秀发,噙泪说道:"谢家主不弃!婢女信得过您,知道家主为难,就不难为您了,奴婢一道给家主磕个头吧。"说罢,抢先跪下,余下三人依次跪了。四奴婢重重叩过响头,一步三回头地出了客栈。

望着奴婢远去,凡木站在门口心神不宁。芥子无声地走到身边时,凡木全然不知。芥子突然说道:"人家辛茹早就没影了,凡木哥,你的魂被牵走了吧?"

凡木惊道:"你吓我一跳,这妮子走路怎么没一点声息。叔母的病好些没有?这些天我只顾打理老院的事,没去后院问候。芥子呀,你姐出嫁后,你得学会用心伺候叔母,疯疯癫癫的可不像个女孩儿。"

芥子撇撇嘴道:"你别把话岔开好吧,我哪天疯疯癫癫了?老是拿我跟我姐比,再不好,我也好过婢女吧,明明辛茹早就走得没影了,你还眼巴巴瞅着外头。"

凡木生硬地笑道:"越扯越远。好了,别闹了,哥去老宅了。"说罢,径自去了。

在五邑照管下,新房接二连三地起来了。望着比先前大出许多的院落,凡木欣慰之余,不觉一阵伤感。宅院再好,房舍再多,远在那边的家人也无一能够看到,无一能够享用。卉子倒是能够看到,这是早晚的事,不定哪天回娘家,她一定惊喜万分。凡木胡思乱想时,见水生红着脸走进宅院。

"什么玩意儿!那姓田的就退还这点钱,这不是欺负人嘛!家主啊,田掌柜说是您答应过的,您为何要吃这么大的亏!"水生说时,怨气很盛。

"下欠的钱立下字据没有?"凡木问。

"立了，写在这张鸡皮上了。"水生说时，将一张皱巴巴的鸡皮递到凡木跟前。

"水生啊，田掌柜也不容易，买来几十个奴婢，哪一张嘴不都得天天打发？原本是指望着倒卖出去大赚一笔的，不想，全窝手里了。多替他想想，你就不生气了。这个你收起来吧。"凡木遂将字据推给水生。

"家主，遇事您总是先替别人着想，别人可不会这样对我们，那姓田的明明是在挤对我们，当年我家失火后，家里连一把米面都没有，眼见就要饿死人，人家可是没瞧见似的躲得远远的。"水生依旧怨气未消。

"水生啊，你如何待人，那是你的事，跟别人如何待你全无关系，只做自己愿做之事便是。要怨得怨我当初脑子发热，本不该买奴婢的，却一下子买来四个，既是朝廷明令禁止，你我就该依律行事。再者，身边有你就够了，多了是浪费，人啊，钱一多就容易忘乎所以。"凡木道。

"家主之前受了太多苦难，这都怨水生无能，让您几度从阎王爷那里逃生，至今还落下个腿疼的毛病。自今以后，您不能再吃苦了，该享享清福了，多买几个奴婢身前伺候，也是该当之事。"水生的话让凡木不由得想起过往。

"水生啊，过往之事不提了吧。不知道辛茹他们回到油坊能否吃饱肚子，田掌柜正为奴婢的事犯愁，不会虐待他们吧？平日里你常去看看他们。"凡木的话让水生瞪大眼睛。

"家主，您这是怎么了？"水生不解道。

凡木没再理会水生，站起身找五邑去了。

诸多房舍赶在岁旦前悉数完工。结了工钱，送走工匠，凡木和水生搬入新宅。走在崭新的宅院里，周遭满是桐油的香气，水生欣喜不已。岁旦是一年里最为隆重的节日，寨子里各家各户少不得祭祀先祖，沿街店铺自然生意红火。念及卉子定会择日回门，凡木心里五味杂陈。差水生买来鸡鸭牛羊肉，再买老酒数坛，自己留下一些，余下的让水生挑上，主仆二人一前一后去往五邑家里。五邑见状，客套再三，欣然收了，笑吟吟留二人共饮，直至夜深才罢。五邑酒量稍浅，晃着身子执意让芥子送送凡木。凡木再三辞让，说有水生侍奉，路又不远，况且自己并未喝高。偏那五邑固执,非要芥子代他送客,加之芥子并不推辞,最终,凡木在芥子搀扶下,走回新宅。芥子很会侍奉,她瘦小的身影紧依凡木。水生在身后跟着,一脸茫然。

清早起来,新屋里阴冷潮湿。凡木让水生点燃柴火,一时间,浓烟找准门缝,挤身出去,一缕缕奔云天去了。洗漱过后,他让水生将供品逐一摆上供案,双膝跪下,为仙逝的父母叩了若干响头,之后,关了门静静看书。

临近正午,一个女人的脚步声,扰了新宅的宁静。起初,凡木听见鸟语一般的声音响于门外,接着是水生的声音。屋门吱呀一声让开时,屋内亮光乍现。传来窸窸窣窣的声响,那是圆头鞋柔软的鞋底抚摸了崭新的门槛。送来一丝脂粉的幽香,淡淡的,若有若无。

凡木放下书简,起身迎向门口。卉子身着暗花襦裙,垂襦及膝,长裙触地,袖掩玉手,发髻高挽。却因背光,面部模糊不清。不知水生去了哪里,屋子里静谧异常。

"凡木,真的是你!我前几次回门,为何总是见不着你?你是否在有意躲避我?"

"万事悉属天意。卉子,你在城里都好吧?"

"你先别问我,我先问问你,一走就是三年,凡木呀,既是活着,总该捎个信回来才是啊!卉子不知哪辈子亏欠了上天,遭此责罚。真让人哭笑不得。"

"卉子,别这样。一饮一啄,莫非前定。一切都是该有的,迟早而已。"

卉子揉揉眼,见凡木不住搓腿,遂问道:"腿疼?"

凡木道:"不疼,遇上阴冷天,有点不听使唤。"

卉子望望门外,意欲近前,见凡木已将手自腿上挪开,迟疑间瞥见桌案上供奉的书简,遂上前细看。凡木见状,不无感激地道:"卉子,多亏你送我这册书简,没有这书简,我凡木断无今日,这里所有的房舍必定梦中才见,你的恩德,凡木永世不忘!"

卉子不解道:"凡木,你说的我一点不懂。听我爹说,你如今发迹了,可这与我有何相干!"

凡木望着门外道："你先看看书简上的文字，我再把这些年所经历的事讲给你听。"

卉子小心捧起书简，低声念道："哀帝元年，巴郡太守赴任荆州，举家乘船，落难崆岭滩，所携财宝皆沉江底。民间云，西陵峡中行节稠，滩滩皆是鬼见愁。"卉子念罢，怔怔的不知书简所云。

凡木见状，吃惊道："卉子，你真的遗忘了书简的事？这是你当年送给我的，说是一个住店的客人将书简遗忘在客栈里，你等了两个月也没见有人来寻。"

卉子眨眨眼道："送你书简的事倒是想起来了，只是没去留意上面的字。"

两人正说时，忽听大门外叽叽喳喳，是芥子的声音。大约是水生拦下了急于进院的芥子，女孩儿的声音一时高亢许多："这里不是皇宫，你水生也不是太监，我来是要唤我姐回去吃饭的，又不是要偷你家东西。就这点小事你都要往里禀报，去吧，去吧，烦死人了！"

凡木和卉子相视一笑，走出屋门。见通晓事理的水生正不知所措，伸着的胳膊欲收欲放，卉子怪道："芥子，你又胡搅蛮缠了。"芥子笑道："凡木哥一下子盖起来这么多新房，还有这么大个院子，我是怕姐走晕了。日头都偏西了，也不知道回家吃饭，你俩在屋里干啥呀？人家在门外多时了，一点都没听见你俩的说话声。"凡木道："芥子呀，你几时耳背了？"芥子道："你才耳背呢！谁晓得在屋里做啥！"卉子嗔怪道："芥子，别闹了，你凡木哥一下子盖起这么多房子，是件高兴事，不兴多问他几句呀！"芥子嘟囔道："房子齐刷刷起来了，看看还不行？不知道有什么可问的！"

凡木正要说话，见大门外出现个陌生男人，此人五短三粗，正侧耳细听。凡木遂高声问道："这位是路过还是找人？"那人干笑一声，支支吾吾，不知所云。

卉子扭头见是随行的车夫，笑对凡木道："这是家里的下人，赶车是把好手，一向不爱说话，人倒实诚。"

凡木望着车夫道："城里人，指定瞧不上乡下人的寒酸，如不嫌弃，请屈尊来舍下用杯茶吧？"

车夫一脸尴尬，道："不不不，我在门外随意走走，你们忙你们的吧。"言罢，大门外已不见车夫身影。

凡木怔怔望着油光发亮的朱红大门。一瞬间，有种不祥预感蚊虫般绕在心间，他试图扑捉，那蚊虫却闪身不见。他摇摇头侧转身去，望着天真的卉子，无奈的眼神里透出一丝怜爱。恰有轻风吹来，一片落叶无声游走，极不情愿地被送至墙角，之后，缩着身纹丝不动。

第三章　操旧业凡木论道
　　　　辟蹊径木匠惊异

　　寨外澧水边零星散布着一些弯腰桃树。农历二月间，地气急着转暖，桃花竞相怒放，那粉红花瓣倒映水中，煞是好看。码头上卸船装船者，肩扛货物，脚踩木板，喊着号子，晃悠悠来往自如。那木板仅有两只脚面来宽，一头搭上木船，一头伸向岸边。人们忙忙碌碌，任由片片花瓣自木板下顺流而过。花瓣让水润了，敢与树上的比美，散着、挤着，只顾悠然东去，懒得搭理劳作的人。

　　水生赶着牛车，凡木坐在车头右侧，车上挤着几个男人，几卷铺盖将车上缝隙几近塞满。将进寨门时，那黄牛的臀部冷不丁冒出一团暗黄的东西，冒着热气。见状，水生扬鞭轻抽，咧嘴骂道："不长眼的东西！一路上不见动静，要进寨子了，你倒来劲了，臭死人！"

　　招来一些问询者。大约是心境不错，凡木让水生停了车，跳下去，与悠闲的乡邻搭讪不止。

　　"凡木，车上这么多人，弄啥哩？那个不是刘庄的刘木匠吗？"药铺掌柜李黄揣着手问。

　　"他们都是木匠，我把附近村寨里的木匠统统请来，还不是想集众人之力，把祖传的木器活儿做下去，以圆家父未了心愿。"凡木扭头看看牛车上的人，接着说道，"自今以后，大到床柜，小到饭碗、茶杯，就连你家女人用的针线篓、首饰盒，不但样样都会有，式样也会越来越多，寨子里的父老乡亲，再不用跑到县城买这些什物了。"

"寻常人家哪有什么首饰，首饰盒只怕城里人才能用得着。凡木，你是打算把木器生意做到昆阳去吧？大约还要做到宛城去。将周边村寨里的木匠统统请到你这里做活，他们原先的那些主顾，不都得跟着来你这里买木器吗？厉害！高明！"李掌柜的眼睁得溜圆。

凡木望望车上的几个木匠，而后看着李黄道："能想到这些，足以说明李掌柜才是高明的生意人。凡木倒没你想得深，更没你想得远，只想把父亲做过的事尽力做好罢了。"

一位老者颤巍巍来到车前道："凡木，看得出来，你比你爹更会做事；听得出来，你很会做人。难怪外出三年，就能挣得盆满钵满，后生可畏，后生可畏啊！"

凡木握握老者的手，而后深深拜下，动情道："伯父过誉了，侄儿愧不敢当！凡木少了家父的能耐，再不好好做人，至死难在寨里立足，至死难慰家父在天之灵。侄儿不才，不当处，还望伯父多多指教！"

见寨门外的人越聚越多，凡木低首拜过，示意水生赶车前行，自己则跟在车后，微笑着频频与人点头，在众人的私语中走进寨门。

木匠笨拙地跳下牛车，各抱行李走进院子。宽大的宅院，崭新的房舍，干净的地面，精致的镂花门头，让木匠惊讶好奇，他们东张西望，却因拘束而话语极少。水生为众人安置了宿处，稍事歇息，再将他们聚拢至宅院当中，而后请凡木出来交代事宜。凡木缓缓走出屋子，见水生身往前倾，垂首而立，一副极为恭敬的样子。再看木匠，一个个面色肃穆，屏声静气，且时不时瞥一眼水生。凡木知道，这些木匠平日里各自为战，深居简出，自然难见稍大的场面，今日之经历大约是平生首次。

凡木望着众木匠，肃然说道："各位师傅，你们携铺盖走进这个门洞，我们就算一家人了。虽是这么说，与我此前拜访各位时承诺的一样，如不合意，尽可走人，我凡木绝不勉强。自古至今，行商之人，地位虽不及三公九卿、县令主簿、里长亭长，甚至于连坐拥土地的地主都不如，可哪朝哪代，离得了行商之人？各位大约不知，早在夏朝时，商丘乃诸侯国商部落所在地。至王亥为首领，该部落重耕作、善驯养，使得部落内食物充盈、用品充足。有了过剩之物，理应与外部落互换，于是发明了牛车，再将黄牛驯化，王亥自驾牛车，载了货物，率众来往于部落之间。送货者既是来自商部落，久而久之，这些人便被称为商人，商人之称谓便由此流传开来。"

见众人惊讶，面露崇敬之色，凡木继而说道："范蠡，宛城人，距昆阳不远，世称商圣。虽官居卿相，却辞官从商，坐拥万金。寿终正寝后，留下《陶朱公生意经》等书，受人敬仰。面上讲，商人是为谋利，可谋利背后，不知带给千家万户多少便当。试问，没有行商之人，没有货物互换，谁人能活得滋润？故此，我凡木意欲重操旧业，将家父的木器生意延续下去，并使之日趋光大。诸多行业，凭单打独斗，最终都难成气候。今将诸位招来，本意无非是将碎土挤压成坯，将溪流汇集成河。集众人之力，小小木器定也能做成大的生意，不但成本能降，木器之成色和式样，指定会大有改观，于人于己都不无裨益。"

姓刘的木匠哆嗦着手道："听掌柜的这么一说，我先前就是井底的蛙，没见过多大的天，只想着给人打个柜子，修修门窗，换几个铜钱贴补家用，从没想过别的什么，这会儿眼前一下子亮堂很多。俗话说，众人拾柴火焰高。将来把各式木器卖到昆阳去，卖到宛城去，掌柜的指定能挣大钱。看得出来，掌柜的是个好人，跟着掌柜的做事，我们各自的收益，比起先前挣的那点蝇头小利来，指定会高出很多，将来盖个房子啦，娶个儿媳妇啦，吃香的喝辣的，那都不是什么事，你们大伙儿说说，我老刘说的是不是这个理？"

有凡木那番鼓动，经刘木匠如此附和，众木匠群情激奋，个个耸肩挽袖。水生一时动容，眼中噙泪，见众人脸红耳赤，自顾说个没完，感觉到家主还有话说，他干咳一声，摆摆手示意安静，而后抹把眼看着凡木。

"刘师傅讲得很是透彻，就连将来最该使力的地方都虑得周全。说到各位辛劳所得，正如刘师傅所言，我凡木断不亏待大家，挣钱多，大伙儿自然能够多得，若是挣不到钱，甚至于亏本，这与诸位无关，全算在我一人头上，大伙儿该得的，一个子儿都不少。类似的话，此前我逐一找各位相商时，已经说过，今日不再赘言。眼下要议的是各位的利头该如何抽取，趁着尚未开工，我想听听大家的想法。刘师傅，你先说吧？这宅院是新起的，连木榻都没来得及给各位置备。各位都是做木榻的好手，等木料到了，你们干脆自己做自己的，买来的不一定顺你们的眼。今日就委屈大家席地而坐吧。"凡木微微一笑，率先屈膝在地，臀部压于脚跟之上。

见状，水生刺溜一声跑进凡木屋内。片刻，搬出个深色木榻，将木榻轻轻摆放在凡木臀边，而后搀扶家主跽坐在木榻上，自己则紧挨木匠跽坐在地。

一阵拍门声合着女孩子的喊话声骤然而至。

"凡木哥，凡木哥，水生，水生，你们在干吗？大白天也把大门关上，怕恶人来偷东西呀？"

凡木摇摇头，示意水生过去开门。水生开门时，嘟囔道："新的本来就紧，多用点力气不就开了？就知道扯着嗓子喊。"凡木噗嗤一笑，几个木匠便跟随笑了。

芥子进门，见一帮男人坐在当院，先是一惊，而后迟疑着没往里走。见状，凡木问芥子："有事？"芥子道："有点事想说给你听，你们有要紧事吧？那算了。"凡木道："看你着急的样子，可能更要紧，去我屋里说吧。水生，你们几个也起来走动走动，坐久了腿疼。"言罢，便起身进屋。芥子看一眼水生，跟着凡木走进屋子。

"凡木哥，也不知道怎么了，人家知道点事总想说给你听，不知道你烦不烦我。"芥子望一眼门外道。

"芥子，看你说哪儿去了！没把哥当外人看，哥高兴还来不及呢！瞧你着急的样子，一定是有什么关紧的事，说来听听。你姐都好吧？"凡木竟没来由地蓦然想起卉子来。

"还真是我姐的事。凡木哥，你怎么知道我要说的事跟我姐有关？"芥子不解道。

"瞎猜的。芥子，你快说。"凡木不觉一阵心惊。

"昨儿个我娘去昆阳城里看我姐了，一回来就独自抹眼泪。问她怎么了，就是不说。我急了，对着娘一阵嚷嚷。娘最后还是说了，说我姐脸上有伤,像是被人打的,不论娘怎么问姐,姐都说是不小心磕门框上了。后来,是一个用人背地里悄悄告诉我娘,我姐是被那个死老头子打伤的,还说是一个五短三粗的车夫暗地里给那老头子说了什么。那老头子尖嘴猴腮的,一看就不是好东西,我姐亏死了。"芥子说时,脸上带着愠怒。

凡木走到窗前,仰头望着昏沉沉的天。恰有一只麻雀落在窗台,乌黑的尖嘴在崭新的窗台上频啄,不知能啄到什么。麻雀眼珠乱转,全然不知对面站着凡木。后来是凡木的一声叹息惊到了麻雀,那麻雀一时间惊慌失措,逃离时竟撞上不远处一根树枝,于仓皇中消失不见。

"哥知道了,一切都是天意。芥子,要是没有别的事,你回去吧,哥这里有事。"凡木说时,依旧站在窗前,没有转身,暗光里,他的背影模糊不清。

芥子怔怔望着凡木的背影道:"凡木哥,你一点都不想说点什么呀?"

凡木转过身,对着芥子道:"你还是个孩子,你不懂,哥能说什么呀?"

芥子眨眨眼道:"凡木哥,我早就长大了,不就比我姐才小一岁嘛!你总是把我当小孩儿看。不想说我姐的事,说说我的事也行啊。"

凡木道:"你能有什么事!好好照顾叔母吧。叔母的病好多了吧?让她别着凉,等我忙过这几天,过去陪她说说话。快回去吧,哥正忙着呢。"

芥子极不情愿地走出屋子,一眼没看当院的男人。凡木将芥子送出大门,望着瘦小的背影一点点消失在小巷尽头。

凡木重又回到屋内,呆滞地坐在床沿上,闭着眼直喘粗气。水生不见凡木出来,站在门口往里偷看,见家主这般模样,知是遇上闹心之事,却又不敢乱问,只在门外乱转。

凡木出来时,面色恢复如初。他来到木榻前坐下,不无歉意道:"让各位久等了,我们接着议事。方才说到哪儿了?"说罢,望望水生。水生忙道:"回家主,您方才讲到让刘师傅说说他的想法。"凡木道:"哦,想起来了。刘师傅,请吧。"

刘木匠道:"我懂掌柜的意思,为不让大家吃亏,个人的利头从每件木器里抽取,谁做的木器多,谁获利越多,这公平合理。至于在每件木器上抽取多少，掌柜的，还是您自己定吧，您的为人大伙儿一清二楚，您不会亏待我们的。伙计们，你们看行吗？"

众木匠异口同声地赞同，这让凡木很是感动。他逐一看看众木匠，而后郑重说道："既然大伙儿信得过我凡木，凡木断不亏待各位，利头的事我酌情把握。接下来我把今后的经商思路说给大家。寻常的木器漆器生意，早已没有多大新奇之处，再怎么做也做不出别样的道道来，我们要做就做雷击木木器。"

众人立时瞪大眼睛。水生低声"嗯？"了一声。凡木静静说道："所谓雷击木，顾名思义，就是正常生长的树木因遭雷劈而残余的木材，其中杏木、桃木、柳木、杨木、槐木、柿木较好。树木原本不易遭到雷劈，但凡被雷电击伤者，多是处于较高地势，或是居于旷野之中，且树龄较长，木质较好。不少雷击木残破不全，已属无用之物，故而，上好的雷击木世间极少。循着物以稀为贵的常理，用雷击木制作木器，属于另辟蹊径，定能收获人心。"

刘木匠惊诧之余，不无担忧道："掌柜的，雷击木既然少之又少，那一定很贵，用雷击木做出的木器，自然价格不菲，太贵了卖给谁呀？我是担心日后难卖。"

凡木一笑道："刘师傅的担忧看似不无道理，可世间事往往是循规蹈矩者难觅新域，反之，则蹊径花明。各位或许忘了民间有雷神惩治邪魔之说。若是有人被雷电击伤，私下会有人说些不当言辞，甚至于说雷电不伤好人。同样，树木之所以遭受雷劈，是因树木上附有邪魔，雷神是为惩治邪魔，才将雷电降于树木之上；而雷电将邪魔及树木劈死之时，也将雷神的法力烙印在树木之上。被雷电劈过的树木自然有了辟邪之气。照此而论，若是将此木做成居家器物，家中自然不会有邪魔光顾。若是制成手串、挂件、簪子等随身物品，自然就有了辟邪之说。对于邪魔之类的民间传言，信则有，不信则无。就我所知，信者不在少数，这是没有办法的事，你我无从左右。既如此，何不顺势而为！"

水生道："家主这么一说，我想起昨天大街上两人吵架的阵势来。一个胖子挽着胳膊说，不做亏心事，不怕鬼叫门。瘦子不甘示弱，比胖子的声音还高，手指上天说，谁作恶，雷神不会放过他。看来雷神早已深入人心。好像年纪越大越信雷神之说，越是富有的人越想辟邪。既然如此，那辟邪之物自然就有了市场。"

凡木道："很多时候，人们买的并非实物本身，而是别的，譬如书案上的麒麟，门边上的春联。水生说得很对，对于祥瑞的期盼，人人有之，越是富有者越是如此。此外，用雷击木做成的木器，其耐用度一点不次于别的木材。"

用雷击木制作木器，众木匠此前闻所未闻，如此经营之道乃平生首次触及，故而，眼界洞开，喜不自胜。凡木故意低头不语，听任众人小声议个不停。末了，凡木道："水生，进料的事你多用心，明日你赶上牛车，逐个村寨走上一遭，放话出去，就说文寨高价收购雷击木，大街小巷里只管喊，知道的人越多越好。不论他们有没有雷击木，能否搞到雷击木，在获知文寨人在高价收购，是为制作辟邪的木器时，我们就拥有了大批潜在买家。很多时候，你并不知道哪块云彩有雨。回头我陪你去趟昆阳城，如法炮制。"

刘木匠不解道："掌柜的，昆阳城里会有雷击木？"

凡木道："有没有不关紧，关紧的是让城里人知道文寨有人在买雷击木，要用雷击木制作木器。如此一来，日后我们在城里开店，专卖雷击木木器，也就顺理成章了。"

刘木匠竖起大拇指道："掌柜的太厉害了，佩服，佩服！"

其余木匠无不钦佩之至。见众人对自己赞许有加，凡木不免窃喜。窃喜之余，像有一只幼虫时不时自心底爬过。凡木起身时低声说道："经商之人最忌浮躁，应以敬畏之心对待生意，敬畏生意，就是敬畏天地。战战兢兢，如履薄冰，永远是我等该有的不二之道。"

凡木临进屋，回头见水生迟疑着像是有话要说，一副畏缩的样子，便停下来问道："水生，你有事？"

水生挠着头道："家主，我怕分辨不清雷击木，万一弄砸了，怎么得了！"

凡木道："你又不是没见过遭雷劈的树木，平日里的精明劲哪去了？"

水生道："水生担心被人糊弄了，要是有人将旱死的树木烧成焦黑状，冒充雷击木，我该如何分辨真伪呀？"

凡木道："故意用火烧过的树木，没有击伤痕迹，这很容易辨别。实在不行，你就锯出一块，做成圆饼状，而后放水里，木块会自动旋转，而后缓慢沉入水中。树木遭雷劈后，木质相对疏松，其间少不得留有细小孔洞，孔洞不尽一致，吸水自然不均，这跟别的木头有着质的区别。"

水生眨眼琢磨着。稍后问道："水生记下了。家主啊，您可真有见识！我们用雷击木制作木器，不知能保全多少好树的性命，这也是积德啊，我说得对吧？家主。"

凡木一笑道："水生啊，你的脑壳子终于开窍了，方才像是被屎糊住了。你说得很对，若天下木匠都用不甚健全的树木制作木器，不知能保全多少好树。对树木不加节制地乱采滥伐，终究是要付出代价的。"

水生的脸笑得开了花。

见天色尚早，凡木让水生去给黄牛喂料，自己喊上几个木匠，将盖房时所剩木料悉数搬来，就在当院一齐动手，有人制作床板，有人制作木榻，叮叮当当，好不热闹。

五邑的到来，让凡木原本愉悦的心情一下子烦躁起来。五邑见木匠个个卖力，专心制作自用的家什，不觉对凡木的能力愈加敬佩。凡木年纪轻轻，却极懂经营之道，有时出手阔绰，有时精打细算。木匠居家之用的家什不舍得去买，盖房子时却是相当舍得，所用木料皆为上乘，所付工钱在周边最高，这让众工匠无不咂舌称道。他五邑张罗始终，到头来自然从中获利不菲。那日，怀揣成吊的五铢钱回家，喜不自胜。

"凡木啊，说开张你就开张了。"五邑笑嘻嘻道。

"哪儿呀，木料都还没进呢。叔父，我听芥子说，叔母去昆阳看卉子了，卉子都好吧？"凡木低声问道。

"都好，都好。"五邑敷衍道。

既是五邑没提卉子的事，凡木也不便将话说开。卉子被打的事是芥子瞎说，还是叔父有意隐瞒，这让凡木揣度再三。

"凡木啊，这几天你只顾外出找木匠，田禾家里的事你听说没有？"五邑漫不经心道。

"田禾？油坊里又出事了？"凡木一惊道。

"又死人了，三天两头死人，这样下去，他迟早会吃上官司的。这人要是走上背运，喝凉水都塞牙。"五邑端详着崭新房舍，找话说道。

"前些天就听说饿死了一个，趁着天黑抬到寨外，随意挖个坑给埋了。为何又死人了！男的女的？这样下去如何得了！"凡木一时想起辛茹来。

"是个男的。"五邑道。

"叔父，我俩去油坊看看吧，田禾太难了。"凡木说着，就要迈腿出去。

"凡木啊，你叔母让我过来，其实是想跟你说说芥子的事，这孩子也不小了，我们说完芥子的事再去田禾那里行吧？"五邑显得极不自在。

"芥子？芥子不是好好的吗？方才她还来过这里。叔父，我们先去田禾那里吧，油坊接二连三死人，这不是小事。"凡木边说边迈腿出屋，五邑不得不跟着走向大门。

第四章　谈买卖田雨使绊
　　　　签合约辛茹失踪

　　田禾不在前院。田禾之子田雨在院内闲转，见凡木和五邑进来，漠然让至屋内。这个长着一双斗鸡眼的人，年龄二十出头，瘦长的身子与硕大的脑袋显得不大协调。凡木说明来意后，田雨领两人去往后院。

　　田禾正扯着嗓子呵斥男奴。那男奴干柴一样的胳膊瑟瑟发抖，腰弓得大虾一般，因害怕不敢吱声。一旁干活的人个个谨小慎微，时不时瞥一眼这个男奴。有人烧火，有人抡锤，有人接油，有人清理废渣。婢女的头发结成疙瘩，沾着零星柴屑。整个后院很是干净，不少人闲着没事可做，手拄扫把，时不时扫扫地面，虽然地上并无可扫之物。

　　田禾怒气渐消，一脸沮丧。见田雨身后跟着凡木和五邑，遂阴沉着脸道："走，走，走，还是去前院吧，看见这些蠢猪就烦，一群不长眼的东西！"

　　凡木和五邑对视一眼，均没言语，正要随田禾父子去往前院，忽有四个奴婢，两男两女，碎步来到凡木跟前，噗通一声跪倒在地，挡了凡木去路。

　　"你们找死啊！滚开！"田禾喝道。

　　见身前的奴婢跪着没动，且一言未发，凡木不觉一阵心惊。他屈身细细打量，这四人分明就是先前侍奉过自己的两男两女。叫辛茹的婢女，大约是担心凡木认不出自己，把头微微扬起，虽是不敢正视凡木，可凡木还是看清了那张瘦小的脸。知道他们都还活着，庆幸之余，不觉一阵宽慰，这不正是他急于来油坊的缘由吗？见辛茹重又将头埋下，蓦然间，一个极冲动的念头浮上脑际。凡木低声说道："都起来吧，你们等着。"

四奴婢赶忙起身让道，垂首立于两侧，偷偷望着凡木大步走向前院，而后相互看着对方，满脸疑惑。

田禾父子将凡木和五邑让至客厅，分主宾坐于木榻之上。田禾喟然叹道："唉！让各位见笑了。我田禾跌入今日困境，全是自作自受。天不佑我，心气再高，奈何！"

五邑不解道："田掌柜，油坊每日都在榨油，也在天天卖油，不至于连人都养活不了吧？油坊里既然奴婢众多，那何不多榨些油？出油多，自然也就赚钱多。"

田禾瞥一眼五邑道："谁说我养活不了？"

五邑直来直去道："那为何还会饿死人？"

田禾怪道："那是病死的，并非饿死，你不知内情，就休要乱讲！多榨油？卖给你呀？你是站着说话不腰疼！"

五邑气道："你这人哪来这么大火气！这不是为你着想嘛！寨子里人少，用不了太多油，你该把多余的油拉到昆阳去卖，城里人多，吃油自然会多。"

田禾不屑道："你以为我傻呀？你以为城里头没有油坊啊？这几年噌噌噌冒出四五家来，我去城里看过多次，那些卖油的，都他娘坐门口仰着脸看天。这油既不是粮，又不是水，一年不吃它，也死不了人。"

田雨原以为凡木和五邑来油坊，一脸庄重的样子，像是有要事相商，却尽说些没用的话，他未吱一声，起身去了后院。少时，后院传来一阵粗鲁的谩骂声。

趁着五邑语塞，凡木道："田掌柜，不知你打听过没有，类似于你这境况，别人是如何应对的。朝廷一张公文下来，便废止了奴婢买卖，如此一来，拥有众多奴婢者，断不会就你一家，类似的人家该聚一起商议商议，从中找出个应对之策，这样硬撑下去终究不是个事。"

田禾气愤道:"早打听过了,类似于我这境况,大有人在,问谁都是先骂娘,而后别无他法。据说不少人连县衙都去过,最终还是不了了之。朝廷不顾下情,朝令夕改,弄得人怨难平,这样下去迟早得出事。"

凡木道:"朝政之事不议为好。拥有众多奴婢者,各家境况不尽一致,若是家境稍不好,指定难以应付,相继死人在所难免。每个奴婢都是钱买的,且不说人死了会赔钱,眼瞅着一个个活生生性命就此死去,情何以堪!你田掌柜一定痛心疾首。与其这么下去,倒不如听听我的想法,按着我的路子走走看。怕田掌柜生气,凡木不敢莽撞,故而,犹豫着不知该说不该说。"

田禾瞪着凡木道:"凡木,我早就听出你话里有话。我田禾家境一点不差,方才说过,死去的几个奴婢并非饿死,全是得病而死,人吃五谷杂粮,谁不得病?郎中也找了,汤药也用了,我还能怎样?病没治好,那是他们命里该有这一劫,别的奴婢不是好好的吗?我不是没管,我已经尽力。每个奴婢都是真金白银买来的,死的是人,也是钱,你当我一点不心疼?凡木,无论你是想要告发我,还是存有别的念想,你别绕圈子,直接说吧。"

五邑气愤道:"田禾,看你说的什么话!我也听出来了,凡木像是想好了帮你的法子,只是怕你一时难以接受,他才犹豫着不敢直说。左邻右舍的,他会坑你吗?凡木的为人谁不知道!再怎么着,你也是他的长辈,他不得不权衡再三,你就不能心平气和地听他把话说完吗?"

田禾喘着粗气道:"说,说,你说吧,我听着呢。"

凡木静静说道:"田掌柜,田叔父,凡木碍于长辈为尊之家训,故而,不敢稍有造次,这才瞻前顾后,拖延着一直不敢细说。既然朝廷废止了奴婢买卖,既然你这里遇到困境,而我那里又急需奴婢,我想将你我的生意合二为一,如此一来,所有困局便迎刃而解。"

五邑和田禾对视一眼,满脸茫然。五邑不解道:"凡木,你说的我没听懂,什么是合二为一?"

田禾结结巴巴道:"两家合成一家?凡木,你不会是想把我家整个儿买去吧?这,这,这太过分了吧?"

凡木稍作停顿,而后轻声说道:"叔父,少安毋躁,听凡木一一道来。

凡木说的合二为一，并非要把你家整个儿买去，且不说凡木没这能耐，没这胆量，即便有，也不敢触犯律条，何况凡木常怀报恩之情。想当初，凡木年幼，一向顽皮，常挨家父板子，每次挨打后，总是哭着鼻子跑到叔父家油坊，看匠人榨油，匠人总是逗我玩耍，挨打之事一会儿就忘。叔父常把我领到客厅，给我几个豆豆，然后好心劝我回家。凡木长大后，常念叔父之恩，不忘择日图报，如今怎会买了你家？凡木所言，无非是想把油坊里多余的奴婢归我所用，而油坊又能如常经营，继而做大。此乃权宜之计，既不违犯律条，又解了油坊困局，两全其美。"

田禾眼睛一亮道："凡木，叔父这下听懂了，方才心急，你最好再说细致点。"

凡木道："叔父，凡木之所以不急于将话说透，是想找个缓坡，过于突兀，任谁都难以承受。油坊乃田家祖传，一砖一瓦都含情。凡木懂得，叔父的心血都在油坊，像是身上血肉。将两家生意合二为一，是面上的事，油坊值多少钱，我一文不差全都给你。油坊说是被我买下，实则仍由叔父打理，得利部分两家酌情分成。届时可请亭长出面作证，以堵闲人之口。若日后朝局有变，或是情难割舍，叔父尽可将我所付铜钱如数返还于我，油坊仍归叔父独有。朝廷禁令不可触及，权宜之策，实属无奈，不知叔父意下如何？"

五邑听罢，咧嘴笑道："田禾啊，去哪儿能找这样的好事！你算烧高香了。"

田禾皱眉道："凡木啊，你的好意叔父领了。只不过，这么大的事，容叔父与家人商议一下，田雨他未必答应，我们明日再议可好？"

"有什么可议的？想得可真美，凡木你休想得逞！"门外传来田雨的咆哮声。田雨进屋，一脸愠怒，一双斗鸡眼死死盯着凡木，厉声说道："我在门口多时了。黄鼠狼给鸡拜年，没安好心。凡木，你这叫趁人之危，是缺德！"

五邑变色道："田雨，你这是说的什么话！你爹叫田禾，给你起这样的名字，原本是指望你爹这禾苗，在干旱时由你滋润一番的，这下可好，你是要存心冲毁田地啊！"

田雨醋意熏心，瞪着眼道："你别在我家胡扯八道了，他凡木安的什么心，我一清二楚，还不是为了女人！说来说去，就是为了弄到那个叫辛茹的婢女。爹呀，大家方才在后院，你是没看见凡木看辛茹那眼神，钩子一样。那贱货也不是个省油灯，拉上另外三人跪在凡木身前，任你怎么呵斥，硬是跪着不动。凡木开口了，他们才起身。都是我家奴婢，凭什么给凡木下跪！惹我恼了，一个个把他们收拾了。"

田禾气得脸色铁青，怒道："逆子，给我住口！田家有你，真是有辱家门！"

见田禾动怒，见五邑惊讶地望着自己，凡木盯着田雨道："田雨，有的人至死都难以弄懂何为慈悲，何为仁爱。人这一生，没有无缘无故的遇见，既遇上，便是缘，无论遇上谁，都是命中该有，都是该去珍视的。辛茹四人，当初是水生领往船上的，此前并不相识。何为奴婢？不就是遭遇不测，而无以为生者嘛！奴婢是人，也有人格，绝非牲畜任由家主凌辱。我曾当着四人面许下承诺，日后同舟共济。大丈夫一言九鼎，怎可朝夕间忘掉诺言！"

凡木说罢，并未理会依旧喋喋不休的田雨，对着田禾道："田掌柜，我回了。凡木在舍下等候回话，若天黑前没有等来大驾，凡木今日所言，权当秋风一阵。告辞了。"

五邑跟随凡木至门口，回转身指指田雨，而后疾步而去。

田禾低着头沉默不语，田雨依旧气喘吁吁，田禾的女人携儿媳妇原本躲在小门里侧，听见凡木和五邑离去，款款来到客厅。争吵声扰了睡鸟，当院一棵椿树上，扑棱棱数鸟惊起，向着寨门外盘桓而去。

凡木回到宅院，尚未落座，身后的五邑急不可待道："凡木啊，咱不跟那竖子一般见识，田雨是个黄口小儿，不值当与他置气。见了黄牛排泄，人就不吃饭了？叔父一点不信，堂堂凡木，才貌双全，腰缠万贯，会瞧上一个婢女，真是那样的话，不就成天大笑话了吗？是吧，凡木？"

凡木道："叔父，凡木原本就没在意田雨的话，凡木想的是日后该如何把油坊做大，不去外头开店，仅是囿于寨子和周边，这指定不成。若真的如田禾所言，不宜在昆阳开店，那该去宛城一试，宛城自古商遍天下，富冠海内，陆路便当，水运发达，是个行商的好去处。不过，昆阳城内虽油坊众多，也并非全无蹊径可寻吧？"

五邑吃惊道："凡木，田禾那边还没吐口，你有把握？"

凡木道："我料他田禾天黑前指定过来，他知道过了这个村，再无这个店，他不是傻子。"

院子里刺刺啦啦，叮叮咚咚。一根盆口粗的圆木竖在当院，三根麻绳一头被钉在地面，另一头被钉在圆木顶端，两个木匠对面坐着，一拉一送，锯齿下，花白的锯末欢跳而出。屋檐下，一块木板趴在四腿木架上，一个木匠弓着腰平推刨子，那刨子刨出的木花，蜷着身散落一地，这木匠像是往返于落花的梨树下。

暮色渐重。凡木踱步门外，不时望向大门，一丝不安悄然浮上心头，只少时，便烟消云散。见木匠依旧卖力做活，凡木喊道："收工吧，各位师傅受累了。水生去邻近村寨还没回来，你们今日自己下厨。如不出意料，自明日起，会有婢女过来造饭，各位暂且委屈一顿。"

"不累，不累，平日里干的尽是类似的活，这是家常便饭的事。"众木匠并未立即收手。

五邑走出屋子，像是要走的样子。眼见天色将黑，却未见田禾过来，他脸上隐现一丝快意。大约是不想让凡木插手油坊的事，至于是何因由，笔者不得而知。

自墙外邻居家传来鸡的咯咯声，大约是众鸡争窝，叫声不高，若有若无。忽有几声犬吠，压了鸡的声音。暮色细细，一丝丝渐次加重。水边飘来水汽，潮潮的，冰冷发腥。凡木见木匠歇工，有两人一前一后走向厨房。少时，殷红的火苗伸向院落。而暮色，愈加凝重。

五邑将走时，却听吱呀一声，大门被人推开。田禾进来时满脸歉意。凡木将田禾和五邑让至屋内，去桌前点燃油灯，之后，拿一根竹签，慢悠悠拨着灯捻。他身后的暗光里，田禾的声音闷闷的，像是被潮气浸了："凡木呀，让你久等了。我跟家人商议多时，末了，一致愿意按着你说的办。此前我还欠着你不少铜钱，这次一并结清，不能再拖泥带水了。"

五邑一哂道："你那宝贝儿子不再瞪眼了？"

田禾干笑道："我这逆子不懂事理，凡木你别跟他一般见识。不怕二位笑话，他娘把家法都用上了，他哪敢不从！保管日后乖乖的，不再生事。"

适逢水生回来，一进屋见家主站在桌前，田禾正赔笑说着些让他不明就里的话，不觉一头雾水。凡木见水生进屋，低声说道："水生，你这就跟随田掌柜去油坊，一一盘点油坊里所有物品，还有奴婢人数，而后让田掌柜说价，今夜就把钱悉数送去。"见水生想要说话，凡木并没理会，转身对着田禾道："田掌柜，此刻起，你的所有奴婢不可再有半点闪失，我就叮嘱这一句。你们去吧，劳驾路上给水生把事理说透，他一早去邻近村寨了，今日之事一概不晓。"言罢，摆摆手，让两人去了。

五邑怔怔望着田禾领水生出门，一丝莫名的醋意不经意间滋扰心底。他摇头说道："田禾弄不好是昨夜吃屎了，今日才会遇上这样的好事！"五邑要走时，忽听凡木道："叔父，晚饭就在这里吃吧。"五邑道："不了。凡木呀，你是菩萨托生，可婢女终究是婢女。"

望着五邑走进夜色，凡木琢磨着五邑的话，终也未能品出他话中之意。

圆月挂上屋脊时，大门吱呀一声开了。水生回来便急于向凡木禀报油坊的事，却被凡木止住，凡木示意他快去用饭。水生去厨房胡乱扒拉几口，而后快步走进屋内，将一张鸡皮摊在凡木跟前。凡木道："上面写的我就不看了，还是听你说吧，油坊还剩几个人？"

水生道："油坊里先前共有十一人，有老工匠，也有新学徒，最近接连死了三人，还剩八人。大锅两口，油缸五个，榨油的家伙共有……"

"说人就行。算下来共要多少钱？他要前朝的五铢钱，还是要新朝的契刀钱？"凡木道。

"回家主，男女老少一个价，都按买时的价格算，一个奴婢均价四千钱，外加油坊用品，算下来一共三万八千钱。田掌柜说，他一个铜钱都没多算，把死去的三人算上，这次他可赔大了，而一大半钱还是当初借来的。谁知道他说的是不是真话，滑得跟泥鳅一样。他说想要前朝的五铢钱，新朝的契刀钱拿着心里没底。"水生说得清清楚楚，干脆利索，这让凡木极为满意。

"田禾大约不知，朝廷三令五申，市面上要以契刀钱为流通货币，五铢钱乃前朝所铸，迟早会被契刀钱取而代之。他没说要金条吧？"凡木道。

"金条？只怕是他见都没见过金条，土鳖一个。就这么一点账，算一遍又一遍，差点把我给急死。"水生学着田禾的模样，伸着脖子，挤着眼睛，让凡木笑出声来。

"他们四个都没事吧？"凡木忍不住问道。

"就是因为他们四人都好着，这会儿我才没急于说。家主，水生不大明白，您这是何苦啊，白白让田禾占了个大便宜。这么多钱一给他，我们就没剩多少了，为了这些钱，当初您容易吗？"水生说时，不由自主地看看凡木的腿。

"除此之外别无良策。朝廷新规，任谁都难以逾越。且不说他田禾窝着这么多奴婢卖不出去，而我们的木器生意又急用奴婢，只眼看着他的奴婢接二连三死去，你我于心何忍！那是人啊！我不这样做，又能如何？至于钱嘛，乃身外之物，够用就行。钱去了，还会来；人去了，永难见。再说了，我当初承诺人家的话，怎可出尔反尔！凡木见不得那些可怜的人。"凡木说罢，下意识揉揉左腿。

"都说家主是菩萨托生的，我看一点不假。对了，田掌柜说今日太晚了，明日他请亭长一道过来，签下契约后再拿钱，免得让人说闲话。"水生道。

"也好。你快去睡吧，跑一天了。"凡木说时，抬头望望窗外清净的天。

银辉洒向院落，连犄角旮旯都亮亮堂堂。凡木送水生走出屋门，望着水生走进银色里。此时的凡木，全然不知明晚的天空是否湛蓝依旧，角落里是否亮堂如今。

次日一早，田禾在前，亭长在后，两人进院后东张西望。见木匠已开始做活，亭长道："凡木啊，你这就开业了？"

凡木闻声出屋，笑道："这哪是开业啊，木料还没买呢。各自在制作自己的用具，总不能睡在地板上吧。请！请！"待两人在木榻上坐下，见水生在门口垂手而立，凡木喊道："水生，你不必避讳，亭长和田掌柜不是外人。去把里屋的烤茶拿来，让二位品上一品。"

水生应下，疾步去里屋捧出个紫檀木盒。将烤茶泡好后，逐一为客人倒上。立时，屋子里醇香飘逸。亭长小歠后惊道："苦后甘香，什么茶？凡木，你可真会享受！"

凡木笑道："头苦，二甘，三回味，此乃上等烤茶之该有滋味。请慢用！"

亭长盯着茶碗里橙黄清澈的茶水，嗅着鲜香焦香合二为一的诱人味道，有种竹叶的幽香，暗含烤红薯的甜润，一丝丝，一缕缕缠绕身边。他微闭双眼，缓缓说道："这样的烤茶，多年前我在宛城一家富商那里有幸用过，之后再无福分遇上。昆阳城里会否有人享用，咱不知道，我们文寨，只怕再无他人能有。"

凡木笑道："这烤茶并非珍品，哪有亭长说的那么贵重！其实，中原地带自周朝始便有了烤茶。周武王伐纣时，得了巴蜀相助，贡品中就有茶叶。秦惠王命司马错率兵入蜀，灭了巴蜀后，人口迁徙流动，蜀地饮茶之风随之流入中原，只是我们当地饮茶者不多而已。"

亭长听得仔细，田禾却心不在焉。田禾心事重重，故而无心品茶，他看一眼亭长，掏出两张皱巴巴的鸡皮道："亭长啊，过来的路上，我已将找凡木何事大致说了，只是不够翔实。凡木要把我那油坊买下，昨晚我把合约写了，是按着凡木意思写的，你先过过目吧？"

亭长瞟一眼合约，而后递给凡木道："你们之间的事我不便掺和，我只用知道你们交易的是整个油坊，而非只是油坊里的奴婢即可，这样一来，上面查下来，我这小小亭长不至于背上黑锅就行。至于别的，那是你们自己的事，我不便多说，你们自行处置好了。我懂你们的用意，请我过来，无非是让我当个证人罢了。你们尽可放心，只要不触犯新朝律条，我不会干涉。朝廷一夜间禁止奴婢买卖，禁止土地买卖，的确让不少人措手不及，类似于田禾的境况大有人在，就我所知，为此上吊的人都有，奈何？不少人奔走呼号，最终也是徒劳。平心而论，是该有个善后之道，不然的话，民怨沸腾，弄出事端，如何了得！今日不说这个了。"

亭长的话让凡木一阵感动，凡木动情道："亭长体恤下情，凡木感激不尽。"

亭长接着说道:"不过,你和田禾这桩买卖,之间是否藏着猫腻,你知,他知,我不知。何为擦边,我也懒得去想,别让多事之人胡乱猜忌就好。"

凡木一愣道:"有劳亭长多多照应!"

见亭长没再言语,只低头品茶,凡木拿起合约草草看过,签上字后,对着水生道:"水生,你先去拿钱,而后置备一桌饭菜,丰盛一点,中午我陪亭长和田掌柜喝上几杯。"

水生应下,去里屋搬出个木箱,而后喊上田禾,在凡木和亭长注目下,一串一串地数钱,叮叮当当的声音回响屋里。少时,田禾忽然说道:"水生,够了。"水生道:"不够,还差四千呢。"田禾道:"够了。七个奴婢,这钱够了。"水生诧异道:"分明是八个奴婢,你糊涂了吧?"田禾道:"是七个,合约上就是这么写的。"水生的手不由得一松,呼呼啦啦一串铜钱掉落木箱。

凡木警觉道:"七个?"言罢,拿起合约细看。之后,怔怔的良久没有说话。

精明的水生瞪着田禾道:"田掌柜,是否少了个婢女?你是否没把那个叫辛茹的婢女算上?"

田禾尴尬道:"叫辛茹的婢女昨晚逃跑了。我是天亮才知道,问谁谁摇头,气得我挨个儿大骂了一顿。这下可好,我白白丢了四千钱,真是气死人了!"

水生一时间目瞪口呆。他正要与田禾理论,却听凡木道:"水生啊,昨晚我让你去油坊,与田掌柜一道盘点时,油坊里共有多少奴婢呀?"

水生道:"八个,一个不少。"

凡木转脸问田禾:"田掌柜,水生说的可是实情?"

田禾道:"水生说得没错。可人是后夜逃跑的。"

凡木道:"田掌柜,记得我昨晚对你说过,自此刻始,油坊不能再有半点闪失。"

田禾道:"你是这么说过,可这防不胜防啊!"

凡木道:"既如此,田掌故也是无辜的。水生啊,你把逃跑这个人算在我们头上,按八个人付钱。日后若能找得回来,自然是好事一桩;若是找

第四章

不回来，这个亏我们吃了，免得田掌柜心里不是滋味。对他来说，那是人，更是钱。"

见水生嘟嘟囔囔不敢大声言语，见田禾脸上肌肉抖动，凡木道："水生，田掌柜年长，这些钱他搬着吃力，你喊上两个木匠，把钱送往田掌柜府上。田掌柜，你看这样行吧？"

田禾支支吾吾道："这，这，这……"

亭长一脸迷茫，见凡木和田禾一时无话，田禾满脸尴尬，他起身说道："凡木呀，时辰还早，午饭就不用破费了。"说罢，迈腿便走。至门口，回身看看茶碗道："这茶不错。"之后，跟田禾点个头，自顾去了。

水生极不情愿地喊来两个木匠，吩咐他们抬上钱，跟随田禾出了大门。水生站在门口正不知所措，忽听凡木道："水生，今晚你把家里的烤茶全部带上，送往亭长府上，外带铜钱一千。记住用麻布包上，不可让外人瞧见。"

水生不解道："家主，亭长又没帮我们什么，为何给他送茶？还要送钱？他不就夸夸烤茶嘛。"

凡木道："夸了就得送，这个你不懂。他既是有意夸奖烤茶，来日便有意为我们挡风遮雨，若是不吭不哈的，那才让人怕，这个你也不懂。"

见水生苦思冥想，凡木又道："进了庙，就得拜，遇上官，就得敬，谁让我们是商人！"

水生暗自琢磨时，凡木叹息一声，转身走进屋去。

第五章　凡木匆匆租店铺
　　　　雅士喋喋道昆阳

　　油坊仍由田禾料理，只不过有四个奴婢去了凡木的宅院，留下三人已是够用。每日里水生和田禾及时清点原料及油品，悉数入账。两男两女来到凡木那里，女的下厨做饭，男的暂且无事，仅是跟着木匠熟悉木器做法，但等凡木在昆阳开店时前往城里。

　　凡木端坐木榻，回想起当初那四个奴婢在船上首次相见的情形，辛茹瘦小的面庞依稀可见。辛茹出身大家，后因家族败落，不得已沦为婢女。难以想象，出身书香之家的娇弱女子，如今跌入这般境地，能活下来得有多大毅力。他凡木明明已承诺人家来身前做事，可如今她是死是活都难以弄清，这让凡木暗自伤神。辛茹跑了？她为何在这个节骨眼上逃跑？这让凡木百思不得其解。

　　忽听大门外有人喊话："有人吗？是这一家买雷击木吗？我给你们送来了两根。"

　　水生应道："是，是，是，进来吧，进来吧，你别扯着嗓子喊了，我家主子在想事呢。你这也叫车呀？连轮子都不圆，走起来跟瘸子一样，一拐一拐的。真不知道你是怎么推着来的，还推来两根。什么破玩意儿！黑不溜秋的，像是从淤泥底下挖出来的，还臭烘烘的，就这烂木头都敢往我家送？你当我们是沤粪上地用啊？哪个村上的？"

送木头者不悦道:"看你说的什么话!连雷击木都看不出来,还满村子瞎吆喝,吆喝着大量收购雷击木。白生生的,那不是雷击木,那是藕。"

凡木噗嗤笑出声来,大门口两人斗嘴,让他极坏的心绪这会儿舒缓许多。他走出屋子,见水生的脑袋几乎抵在木头上,对着老农道:"劳您老远把雷击木送来,你是我们头一个客户,从这一层讲,你得受我一拜。"凡木真的躬身拜下,而后说道:"拉进来吧。水生,搭把手,车子不好,那也是车啊,让你扛着试试,一会儿你就得累趴窝,别看你一身臭肉。伸那么长脖子干啥?蘸蒜汁一样。"

老农被凡木风趣的话给逗乐了,适才的不悦便随之而去。他咧嘴笑道:"这位小哥,你就别闻了,再闻它也是雷击木。这棵老槐树就长在我家屋后。几年前的一个夜间,我被接连不断的雷声惊醒,雷声原本不大,不想,忽然一道闪光,把屋里弄得跟白天一样,接着一声巨响,把人吓个半死。天亮了,雨停了,我是无意间发现屋后的老槐树被拦腰劈断的。这棵树紧挨我家房子,好险啊!要不是这棵树,我一家人的小命怕是都难保全。我家内人说,是这棵老槐树把邪魔引开的,雷神可真有眼。不说了,不说了,我的话不多吧?你们可别嫌我唠叨呀!"

凡木笑道:"不多,不多,你的话一点不多。水生不是在闻木头,我想起来了,他眼不好。"

水生一脸庄重道:"家主,雷击木有这么黑吗?"

凡木道:"你想啊,听这位大哥所言,老槐树是为引开邪魔才招致雷神所击,邪魔指定是黑的,哪有火红和油绿的邪魔?既然邪魔是黑的,雷神把邪魔劈死在树上,树上自然黑迹斑斑,就像是杀猪用的案板,指定被猪血染红。"

老农一脸肃穆道:"你一定是这里的掌柜,你说的还真是这个理,真不是随便哪个人都能当掌柜的。"

水生听得愣愣怔怔。

两人合力卸了车,水生跟老农讨价还价后,将一串五铢钱交到老农手里。老农眨眼问凡木:"掌柜的,你们买雷击木是要做啥呀?"

水生道:"我来说吧。我们做的是辟邪之物,几、案、屏风等大件不说,只说小件，比如女人胸前挂件，女人头上簪子，首饰盒，针线盒，筷碗瓢勺等。既然雷击木是被雷神所击，它上面自然就留有雷神的法力，人们使用沾了雷神法力的器物，日后所有邪魔自然不敢靠近。你懂了吗？"

老农恭恭敬敬道："懂了，懂了，这是功德无量的事啊！只是，像你上面说的那些物件，别的木匠也能做啊。"

水生轻声说道："别的木匠？周边村寨里还有木匠吗？都在这里呢。"水生说罢，手指正在做活的木匠。

见老农不住点头，一脸敬慕，凡木道："水生所言，是他一厢情愿，不信邪魔者大有人在。信则有，不信则无，不可一概而论，你听听也就是了。制作雷击木器物，仅是我等一点祈福之意，惟愿人间多祥瑞，雨顺风调四季安！"

老农躬身谢过，推起蹩脚的独轮车要走，忽然扭头问凡木："掌柜的，方才说的辟邪之物，你们多久能做得出来？"

凡木笑道："就这一两天吧。等多买些雷击木后，自然就会开工。劳烦你回去问问，看谁家还有雷击木，我这里用量蛮大。家里没有现成的雷击木，其实可以去山里找，找的是雷击木，赚的可是五铢钱，我又不欠账。"

"好好好，我明日就去山里找，带上儿子和内人。居然有这么好的事！"老农答应着推车出门，他弯腰的背影一点点消失在小巷尽头。

接下来几日，来送雷击木者接二连三，让水生忙得不亦乐乎，忽而跑油坊，忽而回来收木料。眼见雷击木逐日增多，众木匠干起来便心里有底，叮叮当当的声音响彻宅院。凡木想去昆阳城寻找店面，将一个男奴唤来问道："你叫什么名字？会赶牛车吧？待会儿与我一道去趟昆阳城，城里的店铺得及早租下，两下互不耽搁。"

男奴躬身道："回家主，小的叫孟江，自小就会赶车，只不过，以前赶的是羊车，买不起牛。后来，甭说羊了，家里连只鸡都没了，只得自卖自身，成了奴婢。"

凡木道："回头再听你说身世。会赶车就好，好生做人，好生做事，日后你会有出息的。"

孟江谢道："谢家主洪恩！小的一定好生做人，好生做事，以报家主厚待。有件事小的一直压在心里不敢说，田雨说，谁要把这事捅出去，就割去谁的舌头。既是家主如此厚待小的，那小的豁出命来也得让家主知道真情，免得被人糊弄。"

凡木警觉道："该是辛茹的事吧？"

孟江道："正是。其实，辛茹不是逃跑的，是被田雨私下带走的，藏在一个亲戚家了。你想啊，家主，辛茹对您敬慕有加，明明知道您要买下油坊，她会跑吗？她又不傻。"

凡木惊道："田雨因何这么做！"

孟江轻声道："家主，您不知道啊？"

凡木缓缓说道："大约是田雨喜欢辛茹，不想让他人染指。这样也好，只要辛茹有个好归宿，这比什么都好！"

孟江着急道："田雨哪是喜欢辛茹啊！他是怕您喜欢。他恨您，又不敢明说，只会背地里干些偷鸡摸狗的事。"

凡木道："田雨怨恨我，这情有可原，油坊毕竟是他家祖上传下来的。多替他人想想，不会平添烦忧。方才你说田雨把辛茹藏在他亲戚家了，你可知道他亲戚家住哪里？"

孟江道："回家主，小的不知。"

凡木道："你把牛车收拾一下，备点草料放车上，我们一会儿去昆阳。去把水生叫来。"

凡木话音才落，水生在门外说道："家主，我在外头等着呢，不让我跟您一道去昆阳，是不是指派我去寻找辛茹呀？买她的那份钱我们可是出过了的。再说了，您可当面承诺过让人家在身前伺候的。"水生极懂凡木。

凡木不觉心下一沉。良久，轻声说道："家里事多，你待在家吧。我和孟江走后，你出去问问，看谁家的店面出租，得及早租个店面，寨子里和昆阳城的木器店最好同时开业。官道打此经过，木器店务必临街。"

水生知道，穿寨而过的这条官道，经昆阳南抵宛城，向北可直达洛阳，过往差役及行商之人虽不是很多，可也是潜在主顾。水生应下后，领孟江收拾牛车去了。

屋里安静下来，凡木忽觉空寂异常。辛茹应该不会有事，田雨之所为，无非是宣泄而已。人性的弱点人皆有之，只不过显露的式样不尽一致，因人而异，轻重不一。谁一生下来都不是坏人，任谁都不愿做坏人。世上没有无缘无故的恨，也没有无缘无故的爱。万事皆有因，谁都不容易。凡木胡思乱想着，他不知道水生何时站在门口的阴影里，静静候着自己。这个浑身透着灵气的人，极会理事，无时不让凡木感到顺心。凡木从未想过一旦失去此人，他将如何面对。

凡木整整衣装，由水生侍奉着踩上马凳，而后坐上牛车，向着昆阳方向去了。

水生不敢稍有耽搁，向两个女子交代一声，便走出门去。恰逢五邑当街站着，正要开口，却听五邑问道："水生，凡木去昆阳了？怎么不是你来赶牛车？"

水生忙道："谁赶牛车还不一样。家主让我及早租个临街门面，木器已做出来不少，但等着刷漆了。"

五邑惊道："看我这人有多笨，居然忘了这一茬，凡木怎么没跟我提起过租房的事啊。水生，你看我家的客栈怎样？房子多不说，也比临街店面排场。"

水生笑道："你家的客栈只大门临街有啥用？房子不临街不成。再说了，你这是正经客栈，做着买卖呢。我懂家主的意思，得租空闲的，至少得是买卖不好的店面，这样的店面房租指定便宜。"

五邑叹道："一个个猴精，比起你们来，我只配去锄地。水生，你别看我这客栈像那么回事，其实吧，也没什么人住，离昆阳太近，住这里哪胜住城里？你是生意人的话，一早从昆阳出来，走了不到二十里路，会在文寨住下吗？"

极有灵气个人，不知中了哪股子邪气，水生随口而出的话，让五邑一阵光火。水生望着远处铺面道："当初城里来的那个粮商，为何就住在你这客栈了？并且一住就是几天。你别费劲想了，我说的是卉子的男人。"

五邑的脸色骤然煞白，他手指水生骂道："狗东西！哪壶不响偏提哪壶！你这奴才也配说这样的话？小心我打断你的狗腿。仗着有凡木是吧？凡木又能怎样？"

第五章

水生忽觉失言，见五邑生怒，便屈身跪在当街，一阵道歉，直把五邑的怨气一点点消耗殆尽。五邑扶起水生道："好了，好了，知道你不是有意的。说起那个老东西我就来气，不是他把卉子娶去，凡木也不会迷上一个婢女。哼！"

见有人凑过来看热闹，水生忙把五邑拉到一边道："我叫你伯父你不生气吧？伯父啊，话可不敢这么说，再怎么着，我家家主也是个有身份的人，他怎么会看上一个下人呢！你这话从何而来？"

五邑直来直去道："凡木买下田禾的油坊，依我看就是奔着辛茹去的。我也年轻过，你当我不懂这个？你少替凡木遮掩，前几天我没少去他家，我什么都看在眼里了。"

水生道："伯父呀，这全无来由的事，咱可不能乱说。家主之所以买油坊，还不是因为木器生意缺人手嘛，朝廷下诏，禁止奴婢买卖，不得已，家主才将整个油坊一并买下。再说了，家主一向见不得有人落难，见不得田掌柜犯愁，眼见油坊里接二连三地死人，家主坐卧不安。前些日子，你一直在家主身边，真的不懂我家家主的良苦用心呀？我看你是故意的，故意把气往家主身上撒。卉子嫁到城里，按说是好事，即便不好，可这一点也怨不到家主头上。你是不知道家主得知卉子出嫁后，是怎样的境况，人跟傻了一样，弄得我战战兢兢。虽然他不愿说话，可我懂他。我在船上一不小心说了句不当话，惹得家主大发雷霆。"

五邑低声说道："水生，谁说我往凡木身上撒气了？既然你提起卉子的事，那咱就论论。明明自小就跟卉子好，他凡木一出门就是三年，没有一点音信，是死是活谁知道？既然健在，怎么也该捎个信回来呀！"

水生不悦道："让别人听听，你这叫没有撒气？你说家主'健在'，其实他一点都不'健'，我也是。不跟你说这些了，我跟家主能活着回来，全是上苍的恩典。"

五邑好奇道："你是说，你们摊上要命的事了？"

水生沉郁道："不说了，我得去找店面了。伯父，你那客栈指定不行，你知道谁家的店面想要外租吗？"

五邑失意道："李黄的药铺不想开了，瞎折腾，不挣钱。我本来不想撮合,他不是个好东西!不是他拿了人家好处,三番五次地来家提亲,卉子也不会嫁到城里去。"

水生叹息道:"伯父,你知道永远买不到的是什么吗?后悔药。伯母的病好多了吧?"

五邑愤然道:"好个屁!"

水生想笑,却没敢,便安慰道:"痨病就是不大好治,谁家摊上这样的病人,都闹心,可又不能不治不是?这耗掉的哪里是药啊,整个儿就是钱!好在卉子嫁了个有钱人家,不然的话,伯父,你有多少钱侄儿不知,侄儿知道的是,钱往治病上花,是个无底洞。照着这个理说,卉子嫁到城里还是蛮对的,咱不能这山望着那山高!"

水生巧舌如簧,生生将五邑的脸拽出笑意来。

牛车自西门一进昆阳城,凡木便跳下车去。孟江驾车边走边沿街吆喝:"谁家有雷击木,文寨收购雷击木,多少不限,价钱公道。雷击木,就是遭受雷击的树木。"

孟江的叫卖,招致两个过路者窃窃私语,一个说:"城里头会有雷击木?高出房子的树就没有几棵,这不是瞎吆喝嘛!以为昆阳城是他家墙外的半山坡呀?"

另一个笑道:"看你说的吧,乡下人没来过城里,不兴人家图个新鲜呀!"

凡木整整衣装,回望一眼高大的城门,迈步向东走去。昆阳城自西向东仅有一里地宽,而南北竟有四里多长,纵三横三六条大街将城内分得井然有序,小巷则星罗棋布。商铺沿街分布,布匹店、小吃店、木器店、铁器铺、油坊、客栈等,林林总总,门头各式各样。街面宽敞处集聚不少人,凡木近前看时,见有人演百戏,一会儿是杂技,一会儿是武艺,一会儿是说唱,几个人轮番表演。末了,有个孩子手捧木碗转圈讨钱。凡木挤进来才把双脚站稳,那黢黑的木碗便伸到眼前。他摇头笑笑,摸出几个铜钱丢进木碗。

凡木沿街前行,时不时向人打听谁家出租门面,见人摇头便继续向前。

十字街口大树下，几个人在玩蹴鞠，牛皮做成的鞠被人用头、脚、肩、膝交替触及，或双腿齐飞，或单足停鞠，或跃起后钩，引得围观者喝彩不止。不远处，有人在玩斗鸡。那斗鸡高大健硕，形似鸵鸟，喙如鹰嘴，羽毛浅薄，颈项粗长。两只鸡红着眼，闪转腾挪，斗得正欢。凡木无心细看，驻足瞥上几眼，而后接着寻找店面。

正午时分，远远地见一辆牛车迎面而来，孟江的吆喝声比起此前小了许多，这个实诚人嗓子沙哑，显得少气无力。见状，凡木心疼道："孟江，你至于把嗓子喊哑呀！那边有个茶馆，走，去茶馆坐坐。"

茶馆伙计满脸喜气，恭恭敬敬将二人让至桌前，端上的茶水却是极为苦涩。凡木凑合着用了几口，问道："伙计，你知道谁家的店铺外租吗？"那伙计看看凡木，又勾头望望柜台道："你想租店面？做啥买卖？"凡木道："木器。"谁知那伙计不吭不哈地走了，这让凡木大为不解。孟江边喝茶，边小声嘟哝："什么人啊！"

少时，自柜台走出一个年长者，此人身材修长，面色白净，岐头履触及地面，全无一点声响。他在凡木桌前坐下问道："请问尊驾，你想租一处店面？急还是不急？"

凡木道："两处也行。不急，不急。"

长者道："尊驾要做木器生意？实不相瞒，眼下生意难做，尤其是像木器这耐用之物。"

凡木道："谢先生指教！晚生不才，本属百无一用之人，怎奈先父早逝，若不秉承家业，恐违先父之志。知其难为，而勉力为之，实属无奈，还望先生成全！"

长者眼睛一亮，道："老朽一向敬重孝亲敬老之人，一向礼遇谦卑后生，善待文人雅士，不屑于胸无点墨者。听罢尊驾谦恭至孝之言，老朽为之动容，愿与足下结为忘年之交。正所谓良禽择木而栖，良朋择友而侍。足下承租店面，既是尽孝所为，老朽便成全于你。此茶馆前厅宽敞，便于放置物品，后院虽小，亦可容人。如若不嫌，老朽愿将前厅后院一并宽让，不知尊驾意下如何？"

凡木动容道："后学何德之有，蒙先生慷慨厚待，晚辈不胜汗颜。先生之茶馆正升帘纳客，晚生怎好夺爱！"

长者叹道："老朽本无意经商纳客，只因赋闲在家，形影孤单，寂寞难耐，便租下这处店面，外带后屋三间，借此，会会友人，聊以自慰。纳客收钱，仅是贴补房租。不想，渐渐地竟是事与愿违。"

凡木惊道："晚生不懂，愿听端详。"

长者自嘲道："茶之味道，想必足下早已品出，只是碍于老朽颜面，故而未置一词。不如此，老朽更难应付。"

凡木点点头，并未细究，望着老者道："既如此，晚生便狠心夺爱了。至于房租该付多少，后生不予还价，依着先生便是，暂付一年还是逐月支付，也依着先生。"

长者和悦道："实不相瞒，此店铺乃老朽自粮商那里承租而来，租期五年，立有合约，其间转租与否，与粮商无干。"

凡木惊觉道："粮商？"

长者道："是粮商，此人在昆阳城颇有名望，城外有良田数百顷。据说，年前自文寨又续弦了。年逾五旬，兴致不减，佩服，佩服！"

凡木一时无语。无需多问，长者所言的续弦者该是卉子无疑。无论如何，卉子嫁给一个家境极好，又有名望者，也算是有个不错的归宿，可总有一种莫名的酸楚滋扰于凡木心间。长者却谈兴正浓，望着沉默不语的凡木道："你我只顾畅谈了，还没互报各自名姓。老朽姓王名桂，虽是名里含'桂'，却不闻桂树芬芳啊！"

凡木被长者的风趣所动，旋即回道："先生所言差矣！晚生进得茶馆，便有暗香不期而至，正寻思这暗香来自何处呢，却原来近在咫尺。晚生姓凡名木。先父之意无非是让不才子承父业，做些极为一般的木器，聊以度日罢了。"

两人说时相视一笑，却将一旁的孟江几近听痴。

凡木心底沉着心事，本不想多聊。怎奈王桂正在兴头，招呼伙计向各自茶碗续水后，挽着衣袖道："今日舍下遇贤才，不亦乐乎。相见恨晚，相见恨晚啊！昆阳自古多雅士，昆阳自古多俊杰。春秋时，孔老夫子率弟子周游列国，曾到访昆阳，与叶公谈兴勃发，就像今日之你我。本是坐而论道，后来却留下个让人啼笑皆非的故事来，真乃匪夷所思！昆阳其时称叶邑，战国中期改称昆阳，遂用至今。"

凡木吃惊道："孔老夫子曾到访昆阳？晚生才疏学浅，愿闻其详。"

王桂额头冒汗，兴致盎然道："叶公本名沈诸梁，楚国人，因其被楚昭王封到叶邑为尹，故史称叶公。叶公宰叶期间，励精图治，兴水利，劝农桑，肃吏治，严军纪，叶民深受其利，无不感恩戴德。叶公名声随之鹊起，远播域外。孔子闻之，亲率弟子前来叶邑，以讨治国方略。孔子及门人在叶邑小住数日，与叶公议了治国及论理之道，史称叶公论道。不想，二人见解相左，难以弥合，最终不欢而散。后来，大约是孔子的门人心有不甘，竟将叶公的坊间轶事入书，生生弄出个'叶公好龙'的典故来，至今为人津津乐道。"

王桂端起茶碗小饮两口，谈兴丝毫未减。凡木看不出长者有些许疲惫，却因心下沉着心事，便皱起眉微闭双眼。又恐对长者不恭，少顷，睁眼看看孟江，而后望着长者，任由他引经论典，才思奔涌。

孟江听来费劲，加之赶车跑遍昆阳城大小街巷，且满街吆喝，此时他不住喝水，弄得一旁的伙计只得频频为他的茶碗续水。伙计不时瞟瞟孟江，那眼神里灌满厌烦，却因有掌柜的在场，便不敢不恭。孟江终于忍耐不住，插话道："掌柜的，这茶馆哪天能腾出来呀？"

长者却不予理睬，手摸面前茶碗，继而说道："请二位用茶，容老朽慢慢道来。这'叶公好龙'的典故，是指表里不一，口是心非。其实，孔老夫子的门人也好，后人也罢，皆属误解叶公了。叶公就任后，知当地水患不断，百姓苦不堪言，便立志治之。却因竹简不宜画图，就将施工简图画在墙壁乃至饭桌之上。虑及龙王主事降雨，便将每个出水口画上龙的图案，并称之为'水龙头'，以求风调雨顺。有好事者以此为由，说人人皆知龙能腾云驾雾，叶公却画龙不画云，由此可见，叶公并非真的好龙。后人'叶公见龙而走'的段子也随之而来。至于昆阳城因何称之为昆阳关，各位不会不知。昆阳以西，群山连绵，以东则河道纵横，沼泽遍布。昆阳乃南下荆楚、北上中原之要地，官道穿城而过，自古兵家必争。看二位面有难色，是茶不受用吧？"

凡木忙道："是，是。不，不。"之后，尴尬而笑。

孟江不知如何应答，听长者语声渐小，大有收官之意，如获大赦，正挖空心思想找句话说，长者的话又随之而来："老朽今日暂且讲到此处，明日闲暇，再叙可好？"

凡木笑道："先生所言，后学闻所未闻，受教了，受教了！惟愿日后多聆教诲！"

长者道："不敢，不敢！茶馆别无他物，无非是些桌椅茶具，不难腾出，容老朽两日便可。"

凡木道："先生既是不开茶馆，桌椅茶具搬走怕也难派用场，不如留下，还按当初价格由晚生买了。如此一来，先生前来赐教时，仍有品茶之所，岂不更好！"

长者乐道："如此甚好，只怕有碍木器生意。"

凡木道："无妨，无妨。前厅只摆些木器样品足矣，还有后院不是？若前厅常有文人雅士坐而论道，人气满棚，木器生意必定日升月恒。"

长者沉思片刻道："尊驾精于此道，令老朽刮目相看。卖靴不言靴，品茶不论茶，此乃至高境界。"

见天色向晚，凡木客套几句便起身辞别。临行时，凡木问道："请问，先生方才所言那粮商，家住哪个街巷？"

长者手指前方道："前方不远有一十字街口，左转一箭之地便是，门头有字，杨府。"言罢，与凡木拱手作别，目送牛车消失在熙攘人流中。

"走，照着长者所言，绕道杨府瞧瞧。你满街吃喝时，是否经过杨府？"凡木郑重问孟江。

"小的不记得了，只顾吃喝，没看门头。家主，我们去杨府那里做啥？"孟江不解道。

"走就是了。"凡木冷冷道。

远远地见"杨府"二字高悬于门楼之上。有个门人悠闲地站在大门一侧。将至门口时，孟江东张西望，且有停车之意。凡木闷声斥道："走就是了。"孟江不由一惊，不明就里地扬起鞭子当空一抽，那黄牛猛一用力，车子颤抖一下，而后晃悠悠奔西门去了。

第六章　寻辛茹李黄受命
　　　　遇卉子凡木感伤

　　古老石桥趴在澧水之上。此处水面稍窄，石桥一侧的阴影里，渔夫正撒网捕鱼，晚霞把渔网当空映亮，水珠点点，红光闪闪。渔网旋即不见，水面一如往常。静谧，安详。

　　牛车厚重的生铁辊轳，碾过桥面的凹槽条石，发出吱吱声响。耗子夜间生情，常有类似响声。桥头北侧一棵柳树下，有个老农在支摊卖花生，凡木认得此人。牛车近前时，那老农笑着问凡木："凡木这是进城了？带几把我新炒的花生吧？铁锅里兑沙，炒出来的花生焦香焦香，不信你尝尝。"老农说时，起身捏上一个花生来到车前。

　　凡木剥开花生壳，将饱满的籽粒入嘴，一嚼，香脆流油。他一时愣住，一个念头随之而生。他平日里也吃花生，寨子周边有人零星种植，可仅是被当零食生吃，顶多是煮粥时放进锅里一把，像这样炒熟来吃，是他平生首次。既然花生被炒熟后香脆流油，若是将花生制成油品，其本钱一定低于芝麻油。田禾一直在用芝麻榨油，昆阳城里的油坊也都如出一辙。芝麻产量较低，榨出的油自然就贵。自前朝张骞从西域带芝麻种子回到长安，芝麻便在大汉逐年扩种，当时称之为胡麻。胡麻被榨制成油，用于烹饪。时至今日新朝，芝麻油广传民间已有百年之久，可用花生榨油却是无人尝试。

见凡木怔怔的一言未发，老农疑惑道："凡木，我这炒熟的花生难吃，还是……？"

凡木一惊道："好吃，好吃。请问老丈，上年秋上邻近村寨种植花生的人家多吗？"

老农道："这我就不大清楚了，反正我家里还存着不少。"

凡木跳下车去，将地摊上的花生悉数买了，而后沉思着上车。老农站立在官道中央，望着远去的牛车，懵懂地挠着头皮，只觉一头雾水。他见凡木的牛车披着红妆，混混沌沌，一点点消失在不远处的寨门里。澧水码头一派猩红，一个秃顶的中年人肩扛麻袋，昂头走在窄窄的木板上，随着那木板不住晃悠，他的头上时不时闪出道道红光。

"凡木哥，你去城里看我姐了？都去了整整一天？"一进大门，芥子迎上来叽叽喳喳。

"哥忙正事呢，哪有空去看你姐。"凡木说时，示意孟江将所买花生搬下车来。

见是白生生的花生，芥子上前抓上一把就要剥皮，却被凡木止住，并让她放回原处，说是另有用场。这让芥子大为不满，她扭头怪道："你可真小气！不就一把花生嘛！"说罢，气呼呼站在一旁。

凡木瞪一眼芥子，而后对着近前的水生道："你把田掌柜叫来。对了，我让你去找临街店面，找到没有？"

水生道："李黄的药铺不想开了，我找过他了，他说想要跟家主面谈。"

凡木看一眼芥子道："药铺？李黄的药铺开得好好的，他为何要转让店面？芥子，叔母不是每日都吃着李黄的汤药吗？叔母的病情如何？"

芥子埋怨道："早就不吃他的药了，比黄连都苦，还一点不治病，吃了跟不吃一样。买块烧饼还能填饱肚子，吃了他两年汤药，我娘的咳嗽比先前更厉害了。凡木哥，你说那姓李的不会在药包里加了茱萸吧？"

水生噗嗤一笑，捂上嘴去找田禾了。凡木盯着芥子道："你别那么说人家，谁都不容易。叔母的病不见好转，汤药的优劣只是其一。你是说伯母没再吃药？那怎么成！"

芥子道:"吃着呢,我姐从昆阳带回的,才吃了三服,难说这药对不对症,反正还是彻夜咳嗽,心疼死了。"

凡木道:"回去给叔母说,慢性病得慢调理,吃药不能急。这可不像你吃烧饼,下肚里就不饿。"

两人正说时,水生领田禾走进院落。凡木道:"芥子,你回吧,明日我去看叔母。水生,请田掌柜去屋里说事,你也进去。"说罢,挥手示意芥子。芥子临出大门,回望一眼车旁的花生。

"田掌柜,请你过来是有要事相商。"凡木道。

"凡木啊,辛茹的事我实在不知内情。"田禾道。

"请你来不为此事。今日我去昆阳走了一遭,木器上的事暂且不说,只议油坊的事。我几乎走遍大小街巷,确有几家油坊,卖的都是麻油,门可罗雀。麻油价高,除了大户人家,寻常百姓日常用得起麻油的指定不多。若是用花生榨油,不知油价能降几成,不如买上一些试试。"凡木说罢,抓上一把方才买来的熟花生放在田禾面前。

"我怎么就没想起用花生榨油啊!一直用芝麻榨油,一榨就是几十年,压根儿就没往别处想过。花生含油一点不少,味道跟芝麻比起来也不差多少。花生产量大,周边种植者不在少数,有人拿它当饭吃。能用花生榨油,那花生就派上大用场了。先榨出来一点试试看,明日一早我跟水生就去买花生。"田禾眼里满是惊喜。

"自小跟着家主,一边学做人,一边学做事,真的很用心,可我就是想不出这样的点子来。"水生笑道。

"那是你的脑子被鸟屎糊上了。"凡木把头扭向窗外道。

哄堂大笑。田禾原本绷着的心一下子舒展开来。因辛茹的事,他怕见凡木,唯恐凡木刨根问底,弄得自己没法下台。他清楚是逆子田雨将辛茹藏了起来,可家丑不可外扬,除却替逆子披着,他没有别的法子!但愿辛茹别再露面,免得节外生枝。但愿凡木别再深究,毕竟油坊出让时,辛茹那份钱凡木是出过了的。

"水生,你去看看晚饭做好没有?田掌柜,就在这里凑合点吧?"凡木道。

"不了，家里做好了。你跑了一天，用过饭早点歇着。我走了。"田禾起身后，没敢看凡木，迈腿出了屋子。

次日一早，凡木去库房看时，见木匠做出的木器整整齐齐摆满屋子，且油漆均已刷上，底漆暗红，表层新涂的桐油泛着光亮，有屏风、茶、案、首饰盒、饰品挂件等。

凡木让木匠精心做了两块匾额。刷过黑漆，再罩桐油，日光下，很快便干。又让水生去请寨子里写得一手好字的王老先生过来，老先生挽起衣袖，屏声静气，在两块匾额上挥毫写下"雷击木漆器店"几个隶书大字，字体遒劲有力。两个木匠照着大字一刀刀刻掉字迹，木板上留下深深凹痕。凡木拿毛笔，蘸上金黄颜料，在凹痕处仔细涂抹，少时，两块店铺匾额悉已完工。他让水生拿来一串铜钱酬谢老者。老者辞让再三，收了钱，捋着胡须去了。

抖抖衣装，凡木迈步去往药铺。这药铺距寨门不远，站在门口能望见寨外码头忙碌的人影。涨水时，澧水上过往船只，皮影一样，自寨门转瞬即逝。李黄的药铺乃祖上传下，历经几代，凡木没去深究，只记得自小家里人便在此抓药。据说，先前颇有几分名气，不知是何缘故，药铺交到李黄手上，便日渐式微，寨里人多是去邻近村寨，或是去城里抓药，不嫌路远。细究缘由，无非有二，一是李黄把脉瞧病有欠火候；二是汤药成色用量不尽如人意。无论如何，祖业传至李黄手里，却难以为继，免不得让人唏嘘。

凡木走进药铺，见李黄正端坐案边发呆。李黄沉郁道："凡木，你昨日进城了？见到卉子了吗？"凡木惊道："卉子？我见卉子干吗？你这话不着边际了吧。"李黄道："当初我李黄成人之美，全是出于好意，不想却落了个臭名声，弄得里外不是人。"凡木明知故问道："此话怎讲？"李黄叹息道："你是有意拿我开涮吧？卉子的事你不会不知。你一出去就是三年，连个音信都没有。"凡木迟疑片刻，打趣道："昨日我那黄牛走得正欢，不想一声屁响，随之迸出乌七八糟的东西来。水生躲闪不及，弄得满身都是。他能怎样？洗洗呗。万事想开点，过去的事，放不下也得放，除此之外，又能如何？"李黄感激道："凡木啊，你是个真君子，大人大量，既大气又风趣，无人能及，无人能及啊！你和卉子的事就不说了，芥子这丫头长相不次于她姐，德行也好，寨子里的女孩子怕是无人能及，我想给你们做月下老儿，不知你意下如何？"凡木笑道："李掌柜，你又来了不是？还不长记性啊！"李黄道："正是错了一次，才更想对一次。"凡木道："是五邑叔父托付你的，还是芥子托付你的？"李黄道："都不是。敬重你凡木是条真汉子，扒拉来，扒拉去，寨子里还就数芥子配得上你，又不想让寨外人占这便宜，才想起撮合这桩婚事来。再说了，日后凡木你飞黄腾达了，总会念及我这月老的情分不是？"凡木动情道："李掌柜，亏你想得如此周全！这般看中凡木，凡木愧不敢当。勤勉做事，无厄安泰便是，好高骛远终究伴着险象，你说是吧？"李黄敬佩有加，摇摇头道："凡木呀，实不相瞒，你是我李黄最为敬重之人，说句斯文话，假以时日，你一定震古烁今。"凡木肃然说道："言重了，言重了。凡木何德之有，安能震古！凡木何能之有，岂可烁今！笑谈，笑谈而已。"

传来细碎脚步声。李黄望望后门道："他娘，你有事？"后门外旋即有人应道："没事，没事，你们说吧。"

凡木看一眼道："大约夫人找你有事，你我长话短说吧。我今日来所为何事，李掌柜心下清楚。谈正事之前，凡木有一事相托，不论正事是否谈拢，还望李掌柜应下凡木托付。"见李黄不住点头，凡木继而低声说道："我接手油坊的事你大约清楚，油坊里原本有个婢女，名唤辛茹，可田雨说，那婢女夜间逃了，且无处可寻。有人说，辛茹是被田雨藏起来了。碍于面子，我的人不便出面，想请李掌柜出面打听一下，辛茹被藏在了哪里？她眼下可好？"

李黄吃惊道："就为一个婢女？"

凡木郑重道："是。"言罢，见李黄的眼里满是迷茫。

良久，李黄疑惑道："你想娶一个婢女？"

凡木道："不，我不宜成家。"

李黄道："不宜？为何？"

凡木道："不宜。"

李黄道："那你为何找辛茹？"

凡木道："答应过人家。"

李黄迟疑一下，最终应下。继而问道："若是找到辛茹，接下来我该如何去做？"

凡木道："这不是你的事，你只消查清她人在哪里即可。"

李黄出口长气，道："不就是弄清这婢女的藏身之处嘛，这有何难！原以为要将她接我家中呢。你大约不知，我那内人醋劲十足，接到家里，恐难周旋。"

凡木低声道："我能理会。谈谈正事吧？"

李黄道："其实，水生来时，已将你的想法说了。实不相瞒，这药铺早已难以为继，只是割舍不下，毕竟是祖上传下来的。也就是你凡木，换成别人，傻子都不会照实来说，谁让我李黄敬重你的为人呢！你说吧。"

凡木动容道："谢李掌柜抬举！既是药铺难以为继，我想借用药铺卖漆器。由我安置人打理铺子也行，由李掌柜自行打理也行。若按前者，我支付铺面租金；若按后者，你的收入则从每件售出的漆器上抽取。是按前者还是后者，你来定夺。另外，这临街铺面改卖漆器，你在后院依旧可以把脉卖药，兼顾祖业，两全其美，有病人时，你去后院诊治，夫人守在铺面即可。"

李黄听罢，感叹道："凡木啊，这样的铺排头头是道，让人心悦诚服。你处处替别人着想，跟着你做事，省心又顺心，何乐而不为！就按后者来吧。"

谈妥之后，凡木让李黄及早腾空铺面，而后辞别而去。望着凡木远去的背影，李黄舒心地暗自盘算，药铺和漆器店两下收益，一年下来进项一定不少。不知何时，他的夫人静悄悄站在身边，夫人的话让李黄不由一惊："他爹，凡木说他不宜成家，这'不宜'怎讲？"李黄道："你都听见了？偷听别人说话不好。"夫人道："做了亏心事才怕别人听，你们没做亏心事吧？"李黄哼了一声，去后宅收拾房间了。

几个木匠干起活来很是卖力，才过两天，库房里的漆器已是堆积如山。三天头上，李黄的铺面已经腾空，大件用车，小件用人，只一个时辰不到，李黄的店铺里便摆满大大小小各式木器，说是木器也好，漆器也罢，林林总总，摆置有序。更换门头时，引来不少围观者，人们望着"雷击木漆器店"几个遒劲大字，窃窃私语，啧啧称道。有人说凡木真有本事，这才几年啊，硬是独自撑起了家业。用上雷击木做成的器物，指定辟邪，来日就把家里的旧漆器换成雷击木的；有人说，李黄指定是烧高香了，坐家不动，无需本钱，财神爷硬是找上门来。直把李黄的脸上生生扯出道道笑痕来。

五邑站在人群中，面色难看，沉默不语。见水生正与李黄登记账目，他悄然近前，伸长脖子看着账上数字。水生明明已是管家的角色，油坊归他管着，漆器店看来也归他管，这个深受凡木器重的人，还代管账房及进出货物，这让五邑心生妒意。水生本是奴婢，眼下看，已没人在意他的身世了，什么奴婢不奴婢的，只要掌柜的器重，照样出人头地。见他们记账完毕，五邑酸溜溜地问道："水生，凡木哪天去昆阳啊？如今换成孟江给凡木赶车了，你不吃醋吧？"

水生笑道："家主明日去昆阳。伯父啊，我家就没醋，想吃都吃不来。自西周王室开始酿醋，距今已有一千多年，醋，一直属稀缺之物，贵着呢。"

五邑尴尬道："水生也长学问了，跟着凡木，你算抖起来了。等你完事了，我跟你去见见凡木吧？"

水生道："这就完事了，走吧。伯父，这是怎么了？你哪会儿想见我家家主，不是迈腿就去了吗？"

五邑干笑着，支支吾吾地随水生去了。

凡木正看木匠在木器上刷漆，见水生身后跟着五邑，五邑显得拘谨，这跟平日不大一样。知是五邑有事找他，便让水生去油坊看看，遂将五邑让至屋内。凡木道："叔父像是有事的样子，但说无妨。"

五邑干笑一声，道："像是一眨眼的工夫，田禾的油坊归你管着，寨子里的漆器店说开张就开张了，听说城里的漆器店也要开张，这是别人想都不敢想的事啊。"

凡木道："还不都是乡里乡亲关照的结果，叔父是出了大力的人，这宅子不是叔父忙里忙外的，凡木不知几时才能住上新房呢。我听水生说过，叔父有意将客栈让出来当漆器店，碍于客栈不临街，当漆器店不甚妥当，我忘记亲自上门告知叔父了。水生是按着我的想头去找店面的。"

五邑忙道："凡木啊，把客栈当作漆器店是不大妥当，那天水生一说，我就懂了，叔父今儿找你不为这个事。"

凡木笑道："叔父一向快言快语，今儿个怎么了？打一进门我就看出你有心事，在侄儿这里不必拘谨。"

五邑道："不知你城里的店铺人手够不？叔父的客栈生意清淡，在家待着闹心。"

凡木哈哈一笑，道："侄儿问了多次，叔父还是这么吞吐，这一点不像平日里的叔父，不过，我听懂了。凡木能有今日，叔父一家，尤其是卉子，功不可没，我却一直无以报答，这多半缘于一事无成，等来日吧。在凡木这里，想在哪里做事都成，叔父自便，我巴不得叔父常在身前，也好随时讨教，只是虑及客栈不可缺了叔父，叔母有恙，芥子还小，故而没敢提及，看来是侄儿虑事不周。"

五邑动情道："凡木，你这么说，我很不自在，你想得很是周全，全是肺腑之言。我那客栈不想开了，半月四时都没个客，坐家里着急，不如去城里帮你打理店铺，有个事做心里不慌。再说了，去城里，也能时不时地见见卉子，别看卉子去了个有钱人家，可我和你叔母还是放心不下。再有钱，那也是人家的。"

想起卉子在粮商家做小，想起要租的店面竟是粮商家的，凡木一时间五味杂陈。世间事居然这般巧合！租下粮商的店面，他一点不清楚日后会否滋生事端。辞掉吧，没有理由。凡木不想将此事这么早告知五邑，毕竟那店面眼下由雅士王桂租着，且有五年合约在手。想到此，凡木道："既如此，昆阳的店铺就由叔父照管吧，带个人过去，有你们两人打理漆器店，也省去我不少心思。"

五邑脸上露出笑意。他说这就回去收拾一下，明日跟凡木一道进城。凡木送五邑出来，见正午的阳光将院子里凌乱的木花和木屑映照得斑驳陆离。几只麻雀不顾木匠就在一旁做活，在满地木屑中蹦来跳去，肆无忌惮，纵使木屑沾满周身，跳将出来，一抖身，木屑全落。

牛车出寨时，车上坐着凡木和五邑。匾额用红布包着，出嫁姑娘一样端坐车子正中，静若处子。孟江虚晃一下鞭子，黄牛依旧慢条斯理。见黄牛不为所动，孟江抡鞭照着黄牛肚皮抽去，那黄牛歪歪头，无动于衷。孟江道："家主啊，牛太慢了，换成马吧？不耽误事。"凡木道："何必太快，我们这是多大个事啊！"五邑插话道："凡木啊，多少钱都花了，还在乎一匹马？再说了，乘马车显得体面，如今，你跟从前不可同日而语了。"凡木道："叔父，钱多钱少都是钱！至于体面不体面这无关紧要，我们卖的是漆器，不是牛马。用上乘木料，做上乘木器，让人用着舒心，这才是行商之本，这才是重中之重，还望谨记。不可同日而语？凡木还是这一百多斤，再怎么着，也长不过这黄牛的身板！"三个人哈哈大笑。大约是听见身后有人夸奖自己，那黄牛侧目望望车上，走得比方才快了许多。

见孟江没再言语，五邑便不宜多说。别处用钱，凡木一向出手阔绰，将牛换马却显吝啬，有钱人的心思与寻常人大不一样。五邑想时，偷偷看看凡木。

大约是谢客的缘故，王桂的茶馆门庭冷落。按着凡木交代，王桂只将零碎物件拿走，茶台、板凳、茶壶、茶碗等一概没动。见凡木的牛车停在门前，王桂笑迎出来道："凡掌柜辛苦，请上座品茶。店内多余之物悉已移走，但凡留下的皆有用。老朽夜查典籍，凡姓始于周朝，周公旦之子被封'凡'地，建凡国，人称凡伯。如今昆阳地界，凡姓实属不多，结缘尊驾，真乃三生有幸！请，请！"

凡木笑道："先生博学，晚生难望项背。请，请！"

二人并肩步入前厅。五邑紧随其后，好奇地看着眼前这位仙风道骨之人。见两人同时入座，五邑正不知可否坐下，凡木道："叔父，此乃昆阳雅士王老先生，昔日茶馆掌柜，日后应多多请教！先生，这是我家叔父，名五邑，鄙店日后由叔父照管，还望王先生常来赐教！"行礼后各自入座。

王老先生开门见山道："按着事先所谈，合约起草完毕，请凡掌柜过目。如有不妥，再行改动；若无异议，今日便可更换门头。老朽见牛车上盖头通红，想必匾额藏在里头。凡掌柜做事雷厉风行，一表人才，器宇轩昂，虽是姓凡，浑身透着不凡之气，日后必成大事。老朽不才，见一斑便知全豹。"

凡木听着王桂酸溜溜的书生话，草草看完合约，而后提笔签下名字。他本无心品茶，在王桂礼让下，端起茶碗小抿一口，对五邑道："去把匾额卸下。"

五邑应着，走出店门，和孟江将匾额抬进门里。见孟江垂首站立一侧，五邑迟疑一下，站在孟江身边，没敢入座。

王桂见这主仆二人极懂规矩，很是满意，本想高论一番，却听凡木说道："孟江，你即刻返回文寨，今日怕得往返三趟，将库房里的漆器一并拉来，漆器店明日开张。与你一道从油坊过来的那个人，叫什么来着？让他随车过来。"

孟江应下，急匆匆去了。

当晚，五邑住在店内，凡木则去客栈入住。次日更换门头前，凡木让五邑拿些铜钱，将街上玩蹴鞠者、演百戏者招至门前。雅士王桂，让家人抱些细条干竹，放置阶下，而后点燃竹子。立时，噼噼啪啪的声音响彻周遭。随着红布被徐徐拉下，"雷击木漆器店"几个遒劲大字映入人们眼帘。看热闹的人摩肩接踵，议论纷纷。

"雷击木漆器？什么是雷击木？"

"连这都不懂？雷击木，不就是被雷神劈过的树木吗？"

"雷击木有啥用啊？我见过被雷神劈过的树木，黑不拉叽的，这有什么好！"

人群中露出孟江的脑袋，这个机灵鬼不知何时挤进人群。听身边两人议论，遂大声说道："伙计，你可千万不要小瞧了雷击木，你家有吗？不是我吹牛，你跑遍整个昆阳城都寻不到一棵遭雷击的树木，别的不说，但凭这个，它不稀罕吗？雷神为何要劈树木？还不是树上伏着邪魔！雷神是为民间除害，才下到凡间怒劈邪魔的。雷神劈死邪魔，树木难免遭受连累，可遭雷神劈过的树木，自然带有雷神的气息，别的邪魔，哪个还敢近身！"

高个男子道："伙计，你懂得可真多。怪不得前些日子，有人赶牛车满大街吆喝收购雷击木，那会儿不懂什么是雷击木，瞧都没瞧那个人，还以为是演百戏的呢，扯着个破嗓子，驴叫似的。"

几个人哈哈大笑。孟江挤挤眼正想再夸雷击木,却听站在门头下的王桂开言说道:"各位,肃静,听老朽论论雷击木。你道雷击木有何光鲜之处,用它制成的木器能饱腹?抑或能医病?非也。雷击木无非木头而已,无他。"孟江不由一惊,诧异间,那雅士话锋一转道:"然,雷击木既被雷神击中,必是高大粗壮,谁见过一棵葱、一根草被雷神所击?既是高大粗壮,质地自然了得,用以做成之器物必定坚固耐用,此乃其一。其二,对于吉祥的期盼,人皆有之,故而才有辟邪之物,老朽书案上如今放着玉石麒麟。每逢岁旦,老朽必将桃符挂于门侧,何为?无非图个吉祥。至于人云之邪魔一说,信则有,不信则无,不可一概论之。老朽自小听老人言说,雷神为何雷劈树木,那是树上伏着邪魔。雷神既然劈了树上邪魔,被劈过的树木自然沾着雷神气息。试想,雷神是为除恶扬善才来下界,岂无辟邪之效?"

人头攒动,人声鼎沸。竹子燃尽,仍有蓝烟袅袅盘旋。人气合着烟气,竞相升腾。

雅士说罢,不无得意地看看凡木。凡木动情地向雅士颔首致谢,而后说道:"鄙店今日纳客,承蒙诸位莅临,特致诚挚谢忱!雷击木漆器店,昆阳城就此一家,漆器式样繁多,大件小件不甚雷同,如另有所需,鄙店承接订货,且送货上门。敬请各位多多指教!"

凡木说罢,礼让王桂,二人站在一侧,望着人们鱼贯而入。一个似曾相识的人,站在对面一家杂货铺前东张西望。凡木起初并没在意,当漆器店前集聚的人群稀疏下来,那人仍在四处张望。凡木蓦然想起卉子家的车夫来,卉子回门那天,此人曾在凡木家门外逡巡。再看时,那人已消失不见。

"恭喜,恭喜,恭喜凡掌柜的漆器店盛大开业!"卉子的出现,让凡木蓦然一惊。

"你们认识?"王桂愕然道。

"凡掌柜是我家堂哥。王掌柜,你不知道我娘家是文寨的?要不就是凡掌柜还没来得及说他是文寨的。"卉子说时,静静望着凡木。

"是老朽糊涂,一时忘了这一茬。真是应了那句俗语,'不是冤家不聚头'。居然这么巧！"王桂顺嘴一句话，倒让卉子不觉一阵脸红。

"谢过杨夫人！"凡木说罢，躬身一礼。直起身，已是双眼模糊，心下五味杂陈。

卉子背过身去，佯装端详漆器。少时，她回转身来，依旧一脸笑意，对着王桂道："王先生在昆阳城德高望重，凡掌柜初来乍到，少不得仰仗先生。我方才看上一支簪子，已经买了，你们先忙，我去见见我爹。"卉子说时，掏出簪子亮了亮，而后返回店内。

王桂不解道："她爹是谁？已经买过漆器了？凡掌柜，她几时进去的？"

凡木怔怔道："是啊，卉子是几时进去的？为何你我都没看见？我们都在兴头上，只顾招呼生人了。五邑叔父是她爹。用个簪子还要掏钱啊！"

王桂叹道："你是她家堂哥，她乃老朽房东，用个小小簪子，你我若事先知晓，怎好收钱？如今她悄悄买了，其本意，无非是为漆器生意添个吉祥。老朽不懂的是，她为何要买个簪子，而非别的？"

凡木摇摇头，转脸看时，见卉子正跟五邑说着什么。

第七章　开新店田禾受邀
　　　　起争执水生挨训

凡木入住客栈，每日里去漆器店看看，遇上主顾在店里品茶，便主动坐下，与人攀谈。店里茶水不收铜钱，一些老主顾虑及在此买过漆器，坐而品茶显得心下坦然。老主顾时而会带新朋旧友过来品茶闲聊。无意间，这些人便成了新的主顾。人与人口口相传，凡木的漆器不只卖到了乡下，据说百里之外的宛城也有人来买，这让凡木欣慰不已。在与主顾闲谈中，凡木不时打听哪里有闲置门面，意欲在昆阳开家油坊。终于等来契机，一个主顾说，他的一个亲家一直做着布匹生意，如今却每况愈下，意欲将现有布匹分给亲戚，从此洗手不干。凡木闻听，便与这主顾一道去看布匹店，见店内并无太多物事，房子腾空较为容易。就这样，有人想出手，有人想求之，再有中间人从中说合，最终谈妥。

孟江每日里来往于文寨与昆阳之间，赶着牛车，哼着小曲，很是逍遥。有两个店铺同卖漆器，几个木匠做出的漆器，库房里便少有库存。

"孟江，凡木让我趁车进城，就为油坊的事吧？"牛车上，田禾望着两侧的麦田道。

"大约是吧。家主说，他找好了门面，等你进城定夺。"孟江说时，将鞭鞘伸到牛脸处晃晃，这牛车立时快了许多。

"定夺？凡木真是这么说的？"田禾道。

"真是，骗你我是狗。"孟江道。

"如此说来，凡木还是敬重我的。"田禾脸上浮现笑意。

"那是。家主的为人你又不是不知道，在哪儿还能遇上这样的好人！"孟江说话时并未多想，他一点不知道随口说出的话，并非人人受听。

田禾良久没有言语。孟江回头看时，见田禾正望着麦田若有所思。通往昆阳的官道上，有人担着担子，有人推着独轮车，牛车极少，未见马车。有人担着青菜，有人推着鸡鸭，乡下人进城多半携带这些。

"孟江，城里的漆器生意如何？我看文寨卖得蛮好。"田禾忽然问道。

"田掌柜，不是我孟江瞎吹，家主就是会做事，抛开漆器的好坏不说，家主在漆器店里摆了两个茶桌，免费让主顾来此品茶，这样一来，店里天天聚着人气，有了人气，买卖自然就好。我看昆阳城里，这么做生意的就此一家。你看我天天来回跑着送货，还不知道生意如何？再说了，谁家的木器能比上我家的？我家的木器用的全是上等雷击木！我琢磨着，这做人跟做事它们是连着的，会做人，自然就会做事。"孟江脸上冒出几分得意。

田禾再次沉默不语。良久，他酸酸道："亏他凡木能想出这么多点子，不知道油坊的买卖日后会不会这么好。"

孟江笑道："你只管放心，我家家主一定会把油坊弄得跟漆器店一样好。田掌柜，你好像只操心油坊的事啊！"

田禾冷冷道："废话，我瞎操别的心干吗！"

漆器店跟田禾并无干系，油坊却不然。按着合约，虽是油坊整个儿被凡木买下，可油坊日后的收益却是两人分成，从这一点上讲，凡木是吃着大亏的。世间事往往如此，并无定式，有人愿打，有人愿挨，这是没有办法的事。想到此，孟江便不再多言。

牛车在漆器店外停下，几个人小心卸下木器。凡木跟品茶的主顾打过招呼，便上车去看日后的油坊店铺。田禾问凡木："那些人都是买木器的？"凡木道："都买过。闲来无事便来这里打发时间。"田禾不解道："我听孟江说，不少人是来喝闲茶的，这一天下来，你得白白搭进多少茶钱啊！"凡木笑道："劣质茶，不值钱。再说了，一撮茶叶能喝上一天，茶水跟白水一个颜色了，还在泡着喝，喝就喝呗，水又不值钱。其实，人们图的不是茶，是排解，是友情。"田禾嘟囔着："排解？友情？凡木，我怎么听不懂啊？"凡木道："田掌柜，你每日里忙前忙后，心中有事惦记，自然不觉寂寞，你要知道，并非所有人都是如此。停，停，到了，就是这个铺面。人呢？昨日还开着门呢！"

大约店主已将布匹挪走，但等新的商户入驻。凡木说："稍后让中间人将这店铺主人请来，最好今日就将合约签了。"田禾环顾周边，感觉位置蛮好。忽见向南不远处的一家店铺前，高高挂着一面米色旗子，旗子下吊着流苏，旗子正中大大的"芝麻油"三个字让田禾不由得心下一惊，便随口问道："那是一家油坊？"

凡木道："是油坊。"

田禾不解道："两家油坊相距这么近，这行吗？"

凡木道："越近越好。"

田禾和孟江不约而同地盯着凡木。凡木静静说道："越近越能促生群集效应，后来者最为沾光。你在鸡鸭市上卖油，或是去鱼市上卖油，这指定不成。人们习惯于去哪里买油，你就在哪里卖油，这一点不错。比如，前方不远处的这家油坊，必定有它常有的主顾，这些主顾习惯了在此买油，一旦发现附近又开了家油坊，必定心生好奇，想来看看的念头便随之而生，这毋庸置疑。无形中，别人的主顾就成为你的主顾，至少会成为你的潜在主顾。你的油若质优价廉，这些主顾还会口口相传。在金钱利益面前，人是容易背叛的。"

田禾眼中闪着幽幽亮光，猫在夜间盯上耗子时常有类似眼光。他的手攥出汗来，小眼死死盯着那家油坊道："回吧，我明日就把油弄来。"

凡木道："田掌柜，你看这人手该如何安置？"

"我来。"田禾不假思索道。

"那就辛苦田掌柜了。孟江，去漆器店，给田掌柜泡壶热茶。"凡木会心一笑道。

"不，不停了，我这就返回文寨，明日就将芝麻油和花生油一并拉来。"田禾抢先登上牛车。

"田掌柜，只拉花生油吧。"凡木道。

"为何？"田掌柜一惊。

"人家卖着芝麻油呢，得给别人留条路，但凡经商人，谁都不容易。"凡木不忍道。

"这是做生意，不是行善事。"田禾道。

凡木没再言语，只低着头看鞋。良久，田禾道："那好吧，就听你的，这家店只卖花生油。"

凡木让孟江赶车自那家油坊前走过，轱辘重重轧过青石铺就的街面，发出咯吱咯吱的声响。凡木仰头望天，蓝天上，絮状白云纹丝不动，只将零碎的星星点点给风拿去。田禾瞥一眼油坊里忙活的伙计，而后闭上双眼。

凡木并未挽留田禾，只让五邑端来两碗茶水，田禾和孟江各自喝了，随后返回文寨。

虑及一箭之地便是别人家油坊，凡木的油坊开张时悄无声息。为凸显招牌，匾额一侧，照例挂起一面旗子，"花生油"几个大字在和煦春风中倒也醒目。无人前来道贺，无人门前助兴，这般冷清开业让田禾暗自叹息，又不便多说什么，只用麻布在台面上擦来擦去。凡木知田禾心中有结，好生劝慰一番，而后拍拍田禾肩膀，独自走向不远处那家油坊。

油坊掌柜站门口不时向这边偷看，凡木近前时，他大约认出凡木是漆器店掌柜的，很是热情，搓着手道："这不是雷击木漆器店的掌柜吗？里边坐，里边坐。你那漆器店昆阳城里就此一家，生意该是不错，开业那天，我家内人就去买过一个首饰盒，说是能辟邪，女人热衷这个。"

凡木谢道："小店初开，承蒙关照！"

油坊掌柜羡慕道："你那还叫小店呀？既派头又是独门买卖，知足吧。哪像我这油坊，本就不大个小城，偏偏开了好几家，这不，那边又开一家。好在那家不卖芝麻油，不然的话，真不知道日后该如何应付，卖油本就利薄。用花生也能榨油，首次听说。"

凡木道："掌柜的，正是担心有碍你的生意，鄙店这才有意避开芝麻油，只卖花生油。初来尝试，还望多多照应！"

掌柜的惊讶道："那油坊也是你的？"

凡木无奈道："是啊。原本只在乡下卖油，可家里人多，难以养活，不得已才想起来城里试试。"

掌柜的见凡木一脸为难的样子,遂叹口气道:"看来谁都难啊!花生油好吃吗?"

凡木道:"谁知道好吃不,反正我是没吃过。老家的人种了不少花生,吃不了那么多,总不能看着坏掉吧,于是试着榨成油,油是不会放坏的,你说是吧?"

凡木的悲情倒让油坊掌柜一时丢下顾虑,两人谈得很是投缘,直至凡木不经意间看见有人走向他那新开店铺,这才辞别掌柜的,想去听听这首位主顾对花生油说些什么。

花生油价格低廉,香味倒也醇厚,买油者出于省钱和好奇,会少量买点回家试吃。主顾口口相传,销量自小而大,比起文寨来,不知好出多少,田禾脸上笑意渐多。这样一来,漆器店由五邑照管,售油店由田禾照管,孟江则赶车往返于昆阳与文寨之间,送木器时带上油品,两项买卖互不耽搁,且都属独门生意,盈利自是可观,不免惹得同行渐生嫉恨。凡木却并没察觉,他丝毫不知官司正一点点逼近自己。

城里生意稳下后,凡木退去客房,乘车返回文寨,他该静下心来监管好进料和木器制作。牛车自出了昆阳西门,孟江便听不见凡木言语,时不时回头看看,车上的家主面色肃穆,眼里空洞无物,便不敢出声,只专心赶车。

进得寨门,前行不远,尚未拐进南巷,争吵声自小而大。远远地见自家宅院外集聚不少闲人,人们推搡着探头向院内张望。凡木惊道:"家里为何会有人吵架?"

孟江收拢缰绳道:"家主,像是水生的声音,是水生,另一个倒听不出来。"

见凡木自牛车上下来,一脸怒色,瞧热闹的人自行让出通道,等凡木进院。凡木走进院落,方才的通道旋即被人堵死,有人争执,有人尖叫:"挤死了!我的脚,我的脚,抬抬你那驴腿不行?"凡木进院后,紧挨着热闹的人屈身蹲下,静听院子里的人挽着衣袖大吵。

"找上门来了！你蹦得再高我就怕你了？有本事你蹿到房顶上去！"水生眼珠泛红道。

"水生，咱得论理，你不能一而再再而三。我再说一遍，你不能在家里卖木器，都来你这里买，我坐着喝西北风啊！"李黄的声音比水生的高出许多。

"李黄，又不是我让他们来这里买的，人家自愿来买，好说歹说就是不走，我总不能用黄狗撵人家吧？"水生声音意欲压过对方，他将"黄狗"两字喊得尤为高亢。

"你是狗！你就是黄狗托成的。"李黄大约是忌讳"黄"字，干脆骂起水生来。

"你才是狗呢！是疯狗，不是疯狗不会这么咬人！"听见人群中传来嬉笑声，水生一点不饶。

凡木听出两人所为何事骂架，忽觉乃自己失当，当初他并未向二人明确家里是否该卖漆器。既是让李黄在寨子里开店，按说，就不该自做自卖，李黄据理力争情有可原。水生未得凡木明示，自是不会顾及李黄之意。水生跟随凡木多年，这个浑身透着机灵的人，平日里极懂凡木心思，不知为何在此事上犯浑。这是多大个事啊，弄得李黄大动肝火，一旦处置不妥，让众多乡邻取笑不说，还有伤他凡家名声。思虑至此，凡木起身走向院中，对着李黄拱手一拜道："李掌柜息怒，全怪凡木虑事不周！至于周边的人该在哪里买漆器，你且消消怒气，我们稍后再议。"

见凡木此时回来，李黄不由一惊，怎奈怒气正盛，一拱手道："凡掌柜不必这么说，这一点不能怪你。我李黄开店多年，和气生财之道还是懂的。我找水生无非是讲明道理，他不能在家里随意卖木器。既然凡掌柜不在家，他该让我等你回来再说不迟，可这人出口就伤人，说我是上门找事，我吃饱了撑的？我找什么事了？"

凡木还想劝说时，水生却气昏了头，不顾凡木在场，高声道："我明明说过，是要等家主回来再做定夺的。只是人家老远跑到家里买木器，不卖给人家怎么好！不就这一次嘛，硬是不让我卖，还不依不饶的。谁说瞎话谁是狗！"

"放肆！水生，你是在跟我说话吗？越来越不懂规矩了！给李掌柜赔个不是。"凡木大声斥道。

水生瞟一眼看热闹的人，嘴里支支吾吾，迟疑着并没道歉，这让凡木一时间怒火中烧，双眼发昏。孟江见状，噗通一声跪在李黄跟前。凡木原以为是水生下跪，怒气瞬间消退不少。再看时，李黄已将孟江扶起。水生趁机向着李黄拱手一拜，并低声支吾着什么。见状，李黄纵有再大怨气，自是面色转晴，三人小声说着致歉的话。凡木并没听见，他正想的是，水生被委以大任一来，似乎不像从前了。孟江今日之所为倒让凡木刮目相看，此事与孟江毫无相干，他却能舍下面子，顾全大局，若不是他见机行事，方才僵局只怕难以化解。水生如执意不去赔礼，他凡木的颜面，他凡木的尊严何以维系。想到此，凡木没去理会三人，转身走向屋内。

他第一眼看见的是案子上供着的一册书简，那是卉子当年送给他的。他向着书简深深拜下，而后回想起卉子在漆器店背身时的模样，不觉一阵心酸。卉子买了支雷击木簪子，虽然他弄不懂卉子为何只买一支簪子，可他能想象到卉子对着铜镜，将簪子插入发髻时的样子。

门外传来窸窸窣窣的脚步声，继而是李黄的声音："凡掌柜，我们能进去吗？"凡木并未应答。接着是水生怯生生的声音："家主，我知错了。"凡木凝视着暗黄的书简，依旧没有吱声。孟江的声音里带着征询的味道："家主，大门口的人都已散去，只留一个卖雷击木的老汉，让他进来吧？"凡木缓缓转过身，道："孟江去待客，你们两人进来吧。"说罢，撩袍坐在木榻上。

李黄进来后没敢入座，站立一旁道："凡掌柜，这事也不全怨水生，我这驴脾气一上来，就按捺不住，其实，就这么点小事，犯不着吵得满寨人都知道。"

水生垂手而立，李黄话音才落，便忙道："家主息怒，是我错了，水生日后再也不敢造次。家主去昆阳开店，将家里重任托付给我，我辜负了家主厚望。"

良久，凡木示意二人入榻。二人对视一眼，均没敢坐。凡木望着案上的书简，静静说道："既然都已悔悟，今日之事就算过去。日后但凡来寨子里买漆器者，均在李掌柜的铺子里拿货，宅院大门只对卖雷击木者敞开，闲人不得入内。水生的担子较重，这边的木料把关，漆器出库；油坊那边的原料进来，油品出去，都得一一造册登记，很是繁琐。谁都有难处，谁都不容易，最为关紧的是，各自务必把持住自己，不出乱子，不生是非，而这重中之重，便是相互担待，多为对方着想，如此一来，斗大的事也就成了芝麻一般。"

见二人不住点头，凡木示意他们去了。

忽觉心倦体乏，本想和衣躺会儿，却见门口探出个脑袋来，李黄在门外迟迟疑疑。凡木问："你有事？"李黄这才迈步进屋，而后道："凡掌柜，上次你交办的事……"没等李黄说完，凡木望一眼门外，道："你回吧，晚间我去漆器店看看。"李黄欲言又止，慢悠悠出了屋子。

两个婢女轻轻将晚饭端来后，垂手立于一侧。凡木示意她们下去，而后望着婢女的背影依次消失在灰暗的夜色中。屋门被徐徐关上后，油灯豆大的火苗飘忽数下，随后纹丝不动，像枚花瓣孤零零挂在枝条上。

黑黢黢的街道不见亮光，这边的商铺均已闭门歇业。风，打着旋儿清扫道边草叶，撒欢儿奔寨门而去。凡木举目看时，远远地见自家的漆器店开着门，青石路面上整齐地印上门框的轮廓，黄黄的像块床单铺着。

凡木进去后，李黄旋即将门关上。才入座，李黄便急不可待道："凡掌柜，今儿的事我也有错，我不该跟水生争吵，都这把老骨头了，还跟奴婢一般见识。"凡木道："说正事。"李黄干笑两声道："也好，也好。这几天我设法打听辛茹的下落，可就是没人知道。没法子，我把田雨请到家里喝酒，趁着他喝多乱说，我绕着话问他，油坊里之前跑掉的那个婢女找回来没有？可别再让奴婢逃跑了，都是钱买的，跑了可惜。田雨笑嘻嘻说，其实一个奴婢都没跑，那个叫辛茹的婢女是被我藏在山里一个猎户家了，没事，那是我远房亲戚，他家正缺苦力。"凡木蓦然插话道："缺苦力？"李黄着急道："他是这么说的。我接着问他，山那么大，山沟沟那么多，你这亲戚家到底在哪一片？别看那家伙喝多了，死活就是不说。见我执意打听，田雨揉着眼睛说，李掌柜，别是你也对那婢女有非分之想吧？看来不光我想，谁都想啊，白白嫩嫩，娇小玲珑的。我发誓还没碰她，本来拖到草丛里了,她却乱抓乱叫。那叫晦气啊,偏偏这个时候,听见几声狼吼,吓死人了。我说田雨你缺德不缺德啊!他说他是缺德,还说凡掌柜也不是什么好人,你早想把辛茹弄到手,他偏不让你得逞,凭什么你凡木样样都比别人强!后来田雨问我,李黄,你是不是在替凡木做事?我说,我吃饱了撑的?我都这把年纪了,正事还忙不过来呢。他便不再怀疑。我生怕他多心,就没敢再往下问。"

凡木起身逐一端详店里的漆器,忽然问道:"为何都是些小件?怎么不将大件漆器摆在这里?比如屏风、箱柜。开业这几天主顾多吗?"

李黄的心思尚未从方才的话题里移开,听凡木如此突兀地扭转话题,赶忙回道:"这间铺面地方窄小,放不了大件,大件都在后宅呢。才开业就有不少主顾过来买货,卖掉不少了。雷击木漆器,听着就稀罕。"

凡木点头应着,来回踱着步子,忽然脚下被绊,踉跄一下险些跌倒。李黄赶忙起身道:"小心,小心,铺面太小了。"

凡木站稳身子道:"辛茹在山里做苦力?"

凡木这东一榔头西一棒子的问话让李黄极不适应,回道:"田雨是这么说的。"

"李掌柜,文寨西南三里地有片林子,林子里有块空地,明日午前你设法将田雨约到那块林间空地。"凡木说完,径自去了。

李黄怔怔立在原地。去林间所为何事?他该如何约田雨?田雨听他的吗?这太难了!不约田雨吧,这满屋里摆放的可都是凡木的漆器。李黄独立门口灯影里,久久没有离去。身影被暗光拉出老长,幽灵般一动不动。

第八章　凡木林间会田雨
　　　　　李黄深山救辛茹

　　一大早，李黄才将漆器店的门板卸去，便有一个买漆器的妇人登门。此人挑来拣去，问了再问，让李黄心生烦躁。眼见日出数竿，非但此人不走，反而又来一人，大约是两人相识，家长里短地说个没完。李黄不时望望外头，再看看后门，急切盼着内人早点过来。终于熬不住，对着后门大喊几声。内人进来时，带着怨气。李黄说要小解，匆匆去了。

　　小解后，李黄悄悄来到药铺，拉开药柜，取出一个暗红盒子，捏出一支老山参在鼻前闻闻，而后将山参小心放回盒子。他怀揣老山参去往田雨家时，像是被人讹去了数贯铜钱。

　　上次李黄好酒好肉款待，田雨很是感激，这会儿见李黄挟着东西过来，自是不敢怠慢，遂将李黄让至客厅。寒暄过后，田雨盯盯木盒却不便多问。李黄将木盒打开，捧到田雨眼前道："这根老参是我数年前挖的，一直舍不得给病人用，更舍不得自己用。上次田掌柜来舍下小酌时，不用把脉，仅观面相，便知田掌柜身子虚弱。生意繁忙，夫人年少，不补补如何是好！迟疑多日，舍不得也得舍，今将这根老参给你送来，不图别的，只求你家要买漆器时，务必去我店里，不要去找水生，找他也是一个价。你是知道的，去我店里买，我是按件提成的。"

　　田雨笑道："李掌柜真是个精明人，怪不得昨日跟水生大干一场呢！放心吧,既然李掌柜这么说,我田雨不看僧面也得看佛面不是?"田雨说罢,拿小眼看看门口,而后低声道:"你看得可真准,不怕你笑话,我这身子骨本就不行,胎里带,没法子,可偏偏遇上个如狼似虎的主,这不,每日醒来眼都睁不动,用老参补补,能行吗?"

李黄道:"指定行。人以气为本,气不足则百病邪生。俗话说,实则泻之,虚则补之。气虚必补,方能阴阳均衡。老参蕴天地之精,积经年之气,服之,能补气挽脱,补益脾肺。只可惜我就这一根。"

田雨捧起老参至鼻前,嗅一嗅,急不可待道:"你从何处挖的?那里还有吗?"

见状,李黄闭闭眼,道:"林子里,寨子西南三里地,阴森森的挺吓人。我极少去林子,天生胆小,一声鸟叫都让我魂不附体。"李黄说罢,看看老参,暗道:"这支老参送给你,也算我李黄补了亏欠。"

果不其然,田雨道:"一道去林子里找找吧?放心吧,我田雨不会亏待你的。我去套车。"

李黄极不自在地笑道:"也就三里多地,按说走去就行。你想赶车去?那好吧,我来赶。"

临上车,田雨不忘将一把铁锹扔到车上,由李黄赶车去往凡木说的那片林子。

澧水南岸有条小溪,一头伸进澧水,一头伸进林子。所谓的林间空地,无非是溪水所经之处有块巨石,巨石一侧低洼,积水而成潭。不知何故,周围丈余之地虽是平坦,竟也不长树木。鬼知道这巨石因何孤零零突兀这里。大约是女娲炼石补天时,见这巨石不甚周正,难堪大用,遂弃之下界。

车子难行时,两人弃车步入林子深处。头顶不时有鸟群掠过,鸣声凄婉。树顶不时有露珠滴落,硬生生砸在项间,透心凉。田雨起疑道:"李掌柜,按说这老参是长在深山里的,溪水边也有?"

李黄干咳一声道:"典籍记载,老参长于深山老林。此地虽不是深山,却是老林。"

田雨想想,李黄的话不无道理,便不再多言。

李黄领田雨来到林间空地,却不见凡木踪影。于是用赶牛的鞭子扒开乱草，四处寻找老参。田雨折断一根树枝，如法炮制。溪水缓流，潭水沉寂，不闻一丝声息。大约是过度紧张，亏心使然，田雨一声屁响，竟让李黄浑身一颤。

忽闻西边的林子枝叶响动，李黄的心蓦然抽紧，寻思该如何脱身。他开始后悔，且不论结果如何，他的行径都属诱骗，田雨少不得秋后算账。若是传扬出去，他将何以为人！悔当初答应凡木。李黄定定看时，却是一只野兔竖着大耳，意欲去水边饮水。野兔见人，蓦然一惊，旋即消失不见。

凡木的出现，令田雨大感不解。望着李黄，田雨轻声问道："他也来找老参？"李黄正不知如何作答，凡木那边言道："林子里遇上田掌柜，幸会！李掌柜，我想单独会会田掌柜，请你先行回避。把你手里鞭子给我，稍后你听见鞭响时再来不迟。"李黄战兢兢将鞭子递到凡木手里，匆匆而去。凡木大声说道："大丈夫坦坦荡荡，敢作敢为，不遮不掩，此事怪不得李黄，他是被逼无奈。"李黄闻言，心下稍安。

田雨乜斜着眼道："如此说来，此乃一计？"

凡木道："算是。不过，也不必上纲上线，约你出来无非是好生聊聊，在寨子多有不便，毕竟都是生意人，各自颜面还是要顾及的，你说是吧？"

田雨看看凡木手中鞭子，道："既然如此，那就直说吧。没有弄错的话，你是为辛茹的事。不就一个婢女嘛，至于这般挖空心思、兴师动众？"

凡木扔掉鞭子道："不如此，又奈何！约你出来，是想用男人的方式了却辛茹的事。"

田雨瞪眼道："你说我不是男人？"

凡木道："真男人为何会将一个弱女子藏于深山？怎么会让其去做苦力？苦力活是个弱女子该做之事吗？明明是私下藏起来的，却谎称是夜间逃跑，这样的龌龊事，真不知道，真男人如何做得出来！"

田雨咆哮道："凡木，你是真男人？真男人会不顾正事，不顾颜面，厚着脸皮，使着孬心，死缠烂磨一个婢女吗？你整个儿是个好色之徒，无非也是玩玩而已。我来问你，你真的想娶辛茹？要娶个婢女为妻？"

凡木道："我凡木不会成家，至于是何因由，恕不告知。可我承诺过辛茹，承诺她日后来我身边做事，大丈夫一言九鼎，岂可戏言！再者，城里店铺人手不足，辛茹日日在我眼皮底下，也免得我为她担忧。"

田雨酸溜溜道："这真是一派胡言！我要说'不'呢？或者说我压根儿就不知道辛茹的下落呢？"

凡木道："你不会。你我都是商人，商人乐意以商业规矩处置事端。田掌柜，我说得对吧？"

田雨眨眨眼道："商业规矩？我没猜错的话，凡木，你是想让利出来，是油坊吧？"

凡木一笑道："要不我说同行人心有灵犀呢，谈事便当。油坊生意眼下是五五分成，若是你将辛茹毫发无损送至昆阳，这五五分成日后就成六四分成，当然，这'四'是我的。"

田雨眼珠一转道："六四怕是少了点，七三吧？"

凡木道："你要知道，辛茹的那份钱我已出过，我买下的是整个油坊，你田家的本钱我是分文不差一一付过的，如今我再次让利，你田雨可是一文不出，而坐收双利。都是明白人，还需我再往下说吗？"

田雨耸耸肩，原本佝偻的脊背似乎伸长许多，他挤着眼道："成交。我明日就去寻那辛茹，哪怕挖地三尺，也要替凡掌柜找到这个婢女，然后用毛驴驮她去昆阳。"

"不是驴，是车。"凡木静静说道。

"凡木啊，你这就难为人了，山里道窄，牛车如何进去？"田雨一脸怪相。

"这我不管！你的事。"凡木冷冷道。

"也罢。这哪是什么婢女！是爷，是神。"田雨无奈道。

"辛茹是婢女，婢女也是人。"凡木道。

田雨挠挠头，绞尽脑汁也想不出凡木何以为婢女而舍弃既得分成，那是叮当作声的铜钱啊！正想再问凡木，却听凡木道："昆阳城里，你爹在照管油坊铺子，五邑在照管漆器铺子，两个年逾六旬之人日日忙于买卖，身边没个烧水做饭的，你能宽心吗？我，孟江，虽不是每日住在城里，可每次过去，总不能顿顿下馆子吧？好在漆器店后院尚有多余房舍，好在辛茹做饭是把好手，毕竟她出身官宦之家。"

凡木这多余的话，本是出于宽慰田雨，不想，却适得其反，倒让田雨醋意重生。一想到辛茹在凡木身前侍奉，一想到夜深人静之时，不知生出何种销魂之事，田雨一时又生反悔之意。可一想起分成之事，便又心下释然了。

凡木弯腰捡起牛车鞭子，当空一扬，那鞭梢在半空划出一道弧线，随之"啪"的一声，像个瓷碗重重砸上地面。少时，李黄提心吊胆地跑进林间空地。他原本以为这两人不是脸肿，便是头破，不想，一个个脸上竟不见一丝愁容。疑惑间，但听凡木道："今日之事就是夜梦一场，走出林子，梦境消失。李掌柜，接鞭子。今日，你权当什么都不曾发生，说出去，对谁都没有好处。是吧，田掌柜？"

田雨嗯嗯应着，眼睛死鱼一般，默默跟在凡木身后，跌跌撞撞出了林子。

众木匠干活很是卖力，凡木极为满意。他去库房看看，见所存漆器摆满屋子，一瞬间，想去宛城开店的念头一闪而过。回屋后，水生将账簿摆在凡木跟前，想让凡木查看近日账目。凡木并未细看，对水生道："你去油坊见见田雨，此前的合约需改动一下，将五五分成改为六四分成。"水生道："田雨让了一成？"凡木道："我们让一成。"水生不解道："干吗让他？我们本来就吃着亏呢。"凡木道："至于为何，田雨不说，你就别问，去吧。"水生去后，凡木将孟江喊来道："把牛车好生收拾一下，带足草料和食物，明日一早去宛城。"孟江应下后，想说什么，见凡木心事重重，迟疑一下，带上房门去往牛棚。

水生返回宅院时一脸沉郁。他本想将田雨家的事说给凡木听，终也没说。他去田雨家时，李黄也在，田雨和李黄凑得很近，低声说着什么。见水生进来，两人便不再说话，提防的模样让水生极不舒服。想起凡木对他也是遮遮掩掩，像是有意隐瞒什么，更是意气消沉。他水生自小跟随凡木，风里来雨里去，为凡家立下不小功绩，虽是奴婢身份，可明眼人都能看出，他实为凡家管家，大小账目由他管着，银库钥匙他也拿着，可为何近日遭人冷落？孟江倒是红得发紫，跟随凡木形影不离。不经意间，一丝酸楚滋生水生心头。

整整一夜，水生难以入睡，翻来覆去，满脑子所想就这一个事儿：他水生究竟做错了什么。鸡鸣过后，窗外渐渐泛白。两个婢女做饭的声音时大时小，接着是孟江收拾牛车的声音。两人要去宛城，凡木昨晚说了，还让他水生设法多买些雷击木，备料务必充足。

婢女很是殷勤，一日三餐准时准点，敲门喊他用饭时显得小心翼翼，这让水生感到些许慰藉，但这慰藉仅维系极短时间。牛车出门后，水生送至街上。眼望凡木和孟江一点点消失在寨门外头，想起适才孟江微笑的模样，蓦然间，一种妒意悄然而生。他站在薄雾轻罩的街面上，忽觉异常孤寂。偏偏此时，李黄赶车经过这里，田雨坐在车上，一脸怪相。水生原本想问问两人这是去往何处，然而，一股莫名的怨气让他欲言又止。田雨一句语意不详的话让水生寻思良久。田雨道："凡木和孟江走了？水生，明儿去我家喝酒吧，你我一醉方休。"水生点头应着，扭头走了。身后隐隐传来李黄的话："如今水生可是牛起来了呀！"

田雨并未理会李黄，这个得了意外之财的人，却也不见欢喜，一副愁眉苦脸的样子。两人要去山里猎人家接辛茹，至于田雨何以甘心，李黄并不知晓，全是缘于对田雨的那分亏欠，这才答应随他一道进山。

真如田雨所言，去猎户家无路行车，牛车不得不在一山洼里停下。仰望苍翠青山，田雨道："李掌柜，你就在此处等候吧。别走远，看好牛，别让牛被狼吃了。"

李黄天生胆小，独自极少进山，之前所用药材大都从别人手里买来，良莠不分，此乃药铺难以维系之根由。纵有悬丝诊脉之才，纵有隔空观相之能，医病全凭药材。听罢田雨所言，李黄浑身发抖，哆哆嗦嗦道："田掌柜，你不能把我独自留下呀！你怕牛被狼吃了，那我呢？"

田雨挤着小眼笑道："吓你呢，看你那鼠胆吧。这大亮的天，狼敢出来吗？再说了，狼不会上树，你会呀，你既不是傻子，又不是婆娘。"李黄忽然瘫坐在地，他执意随田雨一道去往猎户家里。田雨百般相劝，他这才罢了。见田雨独自远去，李黄将牛车赶到一棵大树下，把缰绳拴在树干上，而后以牛背为梯，笨拙地爬上大树，坐于树杈之间，向下看看道："又不是我的牛，管它呢。"

田雨领辛茹出了猎户家门，便对辛茹百般殷勤，先是问寒问暖，而后伸手搀扶，遇上道窄转弯处，自己则走在深草里，将路面让给辛茹走。见田雨这般模样，辛茹料定他受了凡木指派，忽觉周身熨帖。在一深草处，田雨四顾左右，拉上辛茹道："辛茹，你慢点。我方才上山时，在此处听到恶狼争食的声音，只怕惊到恶狼，我们停停再走不迟。"说时，已将身子贴到辛茹胸部。

辛茹本就对田雨多有提防，推开田雨道："大白天的哪有狼啊。田掌柜，我没猜错的话，是家主指派你前来接我的，至于你们之间有何交易，我不过问。你今日不可造次，不然，你的所有行径，我会如实告知家主。"

田雨愤然道："一个婢女，你以为凡木会娶你？"

辛茹道："我不配，压根儿没想过。"

田雨道："那你的身子是留给谁的？你死了这个心吧，凡木当面给我说过，他不会娶你的。"

辛茹厉声道："田雨，你休要无礼，谁都有亲娘姐妹。"

田雨嬉笑道："辛茹啊，咱不置气，何必呢。不就玩玩嘛，多大个事啊，男人都这德性，你会知道的。你尽可放心，事成之后，我不会说给任何人听，且日后定不亏待于你。"说着，双手已伸向辛茹腰际。

辛茹惊慌着夺路而逃。她并不知晓李黄就在山下一棵树上猫着，不然，一旦大声喊叫，田雨不会不有所忌惮。一个弱女子身处深山老林，逃无可逃，只几步，田雨已将辛茹掳至怀中。辛茹倒地时，头脑极其清醒，她眼前不时浮出凡木那伟岸的身影。田雨撕扯她的衣服时，她脑际仅有一个念头，她要以干净之身面见凡木，如若不然，宁可去死。她机警地软下全身，微闭双目。田雨误以为辛茹愿意就范，便失了戒备之心，忙于脱去自己的衣服时，那辛茹已支起上身，见一侧有块棱角锋利的石头，遂将石块攥于手中，又将尖角抵在自己脸上，怒视着田雨道："田雨，你可看好了，我手里握着锋利石块，你若再行不轨，我便毁了容颜，看你如何向我家主交差。不信你就试试。"

田雨的手僵在半空，他就那么举着手道："别，别，千万别。让我想想,让我想想。凡木说了,我得毫发无损地将你送到昆阳。不过,我若今日得逞,并未损你毫发;你一旦自毁容颜,这也没有损及毫发呀,就是这个理。说句难听话,你自毁容颜,与我田雨有何相干?又不是我毁的。这人啊,都得实诚,你我去昆阳见了凡木,咱得有一是一,不能说谎,更不能嫁祸于人,我说得对吧?"言罢,田雨看都不看辛茹手中攥着的石块,只顾脱衣。

眼见难以奏效,辛茹着实慌了手脚,爬起身择路而逃,并大声喊叫:"救命啊!救命啊!"

田雨本来已将碍事的衣服脱去,见辛茹疯子般跑下山去,慌忙穿好衣服,追了过去。

李黄本是猫在树上的,左等右等不见田雨下山,有风的山林里怪声不绝,时而嗡嗡乱叫,时而啪啪作声,这个胆小之人忍无可忍,悄悄溜下树来,循着田雨上山的小道逶迤而去。忽有女子的呼叫声由远及近,仔细听来,像是辛茹的喊声,这声音凄惨尖厉。为何听不到田雨的声音?田雨定是被饿狼生食,若是他迟到一步,辛茹怕是凶多吉少。想到此,这个鼠胆之人竟浑身迸发虎胆,冲着喊叫声撒腿而去,且边跑边大声喊道:"我来了,我来了,狼在哪里?"

三人迎面相遇时,李黄瘫坐在地。

辛茹和田雨也随之软在地上,频频喘着粗气。良久,田雨道:"牛呢?"

李黄捂着胸道:"跑不了,拴着呢。"

田雨道:"你就不怕黄牛被狼吃了?那可是两千五百铢钱买来的,看来不是自己的东西,谁都不会上心。"

李黄道:"田掌柜,我还不如那头黄牛?你就不怕我被恶狼吃了?"

田雨道:"人没事,人会跑。这不,方才不是我和辛茹跑得快,喊得急,只怕凶多吉少。"

李黄道:"好险!你们遇上了几只狼?"

田雨道:"好像就一只。不过,那狼像是饿极了,两眼冒着青绿的光。"

李黄道:"人多了,狼也怕。这下没事了,我们三个人在一起,那只狼吃了豹子胆,谅它也不敢过来,走吧。"

田雨道:"李黄,你上来时也不把黄牛牵上,万一方才那只狼赶往牛车那里咋办?"

李黄道:"田雨,人得讲良心,不是我李黄方才边跑边大声喊叫,说不准你早被恶狼叼走了。牵着牛救人?等我赶到,只怕你已进到恶狼肚子里了。"

两个男人这么胡扯一番后,辛茹惊魂稍定,她看看李黄,再瞥一眼田雨,见田雨的眼里含着讪笑,而讪笑之中藏着不甘。想着凡木在等她回去,辛茹方才瘫软的双腿,这会儿竟来了蛮劲,起身后,噌噌跑到两人前头。

第九章　叶邑狗肉诱宾客
　　　　　文寨柏酒醉愁人

　　牛车咯咯噔噔进入昆阳城时，黄牛气喘吁吁。牛不时仰头，以试项间两根缰绳的松紧。若是两根缰绳都是松着，它得继续前行；左边一根绷紧时，它得左拐；右边一根绷紧时，它得右拐。眼见两侧商铺林立，人头攒动，按说是到了歇脚的地方，可两根缰绳一直没有同时绷紧，这让它望眼欲穿。若是擅自停下，少不得挨鞭，抽在臀部倒是小事一桩，若是鞭梢扫到眼睛，泪流多少，谁会顾及！故而，它竖着耳朵，专心感受着两根缰绳的松紧，但等赶车的家伙发出停下信号。才过一条街，又穿一条巷，黄牛迈着沉重四腿，慢吞吞地敷衍着缓缓前行。

　　两根绳子忽然收紧时，黄牛旋即停下脚步。扭头一看，见车上人正东张西望，话语喋喋，竟是找错了店铺。随着缰绳放松，黄牛叹息一声，无奈地继续前行。

　　最终找到地方，三个人翻身下车。黄牛等着赶车人为其解套，却见一个卖花生油的掌柜手指前方，再向左边捣捣，而后道："你们去漆器店吧，我这里没有做饭的东西，每日都去漆器店吃。凡木好像不在昆阳。"

　　黄牛看见那个花一样的女人一脸沮丧。三人重又上车后，黄牛按着缰绳提示，不消多时便停在一家店铺门外。那个赶车人把缰绳拴在门墩上，而后拍拍牛头。黄牛以为赶车人是要为它拿吃的，不想，三个人依次进了店铺,坐在茶桌前一阵猛喝。黄牛舔舔双唇,眼巴巴望着喝茶的人们。

"漆器店生意行吧?"田雨瞟一眼一旁用茶的一个蓄着山羊胡须者,问五邑。

"还行。方才还卖了一对屏风,这大大小小地算下来,今日卖掉十件了。张二,是吧?"五邑道。

"是,是。"张二边沏茶边应道。

"一天能卖这么多!比起我文寨的店铺,不知要好出多少倍,还是城里好。"李黄羡慕道。

"二位是路过,还是有事找凡掌柜?他不在城里。"五邑说时,不时看看辛茹,对于辛茹的出现,他大为不解。

"凡掌柜让我把辛茹送来,说是给你们做饭。三个大男人忙活两家商铺,不知是谁来做饭的?"田雨道。

"张二做的,难吃死了,不信问问你爹。"五邑说时,看辛茹的眼神里多了几分警觉。论长相,怎么看,这辛茹都不及他家芥子,可凡木对芥子总是一副满不在乎的样子,这让五邑百般无奈。

张二笑着倒水去了。辛茹被五邑看得时不时摸摸衣角。

一旁的茶桌边站起一位长者,这个叫王桂的雅士几乎天天过来喝茶,有时带上挚友,有时独自前来。偶尔独自买件漆器,偶尔领一帮人前来买货,这让五邑很是感激。如此一来,这帮人再怎么喝茶,五邑也热情款待,并乐意陪聊,天南地北、前朝新朝的事,无一不说。王桂走近田雨道:"看得出,三位与凡掌柜私谊颇深,既是凡掌柜不在昆阳,老朽该替凡掌柜略尽地主之谊。稍后老朽做东,一道去吃叶邑狗肉,此乃昆阳一绝。狗肉锅里放甲鱼,加入特制作料,文火慢炖,出锅后,狗肉酥烂,甲鱼滑柔,滋味醇厚,鲜美异常,食之,温补脾胃,补肾助阳,滋阴凉血,散结消痈。这厨子虽祖籍沛县,可爷孙三代在叶邑开店,已有百年之久。来叶邑故地,不食叶邑狗肉,实乃憾事一件!"

王桂的话让田雨小眼半眯,垂涎欲滴。李黄道:"此前仅是听说,这么近却不曾吃过,看来是白活了半生。沛县?前朝开国皇帝、汉高祖刘邦像是祖籍沛县。"

第九章   083

雅士笑道："正是。容老朽慢慢道来。"

辛茹却无心听这狗肉、甲鱼之事，知凡木不在城里，虽心有惋惜，却颇为欢喜，听方才田雨所言，分明是凡木将她安置在城里，每日陪伴身边。见碗里茶水不多，便起身去找张二，她要过茶壶，逐一将茶碗续满热水，而后静立一侧。

雅士端起茶碗小抿一口，继而说道："典籍记载，汉高祖刘邦年少时家境贫寒，却脸厚口馋，尤其爱吃樊哙家狗肉。无以付资，便赊欠，又无力偿还，久而久之，樊哙心生厌烦。见旧账未结，新账又添，无奈之下，樊哙将狗肉铺子搬至河的对岸。不想，这无赖食客竟渡河常来新店，依旧赊欠。樊哙时常追着要账，可欠账有增无减，赊账者乃泗水亭长，樊哙又能如何！后人所谓的'跟要狗肉钱一样难'大约由此而来。然而，塞翁失马，焉知非福！既是泗水亭长宁可渡河也要来吃狗肉，那此店的狗肉指定极不一般，樊哙的名声由此远播，生意自然一日好过一日。不知何年何月，樊哙远房后人将这一技艺带到叶邑，叶邑狗肉历经百年而不衰。"

直把众人馋得不时看天。眼见天已午时，雅士的谈兴却丝毫未减，田雨不得不手捂肚子道："看这肚子真没出息，咕噜噜乱叫什么？迟一点喂你又有何妨！"

雅士呵呵一笑道："孔子云，食不求饱。俗话说，饿能高寿。老朽不谙养生之道，既然腹不矜持，那就依了它吧。叶邑狗肉铺，距南城门十步路，远了点。"

田雨忙道："不怕远，乘车去。只不过是牛车，还望先生担待点。"

雅士一颔首道："牛车不比马车轻便。据典籍所记，老子当年乘青牛而出函谷关。孔老夫子周游列国时，也乘牛车。牛车，乃商代王亥发明，而王亥是商人始祖，行商之人乘牛车，理所应当。"

至此，众人对雅士的才学无不心悦诚服。田雨曾与水生议过凡木乘车之事，按说凡木早已买得起马车，却执意乘坐牛车，其中意味，他这才知晓。效仿始祖就是敬重始祖。凡木平日里不苟言笑，这个比自己年少的人，自己为何总是难以与之比肩！蓦然间，妒意再次袭上心头。

末了，由辛茹和张二照看店铺，其余人乘坐牛车，接了田禾，而后奔南门去了。

走进叶邑狗肉铺，雅士很是慷慨，热腾腾的狗肉要了一大盆子。狗肉棕红色，乍一上桌，满屋浓香，一行人无不咂舌称道。殊不知，这狗肉的做法极为讲究，得是壮年活狗不说，单以公丁香为主的作料就得二十来种。这还远远不够，老汤最为关紧，不用百年老汤，纵有天大本事，也做不出正宗的叶邑狗肉。据说，这老店的高汤乃百年前自沛县带来，每日加料，每日续水，店主视为命根，谁想舀走一勺那是万难。除狗肉之外，另有蒸菜、蘸酱、腌鱼、蒸饼等摆满饭桌。雅士喊来肉铺掌柜，再要柏酒一坛。这柏酒由柏叶发酵而成，平日里仅是贺岁时畅饮。雅士今日之盛情，倒让五邑、李黄和田禾父子显得极不自在。

耳热之时，五邑不悦道："田雨，我来问你，那个叫辛茹的婢女不是逃跑了吗？自己又跑回来了？"

田雨尴尬道："是啊，是啊。不回来得饿死在外头，她以为她是谁呀！"

五邑道："你跟凡木说说，把这婢女弄走吧，几个大老爷们一起吃住，自在，凭空多出个女的，别扭。"

李黄笑道："五邑，恐怕不是别扭吧？别人不懂，我懂。"

五邑变色道："你懂个鸟！看见你，我就来气！"

李黄愤然道："什么人啊！说变脸就变脸。"

五邑道："不是你，卉子……"

李黄道："这可不能全怪我。再说了，卉子眼下多好啊，你别得了便宜还卖乖！卉子跟凡木的事虽然没成，可我在凡木跟前没少说芥子的好话，不信你问凡木。我好话说了一箩筐，凡掌柜就那一句话，他说他不宜成家，我还能说什么？"

雅士一旁道："看来酒是惹事精。听你们争执多时，老朽总算听出点眉目来。凡木还未成家？老朽疏忽了。卉子和芥子的事我也听了个八九不离十，可辛茹是什么来头？今日一道来店铺那位？是个婢女？"

田禾道："王老先生，这事我来说吧。辛茹是凡木买来的婢女，这是从前的事了，一点不犯法。不知为何，凡木一直想把辛茹留在他身边，可又不想娶他。凡木像是对哪个女的都没兴致，他说他不宜成家，这像个谜，没人能懂。"

雅士道:"凡木胸揣大志,气度非凡,乃商界奇才,怎会瞧上一个小小婢女!至于他说不宜成家,老朽看来,搪塞而已。孔子云:'三十而立。'何为'而立'?立身、立业、立家也,立家与立业同重。择日我找他议议这'而立'之事,大丈夫不可无家。"

五邑忙将酒碗伸到雅士面前道:"王老先生,我来敬你一碗。小女芥子,卉子的妹妹,两人自小跟凡木一道玩耍,还望王老先生多多美言。"

雅士爽快道:"赠人玫瑰,手留余香。"

酒足饭饱之后,牛车逐一将人送走,而后田雨和李黄返回文寨。虑及黄牛尚未饱腹,在出城不远的小河边,李黄将黄牛牵至水边,丢了缰绳。一侧是清澈河水,一侧是茂盛的青草,那黄牛目不斜视。

两人仰卧草地,借着酒兴,谈起凡木来,竟一个个醋意十足。田雨道:"不进城,不知凡木竟有这般能量,两家店铺打理得井然有序,每日进项相当可观,我爹说,自打他那店铺开张以来,前来买油的人有时竟排起长队。油又不是水,哪能用得了那么多!这真是邪乎。"

李黄不解道:"还不是独门生意的缘故!昆阳城就此一家卖着花生油,花生油的价格远比芝麻油低,且味道不差,城里的人是不少,可有钱人毕竟是少数。田雨,我就不懂了,如今你田家在油坊里占着大头,为何还酸不溜溜的?换成别人,烧高香都心甘情愿。哪像我李黄,祖上传下的药铺,到我手里却是难以为继,改为漆器店,乃不得已而为之。代别人卖货,能挣几个子儿?"

田雨愤愤道:"我就是气不忿儿。你看那王雅士,他凭什么请我们大吃一顿?还买来上好的柏酒款待我们,还不是他跟凡木的情分深嘛!我就弄不懂了,为何所有人都对凡木好,为何他凡木想啥都有啥?真是气死人啊!"

李黄叹息一声,道:"田雨啊,你这么说让我想起一个老道的话来。你施恩万物,万物必施恩于你;你心怀万物,万物必归属于你;你敬重万物,万物必敬重于你;你拯救万物,万物必拯救于你;万物本无情,因有情心而有情;万物本有情,因无情心而无情。"

田雨重重地哼了一声，而后起身走向牛车。

田雨将水生喊去喝酒是在隔日的黄昏。近些日子，他愈加心堵，总觉气息不畅，或许水生能帮其化瘀。凡木的生意本已顺风顺水，昆阳的两家店铺进项了得，却又伺机向宛城进发。凡木极有女人缘，抛开卉子不说，芥子对他几近痴迷，辛茹囿于其奴婢身份而不敢明示，可女人的心思他田雨能够理会。众木匠很是卖力，像是被凡木施以魔法，干起活来不惜体力，有板有眼。水生在凡木家可谓举足轻重，从木器的进料和把关到油坊的进料及出货，这个浑身透着机敏的人将两边的事料理得有条不紊。可水生不贪钱财，不近女色，只一味替凡木卖命，这让田雨很是惊异。想起这些，田雨周身便极不舒服，像有苍蝇时不时趴上四肢和项间，用力打，打不着，赶走后，它又来。

田雨将自家酿的柏酒搬来一坛，两人关上门，边饮边聊。

"田掌柜，没有记错的话，这是你我首次单独饮酒，水生奴婢出身，能与田掌柜相对而坐，诚惶诚恐。"

"水生啊，你这么说不就见外了？油坊的账目由你管着，我田雨若是与你过从甚密，怕招致凡木猜忌，故而，面上还是一如从前的好，这样相安无事，你说呢？"

"田掌柜，我家家主不是你想的那样。水生本是个乞儿，几近饿死时，是家主收留了我。如今家主将要事整个儿托付于我，足见对我之信任，不竭力图报，如何心安！"

"瞧你美的吧，恐怕这是暂时的，眼下，除你之外，还有谁能堪大任！将来怕就难说了，孟江与凡木形影不离，依我看，你水生迟早会被他取而代之。那天他为何抢先给李黄下跪？与他何干？还不是为讨凡木欢心？凡木那天当众呵斥你时，我就在大门之外，大门外聚了多少乡里乡亲！他怎么也得给你留个面子啊！居然被当众训斥，被乡邻耻笑。你有什么错？跟李黄吵架还不是为他凡木争利？我是为你鸣不平啊，水生，像你这样忠心侍主的人焉有其二！其结果，你得到了什么？"

"那天我确实感觉委屈，不过，我水生于心无愧。田掌柜，你别说了，喝酒，喝酒。"

"干，干。说吧，我像是挑事；不说吧，又心疼你。你也老大不小了，他凡木不该为你张罗一桩亲事吗？他不乐意，我乐意，你看上谁了只管跟我说，你为油坊操碎了心，我田雨一向知好歹。"

"田掌柜，这个事还是不提的好，我水生不宜成家。"

"不宜成家？有人给凡木提亲时，凡木也是这么说的，这到底是怎么回事啊！"

"这事不提了吧。喝酒，喝酒。"

"干。前天去昆阳，遇见个雅士，极有学问，他说大丈夫要立身、立业、立家。一回来我就瞎寻思，我田雨有'业'，也有'家'，可你水生没有，你的'业'是凡木的，你的'家'也是凡木的，你水生一无所有，这不公平。"

"家主当初跟我说，我想自立门户，他愿分给我一笔钱，我想继续跟他的话，他乐意成全，我选了后者。其实，我也犯愁，不知如何抉择，不知何去何从。"

"水生，不知你想过没有，大丈夫既不立家，再不立业，等于枉来世上一遭，倘若祖上有知，岂可饶恕！肺腑之言，还望斟酌。"

田雨见水生的身子猛然一颤，二人良久均没言语。里屋的门轻轻开了个缝。田雨大声喝道："关上！"那门缝重又轻轻合上。夜已深，窗外极其安静。忽有野猫鸣叫，拖着长长尾音，一声紧挨一声。

"洛阳自古繁华，西距都城不远，你该去洛阳自立门户。跟着别人鞍前马后的，终究没有出息。你天资聪慧，什么都能做成，经营雷击木漆器，你最为擅长，何不用己之长，光宗耀祖啊！我田雨胸无大志，偏爱女色，指定难成大事，也就懒得去折腾什么。"田雨盯着水生道。

"这谈何容易！钱呢？"水生怔怔看着酒碗道。

"我们田家有啊！油坊卖给了凡木，十来个奴婢也一并卖了，这些钱闲着也是闲着，不如拿来派个用场。"见水生心有所动，田雨眼里冒出亮光。

"谁家的钱都是钱啊！"水生迷离地看一眼田雨道。

"这就说到了正题上。我田雨拿钱出来，纯粹是为帮你，你也不信，都是行商人，怎可不言利！钱由田家出，获利六四开，你拿六成我拿四，所有买卖你当家，田家只派一人去。如何？"田雨说时，一副微醺的样子。

"让我想想，让我想想。"水生低着头道。

"水生啊，你不但要立业，也得立家。没个知冷知热、暖脚捂背的女人如何是好！真不知道漫漫长夜，你是如何熬过的，想想都替你难过。"田雨不住摇着头。见水生已现醉态，田雨继而喊道："小凤呢？快让小凤过来侍奉水生安歇。收拾个房间，这大黑的天，不让水生回去了。"

自里屋旋即闪出个婢女来，这婢女吃力地挽起水生臂膀。水生挣脱婢女道："不，不，我得回去，我得回去。"怎奈，他已身不由己。

门外传来轻微的敲门声。田雨喝道："谁呀？干吗？"门外有人应道："回家主，是凡掌柜家的两个婢女过来了，说是要接水生回去。"

田雨不耐烦道："水生喝醉了，走不成路，歇在这里了，让她们回去吧。"

门人应下后，没了声息。

日出数竿时，水生走出田雨家大门，揉着惺忪睡眼。见自家大门紧闭，他连拍数下，做饭的婢女答应着，大门旋即被打开。婢女道："水生，你昨晚喝多了？还没听说你喝醉过，没事了吧？"

水生道："没事了，没事了。做饭了吗？"

婢女道："早都吃过了，你还没吃呀？"

水生不悦道："你们吃过了？也不等我一起吃！"

婢女道："不看看什么时辰了，师傅们都干一阵子活了，以为你在田掌柜家吃呢，这就给你做。"

水生大声道："快点！"

婢女不觉一愣，而后诧异地看看水生，没再吱声。两婢女做饭时，一婢女小声嘀咕："水生是怎么了？平日里不是这样的。"另一婢女："你没看那张脸？像是生着气呢，咱可不要招惹他。"

"有人吗？雷击木送来了。"大门外有人喊道。没听见有人应答，也没见有人出来，那人接着喊："有人吗？"

水生本就刚刚进屋，听这人一味咋呼，遂钻出屋子，大声呵斥道："你咋呼个鸟啊！不就一根木头嘛，你以为你那是牛鞭呀，拉进来不就得了？"

那人也不是个省事的主，一大早推着雷击木老远来文寨，却被人劈头盖脸地来这一出，自是怨气陡生，他没有推车进去，只扶着独轮车把道："一大早的，看你说的什么话！你家的牛鞭有这么粗啊？我都一大把年纪的人了，估摸着跟你爹不差上下，你能这么跟我说粗话吗？我不跟你说了，把你家掌柜的找来。"

水生不屑道："掌柜的不在，今儿你还真得跟我说，不然你得拉回去，不信你试试。"

老汉气呼呼道："宁愿等三天，我也不想跟你说。"这个倔强的老汉抬腿坐在车子上，仰着头望天。

水生恼羞成怒，黑着脸道："你去远点，不要堵门。"说罢就要去推老汉的车子。

一个木匠走过来，将水生拉到一边，轻声说道："水生，家里的雷击木快要用完了，这几天一直没有人送。"见水生没有吱声，这木匠走到独轮车前道："老哥，看你头上冒汗，定是老远赶来。燕子，给主顾端碗水来。"一个叫燕子的婢女赶忙端着一碗热水碎步走来。木匠双手捧碗，递至老汉面前道："消消气，消消气。喝了水，就把雷击木推进来吧。"大约真是渴极了，老汉一饮而尽，而后，梗着脖子，呼哧呼哧把独轮车推到院中。木匠不便把关，更不宜谈价，不得不把水生拉到车前。见老者远远蹲着，木匠不住询问水生，最终定下价来，随水生一道进屋，捧出铜钱递给老者。老者没数铜钱多少，直接装进衣服，而后卸掉木头，推车出门，至门口，扭头说道："再也不进山找这雷击木了，弄不好命都丢了，老远送来还被捉弄。"

老者的独轮车吱吱呀呀远去后，院子里一派沉寂。几个木匠抬起雷击木入库。两个婢女一前一后，将早饭端进水生屋内。两人出来后，一个婢女小声道："也不知道水生中了什么邪。"另一个道："好像吃了迷魂药。"

"说的啥？大声点！"水生大声喊道。

二婢女惊魂四散。回头看时，见水生竟跟随出来，在门口站着，于是，撒腿跑向厨房。

第十章　愿不愿息事宁人
　　　　有没有未雨绸缪

　　黄昏时分，凡木和孟江自宛城回到文寨。牛车经由漆器店时，凡木下车，让孟江先行回去。尚未进门，女孩子的声音柔柔地漫过门栏："娘啊，你看上哪件咱就买，如今不是从前了。"凡木进屋道："叔母的气色比起先前好多了。是芥子呀，还以为卉子在说话呢。几天没见，芥子的声音变得绵软多了，芥子，你没生病吧？"芥子见是凡木进来，不觉一阵心慌，遂放下手中漆盘回道："凡木哥，你回来了？"忽觉鼻子发酸，捏捏鼻子道："就知道我姐好。"芥子她娘一旁道："凡木啊，自大前天我说过她，芥子就学会她姐说话了。你还别说，有时她在外头说话，我还以为是卉子回来了呢。这孩子哪儿都好，就是先前说话跟个小子似的。"凡木苦笑道："叔母啊，芥子快言快语没什么不好，这是何苦啊！"李黄动情道："凡掌柜，不是我说你，芥子真是用心了，你想想，一个女孩子，她还能怎样？真是难为她了。"凡木忽觉一阵酸楚。他见芥子望着门外，眼含泪光，竟一时找不出恰当的话语来。几个人良久无语。

　　进来一个买漆器的人。凡木掏出一吊铜钱塞给李黄，轻声道："叔母和芥子想要什么，让她们拿走就是了。我身上现钱不多，回头我送来。"说罢，捏着鼻子出去了。

　　凡木先去看过做活的木匠，正要去库房查看，一木匠过来道："掌柜的，木料快要用完了。"凡木问："近日来卖雷击木的人不多吗？"那木匠道："越来越少。"凡木看着木匠道："明日就让水生和孟江挨村去收。水生呢？"木匠慌忙躲开凡木的目光道："在那边。"凡木自然理会木匠所指，木匠的神色却让凡木心下一沉。

凡木回到屋内，见婢女已将茶水端上，而后小心退下。水生喘着粗气进来时，凡木已觉察出水生的异样。示意水生坐下后，他微微一笑道："两家相距才几步路啊，至于走得这么急嘛！来呀，看茶。"

听到家主这"看茶"二字，一婢女碎步进来，轻轻跪下，极为恭敬地为水生沏茶。水生支支吾吾地谦让着，慌乱间，衣袖扫上茶碗，那茶碗旋即跌倒。婢女再将茶水续上，而后轻轻退到屋外。水生本已被这"看茶"二字弄得心慌意乱，见凡木只一味低头品茶，良久无语，他一时如坐针毡，挪挪身子道："家主此去宛城，开店之事可有着落？"凡木道："宛城自古繁华，在宛城开店该是好于昆阳，只是路途较远，来往多有不便。"水生忙道："路远不碍大事，跑点路不是多难。"凡木道："店铺多了，漆器能否供上？木料能否供上？这不得不虑。水生啊，宛城的事暂且不说，昆阳和文寨这两个店铺，库房的存货能够供上吗？眼下库房里的木料能用多久？"水生迟疑一下，道："只顾忙别的，忘了看库存，我这就去看看。"水生说罢就要起身。凡木道："稍后不迟。歇会儿吧，家里事务繁多，顾不过来这情有可原，别累坏身子就好，你我都是累不起的人。想起那九死一生的过往之事，真是五味杂陈，值当不值当两说，但从休戚与共上讲，你水生是有恩于我的，凡木没齿不忘。"

水生再难把持，遂起身离座，垂首站立一旁，期期艾艾道："家家家主这么说，还不如打我的嘴巴，这样好受点。当年如不是家主将我买下，爹娘无以安葬不说，水生只怕难以活到今日，奴才当牛做马，难报家主厚恩。"

凡木道："水生言重了。不知你是否记得我起先说过的话，家产无论多少，你我共有，你另立门户也好，我们同舟共济也好，凡木乐意成全，断不食言。"

水生噙泪道："奴才连身子都是家主的，怎可言他！奴才知错了。自今日起，该做什么，不该做什么，奴才心里跟明镜一样，家主尽可放心。此前是奴才吃了鸡粪，一时迷了心窍，都是……"

凡木抬抬手道："水生，你什么都别说，我什么都不知道，也不想知道，免得我们主仆心生芥蒂，免得与他人有隙。像这样，什么都不曾发生，岂不更好！"

水生旋即跪下，久久没有起来。凡木起身将水生扶起，而后拍拍他的肩膀道："我闻着你这身上也没有鸡屎味呀。好了，去把孟江叫来，咱们合计合计接下来该如何储料，不多买些雷击木，一旦天气变冷，或是大雪封山，如何是好！"水生慌忙将凡木的茶碗里续了水，而后去了。

水生和孟江进来时，凡木正面向案子上供奉着的那册书简默默祈祷。听见身后脚步声，凡木转过身道："老子云，民之从事，常于几成而败之……慎终如始，则无败事。世间本无易事，要么当初不做，既是做了，就得善始善终。懈怠是对自己的作践，也是对人事的不恭。沉郁时，我常常暗暗问自己，终日奔波，劳心伤神，到底值不值？想起身边事，看见身边人，那些阴晦便被清风带去。"

水生和孟江不知家主何以发此感慨，听着这似懂非懂的话，不敢贸然开口，只垂首站着，你看看我，我看看你。凡木道："你们坐吧。这沉积在心底的话其实是说给我自己的。水生，孟江，明日我随你们去收购木料。民间的雷击木本就不多，进料指定会难，可开弓没有回头箭，再难也得做，开业不久的雷击木生意，断不能因木料不济而中途夭折。"

"凡木回来了？"院子里传来亭长的声音。

三人赶忙迎了出去。亭长却没有进屋的意思，自顾走向干活的木匠。凡木只得跟着，边看边逐一介绍木器的成色。末了，亭长将凡木拉到一边道："你居然用了五个木匠，周边村寨的木匠都被你请来了吧？凡木啊，万事得留有余地，路宽也好，窄也罢，你都不能整个儿占了。人言可畏，人言可畏啊！"

凡木心下一沉，赶忙问道："此话怎讲？请亭长明示。"

亭长道："昨日我去槐树村探望故友，恰逢几个人私议你凡木生意上的事，说是群情激愤并不为过。我那故友说，你把众多木匠统统请到文寨去

第十章　093

了，如今打个柜子都找不来人，眼见儿子婚期将至，大床、衣柜都还没做，找不来木匠啊。昨夜我寻思好久，得让你知道此事，你这样下去终究不妥。你想过没有，万一他们去县衙告你，也不是毫无来由的，你说是吧？"

凡木惊道："是凡木虑事欠妥，当初有所疏漏，亭长，这该如何补救才是啊？"

见凡木如此谦卑，亭长和悦道："我原想你会有所抵触，你做你的，与他们何干！看来我还是小瞧你了。既然你肯这么说，我就宽心不少。若是一味忽略他人怨言，顾此而失彼，到头来被告到县衙，你凡木丢尽颜面不说，文寨也会跟着你背负骂名。既然你将木匠悉数招来，何不多条路径？如此一来，于你于人都有好处。"

凡木忙道："凡木天生愚钝，还望亭长教化。"

亭长笑道："说教化，言重了。你该广开行商途径，我寻思，一是代为加工，将主顾的木料按着他们想法一一加工出来，收个加工费用，上门去做也不是不可；二是增加漆器种类，雷击木漆器是一种，非雷击木漆器又是一种。人人皆知，雷击木漆器价格偏高，寻常人家难以承受，若是一并售卖两种漆器，你赚钱的面宽不说，又顾及了方方面面。"

凡木一时间如醍醐灌顶，红着脸道："凡木受教了，凡木受教了。水生，快去买一坛好酒来，再做一桌好菜，我要与亭长一醉方休。"

亭长笑呵呵道："凡木啊，那倒不必。抛开辟邪一说，你这雷击木漆器做得真的不错。"

凡木迟疑一下，道："亭长，随我去库房看看吧，看哪件漆器最好，也好让木匠多做些这样的漆器，亭长看上的漆器指定好卖。孟江，你也过来。"

水生早把库房的门打开，看着三个人依次走进库房，自己则愣在门外。这个极会做官的亭长，不想竟是个经商天才，水生不由得暗自佩服。

三人自库房出来后，水生喊上一个婢女，忙着去张罗酒席的事。不想，亭长笑吟吟道："凡木啊，这喝酒的事就算了吧，不必破费，生意人并不容易，能省一个是一个。你们忙吧，我先走了，有难处尽可找我。"

凡木并未挽留。送走亭长，孟江不解道："家主，亭长为何要走啊？他出的主意千金难买，家主也不挽留亭长喝酒，这让孟江弄不明白。"

凡木低声道："你会明白的。方才去库房，亭长都夸奖哪件漆器了，你可记得？"

孟江道："记得，记得。"

凡木道："那就好。今晚你把亭长夸奖的漆器送到他的府上。记住，天黑了再去，不可让外人看见。"

孟江惊道："家主，亭长没说要漆器呀！"

凡木道："没说比说了好。亭长的主意值千金。"

凡木让孟江和水生明日去周边村寨沿街吆喝，高价收购雷击木，一并收购别的木料，若将两种木料送至文寨，另加运费若干。孟江执意这会儿就去。凡木让他问问牛，看牛累不累。才从宛城回来，一百多里地，孟江仅是执鞭，而黄牛不是。孟江憨笑着给黄牛喂料去了。

自五邑去了昆阳，卉子家里仅剩叔母和芥子，想起多日未看叔母，凡木起身去往叔母家。感觉有愧于芥子，于是回身去库房，精心挑选一副雷击木手镯塞进兜里，临走没忘给叔母选了根雷击木挂件。

芥子见凡木来家，自是喜不自胜，却学着卉子样子，低眉掩笑，举止舒缓。见芥子这般模样，知她是为取悦自己而效仿卉子，凡木不觉一阵心酸。将礼物递给两人时，听叔母道："凡木呀，你也不容易，风里来雨里去的。李黄让我和芥子挑漆器，不用付钱。原本是想买一两件的，经他这么一说，哪好再要，那物件本就可有可无。"按往常，芥子会接话说上一通的，这会儿却倚门站着，搓着手一言不发。凡木道："不值几个钱，该拿只管拿。看气色，叔母的身子是好起来了，这样，卉子在昆阳也就安心了。"叔母道："是啊，我这不争气的身子，还不都是沾了卉子的光！"本想说下去的，却忽然停住了，悄悄看一眼凡木，对着芥子道："还不给你凡木哥倒杯热水！"凡木忙道："不倒，不倒。叔母啊，你和芥子待在文寨，叔父和卉子不一定安心，我寻思着还不如都去城里的好。"芥子扯着嗓门抢先道："真的？你不是逗我玩吧，凡木哥？"凡木笑道："狐狸尾巴露出来了吧？"芥子旋即低下头去。叔母笑吟吟道："也真难为芥子了，自打上次我说她跟小子似的，这不，执意要学她姐那斯文样，自娘胎里出来就这样，你能学得来吗？"凡木道："风风火火的有什么不好？何苦偏要学别人！"芥子眼睛一亮，道："那我不学我姐了，这可是你说的。凡木哥，我和娘真的都能去城里？"叔母道："什么都做不成，去城里难派用场！你凡木哥逗你呢。"凡木道："叔母啊，都能派上用场，我正寻思着在昆阳再开一家店铺呢，用别人哪胜用咱自家人！"叔母道："还要开店铺？不是已经两个店了？"凡木道："眼下这个漆器店只卖雷击木漆器，再开一家卖一般的漆器，免得混杂。"见叔母和芥子一头雾水，凡木继而说道："我打算将非雷击木漆器也一并做了，再开个店专卖非雷击木漆器。你和芥子去了城里，这家里房子就空下了。叔父之前想把客栈腾出来当作漆器店，虑及客栈的房子不是临街，我没答应叔父。若是在此制作木器，这客栈可就派上用场了。我是这么想的，还没跟叔父和叔母商议呢。"芥子抢话道："你不用跟爹娘商量，这指定行，李黄的药铺成了漆器店后，爹嘟哝你好几天呢。"叔母笑道："看这孩子，嘴无遮拦，什么话都说，好在你凡木哥不是外人，不然，人家会笑话你爹的。"凡木道："我明日去昆阳，跟叔父说说这事。等新店开业，让张二去照管新店，你俩都去城里，跟叔父一道打理老店，这样，一家人就能天天见面了，也免得芥子挂牵。"芥子噘嘴道："又提我姐，三句不离我姐，真是的。"凡木和叔母大笑不止。

"有人吗？给点吃的吧？"门外传来虚弱的说话声。

芥子道："最近天天都有要饭的，娘，把那几根蒸红薯都给人家吧？"说着，自顾去了。

凡木出来看时，见一老人衣衫褴褛，背着破旧铺盖，头发脏乱，面色蜡黄。凡木道："哪边来的？近些日子，讨饭的人像是越来越多了。"

那老者道："北边来的。北边那旮瘩连年干旱，庄稼绝收，连树皮都被啃光了，又遭了瘟疫，人都快死光了。"

凡木惊道："怎么会是这样！朝廷不管吗？"

老者叹道："收税时一家都不落；遇灾时，十里八村都见不着一个管事的。"

凡木疑惑道："遇上这样的大灾，朝廷不会不管的。即便朝廷动作迟缓，种田大户也该救济一下的，能眼睁睁看着乡里乡亲的一个个死去吗？"

老者摇摇头道："兄弟啊，你是有所不知，自朝廷废止了奴婢买卖，废止了土地买卖，你想啊，遇上天灾，大户人家能好到哪儿去！连年干旱，几百顷田地，收成指定不济，交税这一茬不说，当初他得买大批奴婢吧，本是指望这些卑微的奴婢去田里干活的，可如今，田里没活可干，还得一个个养着，卖又不能卖，又不能给饿死，一天天消耗的可都是粮食啊，你说三日五日的倒还罢了，可这样的境况哪儿是个头啊！他哪有心思去赈济灾民！"

凡木道："我倒疏忽了这一茬，普天之下遵的是一个法。"

老者道："我有个远房亲戚，前些年，仗着手里积攒些钱，又是买奴婢，又是买土地，不想，买来奴婢和土地后，老天没有一年风调雨顺，不是旱就是涝，地里收成自然不好，可地税却一文不能少交，弄得他焦头烂额。本想卖掉土地和奴婢，还过他从前的日子，可朝廷一张公文下来，废止了土地和奴婢买卖，这下可好，全窝手里了。偏赶上天灾，地里不见收成，几十号奴婢还得张口吃饭，朝廷有旨，饿死奴婢者犯法。没法子，我这远房亲戚想了个点子，让奴婢自行离开，虽是亏了当初的本钱，至少不再日日消耗粮食。可这些奴婢明知眼下的灾情一日重于一日，离家无异于送死，因而，一个都不愿离开，弄得我这亲戚硬着头皮养着。为使奴婢每日里少吃粮食，他将奴婢关在屋子里，不让出来，以免消耗体力而多费粮食。这样一来，少不得有奴婢生病。不请郎中吧，眼睁睁看着奴婢病死，得被朝廷治罪；请郎中吧，耗去的可是钱啊！加上家里人唠唠叨叨，邻居说长道短，我这亲戚终于把持不住，趁着别人熟睡时，悬梁了。"

凡木惊道："啊？可惜啊！他死了，家里人如何应付灾年？屋里关着那么多奴婢，该如何善终！"

老者叹息道："天知道。"

凡木见芥子捧出来的红薯热气腾腾，料是那红薯才被芥子加热过。他连忙喊住芥子，拿起一条围巾将自己的鼻子勒上，而后向芥子要过红薯，走近老者，先将红薯递给老者，而后掏出几枚铜钱塞进老者衣兜。

老者再三致谢，而后去了。待老者走远，凡木将双手浸入水盆，反复搓洗，其间换过一道清水。见芥子惊异地望着自己，凡木道："既是那边起了瘟疫，芥子要远离那些乞讨者，有善心行善事，还把红薯加热了给人吃，足见你有颗菩萨心，可也得学会保护自己。"

芥子忽觉一股暖流流遍周身。她喜悦地望着凡木道："凡木哥，你就不怕呀？"

凡木道："我是男人。"

叔母在一旁道："凡木啊，听这讨饭人所言，我想起卉子的话来，上次去昆阳，卉子说她家的地也不能卖了，眼见收成不好，税钱却不减反涨，还养着一帮种田的奴婢，那老头终日发愁。我当初没有在意。"

凡木担忧道："新朝这政令乃一刀切，再无化解补救之策，着实让下面的人犯难，如此下去，少不得引起民怨。数月没有下雨了吧？中原之地万一如北边那样，这如何了得！"

叔母惊道："是啊。昨日我去寨外码头，见河面比起先前是低了好多，虽然昆阳周边河道较多，那庄稼也不能跑到河里喝水吧？老天不下雨终究不是个事啊。"

凡木道："总之，小心为妙，家里多备些粮食不是坏事。叔父不在家里，回头我让水生多送点过来，以备不时之需。"

芥子眨眨眼道："凡木哥，方才你还说要让我跟娘去昆阳城呢，都不在家里，存粮食给耗子吃呀？"

凡木笑道："芥子，你可不是一般地傻。"

叔母忍了忍，终也没能忍住，三个人大笑不止。

第十一章　丢牛车孟江断指
　　　　　遇贵妇凡木露才

　　拂晓时本是一天中最为温润的时候，寨子濒临澧水，搁往常，水汽常聚于此，或是薄雾轻绕，或是细雨纷扬，或是晨露浅罩。可近日，晨风中携裹着焦煳味，燥热难耐。苍蝇与蚊虫，枯叶和尘土，在寨里撒野。狗的狂吠声破窗而入，让凡木再无睡意。狗像被人虐待，或是被屠户捕杀，喊叫声凄凄惨惨，声嘶力竭。渐渐地，那声音弱了下去。凡木弄不清狗是远去了，还是最终断了气息，总之，之后的黎明再无半点响声，至少他没有听到别的响动。

　　婢女已将早饭做好，凡木把房门打开时，婢女端着饭菜来到屋内，悄无声息。用饭时，凡木听见孟江在院子里呵斥黄牛："比我睡得都多，你还眯着眼，不看看都几时了！你多亏是托成了牛，要是托成人，像你这样的，早被饿死了。嗯？还敢放屁？你不愿听？屈说你了？"

　　凡木草草用了饭，出屋说道："孟江啊，你们在合计什么呢？你用饭没有？"

　　孟江见凡木出来，憨笑道："回家主，我用过饭了，牛也用过了，我们这就动身吗？"

　　凡木道："这就动身。"他见水生闻声出来，腮帮子鼓起老高，嘴里说着其意不详的话，便对着水生道："别急，你吃你的，该交代的话昨儿都给你交代了，打理好家里的事比什么都关紧。"水生道："放心吧，家主，水生知道该如何做。天气燥热，家主去城里好好歇着，有何吩咐只消孟江传话便是，寨子距昆阳本也不远。"听过水生的话，凡木忽觉力倦神疲。借着凳子上车后，便闭上双眼，脑际一片空无。

像是有人跟孟江说话，凡木听不见他们说些什么。像是进了寨子南门，风自正前方吹过，顺耳根流向车尾。低沉的号子声来自码头，忽轻忽重。车轮的咯吱声一时隐去，该是过了青石桥面，走上去昆阳的土路。在混沌的意识里，凡木知道顺土路走上一箭之地，而后弃车右行数十步，绕过几棵小树，那里有片坟地，他的爹娘和妹妹就住在那里。

"停车。我去看看爹娘和妹妹。"凡木道。

孟江旋即将牛车停下，搬下凳子放在车边，而后搀扶凡木下车。他将缰绳拴在路边小树上，正欲随凡木步入小道，却听凡木道："孟江，你守在车上吧，我自己去墓地。"孟江应下后，站在路口，目送凡木走上弯曲小径。

墓地里荒草萋萋。一只秃鹰盘桓数遭，大约见坟地无以觅食，等来个上坟者，竟是空手，于是，留下几声哀叹后，径自向南去了。之后的天空极为宁静，连个鸟儿都懒得过来。

凡木在爹娘合葬的坟前轻轻跪下，连叩三个响头，之后盘腿而坐，望着坟茔发呆。一只野兔的出现，是在凡木呆坐了一袋烟工夫之后，兔子误将凡木当成了木桩，竖着硕大耳朵，慢吞吞绕着坟茔走来走去。令凡木不解的是，明明周遭尽是荒草，这兔子却并不动嘴，真不知它来此所为何事，不会是这兔子的先兔也葬在此处吧？最终，是凡木凄楚的倾诉声惊到野兔，野兔闻言，喷出一股臊臭的东西，而后夺路而逃。

凡木轻声说道："爹，娘，你们在那边都好吧？儿子愚钝，之所以空手而来，是不知你们缺些什么，倘二老有知，可否托个梦来，儿子上刀山下火海也会给二老买来。儿子如今出息了，终于能为二老做点事了，可又相隔两处，望眼欲穿。一家人不知何时才能相聚，届时，儿子一定好生尽孝，不让爹娘再受半点苦难。本来好端端一个家，如今却分居阴阳。平日里我和水生极少夜宿他乡，偏偏那日所带木器没能当日卖完，次日又逢庙会，故而耽搁一日，而偏偏那日后夜家里失火。是冥冥之中该有，还是有人故意为之？儿子无日不想此事。按常理，家中失火，那火势该是一点点起来的，可为何你们全无察觉？是火势起于床侧，一时迷了心智？抑或是中了邪魔？这样的谜何日能解！倘若是恶人有意为之，这恶人又是何人？我家世代清贫，不足以招人嫉恨；再者，二老菩萨心肠，断不会与人结下梁子。儿子想过托人彻查此事，可儿子无能，不知从何下手。即便查出乃恶人所为，即便让恶人锒铛入狱，千刀万剐，油炸火烧，能换爹娘回来吗？儿子天生怯弱，遇事宽容，总想息事宁人，能饶人处总饶人，唯恐伤及他人，这大约是在娘胎里就被移植了爹娘的菩萨心肠。儿子无能，别无他长，只会专心行商。"

泪水模糊了双眼，凡木用衣袖揾揾，继续说道："爹，娘，说起行商之事，儿子是被迫无奈。起初仅是缘于为二老尽孝，不想使祖业自此荒废。可一旦涉足，便如射出的弓箭。身边的人我得养活，说过的话我得兑现，眼见身边的人眼巴巴看着我，我除却前行，还能怎样！儿子本想只把雷击木生意做好，可总有一双无形的手推着我，让我欲罢不能。先是接手田禾的油坊，是不得已而为之，儿子见不得别人苦，既同情田禾，又心疼奴婢。我曾承诺那些奴婢来身边做事，虽遭变故，也得兑现承诺，大丈夫岂可言而无信！前天，姚亭长来家，言以情理，晓以利害。儿子无奈，只得将非雷击木生意一并做了，此次进城，就为新店的事。愿爹娘在那边一切安好！如此，儿子才能心无旁骛。"

凡木伸手拔掉一缕长发，再扒开坟土，将头发埋入土中。良久，他缓缓起身，来到妹妹坟前，道："小妹受苦了！"言罢，已是泪流满面。"爹娘年事已高，本该我在身前侍奉的，如今，却由你独自担下，小妹年少，身体尚未长成，怎不让哥肝肠寸断！男女之事，哥有苦难言，又不想过早说给爹娘听，哥想给你说说，小妹不会取笑你哥吧？"恰逢一阵强风吹来，坟上才长不高的野草频频颔首。凡木道："那就好，哥知道你不会。哥与你卉子姐自小一道玩耍，彼此两心契合，可卉子嫁到昆阳了。芥子有心，家里有意，可哥的心似乎不在芥子那里。有个婢女名辛茹，本是书香门第，家道中落，沦为婢女，哥是怜惜辛茹，也为兑现承诺才执意将她留在身边。

并非哥不食人间烟火，并非哥不懂儿女情长，哥有难言之隐，哥不宜成家，你还小，听了也不懂。孟子云：'不孝有三，无后为大。'让哥碎心的是，若不成家，何以面对祖上，何以面对爹娘！让哥想想，让哥好生想想。"见坟头的荒草纹丝不动，凡木继而说道："小妹啊，哥知道你不易回话，好生歇着吧，照顾好自己，照顾好爹娘。"

凡木回转身时，见孟江远远站着，一脸担忧的样子，不觉一阵心热，小声道："孟江啊，你不用担心，我没事。"

孟江道："坐车上看不见家主，放心不下，就过来了。"

凡木已走近孟江，伸手拍拍他的肩膀道："走。"

顺小道绕过几棵不高的树木，来到通往昆阳的官道时，两人一时愣在原地。黄牛没了，牛车没了。孟江疯了般顺官道向东跑了一阵，再折转过来，向西奔跑，末了，呆呆站着，不知如何是好。凡木招手示意孟江回来。见孟江脸色煞白，凡木道："别找了，指定是被人偷走了，缰绳是拴在树上的，黄牛不会解绳。再说了，这官道岔路较多，哪儿找去？别看黄牛平时走路慢悠悠，其实它一点不笨，你用力抽它几鞭试试，撒欢跑时，不见得比马慢多少。"

孟江哭丧着脸道："这才多大一会儿呀！就去坟地远远看上一眼，牛车就没了，我真没用。"孟江言罢，伸出食指噙进嘴里，而后用力一咬，随即吐出一截断指头，那肉疙瘩圆溜溜带着鲜血，在官道上蹦出老远。

凡木大惊失色，抓住孟江的手道："你疯了？"遂撕下一块衣袖将喷血的断指缠上。

孟江轻声说道："我让自己长点记性。指头短了点，不碍什么事，放心吧，家主，我没事。"

凡木忽觉一种扎心般的疼痛，似乎那地上的肉来自他的胸部。他抓紧孟江的手道："孟江，你是担心我在坟地出事才离开牛车的，你懂得我比牛和车更金贵，从这一点上讲，你一点没错，我感激还来不及呢。不就一头牛嘛！不就一辆车嘛！你这是干吗？你要让我愧疚一生吗？"

孟江道："家主待我恩重，我却总是出错，不让自己长点记性，我怕日后还会出错。"

两人双手紧握，涕泪交流。

步行至寨子南门，有闲来无事者问道："你俩不是赶车走的吗？为何走着回来了？"

见孟江低头不语，凡木笑道："看见我那牛车了吗？方才没走南门回家？"

那人不知凡木所云，怔怔地愣在那里。凡木道："前天才从宛城回来，牛想歇歇，我就让它自行回来了。"

那人忙道："自打你们出寨，我就在寨子门口蹲着，没见你那牛车回寨呀？"

凡木道："看来牛是去昆阳了，它比我都认路。"

那人挠挠头，茫然地望着凡木悠悠然自面前走过。

凡木领孟江直奔田雨家里。见到田雨，凡木直言道："田掌柜，你那牛车让我用用，还有牛。"田雨不解道："你的呢？"凡木道："别人赶走了，非要用马和马车跟我换，你说这怪不怪，明儿给我送到城里。"田雨嘿嘿一笑道："有这好事？好，好，这买卖好。牛和车都在后院，走，去套车。"

三人来到后院，孟江很快把牛车套好，凡木登上车，望着田雨那张似笑非笑的脸，头也不回地出了大门。

牛车慢吞吞进了昆阳城，吱吱呀呀来到漆器店外时，五邑正与王桂在桌前品茶，张二则与主顾抬着雷击木屏风装车，马车上放着一对雷击木花瓶，另有木榻两个。这买主看来是个有钱人。凡木这么想着，踩上孟江放在车下的马凳下了车。五邑起身道："凡木，这不是咱们的牛车吧？咱的牛车是我帮着买的，我老远都能认出来。"

凡木道："咱的牛车没来昆阳吗？"见五邑一头雾水，凡木接着说道："它也没回文寨，看来是迷路了。我跟孟江去坟地里看二老，那黄牛不听招呼，不愿多等，硬着头走了。"

雅士捻须笑道："有趣，有趣。只是可惜了。"

凡木笑道："只要没废掉，谁用都是用，没什么可惜的。先生，昆阳城里，哪里有卖马和马车的？"

王桂道："城东门有个马市，那里有马也有车。"

凡木道："劳叔父带孟江去马市一趟吧？把钱带足点。"

五邑带孟江走后，凡木陪王桂坐下，道："王老先生，方才那位买漆器者，又是先生的故交吧？"王桂道："非也。雷击木漆器店，开业不过数月，昆阳城内怕是无人不晓，大户人家不吝钱财，图个稀贵。就老朽所知，个别人彼此暗自较劲，相互攀比，比谁的雷击木漆器多。至于辟邪一说，宁信有，不信无，故而，前来买雷击木漆器者，络绎不绝。凡掌柜慧眼独具，让人刮目。"凡木道："岂敢，岂敢。顺了天时和地利，加之人和，再有老先生鼎力，鄙店才有今日，晚生再次谢过！"凡木说罢，拱手一拜。王桂道："吉人自有天相，善人自有天助，无他。"凡木道："先生，雷击木漆器毕竟卖价偏高，寻常人望而却步，凡木想另开一家店铺，专卖非雷击木漆器，既兼顾了寻常人家，又可安置赋闲人。晚生此来昆阳，意在寻个新店。"王桂道："如今各业均不景气，另租新铺，该不是难事，不急的话，容老朽打听一下。"凡木道："那就有劳先生了。"王桂道："正经事，何必客气！小处讲，这是方便主顾；大处论，此乃造福昆阳百姓。"

二人说时，辛茹提了茶壶一旁站着，低眉看着茶碗，偶尔偷看一眼凡木，眼里闪出敬慕的亮光。茶碗里茶水少于半碗时，她便近前续水；有主顾进店看货，她就放下茶壶，跟主顾说些漆器的事。

张二送走主顾，垂首立于门口，但凡有人走近店铺，他便笑着与人打个招呼。五邑和孟江各自将车停到店铺门外时，招致不少路人驻足观望。王桂起身道："凡掌柜，你看，还是马车气派。其实，即便牛车不丢，也该换辆马车了，抛开气派不说，它毕竟快于牛车，能省去不少时间。"

凡木看时，见枣红马器宇轩昂，眼神里却透着谦恭与温良。凡木叫过五邑道："叔父，我想把叔母和芥子也接到城里，这样，你们一家四口便能日日相见，免得彼此挂牵。"

五邑惊道："都来城里？来干啥？"

凡木道："我此来昆阳，就是想跟叔父商量此事的。再开一家店铺，专营非雷击木漆器，你文寨的老宅暂且当作木器作坊，不知叔父意下如何？"

五邑喜不自胜，拍拍脑袋道："慢点，慢点，你让我梳理一下。你叔母和芥子都来城里,把家里的老宅腾出来当木器作坊,专做非雷击木漆器,是吧?这自然是好事啊,可你想过没有,让两个妇道人家去照管店铺,她们会吗?"

凡木笑道:"叔父,你可别小瞧人家。要是放心不下,人手调换一下不就得了?让张二去打理新店,你一家三口照管老店。每日待在一起,只要不怕叔母唠叨你就成。"

五邑忙道:"凡木啊,你这主意真的不赖,不知卉子知道了会喜成啥样,昨日卉子过来,还在念叨你叔母呢。"

凡木一时无语。他见枣红马极为安分地站在车辕之内,车辕纹丝不动。少时,凡木道:"孟江,你回吧,明日就将叔母和芥子送到城里。至于家里的事该如何铺排,那是水生的事。将马车连在牛车后头,相信这匹马不会与黄牛争宠,看得出,枣红马德行极好。"

大约是枣红马听见了什么,或是有所感悟,它转过脸,对着凡木眨眨眼,而后重又目视前方,但等主人使唤。枣红马极为温顺地被孟江牵着退到牛车后面。孟江知道,让马连同马车一道后退,是件极难的事,这马竟做得有条不紊。

孟江只将枣红马的缰绳拴在牛车尾部,之后跳上牛车,鞭子一扬,黄牛便迈开步子。枣红马看一眼凡木,随后专注地盯着前方的牛车,依着牛车快慢,调整四蹄的幅度。一人赶了两辆车子,牛车慢吞吞走在前头,马车亦步亦趋紧随其后,这在昆阳城恐不多见,故而,成了一道景致,招致不少人驻足观望,有人站在路旁窃窃私语,啧啧称道。

"谁家这么有钱,一次买来两辆车,还赶着空车瞎跑。"

"还能是哪家?雷击木漆器店呗,昆阳城就此一家,这样的独门生意,不想赚钱都难。"

"咱们也是人,人家也是人,人比人气死人啊!"

见一贵妇人款款而至,张二忙躬身相迎。那妇人目不斜视,道:"叫你家掌柜的过来。"五邑看一眼凡木,站着没动。凡木只得走近妇人。这妇人上着桂衣,衣带长如燕尾,长裙及地,足蹬丝履,通身蜀地锦料,发髻高束,敷粉描眉,显得雍容华贵。两个婢女一左一右侍于两侧。凡木未及开口,妇人朱唇微启道:"全是雷击木漆器?说说看,有何别样之处。"妇人说时,缓步走向漆器。

凡木身后跟着,见妇人正用葱白一样的手指一点点划过首饰盒,遂轻声说道:"回夫人,鄙店只营雷击木漆器,雷击木辟邪之说想必您早已神会。您贵手恩赐的这件漆器,仅木胎就用了轮旋、割削和剜凿三种工艺。至于用漆和颜料更是极为讲究。木匠先把生漆制成半透明漆液,再加入所需颜料,均匀搅拌后,涂于木胎表面。需等头漆晾干后,再将各式颜料分别加入漆液内,用毛刷手绘至漆器表面。譬如这形态各异的云龙纹饰,乃在黑漆之上手绘了红、赭、灰、绿等处置过的颜料,工艺特殊,色泽鲜艳,不易褪色。该漆器工艺始于夏朝,其后,经由历朝历代逐步完善,使得诸多漆器曾一度取代青铜器,为世人受用。您这会儿端详的是'君幸酒'木杯,其木胎用了割削和剜凿工艺,壁薄匀称,憨态自然。这个就不大适用于您了,此乃赌博器物,骰子有十面,形似球状,您看这彩绘,色泽光亮,可与冰块媲美。"

"你怎知这赌博器物不适用于我?"妇人呢喃般的声音,显得极为悠远。凡木一时不知该如何作答,只搓着手远远站着。

"送货吗?"那妇人道。

"昆阳城内包送至府上。"凡木道。

"那好吧,你方才提及的漆器我都要了,首饰盒两个,酒杯八个,这赌博器物嘛,要上两套吧,碗也来上六个。"妇人说时,旁若无人。

早有张二将一副担子摆在妇人身前,妇人提及哪件漆器,张二便逐一将哪件小心放进筐内,等妇人言罢,张二已将漆器摆放完毕,而后望着妇人一言未发。那妇人示意婢女结了账,款款走出漆器店。张二忙担起担子身后跟随,随口问道:"这要送往哪里呀?"那妇人道:"跟着走便是。"张二看一眼凡木,没再言语。

望着一行人远去,凡木道:"好大的排场啊!王先生识得此人吗?"

王桂道:"昆阳城就这么丁点儿大,富庶之家凤毛麟角,按说老朽该识得此人,可相来观去,总觉不甚眼熟,莫非是新来的县太爷之家眷不成?"

凡木道:"原县令高就了?"

王桂道:"像是与内乡县令对调。换来换去,依旧无人能及春秋之叶公。凡掌柜,你让老朽刮目相看啊,此前只知你心智过人,乃经商奇才,殊不知你对工匠手艺也如此精通,莫不是自小谙于此道?"

凡木笑道:"先生过誉了。晚生略知皮毛,自小受先父言传,能说上一二,真要提刨握凿,未免眼高手低,别看我讲起来像模像样,伸手一试,指定露馅。"

王桂粲然笑道:"未必,未必。凡掌柜即便不再新开门店,既有的生意足已风生水起了,每日还住客栈,怕是多有不便,也该有个像样居所了,眼下既是要找门店,何不将居所一并找了?"

凡木道:"凡木正有此意,不想,竟与先生不谋而合,那就劳烦先生多多费心。先生知道,晚生在昆阳举目无亲,少朋寡友,凡事无不仰仗先生。"

王桂道:"凡掌柜休要见外,老朽这就回了,稍后便托付故友,为凡掌柜去寻新店和居所。有了正经居所,一道谈古论今,不知要便当多少。如今的漆器店与当初不可同日而语,当初主顾稀少,故而,老朽常携旧友前来,以聚人气。"

凡木感激道:"缺了先生用心关照,鄙店断无今日。居所一旦选定,寒舍的门永为先生开着,晚生亟待早日在寒舍聆听先生教诲。"

王桂笑吟吟地道:"岂敢,岂敢!凡掌柜一向重礼,这难能可贵,只是老朽受之有愧,不尽股肱之力,岂不愧对凡掌柜的好茶水!"

两人哈哈大笑。王桂执手别过凡木,悠然去了。

第十二章　被效仿凡木生计
　　　　　见辛茹母女泛酸

　　在昆阳雅士王桂的多方张罗下，凡木以低廉价格买得一处一进一出的四方宅院。西大街一间空置铺面本是这家主人欲做布匹生意的，迟疑数月，终未定下，经由巧舌之人从中游说，最终租给凡木。两日之内帮凡木买下一处宅子，租得一个铺面，足见王桂能耐之大。

　　凡木携孟江与人签完合约，自西大街悠悠然返回漆器店。途经文昌街一家木器店时，凡木悚然一惊，那原先的门头已被一块硕大的"雷击木漆器店"匾额替换，这匾额大小、油漆色泽、字体功力丝毫不逊于自家门头。店铺像是今日才布置就绪，几个人正忙个不停。

　　凡木不想进店一看究竟，便低了头匆匆走过。至自家漆器店，见这会儿并无主顾，五邑正与张二擦拭漆器。凡木尚未落座便喊过孟江道："孟江，你此前没把叔母和芥子接来是对的，毕竟新店才有着落，看来叔母虑事还是比我周全。你此番回去，就将二人接来吧，也好为新店的布置出把力。"

　　孟江应下后，望一眼凡木道："家主还有别的事交代没有？若是没有，奴才这就返回文寨。"凡木道："你让水生来趟昆阳，我有话给他交代。也罢，你直接传话给他，自今以后，我家的每件雷击木漆器，制作时务必在不甚显眼处刻上不甚显眼的'文寨'二字。"孟江疑惑道："家主，奴才明白，这么做是为有别于他家漆器，以防有人以次充好，而后嫁祸于人。可，新开的那家雷击木漆器店，他们家住城内，去哪儿弄雷击木呀？别是见我家生意红火，故而眼红，虚晃一枪，图个热闹而已。"凡木肃然说道："孟江啊，要多想别人的好，少想别人的坏。生意场上无笨人。不过，心往宽处想，事往窄处做，终究是对的。"孟江琢磨着凡木的话，赶着车去了。

望着马车远去，五邑喜道："凡木啊，咱这日子是一日好过一日，这才几个月呀，就在昆阳城里有了三家铺面，外带一处宅子，任谁见了都眼红，也难怪先前那家木器店改换门头呢。这多少会有碍我家的漆器生意，好在我家结缘了不少的老主顾。宅子买来了，不得及早收拾收拾？这会儿不忙，要不我去吧，反正张二一会儿就回来。"

凡木道："叔父啊，张二壮实，待会儿让他去吧。"

正说时，张二担着担子哼着曲儿回到店里，尚未放下担子，便急着说道："乖乖，人家家里那真叫排场！难怪那妇人派头十足，原来是县太爷的家眷。"

凡木道："王老先生的推测还是蛮准的。张二，你随我去新宅干活去，这身肉派不上用场实在可惜。"

张二笑道："不就收拾个房子吗？又不是盖房子。"

一旁的辛茹细声道："我也去。"言罢，瞟一眼凡木。

五邑忙道："你不得做饭嘛，眼下几大口子人吃饭呢。"

辛茹道："做饭还早不是？再说了，我早把该做的预备好了，就待生火了。"

见五邑一脸不悦，凡木道："辛茹去也成，快去快回，别误了做饭。按说这收拾房子的事，女人心细手巧，指定强于男人。走吧，干多少是多少，今日干不完，明日接着干。"

三人一道去新宅，辛茹一脸喜气，紧随凡木身后，亦步亦趋。所谓新宅，其实极为老旧，墙体斑驳，疑是房顶漏水所致，此等修缮之事，非这三人之力所能及，要等下次下雨方可认定漏水位置。原主人走时，丢下不少无用之物，清走这些废物耽误不少工夫。辛茹身小力单，却很是卖力，明明极脏的废物，她能张臂抱起，而后歪着头辨路，扔往大街的废物堆里，这让凡木刮目相看。凡木去抱杂物时，辛茹拦住不让，只把一根木棍递在

第十二章

他手里，望着凡木道："家主啊，这样的活是下人的事，您别沾手，免得外人瞧见了笑话。"

没到做饭时辰，凡木便喊上两人收工回店，他不忍辛茹跟汉子般做活。见辛茹一脸汗渍，凡木道："辛茹啊，明日你别再来了，有张二和孟江足矣。"辛茹抹一把额头道："家主，我想来。"她清澈的眸子闪着晶莹光泽。

凡木摇摇头径自出了宅院，张二与辛茹赶忙跟在身后。街上熙熙攘攘，有人在稍宽的街面上表演"蚩尤戏"，两个壮年汉子，各自头上扎着牛角，四臂交织，牛角互抵，大约是使力过大的原因，两人项间的青筋鼓起老高，脸色赤红。忽退忽进，忽左忽右，两人势均力敌，终也难将对方放倒。围观者不干了，鼓劲声、起哄声一浪高过一浪。一人猛然用力，将对方拱至围观者身前。被拱者听见围观者惊呼，稍一分神，便被对方巧用蛮力，身子一歪，一腿半跪于地。喝彩声惊起房顶云雀，扑棱棱飞往云天。

"不算，不算。我是怕踩了人家的脚，才松下劲的，他这是趁机，是耍赖。"跪地者一再申辩。胜者哪管别的，端着个托盘只顾向围观者收钱。

"家主，演蚩尤戏为何头上系着牛角啊？明明是争强斗狠，却称之为戏，何为蚩尤？"张二见凡木脸上带着喜气，看一眼辛茹，壮着胆问。

等辛茹近前，凡木看看两人道："自先秦始，民间就有蚩尤的传说。很久之前，有个部落，其首领叫蚩尤。其时，蚩尤的势力与黄帝相当，为扩展地盘，他亲率麾下八十一人与黄帝作战，后兵败被杀。即便如此，蚩尤的声望并未泯灭，反而历经百代而不衰，为世代敬仰，故而，民间有了蚩尤戏，实为凭吊蚩尤。据说，弩、戟、刀、剑、铠五兵器乃蚩尤发明，蚩尤在尚武之人中自然名望颇高，甚至被尊为战神。当年汉高祖刘邦与项羽争天下，有人曾将汉高祖的军队称为'蚩尤之兵'，足见蚩尤在尚武之人中的威望。至于蚩尤戏者何以头顶牛角，盖因传说中的蚩尤耳鬓如剑、头顶有角。"

张二看一眼辛茹道："厉害吧？家主就是天上神仙，神通广大，无所不晓。"

辛茹自是欣喜不已，仰头望望凡木道："那是自然，也不看看家主是谁家的家主。家主学富五车，博古通今，乃天界来客。张二说话满口斯文，自跟了家主，你出息多了。"

听着奴婢这溢美之词，凡木自是喜不自胜，可又不能咧嘴大笑，于是咳了两声，没再言语。

三个人满脸喜气进得店来，适逢田禾也在。五邑在跟一位主顾说着漆器上的话，他不时扭脸看看辛茹，见这婢女面色红晕，透着难掩的喜气，不免心生责怨，又怕怠慢了主顾，只得强作笑脸。待那主顾买了个脸盆走后，五邑的脸一下子阴沉下来，对着田禾没好气道："这么早就跑过来，灶台还没冒烟呢，热乎的只有鸟屎。"

田禾被这没来由的话弄得很是尴尬，干笑两声后，看看凡木道："你五邑叔父喝晕了吧？要不就是被鸟那东西糊住脑子了。"言罢，自己先笑，继而满屋人笑成一片。

辛茹自然懂得五邑心思，她每次有意无意接近凡木，都会让五邑心生芥蒂，即便芥子没在城里。想起明日芥子和她娘就来昆阳，且不再回去，辛茹忽觉心绪杂乱，暗自叹息一声，忙去后院做饭了。

田禾没见孟江在场，看着凡木道："孟江回文寨了？这小子只顾着往城里拉木器了，不会是把送油的事给忘了吧？有些天没往我那里送油了，油缸快要见底了。"

凡木道："噢，是我疏忽了，这怪不得孟江，回头我得说说水生，别指望我事事都能虑及。田掌柜，看来花生油卖得还行，你独自打理门店，且不说苦与累，仅是拴人这一项，就够寻常人受的了，要不要加个人手？"

田禾忙道："不，不，多个人多份花销。昨儿听五邑说，你还要开个店铺，专做非雷击木漆器，短短数月，要开三个铺子，这气派，昆阳城里怕是绝无仅有。"

凡木道："这是不得已而为之。田掌柜，油坊里的事不消我说，你比我清楚。再开这家漆器店，也是无奈之举，这一点姚亭长清楚，也是他的主意，想知道，你问他。你别这么看我，我说的绝非戏言。"

田禾笑道："凡掌柜品行高洁，用王雅士的话说，叫雪胎梅骨，你的话我哪能不信啊！说句心里话，但凡经商者，谁人不眼红！抛开这层不说，他五邑一家算是沾尽了你的光，一家三口都来城里做事，与嫁到昆阳的卉子举家团聚不说,他文寨的老宅也被你租下当了木器作坊,虽不明说,可明眼人都清楚,你凡木断不会亏待五邑一家。也不知是他五邑上辈子积德广,还是这辈子烧香多,要不就是他前些日子吃鸟屎了,才使得眼下春风得意,万般滋润。就这,方才还见他耷拉着脸,像是谁往他脸上抹粪了似的,哼!"

这样的话非但没让五邑生气,反而让他笑脸绽放,一如蒸裂的馒头。五邑走过去,一巴掌拍在田禾的肩膀上,怪道:"当着孩子们的面,说的什么话!都说大树底下好乘凉,要我说,那得看是什么树,还得看它长在哪个地方。南方有种树叫木麻黄,别看它树高数丈,却几乎不见叶子,哪有什么凉可乘!即便是枝叶茂密的老槐树和树干高耸的大杨树,它若长在山岩旁,你如何乘凉!我五邑一家的确是烧高香了,虽是卉子……唉,不说了,不说了。"

提起卉子,便无人接话。卉子的婚事,在场的人无人不晓,虽是嫁了个大户人家,可毕竟是续弦,且这大男人心眼极小,醋意十足,卉子的日子过得并不滋润。而这事出有因,前文多有赘述。

自凡木与水生有了那次长谈之后,水生早丢了别的想头,只一心将作坊打理顺畅。家里账房由他管着,进料出货由他记账,即便木匠的工钱及分成也由他一人操办,凡木顶多闲暇时看一眼账目。撇开他在当年几无活路时被凡木搭救不说,就眼下情势,受恩如此深重,纵使铁石心肠,断不会再有二心。按着凡木交代,水生抽出两个木匠去五邑家,将原先三间客房里的物事搬至后院及厨房,反正不日这后院和伙房便派不上用场。三间客房腾出后,进了些一般木料,非雷击木漆器就在五邑家相继被制作出来。凡木的又一作坊悄无声息地开工了,没有庆典,没有酒宴,甚至连掌柜的都没在文寨,这在外人看来是件不可思议的事,寨子里的人议声不断,为凡木卖漆器的李黄也频频摇头,不知其然。

孟江回到文寨,便传话给水生,让他即刻就让木匠在正做的木器上刻上"文寨"二字。水生不敢怠慢,随即将凡木的话告知了两边的木匠。之后,他将孟江拉至一边,惊讶地问道:"孟江,你是说,昆阳城里已经有人开了雷击木漆器店？这人实在可恶，不把心思用在正经地方，就知道绞尽脑汁蹭别人。你等着瞧吧，今日是张三，明日还会有李四，原本好端端一个买卖，非得给弄砸不可。就像一座桥，都往上面拥，那桥面能承得下吗？新店找好了是吧？那就把叔母和芥子送往城里吧，床榻、几榻也得拉去，还有箱柜。"

孟江道："家主没说要床榻之类的木器呀！"

水生道："你让家主睡地上吗？家主的腿一点不敢受凉，一受凉就疼，我俩一样。"

孟江忙道："还没听家主说起过，那是为何？"

水生道："这个你就别问了，你也别问家主，你问了，他非但不会说，弄不好还会呵斥你。"

孟江应下后，便赶往五邑家里，找叔母和芥子商量几时动身。叔母看看孟江道："孟江，你才从昆阳回来，不累吗？要不明日去吧？"

孟江笑道："就这么点路，马都不累，我会累吗？又不是我驾辕。"

叔母道："我们明日去吧，待会儿我让芥子把衣服洗洗，还有那几只鸡，得天黑了才能捉住。谁知道这一去要待多久，不把鸡带去，不定哪天让黄鼠狼给吃了，与其那样，还不如给大家伙儿炖了吃的好。"

孟江道："那日后叔母就吃不上自家的鸡蛋了。不过，咱有钱，可以买，吃买来的鸡蛋，自在，不像是吃自家的鸡蛋那样不忍心。叔母，你想啊，那么小个鸡，下那么大的蛋，它一点都不容易。"

叔母笑道："真是个傻孩子。你跟凡木一样的心肠，怪不得你们主仆处得那么好。好啊，这人呐，要是有个好心肠，老天都会想着法儿帮他。"

次日一早，马车上装了床榻、几榻和柜子，另有三桶花生油。木桶做得极为考究，一滴油都休想蹭出，纵使那油桶随着车走，发出咣咚咣咚的声响。叔母和芥子坐在车头的另一侧，与孟江侧目可见。芥子不时地勾头回望，她生怕身后的木器掉将下来，把脑袋砸个稀烂。孟江见状，笑道："放心吧，芥子，我掉下去，木器都不会，捆得跟粽子似的。我和水生又不是傻子，你没看装的是什么？那是给家主用的器物，那是正经的雷击木漆器。"

第十二章

芥子撇撇嘴道:"孟江,听你那口气,给你们家主用的木器,就格外金贵是吧!"

孟江肃然道:"这你就不懂了,对家主用物的尊重,就是对家主的敬畏。反之,就是对家主的不恭。"

下人如此忠心侍主,这让芥子颇为动容,她脸上的嬉笑被庄重换了去。而此时,凡木高大的身影立时浮现脑际。一想起凡木的身边有个辛茹,芥子的心一下子怅然若失,故而,一路上少言寡语。

马车进了昆阳城西门,城里店铺林立、车水马龙的景象,让芥子重又将喜气挂上面颊,只是执意学姐姐,才显得娴静许多。芥子小时来过昆阳一次,城里的景致少不得诱使她左顾右盼,应接不暇,却又不想说话,只时不时地叹息一声。叔母见状,心疼道:"芥子,咋不说话呀?别学你姐了,娘看着心疼。你凡木哥上次去咱家时,不是说了嘛,说你爱说爱笑的,没什么不好,犯不着去学别人。"芥子道:"我姐,还有那个叫辛茹的婢女,都比我好,人家都是轻言细语,走路也是软绵绵的。"叔母道:"你是不知道,卉子小时还想学你呢。她那叫柔弱,受罪的命。嫁到城里去,大气都不敢出,遇事一味忍让,不被人欺负才怪呢,想想我都替她急。"芥子道:"娘啊,你也不能这么说我姐,兴许是她男人不好,要是遇上个疼她的人,被宠着,被惯着,她想忍,怕是还找不来要忍的事呢。依我看呐,这是各自的命,嫁对了,你想生气都没气可生;嫁错了,你再怎么忍,都是枉然。"

孟江只专心赶车,生怕官道上哪个腿脚不好者,被枣红马蹭着,或是被车上的木器挂着,对于那母女俩的话他只听不言,顶多是暗自一笑。

马车来到漆器店外,孟江翻身下车,欲取马凳放在那母女的脚下时,五邑迎了出来,看了车上物件,随即怪道:"孟江,我没说让你送床榻呀!后院里不是摆着一个嘛!这么大个家伙,放哪儿呀?"

孟江道:"这不是给店里送的,是给家主用的,新宅不是买下了吗?没个床榻,家主睡哪里?"

五邑道:"你返回文寨前,凡木没说让你送床榻呀!"

孟江道:"家主是没说,这样的事还需家主交代呀,这是水生和我的主意。"

五邑不悦道:"明明后院有个床榻,还没卖掉呢,凡木要用也是用那个,那个放久了,漆面的光度指定不如这新做的。你和水生可真敢当家!"

孟江静静道:"新房就该用新的床榻,后院那个不知有多少人摸来摸去的,怎好给家主用。"

五邑青着脸,想要斥责孟江,却感觉毫无来由。孟江并没看出五邑的不悦,探头看看店里道:"家主没在店里?"

五邑没好气道:"领张二和辛茹去新宅了。这车上的东西既是新宅里用的,那就送去吧。芥子她娘,你们磨蹭个屁呀,还不快点下车?"

一听辛茹和凡木都去新宅了,芥子执意也要过去,并催促孟江快点上车。叔母道:"他爹,我跟芥子都没去过新宅,跟车过去看看。孟江,我们走吧。"

孟江迟疑着正不知该听谁的,却听芥子不厌其烦地一再催促,便跳上车,而后扬鞭去了。五邑独立门口,摇摇头,一脸的无奈。眼见有人来店里看漆器,他没有看见似的,拉着脸,等主顾问他时,他这才反身进店。

马车到了宅子门外,适逢凡木在门里站着。看见叔母和芥子,自是一阵喜悦,再看车上装了一车木器,不解地问孟江:"你该把木器卸到店里再过来,马车装得这么宽,走在大街上不怕碰着人呀?"孟江忙道:"家主,是要卸在这里的。"凡木重又看看马车道:"这不是从文寨拉来的雷击木漆器吗?让我用雷击木漆器?这是谁的主意?"孟江道:"是我和水生的主意。家主就得用最好的,何况这是新买的宅院。"凡木忽觉一阵心热。他上前拍拍孟江肩膀道:"我懂你们的心。我不用雷击木漆器,拉到漆器店吧,让木匠给我做张非雷击木床榻就成。叔母,芥子,看你们那么坐着,我都替你们难受。孟江啊,你该专程送她们来昆阳,这床榻早一天晚一天地送来无关紧要。"说时,自己取下车边挂着的马凳,放在叔母脚下,而后小心搀扶叔母下了马车。

"孟江,你去把漆器卸了再过来。张二,东西多,你也去。"凡木说罢,领叔母和芥子进院。孟江和张二坐车去了。

三人进屋看时,辛茹正不声不响地扫地。尘土充斥周遭,一群飞虫般萦绕不散,辛茹瘦小的身材迂回于墙角,不甚显眼。此前,辛茹虽在田禾

第十二章

家做事，可毕竟身份卑微，与芥子母女并不熟悉，故而，没有上前问候。芥子自下了马车，眼珠便滴溜乱转，这会儿看见辛茹，上前要过扫帚道："你叫辛茹吧？不是一直在漆器店里做饭吗？怎么跑来扫地了？这多脏啊，你还是回去做饭吧，这里有我呢。"

辛茹的手不由一颤，低着头轻声回道："这样的活儿只配下人做，看你秀眉凤目，颜若朝华，怎可污了这锦绣裙裾！还是我来的好。"言罢，看一眼凡木。

芥子哪里听过辛茹这恭维中不卑不亢的话，而这浸了诗书气息的话语竟出自一个婢女之口，更让芥子无言以对，她手拿扫帚僵在原地。倒是凡木能解其中意，遂笑道："芥子呀，这样的粗活儿就让他们做吧，孟江和张二稍后就到。"

叔母见状，近前道："芥子，这位身材瘦小的姑娘，莫非就是此前在油坊里奍夜出逃的那位婢女？这人啊，真的不可貌相，乍一看，弱不禁风的，不想，她能独自逃往深山老林里，还颇有几分气节。让我好生瞧瞧这孩子，哦，瞧着也俊俏，只是这身子骨要是多长点肉，兴许好看得多，我是真怕她走在外头时遇上大风。"

凡木呵呵一笑道："叔母可真是个慈悲之人。辛茹，还不过来见过叔母？看叔母多疼你。"

辛茹脸上立时浮出笑意，看一眼凡木，而后近前两步，一屈身道："尊长在上，请受婢女一拜。"

叔母笑道："这孩子挺会说话，看着不像个婢女呀！"

辛茹听不出这话里有几分赞许、几分提醒和奚落，只照着凡木的话做便是。之后，她站回墙角，看一眼凡木道："屋里灰尘眯眼，家主还是去院里说话吧。"

芥子忽觉一阵恶心，将手中扫帚扔到墙角，气呼呼出了屋子，嘴里低声嘟哝道："狐狸精。"

第十三章　宅院内三女齐聚
　　　　　粮商家卉子受辱

　　卉子来漆器店本是想跟五邑说说话的，她有些天没来店里了。远远地见父亲正支使孟江和张二卸货，近前见过父亲后，得知母亲和芥子也来昆阳了，自是欣喜不已，忙问她们现在哪里。孟江说在新宅。卉子问什么新宅。五邑说，凡木在西大街买了处宅院，一帮人都去收拾房子了，还有辛茹。卉子不解父亲何以提及辛茹，既是他们都在新宅，卉子更是急于过去。五邑道："急啥！木器这就卸完，待会儿让孟江送你，反正马车是要过去接人的，是吧，孟江？"孟江边用力抬木器，边咧嘴应着。

　　卉子、芥子、辛茹，这三个女人共聚一个院子，像是首次，万一弄出一台糟糕的戏来，恐难收场。孟江最知底细，在去往新宅的路上，他暗暗替凡木捏着一把汗。然而，马车在新宅门口刚刚停下，凡木便走出大门，并招呼叔母和芥子上车。又笑对车上的卉子道："卉子呀，你就别下车了，这里脏死了。芥子，快点，你姐在车上，我们一道去店里说话。"

　　卉子嗔怪道："买了新宅，也不说上一声，还不让人家进院瞧瞧。这么大个宅子，又不是金银珠宝，能藏着掖着的。"

　　凡木笑道："不是还没收拾出来嘛，脏兮兮的有什么看头！等日后收拾好了，指定会请你过来喝杯喜酒的，急什么！"

　　卉子搀扶母亲坐上车后，凡木跳上去道："走，去店里叙叙，一家人难得聚齐。张二，少干一会儿就带辛茹回去，别过了做饭时辰。"

孟江赶着车咧嘴偷笑。却被芥子发觉，芥子刨根问底道："孟江，你得说说你偷笑什么。"

孟江赶忙收住笑容道："没呀，我没偷笑啊。"

芥子不依不饶道："你就笑了，你非得说说你笑什么。"

孟江道："一根虫子钻进靴子里了，痒得难受。"

芥子道："你骗人。"

孟江道："不信你来看，我这就把靴子脱掉，你只要不怕这浑身长着长毛的黑虫就成。"

凡木会心一笑道："孟江啊，还是算了吧，你那靴子里有多臭，当我没有领教过？谁敢贸然闻一下，一天都缓不过劲来，想想都害怕。"

叔母手抚额头大笑不止，末了，捂着嘴道："凡木，孟江，真的假的？卉子，芥子，你们信吗？反正我是不信。"

芥子口无遮拦道："不信你去闻闻。"

卉子拍一下芥子道："没大没小的。"

马车在漆器店外徐徐停下时，已没人说笑。大约车上的人脸上都剩点笑意，这让五邑疑惑不解，才拱手送走一位老主顾，放下手道："不是去收拾房了吗？为何转眼就回来了？一个个喜滋滋的，都捡钱了？"

凡木跳下车，见孟江正取马凳放在车边，便走近五邑道："见了你，大伙儿开心不是？那宅子就巴掌大个地方，这么多人拥去，如何打扫？有张二和辛茹足够了。方才那位妇人捧走的那对漆器花瓶，远远看去，真有玛瑙般光鲜。卉子，你也抱回家一对吧？"

卉子摇摇头，一阵张皇。叔母一旁道："凡木，你就别难为卉子了，我懂她的难处，还不是她家男人不让买你的漆器嘛！心眼儿小得跟针鼻儿一样。"

凡木不解道："真有这事？这从何说起？"

芥子抢话道："装吧你就，还不是我姐自小跟你好过！"

凡木摇摇头，无奈道："这都是哪儿的事呀！他这么猜疑下去，两口子少不得集疑成怨，改日我去卉子家，见见这位粮商，得把这事说开才是。"

118　昆阳关

叔母道:"算了吧,凡木,你别吓着卉子了,你去了只怕越涂越黑。卉子,你出息点好不好?俗话说得好,身正不怕影子斜。你越是怯弱,对方越是怀疑你,你退一尺,他就敢进一丈,不信你试试。"

五邑不耐烦道:"别说了,别说了,不怕外人听见了笑话咱家?丢死人了。就这么过吧,人的命,天注定。"

正说时,卉子的婢女叶红慌慌张张来到漆器店,一见这么多人,先是一惊,继而忙给叔母施礼,而后看看卉子,一言未发。卉子赶忙站起,说改日再来陪母亲说话,家里有事,她先走了。五邑不悦道:"卉子,你娘才来昆阳,总共说了几句话呀,你这就要走,一家人聚齐本就不易,难得凡木也在。叶红,你是我家买来的婢女,十岁上进我家,算来已有五年,你实话跟我说,家里出了什么事?"

叶红挺起头道:"回家主,家里没出什么事,是姑爷让我家姑娘快点回去的。"

五邑今日本就带着怨气,听了叶红那毫无道理的话,遂大声说道:"卉子明明是来看我的,屁股还没坐热呢,他就派人过来催,他得什么急病了?"

见叶红搓着手不知所措,卉子道:"爹,你别生气,也别难为叶红,都是我不好。他就是那样的人,除了偶尔让我过来看看爹,平日里我不能见别的男人。"

凡木背转身,盯着货架上的漆器,良久未动。叔母叹息一声,道:"不是我这病,卉子也不会嫁给一个跟他爹一个年岁的人,那人心眼儿还这么小。卉子呀,你快回去吧,反正我和芥子就住在昆阳了,日子多着呢。"

卉子临出门,回身看一眼凡木,见凡木依旧盯着货架一动未动,遂快步去了。叶红给众人躬身一礼,便碎步跟上。芥子目送两人远去,生气道:"娘,你别那样说好吧,这哪能怪你呀!"她看一眼凡木,接着说道:"凡木哥,我看这事都怨你,你还站一边跟没事人似的。当初,你一出门就是三年,连个音信都没有,是死是活谁知道?娘又摊上那样的病,那老头还费尽心思,你让我姐怎么办?原本以为那老头会疼我姐的,不承想,居然打我姐。"

凡木转过身时脸色铁青，吓得芥子赶忙抓紧娘的手。凡木道："择日我去他家会会他。"

五邑惊愕道："谁？那老头？你要去他家？凡木，你可别犯傻！这可不是你伸头的事。"

凡木一言不发，径自去了后院。没人知道他径自去了厨房，没人知道他已将灶台里的柴火点燃，都以为他去库房看漆器了。辛茹气喘吁吁回来时，才进后院便听见叮叮当当的锅碗声。进去一看，立时吓得脸色煞白，忙道："家主，是辛茹不好，回来晚了，您如何责罚辛茹都成，只是得及早离开，这里不是家主待的地方。"

"别这么说，你不晚。我憋得慌，漆器不敢敲，就过来敲打敲打这些锅碗瓢勺。我没事了。"凡木说罢，自顾去了前院。听过凡木的话，知家主遇上愁事。望着凡木的背影，辛茹的眼泪簌簌而下。

辛茹将饭菜逐一端上时，恰逢田禾不早不晚地赶来。五邑道："田禾，你是不是远远地一直盯着家里的烟道啊？看着烟道不冒烟了，就撒欢跑回来？你可真准！吃吧，吃吧。"

田禾噗嗤一笑，道："我田禾哪会跟你一样没出息！"

芥子在菜碗里挑出一根比头发粗点的树枝，瞪眼望着辛茹道："辛茹，这树枝也能当菜吃？你可不是个细心人啊。也不知道这树枝是生菜里夹带的，还是从你头发里掉进锅里的。"芥子说时，捏着那根细小的树枝举在当空。

辛茹挂了汗珠的脸上露出几分难堪，红着脸慌忙致歉。凡木知是芥子故意找茬，随即说道："芥子，是我方才生火时毛手毛脚，不小心弄进菜里的。"芥子生气道："方才你去生火了？"凡木道："是啊。你和叔母才来城里，头顿饭说什么都不能晚，这不吉利。我怕辛茹回来晚了，先把火给生着，不想，辛茹却按着时辰回来了。"芥子忙道："即便辛茹回来晚了，那做饭的事也不该由你来呀。"凡木道："你和叔母不是今日才来嘛。"说罢，忽觉一阵心烦，便起身来到店外，仰头望着灰蒙蒙的天。

西大街的漆器店是在凡木搬入新买的宅院后开张的，由张二独自照管，老店则由五邑一家三口打理。三家店，加上凡木共八人，众人起初都来老店后院用饭，一日三餐则由辛茹独揽。可店里的事几乎使不上叔母，她闲着着急，便自愿去后院打打下手。后来，田禾说，主顾不定哪个点儿去店里，万一主顾去买油，而他来了漆器店用饭，指定会失了这桩买卖，要是辛茹能送饭过去，他那店铺便不再关门。张二那里自然也是如此。于是，辛茹又兼了个新差事，每顿饭提着饭盒两下里跑，这个勤快的人跑起腿来不厌其烦。

若是王桂早几日提及租房的事，凡木指定不会去见粮商，偏在新店开张后没几日，那王桂一脸愁容地来宅院面见凡木。兜里揣了两份漆器店的合约，一份是他跟粮商签下的，另一份是他跟凡木签下的。

"凡掌柜你看，我跟粮商签下的合约明明还有三年到期，且合约上明白无误地写着承租期间可租与他人，他却要终止合约，收回店铺，托人说过两次，老朽不予理睬，昨日竟自己找上门来，好话说尽，又晓以利害。"雅士王桂说时，一脸的不屑与无奈。

凡木忽觉一阵昏眩。他没看合约，摸摸脑门道："合约这东西缺了人情和人品在里边，等于废物一份。他执意收回铺面指定有其难处，他是如何说的？"

雅士道："他说眼下旱灾越来越重，土地的收成怕是不够交税，家里还养着一帮奴婢。朝廷废止了奴婢买卖，一并废止了土地买卖，几百顷土地，几十号奴婢窝在手里让他犯愁。忽想起这家门店来，若是将门店收回，做些买卖，定能抵消不少日常开销，他又不缺人手。"

凡木肃然说道："他说的不无道理，此乃无奈之举。可我这雷击木漆器店才开业不久，才聚拢起人气，若是就此歇业，有碍你我颜面不说，这人气失了，恐再难聚起。"

雅士道："凡掌柜虑得极是。再想想，看有无良策。若老朽执意不退店铺，他也无可奈何，毕竟有合约在手。再不然就去县衙告他，我是说，他若执意撕毁合约的话。"

凡木道："先生，无论如何不能走到那一步，晚生宁可丢弃买卖，自此专事农桑，也不愿与人对簿公堂。此事既是商事，就该以商事规矩处置，一是上浮每年租金，二是将这店铺高价买下，还望先生从中周旋。"

雅士迟疑片刻道："这太便宜他了，他兴许就是奔着这个来的，你这么做正好中套。"

凡木道："中不中套这无关紧要，要紧的是漆器店不能就此关张。就他眼下的境况看，他的确遇到窘境，让他多点进项，兴许能缓家境之需。"

雅士道："凡掌柜真乃菩萨心肠，谁能与你共事，便是前世修来的福分。既如此，你与老朽一道去会会这位难缠的粮商，省得老朽两厢学话横生差池。"

凡木本不想去见粮商，看王老先生这般年纪，实不忍心让其两头奔波，遂对王桂道："先生，晚生听您的。"

雅士道："宜早不宜迟，你我即刻就去那粮商家。"

距粮商家本就不远，两人出了宅院，步行而去。

粮商杨匣的宅院也算气派。门楼高大，两尊石狮分踞两侧。进门是面照壁，青砖上雕着五谷丰登图案，须弥座，灰色瓦檐帽子般戴在砖墙之上。绕过照壁，甬道旁有座假山，假山一人来高，被池水拥着，上面挂着缕缕青苔。几株小树倒不甚光鲜，蔫蔫的无精打采。

门人将王桂和凡木领进正堂，少时，一个身材微胖的人走进客厅。他身着黑色曲裾禅衣，倒不显臃肿。只腮边一块苍蝇大小的黑痣，让人看去极不舒服。王桂见粮商，一脸不屑，看一眼凡木道："杨掌柜，这位是漆器店的凡掌柜，老朽与他一道来府上，是为你那店面的事。"

杨匣见王桂今日说话如此直截了当，竟没半句铺陈，再看脸色，知王桂积着怨气，遂呵呵一笑，道："久闻凡掌柜大名，今日一见，果然俊朗倜傥，幸会，幸会！王先生，我那店面之事，莫不是明日就能腾给我吧？你是知道的，日子拮据，不及早寻个糊口门路，到头来几十口人怕是都得挨饿。"

凡木拱手一拜，道："今日幸会杨掌柜，凡木欣喜之余，心生歉意，本该早日拜会的，竟拖至当下。店面之事，王老先生很是着急，曾三番五次找我商议，怎奈鄙店开张仅有月余，才聚起微薄人气，倘或仓促移至别处，为人冷落不说，一时半会去哪儿寻得新的去处。"

王桂道："杨掌柜，俗话说，瘦死的骆驼比马大。老子云：'大成若缺，其用不弊。大盈若冲，其用不穷。'昆阳城谁人不识你杨掌柜。说起挨饿之事，未免危言耸听，老朽断不以为然。至于店面，若是另有所用，那就另当别论了。"

　　杨匣忙道："王老先生抬举了，我只是徒有虚名。我那店铺务必五日之内腾出，不然生分了，任谁都面上无光。"

　　凡木道："请问杨掌柜，你急于要回店铺，欲做何种生意？眼下灾情日重，北方又遭瘟疫，大有蔓延之势，昆阳城内，生意凋敝，每况愈下，还望斟酌。"

　　杨匣道："既是生意凋敝，凡掌柜的铺子何以开了一家又一家？实不相瞒，要做何种生意，我还在物色。急于要回店铺，是想将家里奴婢搬出去住，一大帮子人住在后院，我看见他们就心烦。"

　　凡木忙道："王老先生清楚，我的买卖是被迫无奈，乃不得已而为之。既是杨掌柜的生意还没着落，愚以为不如让我暂且用着。奴婢居所，选用店面实属可惜，哪里租不来暂住之地，这居所租金指定是远远低于你那店面的，杨掌柜是生意人，这笔账不难算清。"

　　杨匣腮边的肌肉一阵抖动，那块黑痣随之起伏，眼中闪出一道寒光。他冷冷道："被迫无奈？这世上竟有被别人逼着给你自己挣钱的？稀罕！"

　　凡木道："这事三言两语说不清，不如择日另议。杨掌柜，既然你遇到窘境，我这边宽让一二，将每月的租金上浮一些，你看如何？再不然，我把店铺及后院一并买下，不知你意下如何？价格由你来定。"

　　杨匣随即道："不妥，不妥，让别人知道了，还以为我杨匣家缺钱呢，免不得让人笑掉大牙。"

　　王桂变色道："杨掌柜，你既然不缺钱，这么做就是存心的了，说句难听话，这是故意拆台。你我立有合约，我跟凡掌柜也有契约，眼下远未到契约期限。"

　　杨匣站起身，眼里喷出凶光，愤然道："王桂，你过分了，我拆谁的台了？你以为你是谁！不要敬酒不吃吃罚酒。别以为你有合约在手就可以为所欲为，我的就是我的，我想怎么处置，我就怎么处置。"

争吵声惊动院中人,有用人好奇地探头张望。卉子闻声进来,走到杨匣身边道:"何必那么大声,多大的事呀不能好好说。王先生,凡掌柜,你们休要生气,他就这脾气。"

杨匣呵斥道:"我的脾气怎么了?不如凡木是吧?你以为我不知道你三天两头地去漆器店所为何事?真的是为陪你爹说话?贱坯子一个!"

凡木至此忍到尽头,这个一向温文尔雅的人竟猛力攥住杨匣的衣领。好在王桂一旁极力相劝,凡木这才松开手指。凡木望一眼拭泪的卉子道:"姓杨的,店铺之事,你随意,只是不可作践卉子。"

杨匣抖抖衣襟,咧嘴笑道:"凡木,你心疼了吧?我可开心死了。我的女人我随便来,再惹我,我敢扇她,不信就试试。你敢在我府上撒野?来呀,给我捆起来送衙门,我告你私闯民宅,伤人越货,我的脖子疼死了。"

两个汉子进来时,见卉子怒目站着,正迟疑,忽听卉子大声喊道:"出去,你们胆敢碰他一下,我就死在这里。"卉子说罢,拿起案上一把剪刀,抵在胸前。

王桂被这突如其来的变故吓得哆哆嗦嗦,拉起凡木疾步走近大门时,回望一眼正堂,而后愤愤然道:"岂有此理!"

第十四章　生人恶意堵门店
　　　　书办巧言震粮商

　　凡木和王桂来到漆器店时，见前来挑选漆器的人正向芥子问长问短，五邑则在一旁不时插话，以补芥子话意之不足。凡木示意王桂在茶桌前落座，两人对视一眼，彼此无话。

　　送走主顾，芥子伸头望着凡木道："凡木哥，你丢东西了？看着像。"见凡木怔怔的并没理她，芥子劝道："只要人没事就好，谁都会丢东西的，往后小心点就是了，犯不着跟自己过不去。你看见没有，方才那位主顾，他是个对眼儿，那眼珠跟黑豆一般大，还一个劲儿往鼻梁那边挤，弄得整个眼睛几乎都成白的了。你看，就这样。"芥子说着，做出对眼儿的样子给凡木看。

　　五邑见状，大笑不止。看凡木和王桂时，两人都笑，却是皮笑肉不笑那种，这让五邑不免心下一沉。芥子摇摇头道："扫兴。"而后走向后院。

　　五邑将茶水给两人倒上，小心问道："摊上什么事了？"凡木道："叔父，漆器店得更换地方。不过，这不是什么大不了的事。"五邑道："这还不算大事呀？那什么是大事？"凡木道："我说的大事它不是事。"五邑追着不放，不解道："它不是事又是什么？"凡木道："心。"五邑等了片刻，凡木却没了下文，于是，疑惑地望着王桂。王桂道："没法子，人家要收回铺面。方才去粮商家，费尽口舌，好言说尽，终也没能谈妥，还弄得不……不……

不欢而散。"他本是想说"不可收拾"的,临时改了用词。

卉子受辱之事,他王桂断不会在任何场合提及,那是比剜肉还痛的事。他公正地看,卉子以年少之身许以年过五旬的丧妻之人,已是多有委屈。父亲来城里做事,父母相距咫尺之地,隔三差五来店里看看父亲,此乃天经地义。今日议事起争执,卉子闻声赶来,以图息事,再正常不过,却被那粮商一顿羞辱,这毫无道理。这个文弱先生终也弄不明白,何以生出此等事来,只是不住叹息。

"王先生,不会是房主要收回店铺吧?"五邑虽是心存疑惑,却是一语中的。

"正是。"王桂说时,已是淡然释怀。"有句俗话叫'秀才遇见兵,有理说不清'啊。"

"你们之间的合约还没到期不是?既然还没到期,他凭什么非要收回店铺!他不是什么兵啊。凡木,我去找卉子说说吧?"五邑好心道。

王桂和凡木四目相对,均不知该如何措辞。凡木摸着茶杯道:"叔父,男人之间的事,不必让女人掺和进来。既是合约尚未到期,那就暂且不急,我思来想去,他断不会告到县衙去,他本不占理。这期间,我们多方打听,看哪家有像样店铺出售,干脆买个店铺算了,免得再节外生枝。"

王桂道:"你当初何不买个店铺呀?"

凡木道:"一是不知这雷击木漆器到底销路如何,心里没底;二是当初手头拮据,将现有的钱压死在店铺上,不如流动着多买些木料。眼下好了,至少心里有数。"

王桂道:"那就按着凡掌柜的意思办。做生意和气生财,不与小人一般见识。老朽这就回了,托老友帮你打听。"

凡木道:"总是劳烦先生,真是过意不去。"

王桂笑道:"有个事忙乎,有个臭味相投的人陪着品茗叙旧,对一个赋闲之人来说,岂不快哉!"

送走王桂,五邑小心问凡木:"方才王先生说不与小人一般见识,这小人是谁?凡木你实话告诉我,是不是那粮商刁难你了?惹我恼了,我把他家闹翻天,我才不怕他什么大户人家呢,他多大个户啊,我心里有数。"

凡木道:"叔父,真的没事,您老就别操心了。"

凌晨的昆阳比不上文寨安详。城门一早开启,进城兜售农家青菜、山货、鸡鸭者,扯着嗓子叫卖。且不说人声,只那鸡鸭胆怯的惊叫便狠狠划伤老城的黎明。老城周边有昆水、澧水和沃水三河流经,水汽集聚,自是潮湿多雾,人们走在雾霭中,幽灵般时隐时现,若有若无。

凡木被鸡鸭唤醒后,见窗外一派混沌。他本想再睡会儿的,一阵急促的敲门声让他一时丢了睡意。他起身开了屋门,融入雾霭。打开大门时,见芥子眉上挂着露珠,脸色绯红,忙将芥子让至屋内。芥子忙道:"凡木哥,我爹一早打开店门时,见门口蹲了一群人,居然还有破衣被。我爹想要撵走这些人,领头的说,除非被打死,只要活着就不会离开此地,除非把欠他们的工钱一并结了。"

凡木不解道:"谁欠他们钱了?王桂?"

芥子道:"不是。他们说是粮商杨匣。"

凡木冷笑一声,道:"既是粮商欠他们钱,他们该去找粮商才是,赖我们这里全无道理。"

芥子气愤道:"他们说不知道粮商家住哪里,只知道这个店铺是粮商家的,故而只能来这里讨债。我爹又不敢给他们引路,让我过来找你,看如何处置才好。"

凡木踱着步子思虑再三,知是粮商使坏,这种下三滥的事只他杨匣做得出来,其目的无非是威逼他凡木,可他不想如实告知芥子,免得节外生枝。见芥子稚嫩的脸上挂满委屈和无辜,他忽觉一阵心酸,不经意间给身边人带来诸多烦忧,这让他很是不安,他很想握握芥子的手,终也没做,定定望着芥子道:"芥子,一大早让你跑来跑去,哥心里很是不安。你这就回去,等张二回店里用饭时,告知他来这里见我。走慢点,别累着。"言罢,见芥子眼里涌出泪水,闭着眼一动未动。少时,芥子捏捏鼻子,转身去了。

望着芥子的身影隐于雾霭中,凡木捂住脸,任由热泪自手缝簌簌流下。

张二来宅院带了两张油饼,一碗米粥上撒了几根腌菜,一个嫩白的鸡蛋微露碗边。辛茹这么早就将早饭做好,难为她了,一个十八岁的女孩

第十四章

儿，本是在贪睡的年龄。凡木这么想着，将早饭慢慢用了。得知张二已用过早饭，他静静说道："张二，你这就去趟县衙，将店门之外众人集聚之事口述给县衙书办，看他如何调停，若是需要诉状，就去找王桂老先生，劳他执笔。能调停就调停，不到万不得已就不打官司，息事宁人是最好不过的事。"

张二愤愤道："看那些人蛮不讲理的样子，真想狠狠揍他们。他们仗着人多，就敢赖着不走，肆意堵门，还胡搅蛮缠。我们家人也不少，让水生将木匠统统送来，算下来我们十几号人呢，还怕这几个混混不成。"

凡木道："冤有头，债有主，根不在他们那里，你去吧。"

张二本不知底细，又不便多问，懵懵懂懂去了县衙。此处距县衙原本不远，张二上次去没走这里，加之雾大分辨不清，凭感觉来到县衙时，其实已多跑了两条街巷。弄不清什么时辰，苍茫雾霭里，见县衙的大门紧闭，他迟疑着是敲门还是等待，这个不曾办过大事的小子，一时间六神无主。寒气湿湿的锥子般扎着肌肤。良久，森森大门纹丝不动，而一侧的小门像是虚掩着的，雾霭涌动时，那小门便随之晃动。他试着走近小门，轻轻一推，走进院子。

迎面走来一人，远远看去，影影绰绰。近前时，那人先是一惊，而后道："你贵姓？要找谁？"张二道："回大人，小的姓张，找书办。"那人问："找书办何事？"张二实话实说："我家店门外有人聚众滋事。"那人道："你找书办有何用？这不是书办该管之事。"张二道："是我家掌柜的让找书办的。"那人道："看来都不懂，都是没打过官司的人。"大约感知到什么，张二忙道："我们掌柜的说，县衙书办是个大官，能耐可大了。"不想，那人竟哈哈大笑。末了，那人道："算你走运，我本来是要去城东门办事的，随我来吧。"此人说罢，领张二穿过一旁边门，而后进了县衙大院。远远地，见县衙大堂在左侧高高耸立。

"张捕头，你过来一下。"书办忽然高声喊道。

一声答应后，白雾中隐现一个五大三粗的人，张捕头打着哈欠道："张书办，唤我何事？"

张二蓦然一惊，眼前的人居然就是县衙书办，欣喜中，忽听书办道：

"又是一个姓张的,昨日前来告状的那个人也姓张。闲话少言,有几个人在人家店铺前滋事,你带人过去看看,如无瓜葛,驱散算了。我得出去办事,回来我去禀知知县大人。"言罢,快步去了。

望着几近滴水的茫茫雾霭,张二再三致谢。回转身,见张捕头已喊来三个手持水火棍的衙役。这水火棍上黑下红,上圆下扁,黑黑红红在白雾中显得尤为亮眼。一行人跟着张二出了县衙,悄无声息。

雾霭正渐渐散去。远远地,五六个人或蹲着,或坐着,或半躺在漆器店门口,而漆器店店门紧闭,大街上不时有好奇者停下来一看究竟,人,越聚越多。

见一帮衙役手持水火棍大摇大摆地由远及近,这帮人蓦然站起身,有人想就此逃掉。张捕头大喊一声:"都给我站好!"言罢,已来到门前。"谁是领头的?堵在人家门口,所为何事?说!"有个胆大的硬着头皮道:"我是领头的。他们欠我不少工钱,拖欠一年了,就是不给,又不是生意不好,没钱支付。听说每天卖出不少漆器,生意很是红火。"张捕头道:"欠你工钱的人姓啥名谁?是何工钱?"那人道:"这个你别问。"张捕头道:"我还非得问清不可。就我所知,这家漆器店开业仅数月,开业那天我恰好打此经过,何来欠你一年的工钱?说!"见那人支支吾吾,张捕头大声喊道:"滚!再来滋事,小心去班房猫着。"几个人慌慌张张夺路而逃。

五邑本是从门缝瞧着外头的,见那帮人仓皇而去,忙打开店门,将捕头及衙役请至店内,让座沏茶,再三致谢。

张捕头品着茶笑眯眯盯着漆器看来看去,似乎没有要走的意思,也不问这堵门之事。五邑忙去后院,捧出一把五铢钱来,每人塞过去几枚,而后道:"有劳官爷了。我家掌柜的没在店里,我让内人去买些酒肉,喝点再走吧?"

张捕头道:"不必客气,不必客气,我们待在这里,势必耽误你的生意。走,走,走了。"说罢,一行人摸摸衣兜,扛起水火棍悠悠然去了。

漆器店照常开张,一家人自是欣慰不已,都说张二很会办事,只把张二高兴得嘴难合起。张二急于将此事告知凡木,又不想让自己照管的店铺长时间关门,于是,忙道:"叔父,叔母,我得赶往西大街照看店铺,让辛茹去趟宅院吧，该把这边的事及早告知家主，免得家主着急。"

辛茹应着急于过去，却听芥子忽然道："快到做饭时辰了，辛茹不得做饭呀，来回跑着挺累人的，还是我去吧。"

五邑道："张二，我看还是你去的好，你能说得清楚，她俩知道个屁。就这么定，去吧，张二。"张二喜滋滋去了。

王桂也在宅院，正跟凡木议着漆器店的事。一见张二喜滋滋的样子，凡木一直悬着的心骤然释怀。张二忙把一早去县衙的事一一说了。当说至滋事者张皇而去时，王桂捋捋胡须道："此事办得精巧，老朽无论如何是想不出这种高招的，无需诉状，无需对簿公堂，却有四两拨千斤之妙。"

凡木道："王先生，这哪有什么招啊，整个儿瞎碰。要说其中亮点，还数张二灵动，再有就是命里不该有此劫。你恩施万物时，万物必恩施于你。你心怀万物时，万物必归属于你，正所谓'天道无亲，常与善人'。老子的《道德经》对此早有高论。"

张二笑道："家主说得极是。都是家主德行好，不论在哪儿都能遇到好人，比如一大早遇上好心的书办，比如刚来城里就遇上恩公王老先生您。"

张二这恰如其分的溢美之词，直把两人说得眉开眼笑，王桂笑道："老朽哪是什么恩公啊，不敢当，不敢当，朽木一块，朽木一块呀！"

三人齐声大笑，笑声浸了湿气，闷闷地奔云天而去。

都以为有县衙捕头出面，此事断不会旁生枝节。那粮商意欲收回店铺，却并无生意可做，仅是意气用事罢了，他若想开了，赚钱才是正理。况租期远远未到，去哪里说事他都占不到理。再者，不看僧面看佛面，衙门里的人毕竟不是轻易能够招惹的。不想，次日一早，上次堵门那些人再次出现在漆器店外，如法炮制。这让五邑大为光火，非要操菜刀出去。好在芥子和辛茹左拉右拽，终将五邑摁坐在木榻上，辛茹要过菜刀，悄悄藏于柴草中。五邑怒气稍消时，叹口气道："我在家里守着，芥子去宅院将此事告知凡木。辛茹去新店，喊上张二一道去宅院。都别怕，有凡木呢，没事的。"

是夜，凡木睡得极为香甜，临近天亮时竟沉入梦中。一只山鸡孔雀般张着美丽翼翅,在宅院里走来走去,那五彩斑纹在日光下闪着迷人光彩,锦缎一般。凡木不知这山鸡来自哪片山林,如此彷徨定是迷了回家的路,正想将山鸡引出宅院,不经意间,见山鸡的左腿根部渗着鲜血,鲜血虽被多彩羽毛遮掩得不甚清晰,可还是依稀可辨。他回屋找来一根布条,而后屈身下去,试图接近山鸡,将布条包在山鸡腿部。伸手时,双臂却如何也动弹不得,任他左右使力,那双臂怎么也挥之不动,蹬蹬腿,能伸展,不免大惊。忽有咚咚声自门外传来,起初他并未在意,直至咚咚声愈来愈大,这才意识到有人敲门。开门却是开不动的,情急之下,一声惊呼,转眼看时,那山鸡已遁了行踪。

凡木醒来,满身是汗。确有咚咚声自大门而来,以为是梦境,没去理会,可那咚咚声里分明夹杂着芥子的喊叫声。他晃晃头,穿衣开门。

"睡得可真死!让人家拍了半天门,邻居都跑出来看了,以为出了什么事。"芥子怪道。

"在做梦,以为是梦。"凡木尴尬道。

"梦见谁了?我姐?我?还是辛茹?今儿你得说清楚。"芥子不依不饶。

"鸡,山鸡。"凡木说时,满脸的迷茫。

芥子白他一眼,而后正色道:"醒醒吧,又出事了,还是昨儿那帮人,一大早坐在门口,猪一样,动都不动。"

凡木大惊。恐被邻里听去,示意芥子进屋。两人尚未进屋,大门又响起咚咚声。张二和辛茹进院后,几个人匆匆进屋。未及张二开口,凡木已将思绪理清,对着张二道:"你再去县衙一趟,还找书办,记住,如书办不在,你再找捕头,不可直接找捕头。"张二随口道:"这是为何?"凡木道:"不越中间人,这是规矩。"见张二点头应下,凡木继而说道:"只需将实情说了即可,衙门既已插手此事,断无中道放下之理,不然颜面无光。"张二匆匆去了。芥子和辛茹见凡木怔怔的良久无话,便一道将屋内收拾一番,而后默默返回漆器店。临出门,辛茹回身问道:"家主若不想去店里,婢子将饭菜送来如何?"没听见凡木言语,她迟疑一下,轻轻带门去了。

时辰尚早,县衙大门依旧未开。张二来到耳门,推了推,没推动,于是就在耳门与大门间溜达。

忽见耳门晃动,出来的竟是位妙龄妇人,两个丫鬟跟在身后,丫鬟手提竹篮,篮里摆满供品。三人大约是去城外庙里进香,一袭的素颜素装。张二早已认出此乃知县夫人,她先前曾去漆器店买过不少漆器,是张二将诸多漆器送到县衙的。既是夫人无言,他便不敢相认,只垂首站立一侧。

"看看,多懂规矩个人,这不是漆器店里的张二吗?"知县夫人停下脚步,侧身问丫鬟。

"回夫人,就是他,夫人买的漆器还是此人给送回府上的。"一个丫鬟道。

"问他来县衙何事?"夫人望着天边云彩道。

丫鬟正要问话,自耳门匆匆走出一人。见门外站着知县夫人,他先是一惊,而后道:"夫人这么早就去上香啊?心诚自有神灵懂。"

知县夫人微微一笑,道:"张书办这是去哪儿呀?"

张书办道:"回夫人,老娘年迈,属下每日一早得去东门里的老宅看上一眼,不然心下不安。"

知县夫人道:"张书办可谓真孝顺。子曰:'今之孝者,是谓能养,至于犬马,皆能有养,不敬,何以别乎?'尽孝与赡养看似一致,实则差之千里。"

张书办双眼笑成一条缝,忙道:"夫人过誉了。夫人之才学与孝顺之心卑职多有领教,实属我等之楷模。"

知县夫人道:"百善孝为先,你去尽孝吧,我来问问这位张二来县衙所为何事。"

没等张二开口,书办忙道:"回夫人,此人昨日来过,交由卑职来问,您看如何?"夫人点头后,书办道:"张二,昨日一早你来县衙,说是有人在你家店门口蓄意滋事,张捕头不是带人驱散了滋事者吗?你为何又来县衙?"

张二忙道:"那群滋事者昨日确实被张捕头赶跑了,可今日一早又来了,一群人赖在门口,生意没法做啊!"

知县夫人问明滋事缘由后,问张二:"莫不是你家掌柜的真的欠了人家工钱?俗话说得好,杀人偿命,欠债还钱,此乃天经地义之事。"

张二道:"回夫人,我家掌柜的人品高洁,诚待主顾,体恤下情,从不欠钱,我要说谎,下雨遭雷劈。"

知县夫人下颌一抬,微微一笑,道:"看得出那是个品学出众之人,怎会赖账不还!张书办,等你尽孝回来,亲自过问一下如何?昆阳城乃叶公故里,民众自古多受教化,不可助长了刁蛮之气。正是虑及叶邑故地民风淳朴,老爷才自荐来昆阳履职,万不可让昆阳城在老爷这一任里滋生恶习。"

知县夫人的话让张书办颇为动容,他动情道:"夫人忧民之心,令属下感激涕零,有老爷和夫人牧守昆阳,何愁这叶邑故地不重现昌明!卑职稍后再行孝顺之事,这就带衙役赶往店铺,夫人尽可安心上香。"

知县夫人携丫鬟款款而去。张二被知县夫人和书办的忧民之心深深打动,他躬身拜下,礼送夫人。有知县夫人指派,有县衙书办亲赴,店铺之事必定柳暗花明。

张书办让张二就地等候,自己匆匆赶回县衙。少时,领了张捕头一帮衙役出来,一行人直奔漆器店而去。

见众衙役来势汹汹,全不像上次面带和气,漆器店外滋事者不敢懈怠,自行站起,个个面露恐惧。张捕头厉声喝道:"围起来,让他们原地别动,不从者乱棍伺候!"众人哪敢造次,一个个战战兢兢,唯命是从。

"想走者,招出幕后指使;想留者,牢里有吃有喝。你说,是谁让你们聚众滋事的?"张捕头手指一个缩手缩脚者。

"回官爷,我什么都不知道,是跟着人来的,连做什么都一概不知。求您让我回去吧,我说的全是实话。"这个胆怯者哭丧着脸道。

"想要回去?那好,我来问你,谁是领头的?"捕头说时,见这人侧目看看一旁的瘦子。捕头随即手指瘦子道:"你是领头的?说还是不说?我只问你一遍,若是不想在此处说,那就去大牢里说。"瘦子一时间脸色煞白,他迟疑片刻,叹息一声,道:"官爷,实不相瞒,我们只是图个不饿肚子。老爷说了,谁愿意每天来漆器店门外静坐,吃饭时一定管饱,不然,只能吃半饱,不饿死拉倒。"捕头道:"你们住何处?老爷是谁?"瘦子道:"粮商杨匡。我们一帮人都是他家奴婢,平日住在后院的牛棚里。官爷,我们没干坏事，在这里坐坐也犯法？"捕头道："你说的若都是实情，且这就散了，并永不再来，就不叫犯法。都听着，不想犯法者，即刻散了，快走！"捕头言罢，一帮人撒腿就跑。

漆器店门早已敞开，五邑笑呵呵请众人进店。书办道："不进去了。你们尽心把生意做好，以德为上，以质优价廉的漆器满足昆阳民众，便是对我等的最好回报。"说罢，转身对捕头道："你们先回，我去会会这个刁蛮粮商。"

张书办与杨匣本就认识，只是过从不深。记不起何年何月到过杨府，凭着仅存的记忆，最终找到了粮商家。乍一见面，竟认不出这个粮商来，肥胖模糊了当初记忆。杨匣倒是识得张书办，警觉地将书办让至客厅，唤人看茶。杨匣笑道："张书办有些年头没来寒舍了，难得你还认得寒舍。家境一年不如一年，像张书办这样在昆阳城里无人不晓的人，怕是没几个还记得我这破旧门楼了。来呀，制备酒菜。"

见一个用人闻声进来，张书办忙道："不必，不必，杨掌柜客气了。张某要去老宅给老母问安，途经此处，顺便看看故友，稍后便走。"言罢，示意用人下去。

杨匣道："虽与令堂各住一处，可张书办每日一早都去令堂身前问安，风雨无阻。杨某人早有耳闻，张书办的孝顺之心令人动容。"

张书办道："孝顺与善良归于德，昌德需教化，教化不济则滋生恶习。张某方才途经一漆器店，见店外集聚一伙人，面上乃讨要工钱，实则聚众骚扰，似这等下作之事，实乃教化之缺失，明明有正路不走，偏走那歪门邪道。新任知县大人乃官宦之后，世代书香，初来昆阳便敦促我等倡导教化，淳朴民风，愚以为，昆阳辖内，但凡下作之事日后恐遭严办。规矩行事，坦荡做人，不触犯律条，不撕毁合约，林林总总，皆属教化内之事，其实，也是为人之本。"

杨匣虽不住点头，心下却五味杂陈，又不得不有所附和，遂干巴巴言道："张书办说得极是，扶正祛邪得多多仰仗衙门，民风淳则万民乐。"

张书办道："自行扶正，终归比衙门帮其扶正要好出许多，皆由衙门扶正，少不得旁生牢狱之事，到头来于衙门颜面无光，于自己也多有不利。

办案不是惩治,是化解。近日,衙门事务繁忙,这人啊,一闲下来就想找人聊上一聊。不早了,得走了。"张书办言罢,便站起身来。

既然张书办要去老母身前行孝,杨匣便不宜挽留。他将书办送出大门,呆愣愣站在原地,仔细回想着书办的话,总觉得像是话里有话,遂叫来管家道:"漆器店的事,鉴于合约远未到期,暂且收兵,来日再作打算。"

管家道:"老爷,那店铺即便收回来也是闲着,急于收回不如租出去划算,眼下行商不易,与其担风险处心积虑,倒不如坐收租金稳妥些。"

杨匣微闭双眼,重重说道:"他凭什么在哪儿都是月!我只是咽不下这口气。"

管家自然知晓掌柜的话中所指,他默默站着,良久无语。

第十五章　主仆偶遇长城下
　　　　　水生遭劫老林中

　　凡木在昆阳城的三家门店均已安稳下来。东大街那家传统漆器店掌柜，见凡木的雷击木漆器卖得异常红火，便如法炮制地改做雷击木漆器。可凡木的漆器店毕竟早他数月，加之有雅士王桂多方招揽，已罗致一批老主顾，再有这些老主顾在亲朋好友那里炫耀他的雷击木漆器如何如何，少不得给凡木平添新的主顾。如此一来，城内即便多了家雷击木漆器店，非但不会过于损及凡木的雷击木生意，凡木的非雷击木漆器店反倒捡来了一些那家店的原有主顾。世道轮回，此消彼长，世间事大抵如此。

　　王桂常携故友来凡木的宅院品茶论古。这天王桂走后，凡木独处宅院，忽觉身心疲惫。想回文寨看看，却又懒得动弹，在院中踱起方步，迟疑不决。他有些日子没回文寨了，并非无暇顾及，雷击木作坊、非雷击木作坊、油坊，均被水生打理得井然有序，他对水生的才智和品行极为信赖，故而，文寨的事他极少过问。他要交代的，水生想要请教的，则由孟江送货时两边传话。

　　自凡木与水生有过那次促膝长谈后，水生早已心无旁骛，既是家主如此信赖，自当肝脑涂地。他每日很少出文寨，收料、出库、监工、记账、诸多人的吃喝，事无巨细，均被他安置得有条不紊。可近日，不知是何缘故，来卖雷击木木料的人明显少了，卖花生的也不是很多，眼见存货逐日渐少，这让他心神不宁。天色稍亮，他便早早起来，去田雨门口拍门，两人约好一道出寨走走。

"水生，你可真会折腾人，这也太早了呀！"田雨揉着眼，站门口嘟嘟囔囔。

"田掌柜，你先把眼屎擦了吧。我没说这会儿就走啊，都没用饭不是？不早点喊你，谁知道你能睡到几时？"水生说罢，嘻嘻一笑，扭头回去用饭了。

牛车经过漆器店时，适逢李黄正卸去门板，见水生和田雨慢悠悠过来，他停下手里活，道："要去哪儿这是？"

水生道："在家憋得慌，去山里看看。"

李黄道："是看景还是看木料呀？"

田雨道："都看，走呗，一块儿。"

李黄勾头看看屋内，低声道："我也想去呀，老娘们儿怕是不让，去码头转转，回来还得听她嚷嚷。"

这黄牛极通人性，项间缰绳未动，它却自作主张地停下步子，侧目望着李黄。而此时，黄牛的眼里映出李黄的女人慵懒的面容，李黄却全然不知。黄牛听到了尖厉的呵斥声："说谁呢？谁是老娘们儿？你去码头就是转转吗？不是等急了我让儿子去叫你，你还在河边看蚂蚁搬家呢，也不想想自己多大人了！"

见李黄不吱声低头干活，水生和田雨向着倚门而立的女人招招手，嬉笑着驱车去了。多亏李黄没有随行，躲了一劫，不然，这个生性怯弱之人，不知道他能否活着回到文寨。

临近寨门，一个逃荒者呆滞地站在石礅前，把黢黑的手伸向牛车。水生迟疑一下，拉拉缰绳，掏出两枚五铢钱递给逃荒者。正要问这逃荒者来自何方时，眨眼间，自一侧深巷里拥出一群乞讨者，围了牛车。有男有女，有老有少，一张张脸干菜叶子一般，神色麻木，头发散乱，衣衫褴褛，走路蹒跚。黄牛阅历尚浅，何曾见过这等场面，不免惊出一身冷汗。勾头看时，见主人田雨正摆手驱赶乞丐，乞丐哪听他的，挤着，搡着，一只只手臂伸出老高，一如树杈在大风中摇摆。

第十五章　　137

眼见难以脱身，抠门儿的田雨生生不舍得铜钱，任由乞丐在车前推搡。水生自褡裢里掏出一把五铢钱当空一亮，随即撒向车后。那铜钱在半空划出一道好看的弧线，几乎同时落在青石铺就的街面上，有的当即蹦起老高，有的受了惊吓般刺溜溜奔向远处。趁着乞丐追钱的当儿，水生扯扯缰绳，黄牛自然意会，迈大步出了寨门。

"水生，你可真够大方的，这会儿不把钱当钱了，反正是他凡木的钱。"田雨阴阳怪气道。

"田掌柜，换成家主，他也会这么做的。"水生道。

"你跟我算账时可是一分一厘都要抠的，这一定是凡木交代的吧？"田雨不悦道。

"你错了，你错看了我家家主，像你说的事，家主从不过问，更别说专门交代我了。弄不懂田掌柜为何这么说。"对于田雨的话，水生忽生厌恶。

"我对你水生一点不薄，你我素来无怨，账目上的事怎么就不能对我宽限一点。你我如何算，他凡木全然不知，况且我不会亏待你水生。"田雨不解道。

"或许你永远不会懂得，对于一个受恩深重者来说，他随时愿为恩人献出性命。且不说不忠，即便稍有怠慢，也是对恩人的不恭。"水生眼里竟闪出泪光来。

"你说这些，我真的不懂，你这么死心塌地，到底图的什么！你水生已经为凡木倾其所有了。你也老大不小了，至今没有家业，没有女人，可他凡木却在城里的独门宅院里养尊处优，三个女人心甘情愿地围着他转，听说他一个都不碰，这一点跟你一样，让人费解。"田雨挠着头，一脸茫然。

"家主的家业就是我水生的家业。正是家主极少过问文寨作坊的事，我水生才更该肝脑涂地。田掌柜，这样的话你我还是不说了吧，多说也是枉然，有些事对于有些人来说，永远都弄不透彻。人各有志，这是没有办法的事。"水生道。

两人同时叹息一声。车声辘辘，单调乏味。走进一个村寨，水生高声喊道："谁家有木料想卖，谁家有花生想卖，送到文寨去，另加宽裕路费。"

有人问："文寨不是只要雷击木吗？"

水生道："如今一般的木料也要，雷击木更好，各是各的价，价格公道，准保你不吃亏。"

那人道："哪儿有那么多雷击木啊，昨日都来过一拨人了，也是收购雷击木的。"

水生警觉道："昨日有人来过？来买雷击木？请问尊驾，他们是哪里人？"

那人道："原以为是你们文寨的呢，都知道文寨收购雷击木，一问，人家说是昆阳城里的。"

水生许久没言语。田雨接着道："村里农户家花生多吗？我们也买花生。"

那人道："家里有花生，也早卖给你们文寨了。老天一年不下雨了，不是各户端水浇地，花生也得绝收，税可是一个子儿都不能少交。土地不让买卖，人口不让买卖，照此下去，不死人才怪，前天邻村有人上吊了。"

水生插话道："有这样的事？庄稼绝收，山里的树木可能糊口啊，雷击木更值钱，有些力气的汉子，何不进山寻找雷击木？弄到雷击木，即便交了山林税，也有不少进项啊。"

那人道："你道那雷击木是路边的荒草啊！进山转悠，你半个来月都不定能看见一棵，即便看见，那雷击木不是长在悬崖上，就是长在深涧里，车子进不去，如何弄出来？这不，村头王大婶的儿子昨儿进山找雷击木，不小心滑下山崖摔死了。他是家里独苗，本指望这孩子延续烟火的，不想却弄成这样，唉！"他忽然压低声音："你们快点离开吧，不然，让王婶看到，少不得缠着你们，向你们要儿子，昨日就缠上了那帮买雷击木的人，不是里长出面调停、发火、骂人，鬼知道结局如何，她这脑子不行了。"这位好心人说罢，拿手指捣捣自己的头。

田雨惊慌失措，急忙爬上牛车，并示意水生赶快上车。可已经晚了，一个披散着长发的妇人，光着脚，口中吐着白沫，嘟囔着谁也听不清的话已抵近牛车。

"水生，你昏头了？还不快点上车？磨蹭个鸟啊！"田雨在车上吼叫道。

水生并未理会田雨，而是缓步走近妇人，将冰冷的双手搁嘴上哈了几下，而后用温热的手，握住妇人冰块般冰冷、抹布般皱巴的手，道："老人家，天冷，您得穿厚点，看这手，石头一样凉。"

老妇人浑浊的眼中忽现一丝亮光，嘴里嘟囔着其意不详的话语。水生忽觉一阵心酸，自褡裢里抓出一把五铢钱，轻轻放在妇人手中。妇人手指哆嗦，五铢钱噗噗落地。水生弯腰捡起五铢钱，逐一丢进妇人衣兜。有一枚铜钱掉落后滚出老远，老妇人笑嘻嘻去追那枚铜钱，而后蹲在地上捏起钱歪着头反复端详。这当儿，水生跳上车，向着方才那位热心人拱手一拜，扬鞭去了。

田雨道："水生，你也疯了？跟一个疯子说个没完，你不怕她缠住我们吗？"

水生道："她不会。你善待万物，万物必善待于你，况今日善待的是人。"

田雨哪里听得进水生的话，气呼呼的，一时无语。

远远地，见几间简陋房舍踞于山腰，一条小道蜿蜒通往房舍，而房舍一侧零星散布着几块农田。水生执意去房舍看看，田雨再三阻挠。水生说，兴许那农田里种着花生，此去或有斩获。田雨这才应下。老黄牛走山路哼哼唧唧，乌龟一样慢条斯理。水生跳下车子，跟随牛车顺弯曲小道左绕右绕。抬头看时，一位老农的身影在房舍前由小而大。

近前时，自柴房传出几声犬吠。继而，一只比猫大不了多少的柴狗小跑出来，躲在老农身后，偷偷看着两位陌生来客，虚张声势地叫了三声。老农问道："山道再往上去，只能通人，你们来这里是找人，还是去山上观景？"

水生道："观景？山上有何景观？"

老农道："城里人说是楚国长城。时不时有人爬往山顶，顺着那破石头看来看去，不知道有什么看头。"

田雨急不可待地道："请问尊驾，家里有花生卖吗？"

老农道："种是种了点，可刨出来一看，还没黄豆大，去掉壳，剩芝麻大了，卖给你你要？"

田雨苦笑道："不会吧，尊驾可真逗。水生啊，早知道花生如此难买，当初就不该换来换去，若按油坊先例，只榨麻油，如今也不会这么作难，凡木真是瞎折腾，眼下倒好，弄得我们骑虎难下。"

水生不由得望望昆阳方向，不悦道："田掌柜，你不该埋怨我家家主。老天不下雨，任谁都无可奈何。榨麻油不得用芝麻？地里不长花生，偏长芝麻？芝麻有三头六臂？"

老农道："看来你们不是去山顶观景的，跑这么远吵架，这不大划算吧？你们看，又来一拨，不会也是来吵架的吧？"老农说时，手指山下。

果然，一辆马车逶迤而来。柴狗不知是听懂了老农的话，还是听到了马车的响动，它快步来到土坎前，对着山下一阵狂吠，声嘶力竭。水生弄不清它是做给老农看，还是吓唬山下人，总之，这柴狗的狂吠很是尽忠。

既然老农这里并没花生可买，田雨便催促水生及早下山。水生不甘，遂问老农道："请问尊驾，此山雷击木多吗？"

老农道："指定有，不会多。多了又怎样？如何弄下来？雷击木多是长在山崖上，人都上不去，甭说车和牛了。"

水生听罢，沉默不语。一个大胆想法由此而生，正要说给田雨时，见那柴狗尖叫着退缩至老农身后，马车的到来使得柴狗的吠声渐渐停了。令水生和田雨惊喜不已的是，赶车人竟是孟江，车上坐着凡木和王桂。三人下车后，很是诧异，王桂道："凡木，这不是水生吗？莫不是你们事先约好的，一道去看楚长城？你可真能沉住气，一路上没露半点口风。"

凡木笑道："先生，这纯属意外，居然这么巧。田掌柜，今日好雅兴啊，平日里极少出门个人，竟老远跑来看长城。"

老农在一旁插话道："人家哪里是看长城啊，是来这长城下吵架的，顺便买花生。"众人哈哈大笑。

凡木肃然问道："田掌柜，莫非是油坊里存料不多了？水生，木料的库存如何？"

水生如实答道："都不是很多。眼见前往文寨卖货的人逐日减少，我和田掌柜待在家里着急，就赶车出来四处看看，不想，在此处与家主遇上。"

王桂道："既遇上，便是缘，走吧，有缘人一道去看楚长城。老朽早年来过，带了年少意气，来此凭吊。如今华发，仍不忘这楚国遗址，早就想来，竟拖至今日。水生啊，既是遭上旱灾，庄稼绝收，除了龙王爷，任谁

第十五章

都束手无策。你再怎么看，又能如何？"

水生道："王老先生，什么是楚长城？"

这雅士一时来了兴致，就在土坎上坐下，并示意众人落座，看了看一旁疑惑的柴狗，道："战国七雄，诸位该是知道的，秦国、楚国、齐国、燕国、赵国、魏国、韩国。当时还有越国、巴国、蜀国、宋国、鲁国等，只是此等小国其实力远不及上述七国，且终为七雄所灭，故而，后人极少提及。战国七雄中，秦国最强，齐国最富，楚国最大。大有何用！楚桓王即位后，实施变法，整吏治，主农桑，平百越，并陈蔡，瓦解他国联盟，楚国曾一度强于诸国，疆域随之扩展。楚惠王即位，逐步废止了变法，使得国内一派糜烂，不得已，便在个别疆域上筑起长城，以抵御外敌入侵。长城再高，仅是石墙而已，楚国终被秦国所灭。而今，就像这山顶的遗址一样，楚国已是个令人感伤的话题，吾辈除却凭吊，在遗址上留下几声叹息外，最该从中痛定思痛，力避祸起萧墙，核不坏，壳能如何！"

众人良久无语。柴狗茫然望着众人，趴在地上一动未动。少时，凡木轻声说道："先生说得极是，核不坏，壳能如何！小到生意，大到国事，如集腋成裘、上下一心，必定重门击柝、无懈可击。可眼下，灾荒和疫情日重，朝廷赈灾迟缓，加之土地不得买卖，奴婢不得买卖，币制朝令夕改，已是民不聊生，照此下去，若激起民变，如何了得！"

王桂喟然叹道："凡掌柜虑得极是，据坊间传闻，灾情严重之地，有人路遇奄奄一息者，竟喊来亲戚，将那气息尚存者分而食之。呜呼哀哉！可这并非我等市井小民所能拯救的，还是去看长城吧。"王桂说罢，眼看水生和田雨。

水生道："家主，王先生，你们去吧，我和田掌柜想去西边那边山林里看看，皆言雷击木难伐，到底多难，毕竟心中没数。"见凡木点头，水生向凡木和王桂拱手一拜，再向老农致谢一番，遂将牛车滞留此处，喊上田雨奔西山而去。

山道蜿蜒陡峭，仅可容人，大约是进山采药及寻山货者踩踏修整所致，倒也不甚难行。只是高树林立，虽枯叶落尽处能见天日，可山耸云霄，少不得有野风吹来，扫起枯叶乱响，阴森森极为恐怖。偶尔传来一两声野兽的吼叫，虽隔着山涧，依旧让初来者后背发凉。老榕树、老松树、老槐树，树枝光秃，黑黢黢，直愣愣，伸向半空，让水生想起儿时老奶奶说的魔鬼的手指。

田雨磨蹭着生生不肯前行，他劝水生就地看看，就此返回。水生道："田掌柜，不攀上一座山峰，在半山腰能看见什么？要不我背你？"

田雨少气无力地道："你看见了又能如何！树能自行飞下山去？况且，你我已走了半个时辰，这哪儿有雷击木呀？"

凡木道："田掌柜，少安毋躁。你想啊，但凡有人上山下山，必定打此过，谁看见路边长着雷击木，不得生法弄下山去？面上看是雷击木，其实那是黄澄澄的钱啊！"

田雨望望前路，道："反正我是走不动了。"

水生道："前头不远处有座山峰，你我就到那山峰处，远远看看周边，这样心中有数。实不相瞒，我想招募一帮人，组成个伐木队。只不过，这念头今日才有，尚未说给家主听，不经家主应允，我仅是说说而已。要不，你在此歇息，我独自赶往山峰处，看了就回。"

田雨环顾左右，怯生生道："让我独自留下？那算了，还是一块儿走吧。"

水生笑道："田掌柜，平日里你不是这么胆小个人啊！"

田雨忽然大声咳嗽一声，道："我田雨怕过什么！只是体力不支罢了，哪儿像你水生，牛犊子一样。你独自去吧，快点回来，我在这儿躺会儿。你最好在路上隔一段记个记号，免得下山时走岔路，万万不可把我扔在这里。"

水生笑道："怎么会呢，我速去速回。"说罢，看看田雨，见田雨并无恐慌，他迟疑片刻，疾步去了。

站一山峰上俯瞰，林木尽收眼底。确有不少被雷电击伤的树木，或弯着腰猛长，或被拦腰折断，又旁生枝丫。可大都长在陡峭处，寻常人难以近前。若是招募一帮身强力壮者前往，无非是支付些工钱而已，比起让人自行伐树，而后送到文寨，自己再高价买了，指定能省出不少钱来。水生

第十五章

独坐岩石上前思后想,但等见了家主,让家主定夺。忽想起田掌柜尚在半途等他,便站起身匆匆下山。

像是走岔了山路,可仔细辨认,又不像有错。于是不再想那伐树之事,只专心识路。忽有一声呼哨自身后传来。水生回身看时,见林木丛中依稀走来三个人,他的心骤然抽紧,遂疾步前行。然而,前方不远处,分明站着两个壮汉。

窄窄山道上,前后五人将水生夹在其间。三个人笑嘻嘻接近水生时,水生不由得将褡裢抓紧。一个汉子道:"别抓了,万一被你抓破,褡裢里的铜钱落入山涧,岂不可惜?"

水生惊道:"没有弄错的话,我是遇上土匪了,此前从未听说过这山里有土匪呀。"

汉子嬉笑道:"这话太难听了,朗朗乾坤,哪有什么土匪!弟兄们是迫于生计,不得已才进山采药的,把采来的药材拿到山下卖,借此混口饭吃。只是采来采去,这片林子没药可采了,兄弟们也得活下去不是?没法子,只能这么干了,遇上有钱人,暂且借来些维系生计。一看这位老弟就是明白人,你指定不会看着弟兄们挨饿的,是吧?"

水生一哂道:"恕我没有听清,你方才说的是'借来',还是'劫来'?"

那人仰天大笑,而后道:"还不是一档子事儿?不耽搁你了,把褡裢留下,你快点下山吧。"

水生愤然道:"我要是不呢?"

那人正色道:"那就劳烦你问问弟兄们手里的家伙吧。"说罢,将一柄大刀端到眼前反复端详。像是刀蒙尘埃,他对着那片锃亮猛吹一口气,立时,有丝丝声响飘往半空。其余人则把手中家伙弄得叮当作声。

水生良久没有吱声。他望一眼昆阳方向,再望望山涧东面那座不高的山梁,骤然担忧起凡木来。虽隔着深深山涧,那座山梁又远在数里之外,可万一这帮无赖稍后去往长城遗址那里,岂不糟糕透顶!无论如何,他得稳住他们,给凡木和王桂留出足够的工夫下山。他褡裢里的五铢钱虽不是很多,可也是一家人的血汗钱,他不能就这样随意交出。水生盯着眼前这个汉子,淡然说道:"看得出,这位仁兄定是头领。你们落草山林,以此为生，定有难言之隐，不然，任谁都不会舍弃老娘，远离妻儿，与野兽为伴。你们哪位都有老娘，每个漆黑的夜晚，老娘都会独坐孤灯下，望眼欲穿，盼望儿子早日回到身旁。做儿子的再怎么不孝，老娘也指定不放心上，老人图的什么？不就是一家人想见能见、平安吉祥吗？万一老母身体有恙，而儿子却不在身旁侍奉，纵有万千理由，在外人看来，已是十足的不孝。至于妻儿，在下实难启齿，可又不得不说，谁敢说不会有邻家汉子在觊觎呢？故而，如遇见坡儿，还是就坡下驴的好。"

水生言罢，见有人已背转身去，暗自啜泣。领头的低了头犹自伤神。只片刻，他瞪目言道："少来这套！你是什么人？为何独自进山？何为就坡下驴？快说！"

水生盯着那领头的道："你这人也配当头领啊！我苦口婆心为你们好，你倒一点不领情。那好吧，我不说了，你要钱不是？稍后我连褡裢都给你。你要我的命都行，我这奴婢之身，本就是贱人一个，没什么稀罕！"

一个瘦子道："大哥，你压压火，听他说说呗。"

领头的皱皱眉，道："一个奴婢都这么横，看来你定有来头。我这人脾气不好，得罪处，不要计较。脾气稍好一点，也他娘不会犯事，不犯事怎会躲在山里跟耗子似的。"

水生道："是啊，好端端的谁会丢下老娘和妻儿呀！实不相瞒，我乃文寨人，帮家主做着漆器生意。别问家主姓啥名谁，你只需知道的是，家主与新任知县大人过从甚密，各位如无人命官司，我让家主在县衙费些周折，各位不愁不日就能回家，信不信由你。"

头领噗嗤一笑道："竟有这等好事？你别是把弟兄们当成傻子了吧？"

水生静静说道："兄弟，少安毋躁，听我把话说完再生疑不迟。我家做的是雷击木生意，雷击木本就稀少，且多长在这千年老林里，我家人手不够，无力自行砍伐，不得已才四处收购，不知何故，近日送货者逐日减少，便生出雇人砍伐的想法来，在下此番进山，是为查看雷击木的。各位熟悉山林，若接下这桩生意，赚得盆满钵满不说，也为来日铺了路子，这样的好事去哪儿找去！"

头领眨眨眼道："慢点，慢点，你是说，我们弟兄可以将这山林的雷击木伐了,而后抬下山去卖给你们,我们不只有钱赚,你家掌柜的还能去县衙为我等周旋,是这样吧?"

水生道:"正是。只是卖价不可过高。"见一张张脸上咧出笑纹,水生随之道:"费这么多口舌,我渴得嗓子冒烟,不知能否去府上讨杯水喝。"

领头的苦笑道:"府上?你别寒碜我们了,挤在一个芝麻大的山洞,顶上常年滴着水。我们将此事敲定后,你顺此路下行一里地,左侧有一眼山泉,有本事就把山泉喝干。"

水生自褡裢中掏出两把五铢钱放在地上,数过后说道:"这是定金。山下有个村寨,你们将雷击木抬下山去,借用村寨里的车子送往文寨,我见货现款,一文不会赊欠。再会。"走出数步,又反身回来道:"如有别人上山砍伐雷击木,你们知道该如何做吧?"

领头的瞪眼说道:"他敢!"

望着水生远去,五个汉子呆在原地,愣愣的将信将疑。

水生循羊肠小道走出一里来地,果见一侧有山泉流下,只是那吐水口在山崖边上,爬过去颇为费劲,怎奈口渴难耐,便试着攀岩过去。水声清脆,水汽甘甜。谨慎攀岩时,水生吐出舌头一试,立时,那水汽先是润了舌头,后又钻入嗓子,软绵绵极为甜润。终于触及甘泉,他伸长脖子美美灌了一肚,其间被泉水呛了,遂大咳不止。乐极生悲,腹饱生息,就在水生收脚爬回山道时,脚尖一滑,双手来不及抓住身旁荆棘,骨碌碌滚下山去。

好在山崖并不陡峭,且树木遍布,水生被卡在两树间。醒来时,茫茫然不知身在何处,脸上淌着鲜血,左臂难以动弹。好在双腿还能使力,艰难爬上小道后,蹒跚着顺山道缓缓下行。来到与田雨分手的那棵弯腰松树旁,竟不见田雨身影,于是大声喊着田雨的名字。

那田雨生性怯弱,水生走后,忽觉周遭尽是野兽的吼声。于是,堵上耳朵,可山风吹来,那枯叶依旧乱响。再闭上眼睛,暗自壮胆,终也难以忍受,遂将厚厚枯叶扒出个深坑,躺进去后,再将枯叶掩埋身子,缩在里面一动不动。忽听水生喊他名字,猛然爬起时,将水生吓得面无血色、浑身瘫软。田雨正要光火,见水生头发蓬乱、满脸血渍,很是诧异,问明缘由，怨气一时消了许多，扶了水生，下山而去。

　　远远地，一阵犬吠飘摇而至。两人艰难地赶到老农的房舍前，见空地上仅剩他们的牛车。老农道："去看长城的人下山后，左等右等不见你们回来，就乘车走了。怎么弄得满脸是血？胳膊也伤着了？山高路险，可得小心。"

　　水生忙道："脚下一滑，滚下山崖，好在树多，给挡在了半坡。请问尊驾，西边山林里像是住着几个人？"

　　老农道："好像住着几个采药的，他们来过我这里，神经兮兮的，不过，看着也不像坏人。"

　　水生点头应着，洗把脸，谢过老农，赶车去了。田雨见水生伤成这样，不是树木把他滞留半坡，一旦滚落山涧，必定凶多吉少。遂不解道："水生，你这是何苦啊，为凡木的生意，连命都不要了？"

　　水生望望昆阳方向道："田掌柜，我没做什么呀，无非是不想让城里的漆器店断供，这值得大惊小怪吗？去赵村看看吧，那边沙土地较多，种花生的户一定不少。今年花生难买，明年我们自己租地、买地种，不信弄不来花生。"

第十六章　上公堂凡木应诉
　　　　　　见赈济知县动容

　　水生的左臂并无大碍，头部和面部仅是皮肉受损，不想让家主看见他破相的模样，故而，在文寨歇息数日后，趁着孟江回来拉货，一道去往昆阳。大街上，讨饭者三三两两。官道上，推车的，挑担的，一个个衣衫褴褛，面色蜡黄。北边的旱灾和瘟疫早已蚕食而来，文寨周边弥漫着死亡气息。昆阳城里怕是也好不到哪儿去。

　　"孟江，城里的生意受亏大吗？"水生忧心道。

　　"不是很大，雷击木漆器几乎不怎么受亏。你想啊，买得起雷击木漆器的大都是有钱人家，旱灾和疫情对大户人家影响较小，苦的是寻常人家。家主想在昆阳街上开设粥棚，让乞讨者吃上一碗热粥。好像也想在文寨开设粥棚，你见了家主，家主自会交代的。"孟江道。

　　马车进了西城门。果不其然，城内的景象着实让水生大吃一惊，比起文寨来，这里的讨饭者更多。马车在两个漆器店逐一卸了货，便直奔凡木的宅院去了。

　　适逢王桂也在，这个赋闲之人将每日里大半儿光阴搁置在了凡木的宅院里，年迈人，揣了一肚子学问无别处吐露，大约是件悲哀的事。凡木没大在意水生脸上有无异样，乍一见他便想起数日前山中偶遇，遂打趣道："那天你和田雨去西山查勘雷击木，为何去了那么久？不是遇上仙女了吧？"

水生笑道："谁晓得田掌柜遇上没有，遇上了他也不说，反正我是没遇上。才走一半路，他就懒得动弹了，我只得撇下他，独自爬到峰顶。此番进城正是要给家主说说山里的事，王老先生不是外人，我这就说了。"

王桂忙道："凡掌柜，看来此事挺关紧，我还是回避的好。"王桂言罢欲起身。

凡木笑道："先生听听无妨，反正不是仙女的事，说吧，水生，王先生不是外人。"

水生道："好吧，家主。水生那天进山林查勘雷击木，颇有斩获，老林里，雷击木蛮多，只是多长在寻常人难以近身之处。原本想日后招募些身强力壮者进山伐木，我家只出工钱，如此一来，比起坐家收购，要省出不少钱来。后来遇上几个常年在深山老林里采药的，我见他们个个一身蛮力，又熟悉山林，便灵机一动，托付他们伐些雷击木，扛下山去，而后送往文寨。家主不在身前，未及禀知，便擅自做主了。"

凡木听罢，自是欣喜不已，忙道："你心智过人，杀伐决断，非昼夜痴迷于生意，任谁都难有这般灵动。不必事事禀知，看准了，你就自行处置。"凡木的话让水生心绪难平，过往的苦痛，曾经的惊魂，早已是过眼云烟。

王桂适时插话道："卦书云：'六四，至临，无咎。'老朽揣测，无非是说，若头狼威武，其下则断无懦夫。"王桂不经意间将凡木和水生一并夸了，且孟江亦在其列，三人自是欣悦不已。

水生和孟江方才进院时忘关大门，一个老妪手捧破碗，颤巍巍走进院子。大约是多日无水洗脸，老妪的眼白显得分外醒目，像锅底下粘了块指甲盖大小的麦子面团。恰逢辛茹送饭过来，见辛茹怜惜地对着老妪看，凡木要过饭菜，屏息递给老妪。老妪怔怔地接了饭菜，却并不言谢，僵硬地转过身子，蹒跚着出了大门。

望着老妪黝黑的身影自大门消失，凡木道："诸位，瘟疫瞧不见，却极易传染，这是不争的事实，行善事时得多多提防才是。孟江，你陪辛茹多买些粟米，再买两口大锅，一口架街上，一口架后院。辛茹，有劳你每日

第十六章　　149

里多煮些米粥，给送到孟江那里，让过往的乞讨者，能在这寒冷天里吃上一碗热粥。我怕辛茹吃不消，孟江你要设法帮帮她。"

辛茹忽觉一阵心热，忙道："请家主宽心，煮粥之事，辛茹一人能行，孟江尽可在街上安心施粥，我尽力供上。家主心慈，定能感动天神，使灾情及早过去。"

凡木盯一眼辛茹，又对着水生道："你回文寨后，在乞丐中挑选两三个有些力气的，在街上设个粥棚，每日里煮几锅粥，施舍给过往的乞讨者。"

凡木话音才落，门口出现三个人，县衙张书办领了两个衙役站在门口左顾右盼，张书办探头问道："这里是凡木家吗？"孟江抢先出来道："这不是张书办吗？请问您有何事？"张书办点点头，径自走到屋子门口道："哪位是凡木？"凡木起身道："在下便是。"张书办道："随我们去衙门一趟，有桩命案等你过去澄清。"

"命案？"王桂、水生他们同时惊道。

"去了再说，随我们走吧。"张书办冷冷道。

凡木道："水生、辛茹、孟江，我方才交代的事即刻去做。王老先生，我去去就回。"说罢，径自出了大门。忽听院里传来女孩子撕心裂肺的哭叫声，凡木不由得停下脚步，回头看时，见一家人已拥至门口，他扭转头大步去了。

凡木在昆阳城里虽开了三家铺子，却因极少抛头露面，故而相识者并不很多，加之街上人杂，一行人走向县衙，并没引起物议，倒有一两个乞讨者不识得衙役装束，更不知水火棍为何物，只将干柴一样的手指伸得老长。

凡木来到县衙大堂门口，见一侧站着一人，似曾相识。抬头看，大堂正中有一屏风，屏风上绘着山水朝阳图。山正、水清、日明，象征着清正廉明，与上悬的匾额"明镜高悬"异曲同工。少时，张书办高声喊道："升堂！"随着"威武"声响起，众衙役自后门进入正堂，自行分列两侧，水火棍触地时发出咚咚声响。李知县则从暖阁东门提袍至公案桌前。凡木见一旁那个似曾相识者进堂后当即跪下，自己也跟进去跪了。惊堂木啪地一响，李知县高声道："自本官转任昆阳，此乃辖内首桩命案，虽一向致力于无为而治，倡导教化，命案还是禁而无止，盖因本官礼教无方，使得淳朴民风之愿成为空谈。原告秦牧，速将命案之详情如实讲来。"

秦牧道："谢大人！小民在昆阳城开了家雷击木漆器店，便指派人去山里寻那雷击木，不想，昨日派往山里的人竟被凡木的下人给活活打死了。小民素不与他人结怨，仅是生意与凡木雷同，竟招致此等劫难。还望大人与小民做主，及早将杀人凶手缉拿归案，还民以公道。"

李知县道："被告凡木，原告所言，你可听清？有何话说，速速讲来。"

凡木道："回大人，凡木所有家人昨日皆无外出，谈何去山林害人！至于生意云云，纯属无稽之谈，还望大人明察。"

李知县道："原告，你有何话可讲？"

秦牧道："回大人，凶手并非他家中守店之人，乃其手下常住山林的伐木者，竟有五人之多。"

李知县道："被告凡木，你不可故意遮掩，以迷惑审案，方才为何不提及那常住山林之人？"

凡木道："回大人，县衙尽可派人查访，看凡木是否另有下人在山中伐木。作坊自开业以来，无不是居家收货，文寨亭长，诸多相邻，皆有目共睹。在凡木看来，原告是告错人了，暂不论他有意无意，既是家中有人亡故，已是悲事一桩，本人不予计较。只是自今以后，还望原告不可肆意妄为，好生领会知县大人才来昆阳，便一心致力于教化之事，以期在叶邑故地广兴教化之风的圣贤之举，多行善事，以应县衙倡导之事，使昆阳民风淳朴。"

李知县不无宽慰地看看凡木，而后对着秦牧道："原告，本官问你，事发之时，你可在命案现场？凶手是何模样？姓甚名谁？又为何断定凶手乃凡木下人？你务必将真相原原本本如实讲来。"

秦牧一时心慌，支支吾吾道："回回回大人，小民一时半会儿难以说清，小民其时不在命案之地，可小民的下人就在现场，且远不止一个。"

李知县不悦道："既然你一无所知，那便不宜来衙门告人，你将府衙当成自家后院了吧？说句难听的话，若被告反告你是无中生有、肆意诬陷，说你的人乃自相残杀，或坠崖而亡，你该如何申辩？"

秦牧的脸憋得通红，张张嘴竟无言以对。见状，李知县道："退堂！"随之，"威武"声嗡嗡响彻公堂。

凡木起身时，不经意间，见东侧暖阁里，安然站着李知县的夫人，知县夫人正凭窗眺望，像是窗外已花开满树、春日融融，而懒得理会这大堂里的一摊破事。

凡木走出县衙，见王桂、水生、孟江及辛茹一个个翘首以待，辛茹眼里闪着泪光。凡木道："不是让你们去设粥棚吗？为何都来这里？"见三人不敢吱声，王桂道："凡掌柜，谁的心会那么大呀！先回家吧。"一行人匆匆去了。

芥子在院门口焦急地走来走去。见水生小跑着近前开门，辛茹则走在最后，芥子遂大声嚷道："辛茹，都几时了呀，还不回去做饭？"一行人默不作声地进院后进屋。

凡木道："水生，你在山林里遇上那伙人是何来头？为何要弄出人命来？"

水生惊道："此前素昧平生，据说是采药的。他们打死人了？死者是谁？"

凡木道："死者是昆阳城南大街那家雷击木漆器店的。那店主将山林里那帮人当成我们的人了。"

水生忙道："家主，这与我家没有干系，我家无非是买了几棵他们送到家的雷击木。指定是那家漆器店的人进山砍伐雷击木，让这伙人遇上，起了争执，才弄出人命的。俗话说，同行是冤家，换了谁也不会容忍素不相识者来眼皮下伐木。不过，这样也好，那家漆器店的人怕是再也不敢进山伐木了，就指望在诸村收购雷击木，难死他。"

凡木道："同行不能成冤家。无缘无故地，那秦牧为何去县衙告发我们？指定是山里那帮人说了什么，才让秦牧误认为山里人受了我们指使。王先生，能否陪我去趟那家漆器店？我想去凭吊死者，死人毕竟是天大的事。再说了，做买卖，谁都不易，没必要结下梁子。"

王桂迟疑一下，道："凡掌柜一向心慈，可并非所有人都像你那样心地善良。老朽担忧的是，你我好心登门凭吊，万一秦牧不给面子，那可就丢脸了。"

凡木道："丢脸跟丢命相比，孰轻孰重，先生指定能掂量出来。"

王桂道："那也得先喂了肚子再去不迟，已近午时，你连早饭都还没用，老朽于心不忍。"

芥子不由一惊，旋即，怜惜而又醋意十足地道："凡木哥，你到这会儿还没吃早饭呀？辛茹，你不是来送早饭的吗？一来就不走了，你别是把早饭给弄丢了吧？"

王桂道："芥子呀，你这么说可就委屈辛茹了。"

凡木叹息一声，起身去了。王桂跟随其后。

秦牧的雷击木漆器店在宅院的正门一侧，后门与宅院相通。凡木和王桂进了店铺，见两侧排满各式漆器，与凡木的漆器相差不大。凡木自报家门后，说是有事拜见秦牧。伙计不敢怠慢，领两人穿堂而过，来到宅院。在照壁前，那伙计道："请二位稍候，小的先去禀知老爷。"言罢，去了。

两人站照壁前静候。见照壁的壁顶铺着筒瓦，正中有屋脊，前端有小兽，四角翘起。壁身上雕刻的福瑞图，乃喜鹊争春。壁基是青砖须弥座。青砖黛瓦，上下一体。向里看，两侧的甬道伸向后院，足见这宅院至少是两进两出。秦牧一家一直做着漆器生意，家境该是较为殷实。

伙计小跑着来到照壁前，面露难堪之色，赔笑道："让凡掌柜久等了，我家老爷身子有恙，今日不便见客，还望多多体谅。"凡木道："既是你家老爷身子有恙，那更得前去探望，都是同行，不问候一下，恐有失礼之处。"伙计道："老爷不便见客。"凡木道："既如此，那就不去叨扰了。借问伙计，死者灵堂在哪？能否前去凭吊？"伙计惊道："灵堂？谁的灵堂。"凡木道："昨日死在山林的那位。"伙计道："压根儿就没抬回来，就地挖坑埋了。"

凡木和王桂面面相觑。少时，两人辞了伙计，而后出了漆器店。凡木想去张罗粥棚的事，大街上，两人作别而去。

次日一早，孟江便在漆器店外架锅舍粥。此处的街面本就不宽，加之讨饭者肚子催促，急不可待，恨不得将头插进粥锅里，拥挤的人群几近把街面占严。虽是孟江已将嗓子喊哑，人们依旧不愿排队，相互推搡着，嘟

第十六章

嚷着，后面的人将破碗伸到前面的头顶上，招致前面的人不耐烦地举手乱打。忽有一只破碗被打出老高，那碗在半空飘忽一阵，落地时已是稀烂。却因分辨不清自己的碗究竟是被哪人给扒拉出去的，碗的主人茫然不知所措。就这么向前挤吧，双手空空，到粥锅前，总不能以嘴接粥吧？欲出去，却被后边的人推搡着，站不稳，挤不动。

五邑见状，张嘴就是一顿臭骂："猪都不是这个吃法。西边和北边的人都往东边排队去，孟江，你只给东边的人盛粥，看他们听还是不听。"

如此一来，沿街一条长队弯曲着伸出老远。却妨碍了别家商铺，商铺掌柜的挥手吆喝着，避瘟神般驱赶着接近门口的排队者。昆阳城舍粥者就此一家，成了一道景致，使得过往的人无不驻足观望。而观望者中有的竟自行进店，成了漆器店主顾。漆器店此举纯属施舍，不想，生意却比往日好出几成，这让五邑始料未及。

对面的布匹店掌柜倚门而立，正用妒忌的眼光望着漆器店。一旁的杂货店掌柜凑过去酸溜溜道："眼红了吧？这一招实在高明，面上是施舍，实则是招揽主顾，是聚拢人气。一锅粥能值几个钱？卖出一套屏风去，不知能买多少锅粥。跟人家相比，老兄，你我这脑子恐怕不是脑子，是粥。他凡木就这么折腾几天，漆器店的名声不日就能远播城外，说不准县衙还得送牌匾呢。"

布匹店掌柜挠挠头道："你是说，那凡木的本意不是真施舍？可这实在是填饱了不少饥民的肚子，你没见有的饥民明明吃过一碗，还去后边排队。若是果真如你所言，你我只配每日喝点稀粥。看那凡木，慈眉善目的，像个实诚人，他的心机不会如此高深吧？"

杂货店掌柜眯着眼道："会与不会，鬼才知道。兴许应了路上拾来的一句话？"

布匹店掌柜急不可待地道："讲来听听。"

杂货店掌柜道："你善待万物，万物自然会善待于你。"

两人正说时，见一帮衙役前头开道，李知县及县丞、书办一行人步行而来。大约是被眼前景象惊到，一行人当街停下，只派书办匆匆去往漆器店一问究竟。只片刻，张书办自漆器店出来，身后跟着凡木。见知县，凡木躬身一拜，道："不知李大人途经此地，妨了大驾出行，还望恕罪！"

李知县像是尚未自惊愕中回过神来，仓促问道："此乃赈济灾民？"

凡木淡然道："正是。"

李大人欣悦道："恕本县眼拙，没有记错的话，你姓凡名木？曾去过县衙大堂。"

凡木静静回道："正是不才。那日有幸一睹大人风采，实乃三生有幸。"

李大人黯然道："当街舍粥，自行赈济灾民，此乃圣贤之举。老子云：'圣人无常心，以百姓心为心。'心系百姓，体恤百姓疾苦，本该是我等为官者分内之事。依当下看，本官愧痛难安，白读一车圣贤书，枉为一任父母官！眼下灾情日重，饥民逐日递增，城外偶现饿殍，而我等却束手无策，任由田地荒芜，旁观黎庶涂炭，呜呼哀哉！"

张书办在一旁劝慰道："大人言重了，您不必自责，谁不知李大人自受命牧守昆阳以来，殚精竭虑，一心为昆阳民众谋福祉。见灾情日重，便屡屡上书，以图赈灾之物及早施于饥民身上，怎奈朝廷捉襟见肘，雷大雨小，为之奈何？李大人一生清廉，囊中羞涩，虽心有余，而力不足，不像凡掌柜有心且有力，能效先贤之仁，能展平生抱负。"

张书办稍有奉承却无献媚之意的几句感慨之辞，使得李知县和凡木不觉一阵暗喜。凡木见李知县犹自喟叹，不再言语，便顺着张书办的话言道："李书办过誉了，凡木何德何能，岂敢效仿先贤！仅是不忍看饥民挨饿罢了，囊中尚有几个子儿，不使出来，心下难安。"

李知县听罢凡木这谦恭之辞，倍感起敬，遂言道："既如此，本县代府衙、代饥民谢过凡掌柜！"说罢竟躬身一拜。如此一来，县丞、书办及众衙役随之躬身作拜，倒让凡木一时间不知所措，他深深拜下，久久没有直起身来。李知县忙将凡木扶起，而后言道："凡掌柜，本县在你店外站立多时，不想让我等去到贵店稍歇片刻？"

凡木不由一惊，赶忙赔笑道："谢大人抬举，凡木受宠若惊。小店粗陋，唯恐玷污官身，如有不嫌，就请舍下一坐。来呀，为大人看茶。"

进得店内，仅是李知县安坐桌前，任凭五邑再三礼让，众人终也不敢进店，而是肃然站在门口。无奈，五邑和芥子为李知县和凡木倒了茶水后，

第十六章

只得将茶碗逐一递到其他人手中。众人手捧茶碗，静静望着李知县。

李知县细心打量着店内摆置的各式漆器，而后道："内人买过一些雷击木漆器，一向视若珍宝，大约是在贵店买的，质地和式样均属上乘。雷击木漆器，本官之前闻所未闻，其中辟邪之说倒与其他祥瑞之物雷同，老朽书案上至今摆放着一个陶制麒麟。惟愿这雷击木漆器，能为昆阳民众带来吉祥，祈昆阳百姓永享太平。"

凡木感慨道："李大人为民之心，天地可鉴，日月可昭。可否请李大人赐以墨宝？以使敝店蓬荜生辉。"

李知县笑道："恐拙字丑陋，难登大雅之堂。既不嫌，那便当众献丑吧。"

凡木自是欣喜不已，遂起身拿来笔墨帛砚，置于木榻之上。而后躬身研墨，但等李知县赐以墨宝。李知县稍运腕力，提笔挥毫，在淡黄色丝帛上缓缓写下"德望兼隆"四个隶书大字，题款及落款皆为小篆。

这隶书的气势和古拙空灵秀丽、耐人寻味，令在场者无不啧啧称赞。凡木惊道："李大人的隶书真乃潇洒野逸，气势恢宏，如清风出岫，似明月入怀，不可多得，不可多得呀！五邑叔父，将李大人的墨宝小心收了，回头请文彦斋的师傅好生装裱出来，挂于正墙之上。"说罢，再三谢过李知县。张书办首个鼓掌，随之，漆器店内外掌声响彻一片。

原本站在漆器店对面的杂货店掌柜和布匹店掌柜，闻听这边掌声四起，不知所为何事，很是好奇，便踮脚欲看究竟，却因众衙役堵在门口，难见店内之事。两人心急，几欲走过去一看究竟，又觉心下发酸，也就罢了。东边排队求粥者，时不时望向店门，一脸茫然。

第十七章　触情怀凡木落泪
　　　　　遭劫持主仆舍钱

　　李知县的题字很快被装裱出来，悬于漆器店正墙之上，此事旋即被传得沸沸扬扬。李知县本是率众人去东城门巡视城门防务的，题字之事纯属偶然，不想，却在坊间传得神乎其神。有人说，李知县与凡木本是远房亲戚，率众登门无非是为雷击木生意聚拢人气；有人说李知县的家眷与凡木是表兄妹，漆器店开张那日，有位气度非凡的窈窕淑女曾来过店里，那人便是知县夫人，碍于被人说长道短，两人才没在大庭广众之下公开相认；还有人说，那凡木早年家遇不幸，不得已远走他乡，返乡时已是富甲一方，短短数年便成气候，皆因其表妹暗中周旋。林林总总，本就不大个昆阳城，凡木的传闻遍布每个角落。如此一来，粮商杨匣也好，另一家漆器店掌柜秦牧也罢，且不论对凡木是否仍怀芥蒂，自此以后，对凡木心生忌惮却是不争的事实。

　　这些日子，前来漆器店的人逐日增多，有人是为买漆器；有人只是看漆器；有人仅是一睹李知县的题字；更有甚者，有的人竟是想看看凡木的长相。无论如何，凡木的漆器生意一日好过一日，这让五邑始料未及。

　　共用晚饭时，田禾一脸庄重道："凡木，你可不能只顾漆器店呀，油坊那边也得用用心才是，要不也把知县大人请到油坊，题字不题字的，至少能聚拢人气，就像咱这漆器店，知县大人来前和来后，这人气可大不一样。"

五邑打趣道："田禾，我看你是吃醋了，要不就是吃错药了。油坊那边不就卖点油嘛，你让知县大人去了说什么？他再怎么说，你那油也是从花生里挤出来的，他能说是从王母娘娘的瑶池里弄来的吗？他能说谁要吃了你的油，无论是男是女，日后必定成龙成凤？或是登堂拜相、入宫为后？我是说，油这东西，跟漆器没法比，没什么可夸之处。"

芥子的母亲丢下筷子，捂嘴暗笑；芥子仰着脸，笑得直捂肚子；辛茹抿着嘴匆匆去了后院；孟江和张二干脆站起身来，追问五邑如何练得这般口才。只田禾一脸肃穆，一本正经道："五邑，你说的全是狗屁，油怎么了？你别把油当成吃的好不？那是下蛋的母鸡，那是挣钱的生意。千万别盯着母鸡身上的肉，该盯的是它能下多少蛋，能孵多少鸡，鸡仔来日又能下多少蛋，孵多少鸡。只知道吃，那是哼哼。"

五邑笑道："看看，这老家伙跟我急眼了。说'哼哼'干吗？直接说是猪不就得了，谁又不跟你较劲。"

凡木终也没能忍住，憋得满脸通红，还是笑出声来，又不便介入长辈的话题，只是低着头笑。末了，凡木道："油，指定不像粟米，甚至不及食盐那样每日必需，家境不好，十天半月不吃油者大有人在。昆阳城城微人稀，这一点远不及宛城。田掌柜，叔父，要不我们把生意做到宛城去吧？前日，王老先生还提及此事，他有个故友在宛城南大街做着玉石生意，只因儿子官至太守，女儿又远嫁洛阳，年岁日长，只想颐养天年，当街门面正待外租。我们若能租下那两间铺面，一间可以卖油，一间能卖漆器，不知二位意下如何？"

田禾眼睛一亮，道："能够多挣钱，傻子都赞成。"

经田禾这么一说，五邑张张嘴，又合上。一旁的芥子插话道："开店不得有人照管吗？一个萝卜一个坑，眼下我家三个店，一个人都抽不出来，哪有多余的人呀？"

凡木忧道："这不是要紧的事，要紧的是文寨的作坊能否供得上，雷击木本就难买，花生眼下也紧缺。"

田禾喜道："既是雷击木难买，那就卖非雷击木漆器。花生紧缺，只是暂时的,河里的鱼都快要渴死了,花生自然紧缺,老天爷不会一直不下雨的。"

五邑笑道:"这人啊,一旦迷上了钱财,听说梦见的全是黄灿灿的五铢钱,床上铺的,身上盖的,统统是。"

田禾斥道:"那不得冻死呀!我说五邑,你这么起早贪黑的,图的什么呀?屎?"

芥子怪道:"又来了不是?一见面就斗嘴,怎么就不会好生说话呀,听着让人恶心。"

田禾气道:"都怨你爹,张嘴就呛人。"

凡木笑道:"好了,好了,说正经事。明日我叫上王老先生,一道去趟宛城,看了再说。想把生意做大,仅是囿于一隅,怕是勉为其难。宛城自古就有'商遍天下,富冠海内'之说。距宛城咫尺之遥的新都,曾是当今皇上的封地。永始元年,二十九岁的当今皇上被封为新都侯,在此牧守多年。入朝后春风得意,曾一度权倾朝野。后被弃用,赋闲在家,以至于被遣返新都。皇上蜗居新都期间,广结名士,静观时变,择机而动,待再度入京时,羽翼已成,最终登上王位,改朝换代。自称肇命于新都,故将当今国号名之为'新朝'。就此而言,宛城周边皆福地,我等若将生意做到福地去,恐怕不沾福气都万难。哈哈哈。"

凡木的话虽是绕了一圈又绕回来,在田禾听来却极有味道,他像喝多了酒似的面色绯红。这个年逾五旬之人,对于经商的执着让凡木动容,回想起他与五邑斗嘴的话,凡木不觉一阵暗喜。不执着难以成大事,生意虽不是大事,可也不可缺失了执着。

"凡木哥,你可真有学问,这是从哪儿学来的呀?"芥子在一旁插话道。

"还不是平日里听王老先生说的!王先生可谓是经学大儒,贯古通今,暂不说《论语》《孟子》《周易》《尚书》《诗经》《礼记》《春秋》这些书,只当朝之事,若先生娓娓道来,足以让你听痴。"凡木道。

"凡木呀,咱还是说生意上的事吧,你和王先生明日去宛城?"田禾道。

五邑正要说话,凡木笑道:"是的。今儿不早了,我看就此散了吧,说下去还得顶嘴。"

田禾瞪一眼五邑，道："也好，你们明日还得赶路呢。"

随田禾、张二、孟江走出漆器店大门，凡木见街面上漆黑一片，干风旋起枯叶和尘土在油灯映亮处原地打滚。白日的嘈杂被死寂取代。讨饭者不知躲在何处，仅一只干瘦的野猫颤巍巍游走在街面中央，光溜溜的青石板上留下它孤寂的身影。连年饥荒，连耗子都无处可寻。

按着惯例，张二和孟江要先送凡木回到宅院，而后再回漆器店的。凡木原本没想返回漆器店，才走数步，忽然想起个事来，吩咐两人道："你们回吧，有件事忘记给叔父交代了。"见两人迟疑，凡木摆摆手，反身走回漆器店。他一点不知道，在这么个极为寻常的夜晚，会有一场灾祸等着他。

五邑正要关门时，见凡木回来，不免一惊，遂将凡木让至屋内，又将店门关上。三个女人已回后院，只油灯静静地驱赶黑夜。豆大的火苗跳动数下，而后安稳下来，将诸多漆器映照得油光发亮。

见凡木坐下时显得心事重重，五邑道："凡木啊，都这么晚了，是不是还有要紧的事交代？"

凡木道："侄儿近日心神不宁，总感觉要出大事似的，却又说不清因由。临出远门，想给叔父说点心里话。"

五邑挨着凡木坐下，不无怜爱地望着凡木道："漆器店自开业至今，确实出了不少事。先是杨匣使坏，要恶意收回铺面；后是秦牧将你告上公堂，险些惹上人命官司。可如今，时过境迁，我们不仅躲过了官司，知县大人还率众亲临漆器店，并留下墨宝，外人看了谁不眼红？生意总算是安稳下来了，这好端端的，不知你担忧什么？"

凡木道："叔父，我担忧的并非生意上的事。自新朝开国以来，弊政不断，灾荒、瘟疫日渐加重，朝廷处置不力，以至于民怨渐起。侄儿是为朝政担忧，也为家里众多女眷担忧。叔父你想过没有，时局一旦出乱，往往殃及的先是女眷。侄儿想，芥子也长大成人了，还是及早给她找个人家的好。还有辛茹，她跟芥子同岁是吧？我想让她嫁给孟江算了，两人看着也挺般配。家里窝着两个如花似玉的女孩子，终究不是件让人放心的事。"

凡木原想五邑也会有此同感的，岂知，五邑听罢凡木的话，竟咧着嘴大笑不止。大约是担心后院的女眷听见，他瞟一眼后门，而后轻声道："凡木，你没喝酒啊，为何说起酒话来？天塌下来有树撑着不是？你这是大晴天打伞——多此一举。你这是说书人掉泪——替别人伤心。再说了，芥子她会答应嫁给别人吗？你真的看不出她的心思？还有辛茹，你以为她心里能装得下别人？凡木啊，叔父早就想跟你说说了，你也老大不小了，你和卉子的事毕竟是飘过去的云，芥子这孩子其实不次于她姐，真不知道你是怎么想的。"

凡木愧疚道："叔父，我跟卉子的事就休要再提了，本来也就没什么可提的。其实，我早就说过，我这人不宜成家，水生也是，这也是我没想把辛茹托付给他的因由。至于为何，侄儿着实难以启齿，您老仔细想想兴许能想明白，侄儿只能说是身体不适。侄儿一而再再而三地这么说，这真的仰仗勇气，您就别再难为侄儿了。"

五邑无奈道："凡木啊，既然你把话都说到这个份上了，叔父还能说什么？弄不懂，那就闷着吧。回头我让你叔母好生劝劝芥子。至于辛茹，这可不是我能管得了的事，这孩子心事重，对你死心塌地的，你让她去死，她连眼皮都不会眨一眨，你若让她嫁给别人，只怕是比让她死都难。叔父说得不一定对，可叔父就是这么想的。还有孟江，他又不是傻子，他明明知道辛茹的心全在你身上，明明知道你一直疼着辛茹，他会答应去娶辛茹吗？不信你试试，叔父也是过来人，依叔父看，够呛。"

凡木动情道："看来是不能轻易疼人的，尤其是不能去疼女孩子。可侄儿见不得别人受苦，见不得女孩子落泪。叔父，侄儿很难，不知道该如何处置诸如此类的事。"

五邑无奈道："凡木啊，俗话说得好，解铃还须系铃人，你自己的事，别人只怕是无能为力。"

凡木道："既然叔父答应劝劝芥子，侄儿也就安心了。至于辛茹和孟江，我回头逐个找他们好生说说。跟叔父谈了心里话，这会儿心头敞亮多了。不早了，您老歇着吧。"

凡木起身离去时，不经意间，见后门外有个女孩子的身影闪了一下。

凡木走出老远，回头看时，见店门依旧没关，昏黄的油灯将两个人影铺在街面。隐隐传来辛茹的乞求声："叔，都这么晚了，他一人回家，谁能放心啊！平日里都是孟江和张二陪着他回家的呀。"

五邑道："一个大男人，怕什么！回去，回去。"

辛茹哭诉道："叔，要不让我再看一眼吧，等看不见他了，辛茹再回去。"

旋即，两粒泪珠不经意间顺面颊滑落而下。凡木没去理会这温热的泪珠，急转身大步而去。

临近岁末，本该是冰天雪地的时节，昆阳城却是干风凛冽、尘土飞扬。老街两侧，商铺鳞次栉比，门口悬挂的灯笼，拴着的疯狗一样，狂躁地意欲摆脱绳索。没有星光的夜晚，独自走在吼声四起的大街上，周遭漆黑一片，凡木倒心下坦然。连野猫都惧怕外出，反而是最为安全的时候。

一只灯笼远远地猎狗般冲向他时，他感到了惊悚。躲开后，回身看时，见那牛头一样的圆球，竟顺着大街直溜溜无声远去，他感到匪夷所思。

一柄白花花的大刀搁在项间时，凡木才从惊愕中回过神来，他扭转身，见刀尖已伸向胸前。对面站着个汉子，不知是夜色使然还是多日未曾洗脸，汉子的面目黢黑模糊，说话时，才露两排亮色："留命还是留钱？"

凡木试图听清此人口音，从而弄清他是外地来的乞讨者，仅为肚子的事，还是图财的本地人。怎奈仅此一句，汉子便不再言语，且口音里掺杂了多方音韵。于是，凡木道："好汉少安毋躁，容我将身上铜钱悉数掏出。"

见凡木掏遍周身，仅摸出几枚铜钱，那汉子急躁道："不够，你再找找。"

凡木听罢汉子的话，暗自宽心道："我身上真的就这么多。你多少是个够啊，说个准数，回头我让下人送给你。"

汉子压着嗓音道："你少糊弄我！当我是傻子呀？既然就那几个子儿，那就跟我走吧。"

凡木道："老兄，这个时辰，昆阳城四个城门早已落锁。城内弹丸之地，你能把我弄到哪儿？你不怕我大喊几声，惊了守夜的兵丁？"

汉子恼羞成怒道："你敢！你喊吧，只要不怕丢命，我这一刀下去，保你身首两处。"

凡木苦笑道："看得出，老兄并非行家，莽撞是要出事的。今夜你将我弄到哪里，我也给你造不出钱来，不让我捎信回去，家里人怎会知道我急用钱啊！"

汉子道："少啰唆，跟我走，到了地方，你只需写张文书，写明急用一千五百铢钱，明日里我拿上文书到你漆器店取钱，钱到手后，我即刻放人。"

凡木道："居然知道我是开漆器店的，看来你是蓄谋已久了，真是煞费苦心。老兄，就为一千五百铢钱，你让我被困一夜？我明日还得去宛城呢。看得出，你不是恶人，指定是遇到什么难以逾越的坎儿了，不然，断不会为这区区一千五百铢钱铤而走险。遇到什么坎儿了，说来听听如何？"

汉子道："少废话，快走，不然休怪我刀下无情。"

凡木瞟一眼雪亮的刀片，一时间竟无计可施。万事和为贵，他一点也不想弄出见血的事来。平生从未遇到被劫持的事，如今遇上了，竟是距家门咫尺之遥，并且仅为这点小钱，而今晚偏偏没带这点钱，或许命里该有这一劫。忽见两个黑影自宅院方向匆匆而来，两人边走边说。

"多大的事啊，能说这么久！五邑也真是的，明明知道家主明日要去宛城，还不让家主早点回来歇息。"

"要怪也得怪我俩，那会儿家主回店里，你我该在门口守候才是，家主知道我俩在门外等他，兴许能少说几句。"

"我是怕家主怪我们不听他的话，才想起来在路上溜达着等他的，不想，这一溜达就是一个时辰。家主不会是走别的路回去了吧？"

"不会的，半夜三更地走小巷，家主指定不会。你是傻大胆，兴许你会。"

"你才傻。你我速去店里看看。"

持刀汉子猛然将凡木拽到墙边的阴暗里，低声喝道："别吱声！小心大刀不长眼。若是被人问起，就说是我俩家里人多，出来说点隐秘事，这话我来说，不到万不得已，你千万别吱声。"见凡木不住点头，汉子把手松开，依旧将大刀抵在凡木腰眼处。

两个黑影突然停下来，一个人大声问道："何人？这大冷的天，猫到墙

第十七章　　163

边干什么？"

汉子道："我们家里人多，出来说点隐秘事。"

见两人迟疑，凡木道："他说得千真万确。不过我们稍后就说完，不耽搁歇息的。"

两人听罢，对视一眼，而后缓缓走开了。凡木正疑惑，却见两人在街边弯腰拿起什么东西，而后反身回来，嘴里嘟囔着听不清的话语。两人慢吞吞走到原先问话的地方时，猛然扑向汉子。汉子倒地时，头部挨了一砖，流出黏糊糊的血来。那柄雪亮的大刀被甩出老远，落地时却不听铁器声。

见汉子倒地后一动不动，两人噗通跪在凡木跟前，前额磕地，泣不成声。孟江哽咽道："家主受苦了！奴才一时犯晕，竟让家主受此磨难，奴才罪该万死！"张二哭诉道："都是奴才大意，才使家主落此境地，奴才宁可被人千刀万剐，也不能让家主如此蒙羞。"

凡木扶起二人，道："好了，好了。快看看这汉子伤势如何，你们下手可真够狠的。"忽听汉子呻吟，凡木继而说道："没死就好。孟江，撕块布下来，他头上还在流血，快把伤口包上，快点，快点。"孟江旋即从身上扯下布条，而后蹲下身为汉子包扎。

孟江和张二为汉子精心包扎时，凡木踱步至大刀跟前，弯腰捡起大刀，而后大笑起来。见汉子已苏醒过来，木然望着三人，凡木手提大刀，来到汉子跟前，将大刀丢在汉子手边。孟江和张二正诧异，却见凡木伸脚一踩，那大刀咔嚓一声一分为二。凡木道："汉子，让你受苦了。说说吧，遇到什么过不去的坎儿了，都是男人，男人最懂男人，非万不得已，你绝不会用这下三滥的伎俩劫财。在木头上刷上白漆，冒充真刀，足见你并非恶人，你怀揣着的是颗善良心。"

听罢凡木这君子之言，汉子号啕大哭。少时，止住哭说道："早知道您是真君子，不然俺也不敢劫持您。"

凡木笑道："汉子，你这是真心夸我，还是有意戴高帽？你以为给我戴顶高帽，我就饶过你了？专门劫君子，为何不劫非君子？照着你这想头，谁还敢当真君子？"

汉子低声道："真的不是恭维您，正是您为乞讨者舍粥，才使众多挨饿者没被饿死。我跟老娘每天都到粥棚去,不是您的粥,我们娘俩只怕早就成鬼了。不是真君子,任谁都做不出这样的善事来。我不是非要劫持您这样的好人,没法子,劫恶人,命难保。看在老娘身患重病的分上,求您不要把我送到衙门去,我这里给您磕头了。"

凡木道:"你尽可放心,我不会送你去县衙。你没犯什么罪呀,相反,你是在为老母尽孝。圣人云:'父母在,不远游,游必有方。'你年纪轻轻,身强力壮,不是念及老母,只身去往何处谋生,指定不会挨饿的,正是孝心使然,才让你厮守在老母身前。老母得了什么病?如实讲来。"

汉子哽咽道:"逃荒路上,老母的腿被疯狗咬伤了,原以为等伤口结了痂,褪痂后该是没事的。哪里知道,这伤口一直溃脓,不见好转。有人说,再不用药,腿废了不说,怕是性命难保。连肚子都难以喂饱,哪里有钱买药啊,不得已,才想起劫持这档事来。"

凡木道:"张二,你这就回你的店里,将今日卖漆器的钱统统拿来。孟江,你也去,我怕路上再遇不测。把这断刀也带上,至少它能吓唬人。"

张二道:"回家主,孟江还是留在这里照顾您吧,我一人回去就行。就这么点路,我那边喊一声,这边都能听见。"

凡木道:"你们安心去吧,速去速回。我不会出事的,该出的不都出了嘛。"

孟江和张二不敢再说什么,捡起断刀,撒腿跑了。

见汉子的头部被孟江用布条包得粽子一般,黝黑的面部滞留着道道血痕,凡木不无怜惜地道:"别怪他们手狠,你能活下来是万幸。你没见孟江的一根手指短了半截吧?那是他自己咬断的,就为丢了一头牛和一辆车。如何责怪他都没用,忠心侍主,这本来无可厚非,可也不能豁出身体和性命啊。圣人云:'身体发肤,受之父母,不敢毁伤,孝之始也。'窃以为,不惜身体,便是对父母的不恭;不惜身体,便是对行孝的轻慢。"见汉子几近听痴,良久无话,凡木望望漆器店方向,继续说道:"说起行孝来,我挺羡慕你的,你至少还能在老人身前行孝。"

汉子不解道:"恩人,您是说您的父母……"

凡木凄楚道:"是的,我想行孝,已无处可行。"

第十七章 165

两人正说时，见孟江和张二气喘吁吁地跑来。张二将手中褡裢递给凡木道："家主，一文不少，整整一千五百铢钱。"凡木道："汉子，一千五够不够？"汉子感恩道："够了，够了，我代老母谢过恩人，您是天上福星，您是菩萨化身。"言罢，跪在凡木身前，良久没有起来。

　　汉子的话里只"老母"二字在凡木耳畔萦绕不散。凡木扶起汉子，将褡裢递给他，而后盯着张二道："张二，还有吗？"张二看看孟江道："回家主，有是有，您吩咐过的，让统统拿来。只不过，他说过，只要一千五百铢钱。"凡木道："张二，统统给他吧，这是给老母治病的。"张二磨蹭着将藏着的另一个褡裢取下来，慢吞吞递给汉子，嘴里嘟囔道："你这一砖挨得可真值。"凡木笑了笑，而后说道："汉子，你走吧，不见你回去，老母指定难以睡着。你明日就给老母治病去，愿她老人家及早痊愈。"

　　汉子千恩万谢后，抱着钱，一步两回头地走了。

　　孟江和张二将凡木送至宅院，站在大门外等凡木将门闩插上。两人却并没离开，而是悄无声息地蹲下身去，大气不敢猛出。良久，二人缓缓起身，顺门缝悄悄看向院内，见屋里油灯熄灭，便轻轻推推大门，知大门被门闩死死插着，这才悄然离去。朔风凛冽，刮了整整半夜，枯叶，黄尘，稀烂衣片，当空飘荡，旋即将二人身影掩去。

第十八章　赴宛城险遭割肉
　　　　　　宿客栈夜遇官差

　　次日一早，孟江将马车赶到凡木的宅院时，带来一份早饭。见车上备了不少草料，凡木道："孟江啊，我还没给王先生说呢，不知他今日能否去成。"

　　孟江道："家主您先用饭吧，我这就过去问问王先生，看他今日是否能去。昨晚见田掌柜那猴急的样子，我都替他急，按说这是好事。"

　　见孟江已将早饭端到自己面前，凡木边用饭，边示意孟江坐下道："你用过了是不？那好，我想给你说个事。辛茹温文尔雅，仪态端庄，本是大家闺秀，只因家道中落，不得已沦为婢女，身世和年岁与你大致相当，比你少了一岁是吧？你对辛茹感觉如何？"

　　孟江忙起身道："不知家主何意。"

　　凡木慢吞吞道："我想将辛茹许配给你。"

　　孟江大惊道："家主这是取笑奴才吧？奴才何德何能？"

　　凡木不悦道："你慌什么？又不是让你从军征战。"

　　孟江支吾道："家主还不如让奴才去边关征战的好。"

　　凡木斥责道："辛茹是老虎？"

　　孟江跪下道："家主息怒，奴才哪敢这么想！奴才是说，奴才压根儿就配不上人家。再说了，人家一身的高贵相，平日里瞧都懒得瞧奴才一眼。

您就饶了奴才吧,别让奴才丢人现眼了。家主您能这么说,足见家主心里有奴才,奴才下辈子当牛做马,也难报家主厚恩。"

凡木丢下碗筷道:"瞅你那出息吧!平日里的胆量哪儿去了?昨晚制服劫徒时的豪气哪儿去了?"

孟江苦笑道:"家主啊,这是两档子事。再说了,昨晚那是家主身处险境不是?甭说他是一个人劫持您,即便是十人百人,奴才也会不眨眼地扑上去。奴才也弄不清为何会那么急中生智,那么沉着冷静。"

凡木动情道:"你和张二机智过人,这一点实属难得。还是说说你和辛茹的事吧,我先征得你同意,至于辛茹那边该如何说,那是我的事。男子汉,畏畏缩缩的,成何体统!"

孟江乞求道:"家主啊,您就饶过奴才吧,奴才真的不配,也不敢。您是不知道……"

"孟江啊,多大个事呀,被吓成这样。"王桂的声音自门口传来。

"王先生啊,孟江正要去找你呢,想问问你今日是否有空去宛城。孟江,你少跑了一趟,还不快起来给王先生看茶?你看那没出息样,给他提门亲事,就被吓成这样了。"凡木起身相迎,而后陪王先生落座。

"是哪家闺秀啊?"王先生笑问。

"辛茹。"凡木的声音很虚弱。

"辛茹?"王先生定定望着凡木,满脸困惑,"你们年轻人的事,我还是不掺和的好。凡掌柜,你想今日去昆阳?去就去吧,反正我是赋闲之人。几时动身?"

凡木道:"先生若是没事,我们稍后就走,权当是次出游,看看沿途景致,领略世风民情。据说那边的灾情、赋税比这边还重,捕鱼交鱼税,打柴交柴税,插苗交苗税。别的勉强说得通,这秧苗税可就屈了佃农,遇上眼下灾情,指定颗粒无收,佃农不得统统赔光?先生,种地赔钱之说,看来并非空穴来风啊。"

王先生叹道:"凡掌柜有所不知,昆阳这边眼下也好不到哪儿去。你只埋头打理生意上的事,卖多少漆器,交多少漆器税,规规矩矩。其实,卖给你木料者,早已将伐树税交到官府手里了,且税金在逐日提升。从这一层上说，你每卖一件漆器，官府是收了两次税的。这都不是关紧的，关紧的是币制三番五次地改，改来改去，钱都被朝廷和官宦人家掳去了，最终吃亏的还不是平民百姓？"

凡木道："王先生，新朝币制之弊端人所共知，就像废止土地和奴婢买卖一样，积重难返，又无化解之法。不过，此乃国事，你我遵从便是。朝廷定有难言之隐，不然，断不会让民众处于水深火热中。"

王桂感叹道："凡掌柜一向善良，看什么都带着宽厚与仁慈。大约是上天有意恩赐，让你独辟蹊径地选了这雷击木生意。在老朽看来，纵使百业萧条，你的生意也该是受制甚微，你的主顾毕竟不是寻常百姓。既然能去宛城寻机开店，日后为何不能去洛阳、长安开店呢？"

王桂的话让凡木眼前一亮，像是有面旗子正飘扬在长安街头，旗子上"雷击木漆器"五个大字正闪着醉人的亮光。凡木笑道："王先生虽非行商之人，其心智堪比商圣陶朱公。晚生每日受教于先生，真乃三生有幸！"

王桂喜悦道："凡掌柜言重了，老朽不过随口一说。其实，凡掌柜心里敞亮着呢，这么说，无非是让老朽一悦罢了。"

凡木肃然道："王先生休要谦让，晚生绝非恭维，行商之事日后还得多有仰仗，还望先生不嫌。孟江，扶王先生上车，途中再行讨教之事。"

三人乘车而去。至王桂府上，凡木极为谦恭地向王桂夫人再三致谢，说些受教、拜托、劳烦之类的感激之词，而后接过王夫人手中包袱，搀扶王先生上了马车。枣红马不安地蹬蹬前蹄，极不情愿地奔南城门而去。没人在意枣红马因何烦躁，没人怀疑这趟出行不会如愿回来。

城门两侧并无兵丁把守，高高的城楼上倒有两个兵丁梦游般摇来晃去。官道穿城而过，城门里外，赶车的商人、挑担的菜农、讨饭的乞丐，均显得闲适懒散。如今的昆阳城说是叶邑古城，实则是少说了它的过往，这其实是座商周古城，只是进入春秋后，楚国为北进中原，占得这座古城，固城墙，坚城门，使得此处成为楚国北部一道军事屏障，进可攻，退可守。后经秦汉数百年，城池屡被修葺，终成当今样子。

马车出城一里许，凡木回首遥望，见高高的城楼矗立于风沙之中，一派灰蒙。

过方城不远已是暮色苍茫。王桂说前方三里地有个依水古镇，镇上有家水榭客栈，夜宿于此，能品鲜美鱼虾，能赏古韵小曲儿。凡木欣然应下，催孟江快马加鞭。不想，走下一座高岗时，却因风沙骤然变大，加之路窄坡陡，路面坑洼，马车晃悠数下，竟毛驴打滚似的，骨碌碌滚下高岗，跌入深谷，三人一时间昏厥过去。

被一阵嚷嚷声吵醒后，凡木微微睁眼，却见一群人手持短刀，手提箩筐，蜂拥而至。听得一人嚷道："你把肉送回家后，叫你二叔和二婶也来，那边还有两个人呢。"另一人道："爹，这个人好像还有气呀。"那人道："血都快流完了，早晚也是死，咱不吃，也是便宜给野狗吃。看你笨的吧，别扒拉头发，屁股上肉多，先从屁股下刀。"

凡木使出仅存力气，大声呼喊。然而，他的喊声像是刚一出口就被大风悉数刮走，那些人不为所动。凡木再喊时，只觉脑部开裂般疼痛，继而昏厥过去。

少时，凡木再次醒来，依稀记得方才的事，望一眼昆阳方向，暗道：凡木啊，你不能死在这里，亲人都在昆阳城，你死了，他们如何活下去！无论如何，不能让王先生被人吃了，这么大年岁的人，为自己的生意操碎了心，如今竟弄到这步田地。凡木用尽臂力勉强撑起上身，见孟江正用绵软的身子挡在王桂身上，正少气无力地乞求着："你们行行好吧，知道你们快要饿死了，可我们都还有气啊。马，马，马的肉能吃，你们去吃马肉吧。"

一人道："好兄弟，马还活着，谁舍得吃马肉啊！大伙儿被饿得没气力下地干活，可马能，这马得替我们下地干活啊。你们是不行了，血都流光了，活不了几个时辰，你就救救我们吧，家里老人饿得难以起床，一个个快要不行了。"

孟江气息虚弱道："我身上带有好多钱呢，你们把钱统统拿去，买些粮食救命吧。人，一个都别动，都还有气呢。"

那人讪笑道："钱？你有钱？钱在哪儿？让我摸摸，可别是阴曹地府里的钱啊。"

孟江摸摸身子道："我身上真的带有很多钱，指定是掉在上面的坡道上了，我帮你们找。"说罢，吃力爬起身来，踉跄着站立不稳，却又不敢就此离开，唯恐这些人在王先生身上动起刀来。

无助时，见凡木直起上身向他招手，孟江哇地哭出声来，扑过去哽咽道："家主，您终于醒了，呜呜呜……"

凡木望一眼王桂道："王老先生如何？"

孟江道："还有点气。"

凡木忽觉一阵宽慰，忙对孟江道："你快去照顾王老先生，我没事。"

凡木艰难直起身，对着眼前的一帮人道："诸位兄弟，在下凡木，在昆阳城经营着三家商铺，一直做着雷击木漆器生意。今日途经此处，本是去宛城开店的，不想遇此变故。知道你们这么做实属无奈，但凡有条活路的人，断不会行此不雅之事。不是你们唤醒我等，只怕恶狼早已饱腹。仅从这一点上讲，诸位是我等恩人，我先谢过恩人。来日众兄弟无论去昆阳，还是去宛城，我的店铺随时恭候，仅是吃喝也好，留在店铺当伙计也罢，我保弟兄们自此不再挨饿。方才孟江说的全是实情，既然我等要去宛城开店，不会不带足铜钱，他身上没有，指定是掉落在坡道之上，何不沿着我们滚下的坡道，四处找找呢？找到了，你们悉数拿走，我分文不留。有了这些钱，你们去哪里买不来吃的？我等身上这点臊肉，真不知道你们如何能下得了口。"

一个矮个汉子道："你是雷击木漆器店掌柜？这么说来，昆阳城里的粥棚是你开的，我去讨过两次粥。你是个大善人，不知救了多少条人命！"一时间，几个人议论纷纷。之后，他们听信凡木所言，低着头顺坡道一路上行。

凡木长出一口气。看时，见孟江已将王先生扶靠在自己身上，正撕烂衣服，为王先生包扎头部。王先生正微闭双眼，低声呻吟。不远处，枣红马侧卧身子，舔着腿部血迹。马车就在枣红马一侧，两轮竟完好无损。

少时，坡道上传来一声惊呼："找到了，找到了，这褡裢里全是五铢钱。乖乖，我从没见过这么多钱啊！"

"有救了，我们有救了。"

"他们怎么办？天要黑了。"

"弄死算了，免得夜长梦多。"

第十八章

"你说的是人话吗？狗都不如。"

"不就吃过人家施舍的粥吗？放了他们，你就能做好人了？你当我不知道啊，你是吃过活人肉的。"

"再废话我弄死你，不信就试试。人家是菩萨托生，连官府都不管的事，人家凭什么拿出自己的钱广济众生？我们不能把坏事做绝，俗话说得好，不走的路还得走三遭呢。不想活着回家的，来吧，我们单挑。想活着回去的，就听我的，帮他们把马车弄到路上，看看马能走不能，能走的话，让他们赶车走。我们手里有这么多钱，还怕吃不饱肚子？"

没人再敢言语。有人将枣红马拉起，马居然能勉强走路。一帮人共同使力，将马车顺着向南的斜坡，拉到高岗之上的官道上，而后把马套好。

夜色渐黑，天宇淡蓝，凡木见高高的官道之上，几个人皮影般晃来晃去。风沙并未减弱，高岗上传来忽轻忽重的嘶鸣声，一如饿狼的哀嚎。山涧里，只是冷，寒气如针，一根根刺扎着已有知觉的肌肤。

王桂被人背着，凡木和孟江则自行爬上高岗。矮个汉子道："马和车还能走动，前面不远处有个镇子，你们去那里过夜吧，这点钱你带上。"汉子将几枚铜钱塞到凡木手里，而后一声呼哨，一帮人便没了踪影。

受伤处大约被寒气冻得麻木，王桂已不觉疼痛，他趴在马车上，喃喃说着些庆幸的话语："多亏这深谷不算太深，才得以活命。多亏凡掌柜积下功德，不然，就这么不明不白地被人吃了，传出去让人笑掉大牙。"

王桂的话并无责怪之意，在孟江听来，不亚于鞭子抽身。他跪在车旁，涕泪俱下："奴才罪该万死，让家主和王老先生遭此劫难。奴才本该撞死在岩石上的，又不忍心将恩人撇在这荒野之上，不让恩人脱离险境，奴才死不瞑目。"

凡木道："起来吧，你还不是差点被人吃了？大约是你身上有股臭味，人家才迷上王先生的。王先生气韵不凡，举止高雅，自然能引蝶招蜂。你说是吧，王先生？"

王先生咳嗽几声，没能笑得出来。孟江破涕道："家主啊，您就别逗奴才了，您还是说说接下来该怎么办吧，就剩这几个铜钱了，是连夜返回，还是去镇上凑合一宿？"

凡木道："去镇上休养几日，而后再去宛城。"

孟江瞪大眼道："还要去宛城？家主，您的意思是明日捎信回去，让水生他们送钱过来？"

凡木道："不用送钱，车上有。不等疗伤后回去，你让王老先生何以见人！王先生一向儒雅，故友如云，带着这副狼狈相，如何能回昆阳！"

孟江哀声道："车上哪还有钱啊！家主，您可别吓奴才，方才您还清醒着呢，怎么这会儿就说起胡话了呀！王先生，你快想个法子吧，家主不敢再有闪失了。"

凡木弯下腰去，仔细查看轮子一侧的车架，而后道："孟江，你乱叫什么！快起来，去找块带尖的石块，竹片也行，顺着这条细缝，把一侧的木板撬开。"

孟江疑惑地按着凡木指使，将石块的尖角捅进那条缝隙，只一撬，木板竟张开个黑洞洞的口子，随之，五铢钱哗啦啦流了一地。那清脆悦耳之声让孟江一时犯晕。王桂勾头问道："真是五铢钱？"

凡木道："是的，王先生。孟江，快收起来吧，掏干净，这些钱足够我们去宛城用的。"

孟江惊诧道："家主啊，马车里几时藏着这么多钱呀？我怎么一点都不知道啊！"

凡木道："怕你睡不着觉。"

王桂感叹不已，惊讶地望望凡木。上一辆牛车被人偷走后，才买的这辆马车，一直是由孟江赶着的，孟江竟全然不知这车上藏着诸多铜钱。

枣红马一瘸一拐，拖着车子，艰难地向不远处的镇子缓缓而去。隆冬时节，虽是才过戌时，镇子里已是黢黑一片，沿街店铺均已歇业，空荡荡的大街上，只烈风闲逛。寻到一家客栈，孟江用僵硬的手，笨拙地拍响了厚实的木门。良久，木门开了条缝，探出半拉人头。未及孟江开口，那大门旋即关上，任由孟江如何拍门，那人头再也不曾露出。

不得已，孟江吃力地登上马车，继续寻找别的客栈。偌大个镇子，有官道依镇而过，客栈断不会就此一家。凡木看着孟江道："孟江，你得设法

第十八章　　173

将脸上血渍弄掉,不然,再找一家客栈,那店家还是惧怕。"

孟江寻思片刻,走向一个墙角的阴影里。适逢风沙骤然变大,孟江的身影一时模糊不清。等孟江返回车上,他的面部已是干净如初。凡木疑惑地想要发问,却隐隐闻到一股臊臊的味道,于是,低头无语。

一辆残缺不全的马车,由瘸腿马拖着,载着三个遍体鳞伤的男人,游走在黢黑空荡的大街上,石板路面泛着青光,远远望去,幽灵一般。

借着暗光,凡木见一侧门头匾额上写着"水榭客栈",忙让孟江停下,而后问王桂:"王先生,这里该是您说的那家压水的客栈,就宿这家吧?"王桂低声道:"都到这般境地了,还管它什么压水不压水的。凡掌柜,你还有雅兴观风月呀?凑合着住下吧。"凡木道:"那哪儿行!行前明明说好的,生意之外,勘世风民情,观风花雪月。如今算是勘了世风,尚待风月未观呢。"王桂哭笑道:"还是先将老朽的腰痛和四肢的瘀伤看好吧。"凡木笑道:"先生平日里的雅兴哪去了?不就这点皮肉之恙嘛,晚生也没好到哪去。"

敲开门后,孟江只怕节外生枝,拉着缰绳直往里奔,客栈伙计闪到一边,眼睛瞪得溜圆。掌柜的揉着眼出来,见三个人这般模样,疑惑地问道:"遇上恶人了?"

凡木道:"马车滚沟里了。掌柜的,要三间上好的压水客房,让伙计多送点热水过来。"

掌柜的同情道:"这大冷的天,赶夜路可得小心。狗子,你去烧水吧,我领他们去客房。"

那伙计应下后去了厢房。掌柜的开房后问凡木:"用过晚饭了吧?"见凡木摇头,掌柜的对着厢房喊道:"狗子,两个锅台都点上火,待会儿我过去,一道给他们弄饭。"凡木道:"掌柜的,我那枣红马伤着腿了,弄点热水过去,草料管饱。镇上有兽医没有?"掌柜的笑道:"兽医?你想让马喝汤药?那得多少汤药够它喝呀?再说了,怎么喂?你敢硬灌,它就敢踢你,我不是没有经由过。不就是腿伤吗?抹点药水就成,我这客栈里就有现成的,止疼化瘀,待会儿给马用上。明儿一早还是找郎中瞧瞧你们的伤吧,看着可不轻,这位老先生这把年纪了,睡一宿,明早指定浑身疼。"

三人用热水洗过,再让客栈掌柜拿来一些药水,在伤处轻轻涂了,草草用过饭，蒙头睡了。

凡木是被重重的拍门声惊醒的，他依稀听见客栈伙计在大门口与人交涉，伙计乞求道："官爷，您就行行好吧，这大半夜的，客人刚刚睡去。今儿就这一拨客人，一个个慈眉善目的，我保他们不是恶人。"

一人道："谁说他们是恶人了？恶人不恶人的，跟我们有何相干？我们是奉命征马的，住店的人是走路还是赶车？马，那不是马吗？闪开！"

伙计道："官爷，他们是赶马车来的，路上遇难了，差点丢了性命，那马也伤得不轻。"

院内一时无人言语，大约是被叫官爷的人带去了马棚。凡木急忙起床，点上油灯，穿戴整齐，出了客房。窗子透出微弱的光。借着微光，凡木见三个人正将枣红马牵出马棚，有人绕着马仔细端详，有人拍拍马背，意欲让马走上几步。不知枣红马的腿伤明显加重，还是它通了人性，晓知眼前处境，才迈出一步，便屈身着地，站立不起，任由牵着缰绳的人如何拉绳，它仍旧纹丝不动，一脸漠然。

伙计随即说道："官爷，没错吧，这马是连车滚落山崖下，活下来纯属造化，看样子，像是腿骨折断了。官爷征马，该是预备征战用的，弄个残疾马回去，少不得被上峰训斥，说官爷办差不力。与其那样，真不如说压根儿就没见哪里有马，您说是吧？"

这个巧舌如簧的客栈伙计，见凡木来到跟前，对凡木说道："客官，实在抱歉，惊醒您了。看在官爷这大冷的天也不得歇着的分上，您出几个铜钱吧，让官爷去酒馆喝上几杯暖暖身子，当差是件苦差事。"

凡木瞥一眼这几个当差的，缓缓摸出一把铜板来，递到伙计手里。伙计旋即将铜钱塞进领头者的衣兜。

领头者迟疑片刻道："这既然是匹残疾马，弄回去不得伺候它呀！算了，走人，走人。"

望着客栈伙计将一行人送出大门，再将门闩插上，凡木轻声问道："伙计，何为征马？为何征马？"

伙计道："所谓征马就是把马牵到兵营去，以备不时之需，用后返还。您连这个都不懂啊？看来客官不是周边人。据说，宛城的兵营里马匹紧缺，

第十八章　175

近来像是又要打仗的样子，官府的人开始四处征用马匹。"

凡木不解道："打仗？跟谁打仗？"

伙计道："谁知道啊！"

凡木道："用后返还，何日才是用后？既是打仗之用，谁人担保这马还能活着回来？这不是愚弄百姓吗？"

伙计气道："谁说不是呀！这跟明抢没啥两样。可人家是官府的人，谁敢抗命？不遵从者，就得坐牢。好在你们路上遭了难，枣红马浑身是伤，卧地不起，不然的话，这马今夜指定会被拉走征用。"

凡木谢道："还不是伙计虚与委蛇，这马才逃过一劫？我等来此住店，多有打扰，伙计受累了，且受我一拜。"凡木说罢，深深拜下。

伙计忙扶起凡木，笑道："客官客气了。说句恭维的话，您这马非同一般，像匹神马。进客栈时明明还拉着马车，车上坐着你们三人，虽是一拐一拐的，可马车依然很稳。我家掌柜的前夜给它用药，它还四蹄乱跳的，方才竟一下子跪地不起，还带着一脸不屑，那副尊贵相让人惊奇。"

凡木哈哈一笑道："哪有你说的这么神！单凭你这张嘴，你当个伙计真的屈才，回头我给你们掌柜的说说。"

伙计憨憨一笑，低声说道："说什么？客栈就我一个伙计，再有就是掌柜的和内掌柜，总不能要我跟掌柜的调换过来吧？那样的话，甭说掌柜的，内掌柜也不干呀。"

两人憨憨低声笑着，来到枣红马身边。凡木拍拍马背，那马竟腾地站起身来，环顾左右，而后跟随伙计回到马棚。伙计惊叹不已，遂将草料里加了不少豆子，再提来热水，放置一旁，而后随凡木去了客房。

所谓的水榭客栈，无非是客房依河而建，客房外侧有个吊脚亭台，亭台出檐，放着竹制几案，可品茶，可饮食。侧目望去，河道、木舟、垂柳、曲径，尽收眼底。只是连年干旱，河床裸露，黄腾腾不甚养眼。垂柳干巴，曲径肮脏。纵使冠以水榭之名，身处这亭台之上，如何也体味不出临水之韵。再有昨晚境遇，三人均带伤病，王桂的心境怕是难有此前的恬淡和宁静。

凡木观望片刻，虑及王桂伤势最重，歇息一宿，不知今早如何。急于过去探视，未及洗漱，便去往王桂房间。王桂尚未起床，听得门外有脚步声，料是凡木过来，赶忙起身穿衣。怎奈腰部生疼，头皮发麻，不得已，高声说道："是凡掌柜吧？请稍候片刻，老朽怕得耽搁一下才能开门。"听见凡木应下，他这才缓缓下床，摸摸脸上伤口，扶扶头部绷带，而后手撑腰部，踉踉跄跄来到门前。

见王桂几无倦意，凡木道："先生精神矍铄，面色红润，定是昨晚睡得安稳，那么多人嚷嚷，居然没将先生扰醒，先生一向气定神闲，此乃晚生难以比拟的。"

王桂惊道："莫不是后夜有多人住店？"

凡木道："哪是住店啊！当差的欲征用马匹，据说要有战事发生。先生之故交、门生众多，可有此类听闻？"

王桂摇头道："老朽不曾闻言。新朝虽属芳龄，可边关屡有战事，这人所共知。内地风传此事，未免耸人听闻。枣红马被官府征用了？"

凡木道："亏了枣红马一身是伤，跪地不起，不然，当差的断不会空手而归。"

王桂道："凡木啊，原是依着你的想头，在此疗伤后再赴宛城，眼下看来，你我得及早离开此地，万一当差的再来征马，该如何是好？总不能让枣红马再跪地不起吧？"

凡木道："先生尽可放心，那当差的是拿了钱的，既是拿了钱，近几日断不会再来滋扰。你我安心养伤，能见人时再见人，总不能让先生顶着粽子一样的脑袋去见故友吧！后生本就亏欠先生，让先生去宛城丢人现眼，情何以堪！"

王桂打趣道："你也没好到哪去不是？你这脸跟野猫抓了似的，知情者倒还罢了，不知情者，还以为你非礼野猫了。"

两人大笑不止。王桂蓦然止住笑，手捂头颅，面部挤得像是败落的菊花。

第十八章

第十九章　凡木听人论朝政
　　　　　水生泣泪洒宛城

　　原以为孟江昨日受了惊吓，此时正在酣睡。不想，他竟一早去往镇上药铺，将郎中请进客栈。凡木和王桂正在说话，听得门外孟江与人窃窃私语，却迟迟不见人进来。凡木将门拉开，孟江怯生生道："还以为家主和王先生都在睡着，就没敢打扰。奴才把郎中请来了。"凡木道："怎好让郎中先生在门外久等，赶快进来暖暖身子。"

　　客套话说过，郎中为三人逐一把脉。继而，伸出细长手指按按伤处，反复查看伤情后，自药匣里掏出一个陶制小罐，罐口用松蜡封得严严实实，他盯着药罐道："庆幸三位均属皮肉受损，头骨、股骨、尺骨、腰椎虽稍有异样，却无大碍。罐中药水乃松树晨露，浸以九龙川、木香、土鳖虫、香加皮、过江龙、千斤拔等二十三味中药，精心炮制而成，有接骨、续筋、消肿、止痛之效，早晚涂抹两次，不日便可痊愈。"

　　王桂笑道："松树之晨露？这罐药水如此金贵，定有奇效，价格该是不菲吧？"

　　郎中捋着花白胡须道："药水虽是金贵，却也不贵，新老主顾、本地外地，童叟无欺，一律一千钱，外加登门、等候之费用五十钱，统共一千零五十。"

　　孟江惊道："一千零五十？能买一头牛了！"

郎中一脸庄重道:"牛是不能医病的。"

凡木道:"有劳先生了。孟江,你领先生拿钱去。"

望着两人出门,王桂道:"凡掌柜,还是你先用这仙药吧,早日医好伤,早日去宛城。这客房什么价,你问过没有?"见凡木摇头,王桂继而说道:"你看那亭台压水,可别让店家将流过的河水也算作房钱啊。"二人不约而同地笑了。

回想起自己昨日险些被人吃掉,王桂黯然道:"凡掌柜,仅这两日境遇,便知人心不古,世道浇漓。古之圣人屡倡教化之风,如今,何以渐行渐远?昨日途中遇难,乡民该是搭救才是,竟差点演出生吃活人的闹剧来,真是匪夷所思啊。"

凡木叹道:"还不是饥荒之过!且不说锦衣玉食,但凡能喂饱肚子,乡民断不会丢了天良,铤而走险。窃以为,朝廷不励精图治,富足乡民,纵有三头六臂,遣下天兵天将,也难兴教化之风,民之本在于衣食无忧。"

王桂摇摇头道:"何尝不是这个理呀!可朝廷似乎视而不见,真不知当朝官宦终日整饬何等要事,何事能大过民怨?若民怨不平,终究会惹出事端。"

凡木无奈道:"朝廷定有难言之隐。俗话说得好,不当家不知那柴米油盐贵。惟愿饥荒尽早过去,还民以无忧。"

王桂笑道:"知道凡掌柜一向心慈,总爱替人开脱。朝事不说也罢,还是先用药吧,这所谓的松露泡就的仙药,定会有它的奇效。"

孟江进来时,满脸尽是愧意,不敢正眼瞧凡木,只小心要过棉签,蘸了药水,轻轻涂在凡木受伤处。见孟江一言不发,凡木道:"孟江啊,这事不怪你,何必硬往身上揽!"

孟江哭丧着脸道:"家主啊,这郎中是奴才一早找来的,不怪奴才还能怪谁去!看着不吭不哈个人,谁知道竟然这么狠,瞎要这么多钱,这明明是在宰人嘛。奴才接二连三出岔子,死的心都有了。"

王桂道:"孟江,是你硬把枣红马拽下深谷的吗?不是吧。至于这郎中的药水嘛,贵是贵了点,在老朽看来,只要药效好,再贵点它也值。反过来说,白送的药水,我是不敢用。该给我抹药了吧?来来来。"

第十九章

这罐药水很是耐用，不只三人轮番涂抹，连枣红马也有幸用了。六日过后，人与马伤口处皆已脱痂。至于暗伤，该是还会疼痛，倒也无人顾及，能出门见人便可。七日头上，三人退了客房，奔宛城去了。

宛城，乃春秋时楚国北扩、问鼎中原时得名，楚国相继灭掉吕、申两国后，便将此地作为北进之基石。如今，历经秦汉数百年，屡被修葺、强固，城池防御功能愈加完备，既是军事重镇，又是商运繁华之地，比起昆阳，自然是有过之而无不及。走在宽敞熙攘的街市上，枣红马局促不安，它谨小慎微，唯恐碰到路人再惹祸端。

"停，停，停，就这里。"王桂忽然喊道。

王桂的故友姓李名诚，年仅六旬。见一辆马车停在自家门口，正从车上笨拙地爬下一人，细细端详后，李诚惊道："这不是王桂王先生吗？宛城一别竟有半年光景。瞧你这腰，想演皮影戏？扭着了吧？来呀，给王先生看茶。"

王桂笑道："你这家伙的身板儿可比我硬实多了。凡掌柜，请移步，我来引见一下。这位乃宛城颇有名望的经学大儒，名讳李诚，老朽多年故交，这家门店便是他的。凡木，昆阳文寨人，才学了得，在昆阳城做着漆器生意。"

凡木忙躬身拜下道："晚生凡木，久仰李先生大名，今日前来拜见，还望先生赐教。"

李诚欣悦道："凡掌柜年少才高，前程不可限量。二位安坐，请品鉴老朽自制的红茶。"

三人分主宾落座，王桂开言道："凡掌柜在昆阳开有三家商铺，主营雷击木漆器，兼营食油，生意很是顺畅。只是昆阳毕竟乃方寸之地，吐纳终究受制，意欲将生意做到宛城来，还望故友成全。"

李诚道："雷击木漆器，宛城人已有耳闻，只是尚无人涉足，凡掌柜有意在宛城一试身手，乃好事一桩。众所周知，宛城商贾林立，陆运水运极为便当，故而，来往商家自是摩肩接踵，在此开店自然远胜昆阳。不过，在宛城开店，选址极为讲究，偏僻街面最好远之。就老朽所知，繁华街市的沿街商铺早已有主，意欲买下也好，长期租赁也罢，一时间恐难遂愿，你想啊，好端端的营生，哪个商家愿改弦更张！再者，眼下灾情日重，民怨沸腾，唯恐世事动荡，旁生差池，故而，大多商家宁可就此观望。"

王桂盯着凡木道："此乃肺腑之言，非挚友，李掌柜断不会轻易袒露心扉。"

凡木道："承蒙前辈抬爱，学生屡屡受教，实属三生有幸。雷击木漆器，其主顾多是大户人家，眼下灾情，受困者该不是有钱人家，故而，晚生意欲一试。常用之漆器，并非奢侈娇贵之物，就像粟米、衣物、鞋袜等，即便世事不稳，也不可一日不用的。"

李诚叹道："看得出，凡掌柜心意已决。凡掌柜对行商的执着，令老朽动容，既如此，老朽尽力成全。稍后找家客栈住下，明日多方打听，看能否找到如意店铺。如不遂愿，老朽愿将店面腾出来，供凡掌柜施展身手。"

凡木看一眼王桂，不免暗自佩服李先生城府之深。明明老早便有意出让门店，或许是生意难做，或许是要价过高，才使门店至今未能出手，眼下却说得如此冠冕堂皇。这无非有二，其一是为租金不至于谈得过低，其二是落下个极重情分的好名声。无论如何，凡木很是感激王桂和李诚的成全，于是感恩道："遇上二位先生，晚生生意无忧矣，日后少不得随时讨教。既是门店难找，盲目撒网，怕是徒劳。李先生这门店让人动心，只是不忍夺爱呀！"

王桂看一眼李诚，而后道："李掌柜，既是凡掌柜青睐你这门店，那就忍痛割爱吧？奔古稀而去的年岁，还是好生预备点精神头，颐养天年的好。"

李诚迟疑片刻，而后笑道："老子百岁成书《道德经》。孔子七十修《春秋》。既是王先生开了尊口，我李诚不看僧面也得看佛面不是？就依老友美意，自此偃旗息鼓，颐养天年，这两间门店悉数归凡掌柜大展宏图之用。只不过，眼下将近岁末，试问凡掌柜，是即刻腾店，还是过了岁旦？"

凡木道："何日接手门店，晚生悉听尊便。既是岁旦将至，那就过了岁旦，仓促行事，恐扰了先生节日之喜。"

租金之事只字未提，三人心知肚明，由王桂在中间传话，远胜于凡木和李诚直接谈价。有了缓冲，可避免尴尬，讲究之人，面子为要，至于租金高低几许，倒成了无关紧要的事。见王桂不时挪动身子，李诚道："莫不是我这茶水不好？要不就是木榻过硬，下边抗命？"

凡木黯然道："李掌柜，实不相瞒，马车途中遇险，不慎翻进深谷，一车人险些丢命。在一镇子调养数日，王先生头部伤口虽已脱痂，可腰部和下边该是并未痊愈。都怪晚生执意邀先生来宛，不然，断不会有此一劫。"

王桂调侃道："李掌柜并非外人，凡掌柜不必遮掩，知道你是顾及老朽颜面，不忍将细枝末节一一道来。想来窃喜，这把老骨头居然会是抢手货，比起他俩来，竟成香饽饽，莫非饥民也要挑瘦肉？至于相邀来宛一事，凡掌柜不必自疚，半年未见故友，早有来宛之心。"

李诚眨眨眼不知所云，见凡木浅笑不语，便盯着王桂不解道："云雾缭绕，此话怎讲？"

王桂自嘲道："不瞒你说，马车翻入深谷后，三人一时昏死过去，可均未断气。凡掌柜最先醒来，见一帮饥民按着我，刀子磨得锃亮，要取我下边的肉分而食之。不是凡掌柜和孟江极力阻挠，我王桂早已成了骨头架。"

凡木笑道："还不是先生浑身透着仙气，人家才嫌弃我等凡夫俗子。不过，等好肉割完，说不准会轮到我这次肉。"

李诚惊道："竟有此事！曾闻听乡下有食人之说，窃以为不过戏言耳，如今看来，绝非风传，呜呼哀哉！新朝休矣，王莽休矣。想当年，老朽瞧他王莽慈眉善目，乐善好施，像个人物，不想，他主了朝政，建了新朝，竟使出缭乱弊政，使得生灵涂炭，长此以往，国将不国。"

凡木愕然道："李先生竟与当今皇上相识？"

王桂怪道："李诚不义，相识十年有余，不曾听闻你与当今皇上相识，今晚的洗尘酒不喝也罢。"

李诚笑道："绵羊也有牛脾气，怒上来，乱舞犄角也吓人。鉴于犬子在洛阳为官，李某不愿说出此事，免得让人心生猜忌。犬子之仕途，与王莽并无半点干系。"

凡木风趣道："故友相见，斗斗嘴也属趣事。王先生没说公子之仕途乃依附了当今皇上，仅是惊奇而已。就我所知，王先生一向畏酒，这洗尘酒他不喝也罢，只端坐一旁，看你我对酒当歌，如何？"

李诚一脸庄重道:"畏酒?凡掌柜所言差矣!他王桂但凡闻见酒气便难以把持,那点出息我不是不知,让他一旁看着,不急死他才怪!"

三人相视而笑,惹得一旁的孟江也忍俊不禁。李诚笑罢,不无忧虑地道:"据传闻,天凤五年,琅琊人樊崇率众在泰山起事,仅数年,义军已达万人之众。为使义军与官兵作战时易于识别,义军自上而下,一律将眉毛染成红色,人称'赤眉军'。区区万人,朝廷不惧,已派兵围剿。义军起事远在山东,与宛城相距数千里,断不会殃及这里,惟愿宛城别出乱子,使民众安享太平。"

王桂气道:"安享太平?如今的宛城称得上太平?我等险些被吃,不就在宛城北边三十里吗?你说当今皇上乐善好施,是个人物,既如此,他何以将新朝弄到如今境地!"

李诚喟然道:"面上看,那王莽确有过人之处,不过,李某与他仅一面之交,察之非深。宛城正南有新都,乃王莽封地。绥和七年,王莽在朝中失势,被遣回新都。三年里,他多行善事,大义灭亲,深得乡民拥戴。二儿子王获品行不端,杀了家奴。王莽闻之大怒,逼儿子悬梁自尽,在当地成为美谈。宛城太守孔林,因面部有块伤疤,有碍容颜,急于消除,却又苦于无方。王莽闻之,寻来一个偏方,只消用美玉常刮伤疤便可,于是,将家中用美玉装饰的宝剑送与孔林。按说,这样的人断不会将朝政弄得稀烂的,让人费解。"

凡木道:"俗话说,不当家不知柴米油盐贵,谁都有难处,谁都不容易。李先生,新都远吗?可否去新都一看?"

李诚道:"这有何难!新都离宛城不足百里,快马驱车,当日便可来回。若想滞留一宿,领略一番王莽封地之余霞,那也未尝不可。"

三人最终敲定,次日一早去新都。而后李诚设宴,为王桂和凡木接风洗尘。酒酣耳热,已是当日亥时,凡木和王桂由孟江服侍着坐上车,奔客栈去了。

凡木意欲去新都一看,仅是出于好奇而已。王莽,祖籍魏郡元城县,何以被汉成帝封为新都侯?当年在朝中失势后,又何以回新都封地蜗居三年？莫非新都乃边远蛮荒之地？但听传言，不如一看。可凡木却疏忽了家中事。

或许是将近岁旦，或许是别有因由，这几日，田禾的花生油卖得出奇地好，眼见油缸见底，偏不见孟江送油过来。问过五邑数次，五邑一概摇头，只说没见凡木和孟江回来。昆阳和宛城间，两日足够来回，如今六天了，却依旧不见两人身影。原以为二人自宛城回来，去了文寨，不日定会把油送来。不想，李黄受内人指使，早早来城里置备年货，顺道到漆器店看看，无意间问起凡木来。五邑和田禾这才知道凡木本不在文寨，五邑一家顿时恐慌起来。

见田禾搓着手焦急地走来走去，五邑烦躁道："田禾，你别在我眼前摇晃了，晃得我头晕。"

田禾急道："明明多日没往昆阳送油了，这水生咋就一点不急呀！好不容易遇到生意，耽搁的可都是钱啊。"

五邑气道："田禾，本来我不想挖苦你，实在忍不住。你只想着生意，只想着钱，你想过没有，凡木和孟江去宛城整整六天了，连个音信都没有，不就去看个门店嘛，至于用得了六天？原本以为他们回文寨了，也就没有多想。这会儿想来，昆阳周边灾情日重，饥民遍地，庄稼绝收，匪患猖獗，田禾呀，我是不敢再往下说。"

不知何时，辛茹已站在五邑身后，这个生性怯弱之人，扯着五邑衣袖，带着哭腔乞求道："叔，你及早想个法子吧，这天寒地冻的，北风刮得吓死人，家主讨厌刮大风。"她见芥子拿眼瞪自己，忙松了手，退回一侧。

芥子着急道："爹，还叨叨个啥呀，快去找吧，凡木哥万一有个三长两短的，一家子人可怎么活呀！"

辛茹忽然声嘶力竭道："芥子，看你说的什么话呀！明明是张乌鸦嘴，偏要胡乱说臭话。"言罢，颓然坐地上，将头塞进双臂间。

芥子一时呆滞。辛茹从未这般失态过，更没说过肮脏话，自打来到漆器店，只是默默干着分内活，从不大声说什么。五邑吃惊地看一眼辛茹，而后道："宛城不比昆阳，地面大不说，人生地不熟的，去哪儿找他们？可又不能不找。李黄，你这就回文寨，将凡掌柜去宛城之事说给水生听，水生自有办法。田禾，你看如何？"

田禾方才被五邑的话激得消了意气，这会儿缓过劲来，低声说道："是啊，水生自小跟着凡掌柜，深知凡掌柜的喜好和品性，水生才智过人，让他去找凡掌柜，指定行。"

李黄受了惊吓，支吾着应下后，匆匆出了漆器店，奔文寨去了。一家人拥至门店之外，翘首望着李黄快步消失在人群之中。对面的杂货铺掌柜，不知这边出了何事，眨着一双迷离的眼，好奇地望着漆器店。

李黄回到文寨，便匆匆去找水生。水生却不在家里，也没在木器作坊。李黄在油坊找到水生时，已是满头大汗。李黄仅说两句，水生便打断李黄，喊来田雨道："田掌柜，黄牛喂过了吧？我去套车，你我去趟宛城，这会儿就走。"说罢，头也不回地直奔牛棚。望着水生匆匆而去的背影，田雨问李黄："去宛城何事？"李黄道："凡掌柜和孟江去宛城看店面，快七天了，还没回来。"田雨道："我说这些天不见孟江回来拉货，城里断货了吧？"见李黄摇头，田雨道："凡木不就出去了七天嘛！又不是七十天。不兴人家在外头有了艳遇？"李黄一时无语。见水生已将牛车赶来，田雨道："我也去？"水生道："是。"田雨道："等会儿，我让奴婢把花生油装上，九天没送花生油了，我怕老爹那儿断货。"水生大声道："田掌柜，你先上来，我想给你说句话。"等田雨犹豫着登上车，水生猛抽一鞭，牛车冲出院子，顺官道而去。任由田雨如何喊叫，水生不予理会，只把鞭子挥得缭乱。

自文寨去宛城，本有小道可走，牛车却顺官道直奔昆阳。风沙眯眼，寒气凛冽。车子筛糠般摇摆，田雨不得不抓紧车帮，气得脸色铁青。将近昆阳时，田雨的怨气渐渐消去不少，吐着嘴里沙土道："明明有小路，非得走官道，你这一绕不当紧，至少多跑二十里。"

水生闷声道："三十里也得跑。田掌柜，等见着了我家家主，你如何惩治我都行，这会儿你得听我的。家主是自昆阳去往宛城的，你我也得从昆阳走，说不准能遇上。再者，不去漆器店看看，谁知道家主回来没？万一家主已回来，你我急巴巴地往宛城赶，这不是瞎跑吗？"

田雨不甘道："既然要走昆阳过，你为何不让捎上花生油？这空着车子跑不也是跑吗？"

第十九章

水生烦躁道:"挣不完的钱,放不坏的油。油坊里的油都在大缸里存着,猪都拱不动,急什么!"

田雨一时语塞。抬头看时,见昆阳城门隐现风沙中,影影绰绰。牛却慢下来,不知上顿吃了什么,哗啦啦排出稀稀的粪便来,直把田雨恶心得紧捂鼻子。

牛车在漆器店外停下,水生并未下车,见芥子在门口跟主顾说着什么,便大声喊道:"芥子,家主回来没有?"芥子惊道:"没呀,你这是要去哪儿?"芥子将手中漆器放下,扭头时,见牛车在忙着调头,水生不再理她。

水生扬鞭时,自店里疯子般跑出一人。是辛茹,她将一个包袱扔到车上,笨拙地想要爬上牛车。五邑追出店门,嘴里骂着粗话,喊着芥子的名字,让她速速拉着辛茹。这芥子倒也利索,紧追几步便将辛茹的衣袖拉在手中。辛茹和芥子当街站着,眼望牛车急速奔南门而去。

田雨一手抓紧车帮,单手打开包袱,见里面装的尽是食物,有肉干,有烙饼,有鸡蛋。知是辛茹为凡木备的,他忽觉醋意上涌。这个看似极为娇柔之人,推搡他时却是蛮劲十足。辛茹没来昆阳时,田雨曾软硬兼施,终未得手。

苦了黄牛,它往日走路一向慢条斯理,主人并不催促,今日例外,本已尽了力,主人的鞭鞘依旧在眼前晃来晃去,背上还时不时挨上一鞭,让它不得其解。田雨自是心疼,鞭鞘一响,水生便被他一顿责斥。

牛不停蹄地赶到宛城时,已近黄夜。城门早已关闭,空荡的城门外,只大风在墙下打旋。高高城楼两侧,晃着两只暗黄的灯笼,鬼灯一样忽明忽暗。天空灰蒙蒙的,不见一点星光。眼望黝黑的城门,水生鼻子发酸,一阵凄楚不经意间袭上心田。回望一眼冻蔫似的田雨,水生的声音已没了先前的硬气:"田掌柜,城门落锁了,路西那棵大树旁有家不大的干店,您看是否在干店过夜?"

田雨揉揉眼,扭头看看,无力道:"不住干店住何处?睡车上,明早一准成硬棍,要不连夜回文寨?"

水生酸楚道:"那就住干店吧,委屈田掌柜了!家主啊,您在哪里呀?"言罢,已是泪眼模糊,尾音自是带了哭腔。

田雨气道:"他凡木遇上你水生,真是烧了高香!"

水生捂捂生疼的屁股,赶车来到干店前。这干店本是供赶考的书生、脚夫、赶车者等贫苦人夜宿之地,此时也关门了。水生一瘸一拐来到门前,使力拍响屋门。良久,一个伙计揉着眼探出头问:"住店?都后夜了吧?咱得说好,这会儿住进来,也是全价,你看住不?"水生道:"全价也得住,打扰了。"伙计道:"还有车?赶进后院吧,我去那边开门。要草料吗?草料也要收钱的。"水生不耐烦道:"牛都跑到这个时辰了,不吃料哪成?让你连跑近百里,你不进食?恐怕还得吃好料。"伙计一时弄不准这"吃好料"是指牛还是他,遂干笑一声道:"看你说的什么话!"

田雨挨床便倒下。少时,水生喊田雨用饭,田雨捂着肚子来到桌前。见伙计的托盘里仅有两碗油面,不悦道:"就吃这?来俩菜,有酒吗?来一坛。"伙计赔笑道:"客官,菜倒有,只是这酒,怕得明儿个去城里买,平日里住干店的没人喝酒。"田雨气道:"明儿买?你当我明儿还住这儿?也不问问爷是干啥的!有眼无珠。"那伙计眨巴着眼,没敢言语。水生道:"田掌柜,今儿暂且凑合下,改日我陪您喝通宵,您看行不?"田雨盯一眼伙计道:"那就凑合一顿吧。唉!"

天色未亮,一只公鸡在后院的树杈上,扯着嗓子憋出沙哑的叫声,像是有人敲了下满是裂纹的铜锣。而后音骤低,一如被谁捏了脖子。仅睡两个时辰便被水生唤醒,田雨显得极不情愿,却又无可奈何。

赶在城门开启前来到北门,水生见城门外已集聚成群的人,有担担的,有推车的,有打着哈欠的,有把双手伸进衣袖取暖的。几个女人肩膀抵在城墙上,事无巨细地说着昨日鸡毛蒜皮之类的事,饶有兴致。

马车进得城门,水生和田雨便四处张望,以期能遇上凡木。其实,正如田雨所言,二人来时便显莽撞,偌大个宛城,街巷纵横,店铺林立,走在大街之上,跟鱼虾沉入河水并无二致。可不来宛城,又能如何?坐家等待,无异于被烈火烤炙。于是,水生便找遍客栈,诸家询问。只个别客栈掌柜愿说出所住客人的大致模样,而大多掌柜摇头拒之。

眼见已是午时,焦头烂额的水生忽听田雨言道:"水生啊,我懂你的心,深知你对凡木这份情,是情深碍了你原有的心智,使你但凭冲动而盲目行事。你想过没有，他凡木仅是来宛城察看商情，犯得着一待就是数日之久？明明知道马车不回，有碍昆阳的生意，又是年关将至，他指定是路上遇到了不测，与其这么瞎转，不如原路返回，边走、边看、边问，兴许能查到凡木的踪迹。"

本已犯晕的水生，想想田雨的话，似乎不无道理，于是赶车返回，一路走来一路问。牛车走得极慢，但凡路边有片树林、有个深沟，他都要下车，四处查看。遇上路人，逐一打听，弄得田雨烦透了心。

在一高岗的斜坡处，水生猛然大喊一声。黄牛像是明白似的，自行将牛车停了。水生翻身下车，弯腰捡起一个皱巴巴的空褡裢，仔细端详后，又探头向深谷看看，见深谷里空空如也，水生再也抑制不住，哽咽着哭出声来。此乃自家的褡裢，之前他一直用着，后来送给了孟江。水生仰头望着昆阳方向，想到一家人正翘首以待，带着哭腔道："家主，你在哪里？别吓水生好吧？你可不敢有丁点儿闪失，不然的话，昆阳城里的一家人该怎么活呀！"

田雨下车，来到水生跟前，愣愣的闭口无言。良久，田雨道："水生啊，你得想开点，你我尽力了。要不再去附近村寨找找？"见水生无语，只是流泪，田雨接着说道："水生，你是何苦啊，如此卖命，你图的什么？为了什么？"

水生怔怔道："图的是昆阳的生意，为的是昆阳的亲人。"

田雨不解道："那又不是你的生意，那又不是你的亲人。"

水生轻声道："家主的生意就是我的生意，家主的亲人就是我水生的亲人。"

田雨讪笑道："凡木哪里还有亲人啊！他的爹娘和妹妹早被大火吞噬了。"

水生不屑道："田掌柜，我再怎么说，你也不会懂，家主早已把身边的人当成了亲人。"

田雨劝慰道："水生，不知你想过没有，你是他凡木家早年买来的家奴，凡木家如今仅剩你们两人，万一凡木遭遇不测，他所有的家业不都成你的了？谁敢与你争？再怎么说，别的人终究是外人。"

水生怒道："田雨，我家家主对你田家一向不薄，你何以出此妄言！敢这么想，便属重逆无道。"

田雨变色道："狗咬吕洞宾，不识好人心！"

两人怒目而视，大有干架之意。黄牛愣愣看着两人，而后发出一声难听的吼声。一帮自南向北的驼队打此经过，驼背上载满货物，客商用山西话低声说着什么，驼队小心绕过牛车，慢悠悠向着昆阳方向去了。

残阳西下时，一辆马车由远而近。水生手搭凉棚，凝神而视。待马车走近，水生颓然坐下，望着马车与他们的牛车擦身而过。田雨早已气消，对着水生道："水生，你拿定主意没有？是就此回家，还是去邻近村寨找找？"

水生无力道："田掌柜，说什么也不能空手而归呀，你给家里人留个盼头吧。我怕离开官道，家主的马车会打此经过。你我分开如何？要不你留在官道，我赶车去找，要不我留在此地，你赶车去找，由你挑。"

田雨苦笑道："谁留这里都不妥，天黑下来，万一被野狼逮住，该如何是好？"

两人正说时，忽见一辆马车顺官道自南边而来。霞光中，枣红点由小而大，晃悠不定。那马车逐渐清晰时，水生轰然倒地，喜极而泣。

第二十章　芥子店内讲漆器
　　　　　　辛茹床前出怨声

　　夜宿方城。客栈内一桌酒席颇为丰盛，有鸡肉、狗肉、白菜、莲藕、豆腐，或炖，或蒸，加了丁香、白芷、陈皮、干姜、花椒等诸多作料，香气四溢。才出锅，袅袅升起白烟。寒冬腊月，饭点上遇见这样的席面，任谁都想多瞟几眼，客栈伙计在一旁提个茶壶，愣愣地看着饭桌。

　　水生却因受了惊吓，并无食欲，霜打了的茄子一样，显得无精打采，他掏出褡裢递给孟江，用恍惚的目光望着凡木端酒敬田雨，凡木致谢的话在他听来别有滋味。凡木道："田掌柜一路风尘辛苦。且不说献出自家牛车，但讲颠簸往来一百多里，足让凡木感激不尽，略备水酒掸尘，以示敬意。"

　　田雨瞟一眼水生，干笑道："凡掌柜不必见外，此乃该当之事。来，干杯，为凡掌柜压惊。"碰杯后，径自饮了。

　　想破了席间肃然之气，想让王先生舒展身心，以解奔波之苦，别无趣事可言，不得已，凡木只得端出遇险之事，遂笑道："提起压惊，先得为王老先生压惊，上等好肉险些被饥民吃了。来，为王先生的瘦肉尚在，干杯。"见田雨和水生一脸茫然，凡木遂将遇险事简要说了。

　　田雨面露惊恐之色，这个生性怯弱之人，一想到那森森利刃便毛骨悚然，好在凡木一脸和悦地答谢着他，时不时与他碰杯，他才渐渐自在一些。此行用的虽是他家牛车，自己又随车辛劳，可这并非田雨本意，乃水生生拉硬拽，不得已而为之，他不便说破，只得尴尬应承着。

王桂板着脸道："经由此番遇险，老朽最终悟道，自今以后，不再惜福，不再善待身子，尤其不洗或者少洗澡，至少该把头发弄得凌乱不堪，多多效仿凡木和孟江，吃得一身肥油，弄得满身脏臭，免得被饥民挑上。"

王桂此番逗趣，惹得一桌人哄堂大笑。水生这才从恍惚中清醒过来，和着众人说长道短。劫后余生，本该欣悦庆贺，自家人团聚，少不得喝大，他们边喝边聊，直至午夜方罢。

凡木一行次日回到昆阳，最先被芥子看见。牛车先到漆器店外，后面跟着马车。凡木一下车，便被芥子拉着胳膊怪道："凡木哥，你一去就是八天，也不捎个信回来，可把家里人给急坏了。一身酒气，喝酒了？"

凡木有意举起双手拢拢头发，道："进去说，进去说。"

五邑两口子不住打量凡木，问长问短。辛茹自后院轻轻出来，看一眼凡木，捂着鼻子回了后院。凡木招呼孟江送王桂回府后，并未将途中遭遇说给家人听。看漆器店漆器不多，知是文寨的漆器没能及时送达，遂向水生交代一番。回转身，已不见芥子身影，他并不知道芥子已去卉子家，要将凡木回来之事告知她姐。

已是午时，田禾自售油铺来漆器店用饭，远远地见店外停着两辆车子，那牛车分明是自家的，车上却不见油桶，看来不是送油的，他一阵心急。到门口，见凡木正跟五邑说话，一眼瞥见儿子田雨，便对田雨责问一番："田雨，你是几时来的昆阳？牛车上为何是空的？明明多日没送油了，既是赶车来的，何不捎上两桶花生油？八成是跑来闲逛的吧？你可真有闲心啊！"

田雨支吾道："爹，我哪里是来闲逛啊！你就别问了。"

田禾较劲道："店铺里的油缸见底了，我问问咋啦？"

五邑一旁道："老哥，你让他们喘口气吧，几个人才从宛城回来，连一口水都还没喝上呢！"

田禾诧异道："田雨也去宛城了？这么大个事，怎么没人给我说一声？"

五邑不悦道："你也顾不得问凡掌柜的事不是？过来扒拉几口饭就急着回店。"

田禾自圆道："这些天买油的人多，我只顾着店里的事了。这么说是田雨赶上家里的车，带水生一道去宛城，将凡掌柜找回来的？"

五邑正要与之理论，凡木在一旁摆手道："田掌柜，凡木此去宛城，途中耽搁数日。田雨和水生获悉后放心不下，便赶车一路寻找，没少受累。他俩出门前该给田掌柜说上一声的，耽搁生意是小，让田掌柜担心是大。"

凡木得体的话，让田禾父子一时无话可说。水生逐一看看这父子俩，顺着凡木的话道："是水生疏忽了，本该征得田掌柜同意后再出昆阳的，一时晕了头，加之田雨担忧我家家主遭遇不测，故而去得匆忙。"

经凡木和水生此番言说，田雨忽生歉意，却又不便明说，只望着一旁的漆器，没敢接话。田禾不明就里，凡木和水生对他的尊重，让他嘴角咧出笑意，遂欣悦道："凡掌柜早一天回来，家里人少一天担忧。卉子昨日过来，还问及此事，这孩子一天来过两次。"田禾话音才落，芥子和卉子便出现在门口。田禾随之笑道："这也太巧了，说起谁，谁就到。"

芥子嚷嚷道："是谁在说我呀？田叔父，又是我爹背地里说我坏话了吧？他天天都不说我一句好。"

田禾乐呵呵地道："大伙儿都在夸你呢，说你人好看，还勤快，尤其很会做生意，给你爹当下手，真的屈才。"

芥子逐一看了众人脸色，这个一向活泼而又机敏的人，对着田禾道："叔父，不对吧？个个脸上的笑明明都是笑过了头，一看就不是夸我，要夸也是夸我姐。"

别人笑时，凡木正用异样的目光看着卉子，并让出过道，让她自眼前走过。卉子走到爹娘跟前，屈身一拜，而后十指相扣，置于身前，静静站着。水生见店里人多，有碍生意不说，也无座可坐，便对凡木道："家主，我和孟江这就返回文寨吧，天黑前将漆器和油送达昆阳，您看如何？"

凡木道："也好。及早送来，免得田掌柜心急。"

水生和孟江应下后，匆匆出了漆器店。见田雨愣在原地，并不时望向后门，田禾道："田雨，你傻看什么？还不一起回文寨？你让水生自个儿记账装油啊？"田雨诺诺应着，出了店门。他坐上马车，在水生扬鞭时，侧目望望店内，终也没见辛茹身影。他瞟一眼凡木，不经意间，一丝醋意袭扰心头。三个女人偏爱绕着凡木转,而辛茹,始终是他心中的结。

有个主顾前来看漆器,拿起一个漆器钱罐上下端详。五邑本想近前,却被芥子抢了先,芥子道:"这钱罐叫'富裕连年'。坯胎用了镂空工艺,本是一截雷击木,镂空正中,仅留一圈耳垂厚的薄边,经反复打磨,厚度一致,溜光如冰。底座虽小,却相对厚实,不易倾倒。您千万别小看这耳垂厚的薄边,用力摔在地上,也甭想让这薄边裂纹。再看这油漆,褐色底漆用三遍,清漆罩两遍,可与铜镜比光洁。最后说图案,罐身有水,水上有莲花,往上看,是三条红鱼的下半身。而钱罐的盖子上,是鱼的上半身,劳您将盖子盖上,再将鱼身对齐,三条鱼便活灵活现。老子云,一生二,二生三,三生万物,这三条鱼足以让您家业绵长,生生不息。钱罐的上部画着鱼,下部画着莲,其寓意便是'富裕连年'。"

芥子这樱桃小嘴,讲起漆器来竟头头是道,直将主顾听得咧着嘴笑。末了,这主顾也不还价,悉数付了钱,抱着两个一模一样的钱罐喜滋滋去了。

凡木惊喜道:"讲起漆器来,芥子比我都厉害,这其中的学问你是在哪学来的?"

芥子抿嘴一笑道:"还不是跟你学的?你每次给主顾讲漆器,我都在一旁偷听,每句话我都用心记下。要是有人来买别的漆器,我照样讲得跟你讲的一模一样。这会儿再来个买屏风的该多好,我会走近主顾说,您可真有眼光和福气,这屏风昨日才送来,新料新款,看这……"

五邑截了芥子的话道:"芥子,你凡木哥才从宛城回来,你让他歇歇行吧?都领教了你的本事,都在夸你呢。"

芥子嗔怪道:"爹,你也真是的,人家正在兴头上呢。我是想让凡木哥知道,我也有好过我姐的地方,我讲这些,我姐她指定不会,你说是吧,姐?"

卉子笑道:"芥子的本事大着呢,今日露这一手,只是皮毛而已。我估摸着,凡是凡木会的,差不多都被芥子偷去了。芥子呀,姐哪里都不如你,姐真的羡慕你。"

只凡木能品味出卉子话里的异样味道,看卉子时,卉子已低下头去。

凡木道："芥子脑子好，又爱学，自打来到漆器店，长进不小，将来定会超过我的。这样行了吧？"

芥子噘嘴道："凡木哥，你不加这最后一句该多好！"

哄堂大笑。凡木道："好了，趁着这会儿没有主顾，我们议个正事。眼见已是岁末，是在昆阳过岁旦还是举家回文寨，我想听听大伙儿的想法，田掌柜先说吧？"

田禾直言不讳道："岁旦之前这些天，生意该是不错的，好生意全在年底前，再卖几天吧。等过了这几天，不会再有人买东西，还是回文寨的好，毕竟那是家。"

五邑看一眼田禾，道："我那前院的房子可都变成木器作坊了，回去也是挤在后院的趴趴房里，真不如在城里过岁旦的好。城里有社火，有蚩尤戏，可看的比文寨多了去。"

芥子道："我也不想回文寨，城里多好玩啊！"

芥子的母亲在一旁道："芥子啊，你就知道玩。俗话说得好，金窝银窝，不如自己的草窝。这过年啊，最好还是回家过，一家人都在，守着个老屋，这比什么都好。"

凡木扭头望着熙攘的大街，良久无语。这原本极为寻常的几句话，在凡木听来不亚于锥子扎心。他家的老屋早已陪父母及妹妹去了那边，住进文寨宽敞的新屋里，他如何也找不到从前的味道。

见凡木无语，芥子的母亲瞬间捂着嘴，歉意难收。五邑大声道："你少说两句不行吗？叨叨个屁啊！照我说，这事就听凡木的，谁也甭想当家，凡木，你定吧。"

凡木回过头道："也好，那就由我定吧。三个门店再开业五天，临近年关时，歇业回文寨。只是，卉子初二得多跑些路，好在也不远。看这天，也不像要下雪。"

卉子将脸扭向一旁的货架，望着漆器一言未发。芥子嚷嚷道："凡木哥，你就知道替我姐想，人家家里不光有牛车，还有马车，下雪又怎么了！"

卉子看一眼五邑，道："爹，芥子自小爱热闹，要不就让芥子留在昆阳吧，住我家里。"

芥子道:"我才不住你家呢,看见那个人就烦。"

卉子迟疑一下,道:"要么住你凡木哥的宅院里,那么大个院子,空着也是空着。我来给你送饭,能去宅院看看你,能去宅院里坐上一会儿,兴许我就不想家了。一家人都在城里,即便不见,也跟见了似的,毕竟人在身边。"

凡木忽觉一阵心酸。他方才已将关门回寨的话说出,这会儿收回实为不妥。他懊悔不已,征询大伙儿意见时该问问卉子才是。这个娴静之人,遇上委屈,一向隐忍。

五邑不耐烦道:"卉子,你别给她出那歪点子。已经定下了,就按凡木说的办。"

众人说时,辛茹已将午饭做好,正要招呼一家人用饭,却见卉子一阵张皇。卉子起身时显得忧心忡忡,只给父母行了礼,便匆匆去了。五邑怪道:"不就出来这一会儿吗?一天不回家又能如何?他能把你吃了?"说罢,叹息一声。看时,卉子的身影早已汇入人流中。

水生深谙凡木的理事之道,他感觉不出数日,举家定会返回文寨过年,故而,只将少量漆器和花生油装车送往昆阳。为此,田雨与之争得脸红,田雨道:"临近岁末,正是卖油的好时候,多送点怕什么?油又放不坏。"水生道:"田掌柜,不是我跟你较劲,不出五日,老掌柜他们指定回来。这三大桶已经不少了,正好两百斤,送太多,歇业前肯定卖不完,届时,老掌柜回到文寨也是放心不下,他指定会为店里的油担心,担心饥民破门而入,你不会不知老掌柜的性情。大过年的,何苦让老人家担忧啊!"田雨气道:"看你说的什么话!我爹虽是心眼儿小点,他也不至于小到这个份上,不就这点油嘛。"水生道:"那就听你的,你让奴婢装车吧。咱可把丑话说前头,送多了,万一老掌柜责怪起来,这可跟我没有半点干系。万一歇业前卖不完,而后被人偷去,老掌柜气急骂人,把我捎带上,我可冤死了。"田雨想来不无道理,至此,便不再争执。花生油只送三桶,至于漆器该送多少,这跟田雨无关。水生把家里的事打理得极为顺畅,这个浑身透着灵气的人,其感知常与凡木类同。

第二十章

孟江赶车走时，水生道："孟江啊，眼见已是岁旦，家里做活的木匠也该回家过年了，我想把工钱给他们结了，让他们及早回家，免得家人惦记。库房里存货也多，不在乎年前这几天。我寻思，家主也有此意，只是我和田雨返回文寨时，走得匆忙，家主没来得及交代。你此番进城，将此意说给家主听，若是家主答应，你就跟家主忙活城里的事；若是家主有异议，你务必天黑前回来一趟，将家主之意带回。"

孟江应下后，匆匆去了。李黄在漆器店门口揣手儿站着，见孟江赶车经过，喊道："孟江，年底了，还要往城里送货呀？凡木也不让你们歇歇，挣那么多钱干啥？"

孟江笑道："李掌柜，你是站着说话不腰疼。我家人多，哪张嘴吃的可都是钱啊！哪像你，一点本钱都不用，坐在家里都挣钱，门店挣着卖漆器的钱，后院挣着把脉卖药的钱，神仙的日子也不过如此。看看李掌柜这身膘吧，眼气人啊。这人要是来了财运，低着头走路，钱都直往身上砸。"

"这谁呀？可真会说话。是孟江啊，听说凡木把辛茹许配给你了？那你可烧高香了，说不准不出七个月，你就能当爹了，还不用花自己的钱，多省劲的事啊！"李黄的内人扭着腰自店铺出来。

"哪有啊！你别听人瞎说。人家辛茹是个识文断字的人，我一个粗人怎能配上人家！"孟江乐呵呵地道。

李黄惊慌地摆摆手，让孟江赶车走了，而后进屋盯着女人怪道："看你说的什么话！平白无故地，你损一个孩子不亏心吗？再说了，凡木待我家一点不薄，你为何要去坏凡木的名声啊？凡木是你想的那种人吗？"

这女人将眉梢一翘，道："你道我不清楚那个婢女是何货色？你还没给我说清你和田雨去山里找辛茹都干了些什么肮脏事呢，当我不知道？孟江还是个孩子，他能听出什么？就你懂得多，心里没鬼才怪！"

李黄气道："仗着孟江听不懂，你这张破嘴就能肆意玷污人吗？他眼下不懂，小心他哪天回过神来，撕烂你的嘴。"

只听"啪"的一声，这女人将一个漆器茶碗摔在地上，那茶碗立时腾起老高，而后刺溜跑向墙角。女人正要骂人，那李黄早已蹿出店门，没事人似的走往寨门去了。

担心田禾心急，孟江先将马车赶往田禾那里，两人使力将三桶花生油抬到店里。田禾直起腰，见店门外已等着三个买油的主顾，不免暗喜。

孟江在漆器店卸了漆器，没见凡木在此，便赶车去了宅院。见了凡木，遂将水生的话说给家主听。凡木只说水生很会办事，孟江便知无需赶回文寨了。正要拿扫帚清扫屋子，却听凡木道："孟江，你这就赶车去集市买只羊，让他们收拾干净。再去酒坊买两坛最好的屠苏酒，你我一道去趟王老先生家，给先生拜个早年。"

孟江应下后去了。孟江前脚走，辛茹后脚到。辛茹怯生生道："家主，就要回文寨了，我来给你收拾下东西吧，要带什么，你说就是了。"

凡木看一眼一向胆怯的辛茹，示意她在对面坐下，而后道："回文寨待不了多久，不必带太多东西。辛茹，你坐下，你我好生聊聊。我去宛城前，给五邑叔交代过，让他得空找你说说你和孟江的事。男大当婚，女大当嫁，这是谁都躲不开的，也是好事。孟江忠厚本分，他的为人无可挑剔，仅为丢了一头牛和一辆车，他生生将自己的手指咬掉半截，让我责怪之余，感伤心碎，把你托付给这样的人，我能安心。"

辛茹瘦小的肩头猛然一震。良久，她低眉言道："谢家主恩典！家主方才所言'男大当婚，女大当嫁，这是谁都躲不开的'。既如此，家主何以至今未结秦晋之好？"

凡木不觉一愣，少时，盯着辛茹道："未成之事，必有不成之理，不可一概论之。"

辛茹轻声说道："既如此，家主之言亦可用于婢女身上。冒犯处，还望家主见谅！"

凡木皱皱眉，声音高了几分："自古男女不同论，毕竟男女终有别，你何以执意拿我比？"

大约听出凡木的话里带着不悦，辛茹黯然道："家主息怒，婢女不敢违家主之命，悉听尊便就是，并代婢女父母谢过家主。出阁之事本该由父母操持的，却劳家主费心劳神，二老若地下有知，定会感激涕零。"辛茹言罢，已是涕泪交流。

辛茹极为得体的话，提及谢世父母时那副悲伤的模样，让凡木一时无语。他很想就此过去拍拍辛茹，迟疑一会儿，终也没有起身，只用怜惜的眼神望着辛茹。那辛茹没听见凡木说话，擦了泪抬头看时，见凡木一脸凄楚。

凡木扭头望向院落时，辛茹起身，默默走向里屋。她见床榻上端挂着帐幔，床上扔着几件内衣，内衣与被子混在一起，凌乱不堪。她走到床边，先将内衣逐一捡起，放鼻前嗅嗅，以甄别洗过还是没洗，而后将内衣放置在床沿，再拉起被子的一边，扬手摊开，将被子叠得整整齐齐。凡木走到门口，望着辛茹模糊的背影，在幽暗的床边晃来晃去。一束暗光透过窗棂，映在床头的单人枕头上。

孟江走进客厅时，见凡木在里屋门口站着，便问凡木几时将年货给王老先生送去。凡木道："这就去吧。辛茹啊，不必带过多的东西，在文寨顶多住半月。"

女人在操持家务上极有底气，话语也显得韵味十足。凡木听辛茹道："都臭了，也不洗洗，还藏在被子里，生怕被人偷去似的，不信夜间没有味。"

凡木和孟江相视一笑，而后走出屋子。辛茹将二人送出大门，望着马车一点点远去。

王老先生世代书香门第，年轻时曾在荆州谋得个文官职位，伏案数载。不服南方酷热潮湿，难咽稻米干涩乏味，一心念及故里的烙饼和甘薯，六年头上辞官回乡，在昆阳城做起私塾先生。待年事已高，子女皆有出息，便寻思如何寻个清雅之地，会会故友，论论孔孟，以赋闲之身颐养天年，最终开个茶馆，遂了心愿。本想收几个薄钱贴补租金的，却因茶客日少，难以为继，不得已，将店面租给凡木。

王老先生学富五车，且对凡木的漆器生意关爱有加，深得凡木敬重。宛城之行，险遭不测，至今腰伤未愈，凡木今日造访，一为提前拜年，二为问候腰伤。一进大门，见曲径弯弯，通往竹林。毛竹难服严寒，诸多叶片虽已干枯，可掩窗而立，倒也显得雅趣十足。

王先生笑吟吟地将凡木和孟江让至书房，问了些生意上的事。凡木见先生动作自如，知腰伤无碍，心下稍安。王先生忧虑道："凡木呀，我本想去宅院找你议议宛城的事，不想你倒来了舍下。洛阳一故友去宛城公干，昨日返程，在舍下小憩，言宛城西南舂陵一带已有乡民聚众起事，朝廷正廷议派兵平息。如此一来，你在宛城开店之事怕会受到波及。"

凡木静静地说道："王先生，就学生所知，那舂陵距宛城足有两百里，即便有人在那里起事，如何能波及宛城！朝廷里谋士、辩才如云，巧舌如簧者大有人在，派人去说服一下不就得了？大不了使出招安之策。乡民聚众起事还不是穷困所致？衣食无忧历来是安邦之本，赈济和安抚指定管用。至于在宛城开店之事，这与起事何干！窃以为朝廷断不可派兵平息，原本只是暗火，拿器具一捅，火借风势，一准蔓延而去。无论如何，兵戎相见是下策。"

王老先生叹道："何尝不是这个理！孙子云：'上兵伐谋，其次伐交，其次伐兵，其下攻城；攻城之法为不得已。'不战而屈人之兵乃为上策也。古之高人早将行事之法明示于众，可懂者、遵者又有几何？凡木啊，你一向仁慈，故而满目皆善，至于恶，你极少顾及。面上看，乡民起事与生意无干，如你所言，漆器如粟，人皆用之，可一旦战事吃紧，覆巢之下安有完卵！凡掌柜不得不防。"

凡木道："谢先生赐教！学生谨记在心。临近岁旦，学生不日将举家回乡，提前给先生拜个早年，谨祝先生及家人吉祥安康！不早了，晚生告辞。"

王老先生感激道："凡掌柜一向多礼，令老朽感动不已。一句话，吉人自有天相。"

王桂一家人将凡木送出大门，目送马车徐徐远去。

第二十一章　宛城南乡民起事
　　　　　　临河镇凡木献马

　　新年伊始，寨子里一如往常。炊烟袅袅升起。鸡鸣声忽高忽低。早起的拾粪者单手拿锨，刮着地面。勤快的店家打着哈欠，一块块卸去门板。街上满是光亮时，尽头出现一辆独轮车，歪歪扭扭，人矮货多，只见车走，不见人头。年前王桂所言南边之乱象，寨子里连句风言都没有。凡木踱步街头，想找个南边来的过客询问一番，看宛城是否安然，终也未能遂愿。正要离去时，见亭长姚盖悠然走来。

　　"你可真早啊，凡掌柜！"亭长懒洋洋道。

　　"亭长一点都不晚。这是去巡视码头还是去察看寨楼啊？寨丁机警着呢，我前天夜间睡不着觉，便出来溜达，走到寨门下，那寨丁一声咋呼，吓死人啊！"凡木笑道。

　　"睡不着，生意闹的吧？凡木呀，我早就想劝劝你了，你看这十里八乡的，谁人能跟你比？加上文寨李黄这家漆器店，你开了四家店铺，另有三个作坊。这钱啊，多少是个够啊。听说你还想去宛城开店？"姚盖道。

　　"开弓没有回头箭。再说了，我这一大家子人呢，不都得有个事做？亭长消息灵通，宛城那边没出什么事吧？"凡木试着问亭长。

　　"宛城能出什么事？你是想知道绿林山和春陵的事会否殃及宛城吧？放心，朝廷不会放任不管的，敢殃及宛城，那还得了！"姚盖胸有成竹地道。

姚盖见辛茹轻轻走来，老远便停下脚步没再近前，只用忧郁的眼神怯生生望着这边。姚盖道："是来喊凡木用饭的吧？"辛茹只嗯了一声。姚盖看着凡木道："人比人，气死人啊。你跟她回吧，我去码头看看。"言罢，自顾去了。

传来叮叮当当的打铁声。凡木看时，见一侧的铁匠铺里，炉子上的火蛇蹿出三尺来高，两张紫红的脸膛下，跳跃着一大一小两把铁锤，铁锤轮番敲打在铁砧托着的铁块上。这铁块才从炉火中出来，红过灯笼。凡木清楚，不消多时，铁块将被敲打成扁平状，一头厚实一头薄，厚实的一头带个把儿，把儿之上留有眼儿，铁匠用钳子夹起，随意丢进水盆，随着刺啦一声响，必有一团浓雾升起，一把锄头就此成形。而修边儿和打磨，却是之后的事。

凡木到家尚未用饭，便对水生道："水生啊，饭后你把田掌柜和五邑叔叫来，议一下昆阳的店铺开张的事。李黄就不必叫了，他的店铺昨日就已开门。等昆阳的事就绪，我带孟江去趟宛城。木匠哪天回文寨？"水生道："后天。"见辛茹已将早饭端上，凡木便不再多言。

次日，昆阳的三家店铺同日开张。数日后，凡木和孟江跟王桂打个招呼便驱车赶往宛城。然而，南边的情势绝非凡木所想的那样。灾情日重，苛政如虎，民间疾苦，积重难返，所谓的久病难医大约就是这个理，指望几服劣质汤药便能祛除痼疾，不过是一厢情愿。

宛城向南五百里，有山名曰绿林山。此处林多水多土地少，周边百姓多以捕鱼为生，怎奈久旱水竭，原本赖以生存之山泽，如今竟难以为生，加之官府苛捐杂税有增无减，致使民怨沸腾。王常、王凤趁机召集周边饥民起事，自称义军。他们依仗山林之利，四处出击，屡败官兵，使官府穷于应付，并从中缴获众多兵器及日常所需。如此一来，百姓应者日增，至地皇二年，起事义军已扩至五万之众。地皇三年，绿林山遭了瘟疫，有近半义军染病死去。此后转战至春陵一带，另有一支义军意外加入，使得绿林军羽翼丰满。

这义军头领乃刘邦后裔，以刘玄、刘演、刘秀为首，起初在春陵起事。刘秀字文叔，汉高祖刘邦九世孙，出自汉景帝一脉，虽属远支旁庶，毕竟是刘氏血脉。刘演乃刘秀兄长，刘玄乃刘秀族兄，他们冠以"复高祖之业，定万事之秋"之名起事，倒也无可挑剔，故而，应者众多。

两支义军合二为一，实力与以往自是不可同日而语，攻城拔寨，屡败官兵。既是两股势力合并，其间必生分歧，在拥立哪位为首领上争执不下。委蛇之后，竟推刘玄为帝，另立朝廷，建年号为更始。这刘玄才智稍逊，又生性懦弱，自知不宜为帝受兄弟朝拜，故而称帝那日，竟张口无言，羞愧难当。好在众兄弟均以大业为重，不日便丢开私利，齐心协力，欲靖平天下，光复汉室。

凡木和孟江才过方城，自打昆阳方向开来大队人马。远远望去，北面的天空尘土飞扬，骑兵在前，步兵随后，将官道几近站严。官道上本就行人稀少，有人旋即离开官道，跑进田间，有人紧贴路旁大树，等大军过去。凡木让孟江将马车赶上一条小路，眼望人马徐徐向宛城方向开进。

本以为少时便能上路的，不想，主仆在车上足足等了一个时辰，官道上的官兵断断续续没完没了。远远地见一位老农在田间锄地，凡木下车走向田间，施礼后问道："请问尊驾，去宛城是否有小路可走？"

那老农盯着凡木，满脸惊讶，他看一眼马车道："那是你的马？你不是本地人吧？"凡木不解道："我们自昆阳而来。那是在下的马车，尊驾为何一脸惊讶？"老农道："方城这边的马都被官府征用了，你居然还有马可用，居然还敢用马。这里向东有条小路，顺小路可绕到宛城去，只不过得多走几十里。"凡木道："这也太远了吧，还是走官道的好，走官道不易迷路。"老农道："换成我，宁可多走几十里，就是迷路也划算。"凡木忙道："此话怎讲？"老农道："怕马被官府征用。"凡木一时醒悟。他谢了老农，让孟江按着老农所指，顺小道而去。

虽是地气转暖，依旧有大风卷着尘土飞扬，冷风刺骨，天宇混沌。二人边走边问。后来，人迹稀少，竟无人可问。眼见天色向晚，却迟迟不见宛城高大威严的城门，主仆对视一眼，只得应着头皮驱车前行。

夜幕降临时，抵近一个小镇。小镇居于河流一侧，河水泛着银白，蜿蜒伸向远方。远望幽暗的小镇，凡木心下忐忑，夜宿于此，不知是否安全。可无论如何，这个时辰，再不能胡乱赶路。镇子既然临水，定有过往客商，既有客商，不会没有客栈。两人睁大眼睛，各自专注一侧，细心寻找客栈。

才走数步，自幽暗处蹿出几个人影来，有人佩剑，有人持戟，有人端着长枪。凡木不由一惊，看兵刃，不像寻常劫匪，未及问话，却听对面有人喊道："何人？从何处而来？"凡木忙道："行商之人，自昆阳而来。"一人道："昆阳？大老远地来此地何干？"凡木道："本是去往宛城的，定是途中迷路，浑浑噩噩到了此地，不知贵地属何处地界。"一人怪笑一声道："去宛城？你可真会跑。别问此地是何处，把马留下，找家客栈安心住下。"凡木疑惑道："把马留下？安心住下又是何意？"那人道："你这马被我们征用了，眼下遇见一匹马，真他妈比遇见一条真龙都难。让你们安心住下，是说这几日别出客栈，顶多趴窗子上四处看看。"凡木依旧不懂此人话中何意，低头沉思时，孟江已与人动起手来。

一个黑脸汉子想要抢过缰绳，却被孟江用力推开。汉子便自行解开马背上的皮带，执意牵走枣红马。孟江蹿过去死死抓住汉子的胳膊不放，两人纠缠在一起。汉子嘟囔一句："这鳖孙的劲儿蛮大呀，叫你大。"言罢，一记重拳狠狠打在孟江的左眼上。这一拳来得过猛，孟江一时觉得眼冒金星。回过神来，他号叫一声，正要使出猛拳，却被一支长枪抵住咽喉。他闪身出来，不顾左眼疼痛，死死挡在马前。枣红马见境况不妙，大约是想要威慑对方，它前腿腾空，一声嘶鸣划破长空，险些将凡木掀下马车。凡木顺势跳下车去，转过身，见孟江已被众人按倒在地。

黑脸汉子笑道："不错，是匹烈马，调教几日就能派上用场，比起那三脚跺不出个屁的劣马来，这马讨人喜欢。"

凡木静下心来，轻声说道："好汉，请放开我的人，咱们有话好说。我不问你们什么来头，只想见见你们头领。"

汉子讥笑道："兄弟，你把小葱当成树了吧，你以为谁想见我们头领就能见吗？听我一声劝，把马留下，随便找家客栈住下吧。本来不是仇家，何苦弄得生分。"

凡木气道："凡事有度，过犹不及。到了这般境地，何谈生分！我劝你好生想想，而后遂了我的愿，不然你会后悔的，不信你试试。"见汉子懵懂地看着同伙，凡木继而说道："自古成大事者，不难商家。商者，财之源。

无粮难饱腹，无商难富足，不信你们头领不懂这个理。"

凡木的话如此气盛，且又含糊其词，无非是想要自救一番，以保全这匹枣红马。你强他就弱，你弱他就强，此消彼长，自古就是这个理。他深知伶俐人好说，愚笨人难缠，既能当头领，一定是个伶俐人，断不会与这帮粗人一般境界。果不其然，那汉子笑呵呵地道："这么说，我们今晚遇上财神了？怪不得这年头你能用得起这么好的马，还不怕被人劫去，这就叫财大气粗。那好吧，我这就带你去见刘将军。"

"你们继续站哨，只准进，不准出。"汉子言罢，让孟江赶车跟着，自己和凡木并肩走向镇子深处。

沿街店铺悉已关门，街面宽敞处搭满帐篷，帐篷远看黑黢黢，近看颜色不一。零零星星有人走动，他们服饰各异。浓浓的血腥味合着低沉的呻吟声飘然而至。凡木不由得捏捏鼻子，至此，他大致清楚，镇子里住着大军，且是一支经历了厮杀正在休整的大军，而又绝非官兵。

来到一家酒楼下，汉子和门口的卫兵耳语一番，而后交代道："看好这匹马，我带他们面见将军。"他让凡木和孟江一道上楼，孟江却执意不去，手抓缰绳死活不肯松手。借着灯笼的暗光，凡木看一眼孟江，见孟江眼窝发黑，目光刚毅，遂心疼道："孟江，走吧，一同上去。放宽心，没有过不去的坎。眼睛看得见吧？"孟江道："回家主，看得见。"

才上楼梯，便闻到了酒的味道。黑脸汉子让凡木和孟江在楼道等候，自己整整衣装进屋禀报。少时，汉子出来领凡木和孟江步入大厅。不知何故，黑脸汉子胆怯地站立在一旁，低着头不敢看人。凡木看时，见几案前端坐一人，正把酒自斟。他不想扰了人家酒兴，只在一旁站着。此人将酒杯放下，而后缓缓起身，来到凡木跟前，上下打量一番，道："鄙人刘秀，字文叔。敢问足下高姓大名。据属下言讲，足下乃昆阳富商，既是行商之人，可知春秋之范蠡乎？"

凡木拱手一拜，道："幸会！在下凡木，在昆阳城做小本买卖，不敢与富商相提并论。春秋之范蠡，乃一代商圣，不才行商之楷模。"

刘秀道："请二位入座。这位为何眼圈发黑？"

孟江的眼睛眨巴两下，而后望一眼门口的黑脸汉子。见状，刘秀踱步至汉子跟前道："你打的？"见汉子支支吾吾浑身哆嗦，刘秀又走到孟江跟前道："来而不往非礼也，他是如何打你的，你也如何打他。去吧。"孟江哪敢造次，谦让几句，站着没动。刘秀对着外边喊道："来呀！"见噌噌进来两个彪形大汉，刘秀道："看看这位客人的眼，你们如法炮制。动手吧。"言罢，背转身去。彪形大汉不敢稍有耽搁，走到黑脸汉子跟前，再扭脸看看刘秀，见刘秀纹丝未动，扭过脸抬手就是一拳。黑脸汉子钉子般站着，任由泪水簌簌淌下，眼窝处旋即变得乌黑一片。

　　凡木和孟江均被眼前景象惊呆，他们这才明白刘秀所谓的如法炮制竟是这么回事。惊愕之余，两人忙向汉子致歉，随后走到刘秀跟前，凡木愧疚道："何苦这般体罚属下！将军此举让在下羞愧难当。也怨在下对下人疏于管教，没能及时将马匹交与将军属下，这才招致动手之事。"

　　刘秀淡然说道："此事与你无关，我是在严肃军纪，你不必致歉。黑子，过来，向二位致歉。"

　　黑脸汉子近前几步，拱手一拜，道："都怪蠢才一时心急，没能管住双手，还望二位多多担待。属下违犯军规，没被斩首示众，便是将军法外开恩，谢将军不杀之仁！"言罢，退后数步，垂首站立门后。

　　凡木愕然之余，对刘秀忽生敬佩之情。见刘秀不过三十来岁，身长七尺有余，胡须半弯，修饰有序，鼻梁高挺，前额饱满，白皙的皮肤，反衬得蚕眉更黑。

　　刘秀让黑脸汉子领孟江去别处用饭，他将凡木请至几案前坐下，为凡木斟酒一杯，而后道："足下既是来自昆阳，且在昆阳城久居，对昆阳城该是了如指掌，可否将昆阳城内官兵布防及驻军人数告知一二？"

　　凡木皱眉道："将军，在下乃行商之人，一直做着漆器生意，若论起漆器来，什么样的木头，能做出几件屏风，能制出几多榻几，一件屏风能用多少底漆、清漆，各种油漆是用什么制成的，凡木如数家珍。要让在下说出昆阳城官兵之布防及驻军人数，将军这是抬举在下。"

　　刘秀笑吟吟道："不知者不为过，竟说得如此风趣。实不相瞒，义军此前在宛城外围受挫，损兵折将，士气低落，不得已，化整为零，各择一方，

第二十一章

蛰伏休整。待休整完毕，便取了宛城，不日奔赴昆阳，而后取洛阳，直逼长安。"

凡木沉郁道："在下不懂，何必要兵戎相见！两军交锋，必定生灵涂炭。坐下商谈，以解经年之结，岂不更好！短兵相接终究是下下策。"

刘秀暗笑一下，定定看着凡木道："如何看，足下都不像生意人，倒像个十足的书生。先祖创下之锦绣江山，如今旁落贼手，被弄得满目疮痍。君不见边关战事频发、疆域日缩？君不见域内饥民遍地、民不聊生？吃活人、吃亲人之事屡见不鲜。新朝已是病毒侵骨，若不挖其脓疮，刮骨疗毒，而是一旁观望，坐等痊愈，岂不是痴人说梦乎？"

凡木迟疑片刻道："饥民遍地，乃天灾所致。"

刘秀变色道："是天灾，更是人祸。试想，若朝廷虑百姓疾苦，及时赈灾，教化民众悉以自救，开水渠，灌秧田，贪官污吏洁身自好，施恩于民，合理引导，百姓何苦奔走呼号！若百姓居于一隅，断不会致瘟疫肆虐！"

凡木道："将军所言极是。在下别无他意，无非是担忧若兵戎相见，战火所到之处，百姓生计定会雪上加霜，我等行商之人亦会受此连累。"

刘秀动情道："一旦改朝换代，百姓疾苦定会旋即改观。众兄弟之所以揭竿而起，其本意亦是使百姓脱离苦海。百姓富足，对商人自有益处。当然，光复汉室也是我等该当之事。"

凡木忧道："惟愿朝局及早安稳。恕我直言，寻常百姓本不愿问及谁来主政，只求日子太平。窃以为改朝换代最好是悄无声息，就像新朝取代汉朝一样，一旦兵戎相见，必定生灵涂炭，这样的改朝换代，终究是百姓不愿看见的。"

刘秀怒道："自古君子坦荡，而小人龌龊。大丈夫就该树高旗，鸣锣鼓，直捣长安，去取那乱臣贼子之首级。你道新朝来得堂而皇之？你道王莽手软心慈？其时虽无大军厮杀，可朝堂之上屈死多少忧国志士！长安街头游走多少先贤冤魂！王莽，窃贼也！本是孝元皇后的侄儿，却因早年勤身博学，苦读《礼经》，结交诸多儒生，为其日后篡权积攒起莫大人气。此人面上为人随和，谦恭有礼，大义灭亲，严于律己，在新都蛰伏期间曾杀了触犯律条的亲生儿子。坐上大司马之位，依旧假惺惺克勤克俭。汉哀帝仙逝，却未留下子嗣。王莽贼子瞧准时机，撕了伪装，露出獠牙，揽权之时，开始清除异己，自己叔父兄弟也不曾放过。为遮人眼目，按着血缘推出个汉平帝。实则，朝政全由他王莽把持。让人不齿的是，汉平帝明明只有十一岁，王莽硬是让自己的亲生女儿以选妃方式入宫，后被册立皇后。汉平帝暴毙时，其年一十四岁。平帝之死因众说纷纭，可碍于王莽淫威，其真相无人敢查。后自立为帝，改国号为'新'。既然叫新朝，自当有新意，于是乎，'王田制''奴婢制''五均六筦'以及名目繁多的币制被相继推出。如此一来，饱了贪官私囊，苦了贫穷百姓，大好河山被毁于一旦。如此窃贼，如此乱臣贼子，天地不容，若群起攻之，乃苍生之幸。"

刘秀直说得口干舌燥，面色发白，端起酒杯一饮而尽。凡木惊诧莫名，此前只知王莽之新朝来得不清不白，竟不知其中有这般猫腻。乡下百姓，多不议政，有田耕，衣食无忧足矣。行商之人，赚钱为要，余者，不足为道。今听刘秀这慷慨之辞，凡木不由得心生悲愤。万事皆有道，朝政亦然，若背离甚远，便为天下人不齿。凡木敬酒一杯，而后道："竟有此人！竟有此事！民众知之甚少，多被谎言蒙蔽。"

听得这边声音高亢，孟江为凡木担忧，不时走过门口，侧目看看里边。知二人谈兴颇浓，所言并无分歧，便暗自揣测，枣红马该不会被他们征用，于是，心安不少。

刘秀敬酒一杯，继而言道："正是王莽之倒行逆施伤天害理，遭了天怒，才使得大江南北饥民遍地、瘟疫肆虐。如今天下豪杰在多地起事，疆域之内战事频发，乱臣贼子必将死无葬身之地。只是军中战马奇缺，总不能让兵士骑牛上阵，晃晃悠悠与王莽的精锐骑兵对决吧？民间的马皆被官府征用，我的人见到马自会视若珍宝，故而，衍生今晚冒犯之事，还望足下担待。"

凡木心下一惊，知枣红马必难保全。刘秀举止得当，言辞有礼，竟用非常之法惩治属下，让凡木为之动容，事已至此，失了枣红马，也不甚惋惜，于是，顺着刘秀的话道："看来，在下不得不献出这匹枣红马了。"

刘秀一笑道："足下既有此意，刘秀就狠心夺爱了。不过，既是军中征用，来日必定加倍奉还。来呀，笔墨伺候。"

一个卫兵匆匆进来，自里屋书案上端出笔墨，又将一张鸡皮轻轻平铺在刘秀面前。刘秀提笔写道："军中急用，借凡掌柜枣红马一匹，来日加倍奉还。刘秀。"刘秀将字据递与凡木道："凡掌柜，恐日后多有仰仗，还望不嫌！待讨贼有成，大业既定，足下必定功高无量。"

凡木叹道："刘将军，先不说这虚无之事吧，在下明日如何去宛城？总不能推着马车走吧？干脆，好人做到底，在下将马车一并留给将军，不要字据。"

刘秀一脸歉意道："足下明日怕是不能离开镇子，早有军令在先，大军在此休整期间，只准进，不能出，等大军开拔之日，凡掌柜方能离开此地，还望多多担待。谢足下美意，军中不用马车。乡下马匹少，黄牛多，足下明日可在镇里四处走走，看能否物色到牛。有了牛，车子就能派上用场。来呀，送凡掌柜去客栈歇息。"

凡木和孟江被人领着走下楼梯。酒楼门口早已不见马车，孟江一时心急，冲上去质问卫兵。凡木赶忙拉住孟江，生怕这位勇猛的汉子将卫兵打翻在地。凡木道："孟江，别去责怪他人，是我自愿将马车送出去的。"孟江将信将疑，哭丧着脸道："家主，枣红马自打进了我家，真的没少吃苦，不停地往返昆阳和文寨间不说，上次送我们去宛城，差点把命丢在深谷里，瘸着腿一声不吭地拉着我们来回走了几百里，想想都心疼。他们征用马，明明是要打仗的，枣红马万一有个三长两短，这可如何是好！"

凡木深知，枣红马一旦从军，少不得被严加调教，被责斥、被体罚、被殴打自然是家常便饭；兵戎相见之时，必定九死一生。凡木黯然道："孟江，走吧。"

第二十二章　王莽点将出京师
　　　　　　刘秀不战进昆阳

　　窗外晨曦初露，竟不闻一声鸡鸣，这与昆阳和文寨大相径庭。文寨的拂晓，人声极少，只鸡的啼鸣时不时划过长空，偶尔合着一两声犬吠。而昆阳城内，鸡鸣声里时常掺杂着人声，卖菜的、兜售鸡鸭和蛋类的，他们进了城门便走街串巷，一路吆喝。本是赶往集市的，如此一来，个别幸运者，尚未赶到集市时，所带货物便悉数卖光。买者无需去集市，只在自家门外便能遂愿；卖者不去集市，少跑路了倒无关紧要，关紧的是避开了集市上的征税者。

　　凡木早早醒来，辗转反侧。临水集镇，本是商运繁盛之地，却不闻鸡鸣与犬吠，大约是镇子里能吃的皆为兵士所吃。有牛吗？若买不到牛，他和孟江得徒步离去。凡木越想越沉郁，后悔昨晚不该将马送上。可转念一想，不送上又能如何！刘秀的用意再明白不过，闹僵了，徒步出镇都是奢望。

　　传来一阵脚步声，整齐划一。凡木披衣下床，站在窗前向外观望，见街面上黑压压的兵士在列队出操。按刘秀所言，他的兵士叫汉军，而王莽的官军叫莽军，如此称呼，分明是不认王莽称帝的新朝。汉军出操，扰了拂晓的宁静。

　　日出数竿，街上归于沉寂。凡木摸出那张鸡皮字据看上一眼，而后喊上孟江,去街上买牛。沿街店铺无一开张,行人自然稀少,偶尔遇上一位,也是一脸张皇,行色匆匆。勉强问话,对方支支吾吾,不知所言。去哪里能买到黄牛,这让二人颇费思量。无助时,凡木的一声叹息,让孟江瞬间眼泪汪汪。孟江知道,即便买到黄牛,大军不开拔,也是不可能放他们出镇的,出不了镇子,拿什么喂牛!主仆二人遇此绝境,乃始料不及。孟江不敢看凡木,只拿眼睛盯着街面。

远远地,黑脸汉子阴沉着脸自酒楼走来,近前时对凡木道:"你们买到牛了吗?"见凡木摇头,汉子道:"跟我来吧,伙房后院有头牛,将军说要送给你们。"

一见黄牛,凡木差点笑出声来。这牛的个头与绵羊不差上下,且骨瘦如柴。可无论如何,总算有了个驾辕的。刘秀能有此意,凡木欣慰不已,忙谢过汉子,让孟江牵牛套车试试。凡木问汉子:"汉军平日吃什么?"汉子皱眉道:"指定跟牛不一样。"凡木赶忙道:"我是说,军粮何处来?"汉子道:"一是自莽军和地方府衙缴获;二是自民间征用。有钱的乡绅多了去,有的富得流油。"凡木道:"这征用一说,用得勉强,比如我的马……"黑脸汉子翻翻眼,摸一把比面色没黑多少的黑眼圈,无声地去了。

四天头上,汉军开拔后,凡木和孟江这才离开镇子。刘秀上马前曾叮嘱凡木:"战事正次第拉开,你眼下别去宛城,还是回昆阳的好。等来日天下一统,你的生意指定如鱼得水,江河湖泊,任尔畅游。"

正如刘秀所言,宛城已被刘演围困。这刘演乃刘秀长兄,作战凶猛,屡战屡胜,自认功高,在另立朝廷之事上蠢蠢欲动,意欲自立为帝。却因性情急躁,锋芒易露,遭众人抵制,不得已,咬着牙在淯水河畔的高坛之下,与众将一道列队,拜刘玄为帝。望着"汉"字大旗在高坛之上猎猎飘扬,见刘玄戴了冠冕,身着衮服,昭告天地,心下自是五味杂陈。最终他被封为大司徒,位居三公之列。刘演没能坐上皇位,自是耿耿于怀,暗道:打出不二战功,来日自有天地。带着上次兵败宛城之恨,此次围攻宛城势在必得。

宛城守将名岑彭,其性情与刘演大致相当。二人立于城墙上下,互指对方,破口大骂,恨不得将仇人撕而食之。战事持续整整一日,刘演将攻城之法悉数用尽，宛城高大坚固的城墙依旧没能逾越。便尝试夜间偷袭，怎奈城墙之上灯火通明，偷袭者极难抵近城池。那岑彭早有防备，城头之上兵士众多，弓箭等守城兵器配置充裕。

此次汉军分兵北上，是听取了刘秀进言。若不清除外围之莽军，他们互为犄角，相互驰援，最终拿下昆阳关隘只怕是异想天开。而一旦拿下昆阳，宛城便成孤城一座，取之乃迟早的事。故而，由刘演率大军围攻宛城，能取下最好，若不能，至少能牵扯宛城之莽军，不能使其北上增援昆阳。王凤、王常和刘秀率兵休整后，则一路北上，先破定陵和郾城，以及周边小城，而后虎视昆阳。

昆阳关隘位于宛城盆地之东北外缘，其西部山脉连绵，东部多河道沼泽。此缺口既是南下襄阳的桥头堡，又是挥兵北上逐鹿中原的咽喉，历来乃兵家必争之地。故而，楚国不惜在绵绵群山上修筑长城，并将昆阳关隘修得坚如磐石。之后，历朝历代，在城池修筑上均不敢稍有懈怠。

眼望高大灰暗的昆阳城楼，凡木忽有隔世之感，身子随之瘫软。瘦小的黄牛艰难地将车子拖到漆器店外时，凡木怔怔的一动未动。芥子眼尖，一声惊叫后，随之跑出店铺。辛茹、五邑两口子紧随其后。一时间，店铺里空荡荡一派沉寂。

"凡木哥，你为何一去宛城就是这么多天！不就挑个店铺吗？你是怎么了？"芥子站在车前惊异道。

凡木依旧没动，只用空洞的眼神望着沿街鳞次栉比的商铺和熙熙攘攘的人群。五邑愕然望着绵羊一样的黄牛，欲言又止。而辛茹则胆怯地站在最后，只踮脚看着凡木。凡木无语，孟江便不敢将途中历险之事讲与众人。他搬来马凳，轻轻放在车边，而后低声道："家主，我们到家了。"孟江话音才落，辛茹便不能自持，泪水夺眶而出。

没人知道接下来的昆阳关隘会成人间炼狱，厮杀声声，哀号漫天，暴雨如注，尸堆如山，堰塞河道，以至于河水断流，赤水漫堤。凡木原以为攻城守城不会持续多久，无论哪一方占据城池，都不会妨碍他的生意。昆阳关驻军不多，而刘秀踌躇满志，被攻陷该是迟早的事。焉知，此时的官道上正有数十万莽军马不解鞍地奔昆阳和宛城而来。

第二十二章

自绿林军在襄阳以南起事,至刘玄在淯水河畔称帝,尤其是汉军屡攻宛城以来,朝廷接连接到南来的告急文书。王莽派文官南下议和,无功而返;派兵南下,却有去无回。朝廷上下,人心惶惶。一帮草寇,乌合之众,何以如此勇猛!这让王莽焦头烂额,一时失了儒雅之气,秽言频出。百官朝拜后,王莽道:"当下情势,众卿均已知晓,朕不再赘述。想当初,朕初登大宝,一心以儒术治国,克己复礼,励精图治,以图使新朝臣民尽享大国荣耀。不想,乡间刁民,猪狗不如,不存感恩之心,竟聚众谋反。新都之刘氏,朕虑及乃前朝皇家贵胄,一向待之不薄,刘家兄弟却全然不计当朝厚待,先树谋反大旗,再与绿林匪贼沆瀣一气,实乃大逆不道,禽兽不如。更为甚者,那刘玄竟自立为帝,如此狂悖,天理难容。自古天无二日,国无二君,朕与之不共戴天。望众卿速速献策,及早剿灭匪患,使新朝重归宁日。"

王莽言罢,目视朝堂,见大殿内文武大臣泥胎般垂着头,纹丝不动。良久,大殿内竟鸦雀无声。王莽只觉阵阵心寒,平日里的温文尔雅随之隐去,这个嘴阔腮短、眼球外突、嗓音略显嘶哑的人,骤然变色道:"尔等一个个锦衣玉食,养尊处优,妻妾成群,至此非常之时,竟全是缩头乌龟,要尔等何用!小心退朝后途中生变。"

这最后一句让百官悚然,隐含之意不言自明,他们不约而同地悄然斜视。国师刘歆出班道:"罪臣愧对皇恩,罪该万死。以愚臣之见,区区孟贼,仅据宛城一隅,断难成事。陛下只消派一良将,征调各地兵马,不日便可剿灭孟贼。"

本是一通废话,可终归有人献策,这让王莽一时气消。朝堂之上,随之议论纷纷。最终,百官推王邑为帅,征调举国能用之兵,不日开赴昆阳、宛城一线。然而,能征多少兵马,竟无人知晓。众人皆知,此时,新朝与匈奴和高丽的战事仍处胶着状态,征调之事必定捉襟见肘。好在王邑信誓旦旦,当众许诺,定不负朝廷厚望,不日便南下戡乱,满朝文武这才心下稍安。王邑后经王莽私下许诺,知戡乱有成,他必定处一人之下万人之上,届时,祖上荣耀由他挣得,朝廷上下无不拥戴,由此必荫庇数代而不衰。

这王邑乃王莽堂弟,位列三公之一。善用兵,尤其喜用离奇之兵。他寻得一个巨人，名曰巨毋霸，此人身高腰粗均大大超出常人，且驯养着众多虎、豹和犀牛。猛兽随军征战，青面獠牙，吼声如雷，若用之得当，自当别有奇效。王莽又派王寻同行。王邑、王寻征调大军四十二万，外带巨人及猛兽，浩浩荡荡开赴昆阳、宛城一线。

早有快马传信，这让宛城守军士气大增。岑彭召集众将，将援兵四十二万不日抵达之事细细说过，众将群情激奋，呼号声此起彼伏。如此一来，城外的刘演苦不堪言，任凭他计策使尽，宛城始终攻克不下。

此时的昆阳一如往常。城内无骚乱，城外无汉军，守城将领王霸、任光在王莽指派的亲信傅锐的监督下，昼夜巡视城防，二人虽有怨气，却颇为清闲。四城门按时开启，众兵士有序交接。邻里间悠闲往来，大街上熙熙攘攘，炊烟按时升起，店铺照常开张，昆阳关隘一派安详。凡木的三家店铺虽无异样，却有一丝隐忧时不时浮上他的心头。

自回到昆阳，凡木便心烦意乱。于是，独自来到王桂家，二人在书房说长道短。孟江的到来，让凡木的心绪好了一些。孟江道："家主，五邑叔父指派我速回文寨，将库房里的雷击木漆器全部拉来。"

凡木惊道："你昨晚不是才拉来一车漆器吗？这才半天光景，又要回文寨拉货？"

王桂笑道："凡木，这是多好的事啊！"

孟江道："回家主，五邑叔父说，今儿上午来店里买雷击木漆器的人，比往日多出一倍还多，平日里人们看都不看的漆器，比如鼎、樽，还有葫芦、貔貅，今儿个都被人买去了，可把五邑叔父给乐坏了。"

凡木不解道："这是为何？"

孟江乐道："都担心要打仗，买回去放家里，能镇宅辟邪。听说那个粮商也来我家店里买雷击木漆器了。"

凡木忙道："哪个粮商？"

孟江道："就是卉子的男人，杨匣。家主，这打仗对别人不是好事，对我家可是。"

凡木摇头笑笑，未置一词。看凡木心事重重，王桂一时心急，忙道：

"孟江，那还不及早回文寨？把库房里的漆器悉数拉来。给水生说，让木匠昼夜不歇。"

孟江喜滋滋地看着凡木道："家主，那我走了。"不等凡木说话，这个浑身透着蛮劲的汉子急匆匆走了。

凡木望着王桂道："王先生，不知昆阳能否被汉军打下来，汉军攻宛城可是久攻不下的，自古守城容易攻城难，况昆阳城池一向是固若金汤。"

王桂道："我看难。前几天，朝廷自洛阳调三千兵马过来，据说拨两千驰援宛城。昆阳城原有驻军两千，如今已有三千兵勇。试想，这三千兵士各持兵器守在城墙之上，城内弓弩充裕，汉军如何能接近城池？如你所言，昆阳关隘自古乃军事重地，历朝历代皆有修葺，防备功能相当完备，城墙城楼自是坚若磐石。"

凡木道："先生，就晚生所知，这支北上之汉军有上万之众，且训练有素，军纪甚严。那刘秀乃汉高祖刘邦之后，身高七尺有余，前庭饱满，眉目传神，自带一尊帝王相，自认乃正义之师，以讨伐贼寇、光复汉室之名，所到之处，乡民无不拥戴，此乃师出有名。再者，民众身处水深火热之中，期盼改朝换代之心由来已久。如今，天时、地利、人和，那刘秀三者占全。"

王桂惊道："凡掌柜识得此人？"

凡木遂将赴宛城奇遇一一说了。王老先生听罢，唏嘘不已，叹道："宛城之路多崎岖，每去必有故事。如此说来，这刘秀非但有才，亦有德，德才兼备乃成事之本。"

凡木笑道："上次与先生同去宛城，险些将性命留给山野。此次途中奇遇，虽有惊无险，却让人啼笑皆非，看来宛城是险地，日后少去为好。先生与我均属心慈之人，一匹上好的枣红马被人调换成绵羊大小的瘦牛，还说人家有德。"

王桂笑道："凡掌柜，那刘秀若是无德之人，连只小狗都不会给你，让你推着车子回来，你又能如何？民间不少人家，家产被官府白白征去，连个借据都不给人留下，奈何？你至少还揣有借据。刘秀这亲笔借据，说不准日后能派上用场。塞翁失马，焉知非福！"

两人哈哈大笑。凡木笑罢，忽觉神清气爽，眼前一派清明，拍拍脑门道："王先生，那刘秀志在长安，昆阳关隘仅是歇脚之地，无论拿下与否，汉军断不会在此滞留。这么想来，昆阳无忧矣！店铺可照常开张，百姓可悠然往来。"

王桂挤着眼道："凡掌柜来时愁眉不展，老朽一猜就知凡掌柜是为生意担忧，更为一家人担忧，尤其为几个女人担忧。此言不谬吧？"

凡木一时大惊，他的心思竟被一位年近七旬之人看得透彻，不得不说，这王老先生乃知音也。凡木深知，水有常流，而战事无常，战火所到之处，女人必定遭殃，自古皆然。遂道："女人手无缚鸡之力，本该由男人时时守护。"

王桂感叹道："凡掌柜一向侠胆柔情，让老朽汗颜。凡掌柜既然与刘秀相识，既然怀揣刘秀字据，何愁守护不住自己的女人！但凡德高仁厚者，天必佑之。"

闲聊两个时辰，经由王桂点拨，凡木眼前不觉豁然开朗，心下沉郁随之而去，少时，便起身告辞。王桂执意挽留，劝其小酌几杯。凡木再三承谢，拱手作别。

王桂的宅院距城门不远，凡木出来才走一箭之地，自城门那边慌慌张张跑来不少人，有衣着简陋的小商小贩，有穿戴华贵的富家男女。凡木叫住一位步履稍慢者问道："请问尊驾，何以如此惊慌？"那人道："城外来了大队人马，黑压压的得有万人之多。守城的兵士已将城门关闭，城外的兵士正向城楼喊话，让打开城门。"那人言罢，匆忙走过。凡木迟疑片刻，迎着人群向城门走去。

南城门里侧早已不见百姓，众兵士各持兵器正赶往城墙之上。而城墙上的兵士早已五步一人，一字排开，虎视眈眈，目视城外。一个偏将正在与城外的人对骂，言语污秽不堪："尔等乡野刁民，不思农桑之事，反倒聚众造反，竟打起昆阳的主意来，你道昆阳城墙是你家院墙？随便哪个野汉都能翻越？有种的就来试试，看老子手里的家伙是不是吃素的；没种的就他妈及早滚回老家去。日你老娘，再喊叫，老子带精兵冲出城去，取了尔等首级不算，一个个挤出尔等的蛋子儿来，蒸了下酒吃。"

听到这低俗粗野之言，凡木浑身想起疙瘩。他听不见城外人骂了什么，大约有过之而无不及，但见这偏将暴跳如雷，一把夺过兵士手中的弓箭，使出蛮劲，拉满弓射向城外。想起孟江正回文寨，再想进城怕是万难，凡木不免担忧起孟江来。他担忧的还有文寨。

忽见两个将领身着玄甲，腰挂佩剑，由众卫兵簇拥着奔城门而来。凡木并不知这二人乃昆阳守将王霸、任光，他无论如何也想不到，此次昆阳之危会让这二人轻易化解。而此次化解，竟酿成更大危难，让人始料未及。

王霸、任光登上城墙，远远望去，见南门外黑压压尽是汉军。正在卖劲谩骂的那个偏将见王霸和任光近前，却视而不见，手臂伸出老长，唾液喷出老远。王霸上前啪啪两记耳光，直打得这偏将眼冒金星。偏将呆呆望着王霸，不知错在何处。王霸气道："他老娘招惹你了？有本事你把他活吞了，别去侮辱老娘。打仗是男人的事，与女人何干！"那偏将捂捂脸，满是茫然。王霸和任光自顾去了。

二人顺城墙巡视一圈，见周边全是汉军，昆阳城已被围得铁桶一般。回到衙署，见朝廷派来监军的傅锐端坐大厅。这傅锐一脸鄙夷，开口便是不恭之词："二位是去城头巡视呀还是观光？汉军已将昆阳围得水泄不通，二位倒好，溜达一圈就回了衙署。若昆阳不保，宛城休矣！届时，二位人头能否保全，我傅锐实难担保。"

二人对视一眼，任光大声喊道："来呀，带监军去偏殿歇息，没有军令，监军不得离偏殿半步。"两个随从提剑进来，拉上傅锐就走。傅锐挣脱，惊道："王霸，任光，尔等莫非要谋反不成？谋反可是诛灭九族之罪。朝廷百万大军由王邑、王寻统领，出潼关已到洛阳，不日即达昆阳，昆阳、宛城之危数日可解。"

王霸一哂道："傅锐，你休要愚弄本将。朝廷与匈奴、高丽之战至今难分伯仲，边关战事频发，大江南北民怨沸腾，百万大军从何而来？能凑齐十万都勉为其难，况军心早已涣散，人心背离。譬如堤坝，经年失修，久被浸泡，早已千疮百孔，一旦洪峰来临，必将漫堤无疑。且不说他王莽治国乏术，德不配位，单说他篡了刘家皇位便是大逆不道，为人不齿。想当初，他凭借当上皇后的姑妈，一步步趋炎附势，谋得大司马一职，位列三公之一，权倾朝野，至此，已是光宗耀祖。他本该知恩图报，辅佐幼主，共兴汉室，却不肯就此止步，竟觊觎皇位，择机而动，篡位之心最终得逞。既是改朝换代，自立为王，就该励精图治，让百姓安居乐业。如今境况却恰恰相反，百业凋敝，民不聊生，朝野上下，但凡忧国之士，于心何忍，问心何安！"

王霸一通慷慨陈词，本以为能说服傅锐。不想，那傅锐却脸色骤变，拂袖道："王霸，朝廷一向待你不薄，尤其对你信任有加，才将昆阳关隘之防务交与你手，如今你却吃里爬外，诋毁朝廷，莫不是要与贼寇同流合污？那刘秀，虽属刘邦之后，毕竟血脉甚远，可新朝也并未亏待高祖后人。若前朝无恙，何以被新朝取代？还不是病入膏肓、无以医之？如此奄奄一息，久病难医，即便不被新朝取代，也指定会被别的朝取而代之，那是迟早的事。"

任光接话道："傅锐，你休要强词夺理、胡搅蛮缠。你若身子羸弱，邻里汉子就该逐你出门，而后登堂入室，为夫为父？还堂而皇之？那刘秀聚众起事，率兵北上，无非是想要夺回祖上基业，血性男儿，本该如此。"

傅锐受辱，一时暴怒，抡拳击向任光。一旁的卫兵早有提防，伸手抓住傅锐手臂，顺势一拧，那傅锐随即背过身去。王霸一摆手，卫兵将傅锐带下厅堂。随着傅锐的辱骂声渐渐远去，王霸和任光密议片刻，而后让随从立刻奔赴城楼，将守城偏将悉数叫来。

少时，四个戎装偏将列队步入大厅，分列两侧。王霸粗声粗气地道："闲话少言，偏将听令，即刻将兵士自城楼撤下，四个城门同时开启，迎汉军进驻昆阳。念及兄弟情义，尔等四人及尔等属下，愿意归顺汉军者，我王霸和任光断不慢待；不愿归顺者，可解甲返乡。"

两偏将立时应下。另外两偏将面面相觑，见王霸、任光怒目而视，随即低下头，连称遵命。

刘秀的汉军兵不血刃地进驻昆阳，王霸、任光立下不世之功。庆功宴上，刘秀先将王凤、王常推到前台，说绿林军由二人缔造，两位在绿林山经营多年，威震荆楚大地，而后率大军出荆楚，一路北上，功勋卓著。随后对王霸、任光今日之壮举大加赞赏，他举杯敬道："昆阳关隘乃南下荆楚、

第二十二章

北上中原之要地，自古兵家必争。今陈兵城外，不战而胜，乃汉军之幸，乃百姓之福，王霸、任光二将军厥功至伟，必将彪炳史册。来，刘某敬二位一杯。"

王霸谢道："谢刘将军抬举！将军过誉了。卑职与任光不过顺天意做了该当之事，无他，皆因刘将军洪福齐天。"

王霸得体的话，让刘秀喜不自胜。汉军轻易得了昆阳，为日后直逼长安奠下坚固基石，王凤、王常自是大喜过望。众人高谈中酒杯不闲，直喝到亥时方罢。

第二十三章　李知县撞柱殉难
　　　　　昆阳城轮番被攻

　　满满一车漆器，由瘦骨嶙峋的小牛拉着，慢吞吞地走进昆阳城门。小牛比绵羊没大多少，单薄的身子生生被套进宽大的车辕间，一如蚂蚁住进鸡窝。那车辕原本属于高大威猛的枣红马。小牛吭吭哧哧，极为费力。孟江不忍坐车，手扶车把走在一侧，却成一道景致，引得不少人驻足观望。

　　自打进了城门，孟江便惊悚四顾，他见城墙里侧密密麻麻尽是帐篷，稍宽的街道边也有序地排着军帐，黑压压的兵士正列队训练。沿街店铺一如往常，叫卖声时有时无。人们悠闲往来，像是昆阳城不曾易手。原先守城的王霸的部属有一些回乡去了，如今昆阳城内的兵士虽有八千人之多，却因军纪森严，将帅调度有方，城内秩序井然。

　　牛车才在漆器店外停下，一家人便慌着出来卸车。孟江见店内漆器几乎售罄，边卸车边乐呵呵地问五邑："叔父，漆器卖得可真快呀，天天这样该多好！"

　　五邑笑道："天天这样？孟江啊，你指定没事，你比牛壮，你问问小牛吃得消吗？夜间把它喂饱了没？看这小牛瘦得骨头都想蹦出来，我是心疼。"

　　孟江悄声道："放心吧，叔父，它夜间吃的全是豆子，早起还在打饱嗝呢，懒得不想动弹。水生问我这牛是否生病了，我可没敢给他说实情。"

芥子探着头听了，接话道："孟江啊，牛可不知道饥饱，不像你。由着它吃，不吃坏肚子才怪，吃撑了比饿着还难受。一点都不懂得心疼人家。"

孟江打趣道："芥子呀，看来你是撑着了。"

五邑道："好了，别斗嘴了。文寨库房里还有多少雷击木漆器？木匠都在文寨不是？"

孟江道："库房里的漆器不够一车了。木匠都在，一个没闲着，白天干一天，夜间到亥时，累得不像样，不敢催促了。来时李黄拦下我，问长问短。他店里的漆器没几个人买，见我不住地往城里送货，急得直跺脚。五邑叔，要不把他店里的漆器拉城里吧？"

五邑道："你不怕他得跟你干架？"

孟江道："那算了。叔父，汉军没打就进城了？可真快！能下脚的地方都是帐篷。"

五邑疑惑道："你怎么知道是汉军？"

孟江道："何止是见过，我跟家主还在汉军大营里住过几天呢，这小牛就是汉军给的，家主一直没说？叔啊，你可别说是我说的。"

五邑执意让孟江说说详情，孟江却借故推托，两人卸着车，虽气喘吁吁，却争执着互不相让。忽见卉子向这边走来，两人这才不再争执，停下手，等卉子近前。

卉子身后跟着她家的管家，另有两个用人。一行人来到车前，卉子道："爹，这是才从老家送来的雷击木漆器吧，要不别急着卸车了，都卖给杨府吧？"

五邑把眼瞪得溜圆，疑是听错了，对着卉子道："卉子，你爹耳背，你再说一遍。"

管家一旁道："太太说得没错，我家老爷吩咐，让多买些雷击木漆器，府上每个房间都得放上一件，大门横梁上、照壁底座边也放，算下来，大小不论，至少得要十一件。"

五邑惊道："竟有这样的买家？不管式样，不管质地，不管用处，只要是雷击木漆器就行？"

管家道："正是。"

五邑想笑，却忍住了。又心疼起卉子家的钱来，望着卉子道："卉子，你男人钱多烧的吧？这得多少钱呀？谁家的钱都来之不易，你可想好了。"

　　管家肃然说道："最近老爷身子欠安，常做噩梦。说来也怪，老爷将太太的那支雷击木簪子往床头一放，怎么睡都不做噩梦。那天，太太的簪子让婢女洗了放在外边晾晒，忘记收了。夜间，老爷就做起噩梦来，内衣都给浸湿了，真邪乎。这不，昨儿汉军兵不血刃进了昆阳，老爷说这里边透着股邪劲，这才想起多买些雷击木漆器来。这个时候，能辟邪，花多少钱都值，人活着图个啥？心安。"

　　孟江愣愣地看着车上漆器，不知如何是好。五邑犯着嘀咕，看一眼孟江，再看看一旁并无外人，遂低声道："总得挑挑吧？最好是拣便宜的。孟江，等他们挑好，你赶车给他们送去。管家，咱得说好，不欠账的。"

　　管家道："放心，带着呢，一文不欠。"

　　正说时，凡木自宅院过来，见车上尚有半车漆器，却无人卸车，他一脸迷茫。孟江遂将详情说了。凡木不置可否地站在一旁，良久无语。卉子知凡木不便多言，便让管家去车前挑选，并让孟江及她家用人将多余漆器搬进店铺。末了，卉子道："爹，车上的漆器我们全要了，算一算总共多少钱？"五邑喊来芥子算账，自己站在一旁愣愣看着。

　　管家掏钱时，忽听凡木道："既是杨掌柜身子欠安，既是雷击木漆器能慰其身心，昆阳城又处非常之时，管家，你不用付钱，算是五邑叔一家送给杨掌柜的，惟愿杨掌柜吉祥安康！既是亲戚，这么做理所应当。"

　　在场人无不惊讶。这不是一笔小钱，况那粮商此前的不雅之举曾招人不齿。管家自是极力拒之，并代杨匦谢过凡木，而后定定望着卉子。未及卉子开口，凡木道："管家，你暂且将漆器拉回府上，若非要付钱，等昆阳之事平息后再付不迟。眼下昆阳城处于多事之秋，待汉军北上，昆阳一如往常，待杨掌柜身子恢复如初，我凡木到府上再行讨要，届时，杨掌柜一时心悦，说不准能多给几个呢。"说罢，爽朗一笑。

　　众人皆笑。卉子捂捂嘴道："管家，还不谢过凡掌柜？"管家本就精明，见卉子眉宇间笑意未退，且话中之意不言自明，遂拱手一拜，道："谢凡掌柜仁厚！祈愿凡掌柜的生意如日中天。来呀，将车上漆器带回府上。"两个

第二十三章　　221

用人忙走向车子。凡木道:"孟江,你赶车将漆器送往杨府。"孟江应下,便去拉瘦牛调头。却又停了下来,他见众人的目光齐刷刷看向门店西侧,循着众人目光看时,见知县夫人款款而来,一袭曲裾,素颜素装,身后跟着个婢女。

知县夫人姓苏名婉,生就一副冷艳相,此次素颜而来,眉宇间挂着忧伤。她扫一眼车上漆器,而后径自步入店内。凡木见芥子忙跟了过去,他迟疑一下,缓步至门口。孟江道:"咱们走吧?"卉子道:"等会儿。"

"要一对镇尺,雷击木做的。"苏婉淡淡说道。

"这几天来买漆器的主顾多,小件的雷击木漆器就剩这对镇尺了,真像是给夫人专门预备的一样。"芥子说时将镇尺递到苏婉眼前。

"锦儿,把钱付了。想劳烦凡掌柜辛苦一趟,把这镇尺送至舍下。"苏婉盯着手指道。

"夫人客气了。"凡木接过芥子手中的镇尺,见柜台上有个精致的竹篮,遂将镇尺放进去,而后提了竹篮,小步跟在苏婉身后。

等知县夫人和凡木远去,漆器店外热闹异常。芥子气道:"凡木哥也真是的,凭什么给她送家去!不就一对镇尺嘛,还没一碗饭重。她自己不会拿?不是还跟着个婢女嘛!"

孟江叹道:"何为贵人?这才是,不折不扣。贵人可不是随便哪个都能当的,我今日真是长了见识。"

五邑疑道:"别乱说。都没看清知县夫人的眼睛?那眼里满是血丝,分明是哭过的,指定家里出了事。"

见一时无人言语,管家道:"夫人,回府吧?"

卉子道:"等等。"言罢,步入店内,在桌前坐下。

管家在车子前走来走去。孟江去后院舀来一瓢水喂给小牛,而后蹲在地上与小牛对视。芥子倚门而立,时不时望向西边。有主顾进来时,她才随主顾进店,懒洋洋的少气无力。辛茹挽袖自后院出来,说饭好了,却无人理她,看众人这般模样,她走向孟江,一脸茫然。

"凡木哥回来了。"芥子的一声惊叫,让众人一时来了精神。卉子猛然站起,随之又缓缓坐下。

凡木进店，满脸悲伤，坐下后良久无语。五邑着急道："凡木呀，知县家里出事了？"

凡木黯然道："知县大人殉国了。"

众人齐声道："殉国？"

凡木遂将李知县殉国之事简要说了。今日一早，刘秀去巡视城防，王凤、王常带人直奔县衙。二人鲁莽，远不及刘秀谦和、虑事周全。汉军取了昆阳，不日便要北上，为使昆阳官吏自此不再效忠新朝，王凤执意要李知县写下承诺文书，日后为汉军做事。李知县执意不从，二人唇讥舌讽，争得脸红耳赤。李知县原是前朝忠臣，独尊儒术，骨子里满是忠君与爱民，一身傲骨，两袖清风。而后委身新朝，已是涕泪交流。如今再让其背离新朝，实难顺从。烈女不更二夫，忠臣不事二主，本已有悖先贤之道，而今重蹈覆辙，于他而言，生不如死。末了，李知县长叹一声，将头颅猛然撞向石柱，一时间脑浆迸裂，血流大堂。在场者无不愕然心惊。

凡木言罢，黯然喟叹。漆器店内外唏嘘不已。良久，芥子道："李知县殉国，那知县夫人买镇尺做甚？"

凡木道："李知县本一介儒生，一生与文墨为伍，既是驾鹤西去，还有何物胜过镇尺陪伴？再者，知县夫人想以雷击木镇尺陪伴夫君，也有辟邪之意。"

芥子不解道："不就一对镇尺吗？为何非要让你送？"

见凡木一时语塞，卉子道："芥子，说了你也不懂，不懂就别问。一去那么久，也难为你凡木哥了。"

凡木听不出卉子话中之意，僵着脸沉默无言。

翌日清晨，昆阳城楼号角连声。城内的狗受了惊吓，狂吠声声嘶力竭。鸡们不管这些，依旧慢条斯理地打鸣，抑扬顿挫。四周城墙高耸，皆有汉军把守，城里百姓不得近前，故而，城外境况不得而知，仅从兵士的呐喊声里听出，莽军已将昆阳城围得水泄不通。城墙上下一派忙碌，城内街上却并无骚动，个别早起者聚在一起，指着城墙说长道短。炊烟自屋顶袅袅升起，与往常无二致。

第二十三章

凡木并不知围城的莽军有多少，据说汉军将近九千人，这么多人固守昆阳，加之城墙坚如磐石，莽军想要破城比登天都难。他忧虑的是李知县该葬在何处，棺椁出城几无可能，城内几无立锥之地，总不能在县衙掘地三尺，安放棺椁吧。继而担忧起苏婉来，她随夫来自荆楚，昆阳城无亲无故，真不知这涉世不深的女子，该如何处置夫君后事。

孟江将早饭送来时，凡木正端坐发呆。孟江将热饭端上，着急道："家主，昆阳被围，城门不开，我回不了文寨了，眼见店里的漆器仅剩几件，急死人啊！昨晚，田掌柜一个劲儿唠叨，还让我及早给他送油呢。"

凡木忧道："也不看看到了什么时候，该把生意上的事放放了。稍后你去见见张二和田禾，还有五邑叔，店里有的，想卖就卖点，最好是关门歇业。告诉芥子和辛茹，不要离店半步。等等，还是你我一起去吧。"凡木匆匆用了饭，将饭碗丢进竹篮，一摆手，径自出了大门。孟江忙将竹篮提上，而后锁了门，紧随其后。

城门方向传来打雷般的声响，低沉，浑厚，有间歇。凡木自然不知，那是莽军用牛车撞击城门。十个兵士一手持盾牌，用以抵挡自城墙上射下的箭头，另一手推着车子，缓缓前行，车上装满巨石。这十人抵近城门时，猛然用力，车子撞击城门的声音如同雷鸣。稍后，退出数步，而后再同时用力，推车子猛然撞击，如此反复数次，直至那牛车撞得稀烂，厚重的城门只是喊上几声，仅此而已。车子稀烂时，巨石轰然落地，将城门外本就不宽的路面几近挡严，莽军后头的车子再想如法炮制，已是万难。十个兵士灰溜溜退出城门，本想全身而退，却已身不由己。盾牌挡个箭头尚可，人头大的石头自城墙之上重重砸下时，那盾牌已是尽力，眼睁睁瞅着一个个本是鲜活的兵士脑袋血液迸出，倒地不起。

城内大街上行人寥寥，因惧怕城破，人们躲在家里四门不出。凡木和孟江叫上张二，而后喊上田禾，四人一道去见五邑。对关门歇业，田禾显得极不情愿。五邑却是极为赞成，他这里的漆器本就所剩无几。看着五邑两口子面带惊慌之色，凡木道："张二，就数你壮实，你就留在这里，我把一家人交给你了。记住，关紧大门，谁都不能外出，尤其是芥子和辛茹。昆阳城坚如磐石，断不会被莽军攻破。只是城里兵士较多，女孩子家还是不出门的好。"见辛茹一脸忧虑，凡木道："孟江陪我住在宅院，我们也四门不出。那刘秀足智多谋，定有化解之法，不消多日，昆阳城定会云开雾散。"

凡木和孟江回到宅院，便闭门不出。因备有足够食物，一日三餐由孟江凑合着将食物做熟，勉强用了。

莽军将攻城之法逐一用上，终不奏效。王邑、王寻见用巨石破门不成，便改用云梯。兵士挡着如雨的箭头，迂回至城墙下，勉强将诸多云梯竖起，抵住城墙，黑压压的兵士便被驱赶着爬上云梯。其结果无非有二，一是被乱石砸中，摔下梯子，二是被乱箭射中，噼里啪啦纷纷落下。于是，改为夜间偷袭。趁着后半夜夜深人静，莽军精选出众武士，腰缠绳索，黑衣黑面，悄悄爬行至城墙脚下，悄然将绳索用力甩向城墙顶端，绳索一头有钩，待铁钩吃上城砖，兵士便双手攥住绳索，脚蹬墙体，攀援而上。周遭沉寂，万籁无声。兵士本以为将要得手时，忽听城头一阵呼叫，号声骤起，那绳索不是被割断，便是被完好无损地送回城下。个别侥幸攀上城墙者，不是被剁成肉酱，便是被砍了头，如数扔向城外。不留活口，大约是不想糟蹋食物。

巨毋霸赶巨兽来至城下时，已是日暮时分。此时，残阳如血，城楼之上恍若梦境。先是由巨人对城楼喊话，那声音虽带嘶哑，却也声大如雷，加之城墙的回音，一时间，像是地动一般："贼寇听了，有想活命者，速速打开城门受降，过往之事，官兵断不追究，尔等均可返乡，孝敬爹娘。如若一味顽抗，必为虎豹撕吃，仅留骨头。爹娘生尔养尔，本指望日后膝前行孝，本指望百年后坟前送食的，若是只剩几根骨头，你该如何行孝？"

巨人言罢，轰鸣声萦绕周遭，良久才消。他随之命人将带着轮子的硕大木笼推至跟前，呼哨一声，一时间，虎、豹、犀牛和大象便齐声吼叫，直把城墙上的兵士叫得缩头捂耳。这吼叫声漫过城池，在昆阳城里游荡，惊魂摄魄。不少孩子被吓得哇哇大哭，不少女人被吓得钻进被窝。

城上守兵有一人暗自嘀咕："万一城破，那凶猛野兽被放进城来，本就饿着，怎么得了！"另有一人道："这莽军也太多了，少说也得三十万，你看那帐篷，黑压压看不到边，昆阳城四周都这样。无论如何，我们是出不

第二十三章　　225

去了，只看能守得了多久。城里吃的够吗？八九千人啊！"

莽军连日轮番攻城，终不见效，末了，派兵赶往周边村寨，欲找出各村木匠，让其赶制塔楼。王寻亲手在一块块粗布上画出多张草图，让偏将带上，逼木匠照图去做。

一个白脸偏将率一百来人冲进文寨时，水生正看着木匠赶制漆器。经众木匠昼夜赶制，两天内，库房里的漆器已够装车，却迟迟不见孟江的牛车回寨。知道城里漆器卖得极快，水生不时向外观望。然而，等来的却不是孟江。

白脸偏将在文寨街头逢人便问谁家有木匠。恰巧遇上田雨，那田雨小眼一瞟，指指凡木的宅院，偏将便率兵奔向南巷。撞门而入，见一帮木匠正制作木器，偏将大喜，遂将草图递至水生手里。

水生道："不做这个，漆器还跟不上呢。"

偏将道："做吧，急用。"

水生道："官爷做这个何用？从未做过，我们只做漆器。"

偏将道："做吧，急用。"

水生道："那得缓两天，做够两车漆器再说。你是来料加工，还是做好后你出钱买下？"

偏将道："征用。"

水生道："何为征用？征用得给多少钱？"

偏将怒道："给你个鸟！"

水生不解道："为何这么说？你们不是官兵吗？怎么看也不是山里匪盗，既是官兵，就不该欺负百姓。"

偏将一时脸色铁青，伸手攥住水生的衣领道："少废话！战时征用，天经地义，快做。"

水生将胸前的手拉下道："战时？官爷，哪里打仗？"

偏将冷冷笑道："蠢驴一个。昆阳城被官兵合围两天了，你是真蠢还是装蠢？"

水生瘫坐在地，暗道："愿家主安好！"

偏将大声道："你磨蹭什么！快让木匠照图赶制。"

水生迟疑片刻,仰头道:"木料呢?"

偏将怒道:"你这院子里不是有木料吗?"

水生惊道:"官爷,那可是雷击木啊!"

偏将厌烦道:"什么雷击木不雷击木的,快做。要不将房顶拆了?有这么多房舍,木料足够用的。来呀,拆房子。"

见众兵士一拥而上,真要拆房,水生这才幡然醒悟。来者虽是官兵,听其言,与强盗别无二致。忽见一木匠过来阻拦兵士,那兵士竟挥刀一抡,木匠的半截左臂便瞬间掉下。水生大惊,望着发呆的木匠,忙挥手让其他木匠退后,而后咬着牙道:"把草图给我。"他手捏粗布道:"兄弟们,认了,做吧,照着图上所画的样子做,木料不够,就把西墙边那棵老槐树砍了。都别愣着了,干活去!"

水生弯腰捡起那半截手臂,拉上木匠跑进屋内,将床单撕下一块,在木匠蹿血的地方用力缠绕。那木匠一脸呆滞,望着几案上的半截手臂,像是并不认识。

水生自屋里出来,见偏将正训斥那个伤人的兵士。几个木匠做活时满脸恐惧,时不时瞟一眼偏将。见水生出来,偏将道:"天黑前务必将塔楼做好。"见水生点头,偏将道:"邻村还有木匠吗?"水生道:"你去问问。"偏将瞪一眼水生,一摆手,率众兵士奔邻村而去。

一木匠颤巍巍道:"掌柜的,按着图上标示,这塔楼得高过屋顶,比昆阳城墙还要高出一些,他们要这个干吗?"

水生阴着脸道:"还能干吗?指定是攻城所用。"

众木匠面面相觑。水生将大门关上,而后把木匠聚拢,低声说道:"趁着他们没在,活儿赶快点,在中间榫卯处做上手脚,务必要让塔楼立起来,与图纸外形一致,务必承重一个人,超过两个,塔楼便自行倒塌。这是我的想头,至于如何去做,你们私下商议,去吧。"

天黑前,偏将率兵返回文寨。见塔楼已赶制出来,咧嘴笑笑,拍着水生肩膀道:"好样的,等昆阳城破,你也有功,届时,你去城里找我,赏钱你也有份。来呀,把塔楼抬到街上,再去找辆牛车来。"

这塔楼过长,无论如何也无法抬到街上。不得已,仗着人多,便将塔

第二十三章　　227

楼越墙而过。有兵士自田雨家赶牛车出来，田雨跟在车后，一脸沮丧。一帮兵士将长长的塔楼一头固定在牛车上，另一帮兵士不知从谁家推来一辆独轮车，将另一头压在独轮车上，紧固后，前呼后拥，吆喝着，一行人出了寨子。那牛车由田雨赶车，慢悠悠奔昆阳而去。

这塔楼被运到城下时，另有别的塔楼也相继运到。攻城战旋即开始。在王邑、王寻指挥下，佩戴盔甲、手持盾牌的兵士将塔楼推至距城墙尚有些距离时，开始向塔楼上端爬行。塔楼顶端本就高出城墙，爬上塔顶的兵士便猛烈向城墙上放箭，一时间，城墙上哀号声声。忽有一个塔楼忽闪一下，拦腰折断，塔楼顶端及正在向上爬行的兵士，随塔楼轰然而下，护城河里水浪骤起。

其他的塔楼虽没有垮塌，却相继燃起火来，塔上的兵士哭喊着，或身披火苗，或身冒蓝烟，跳下时，不是被摔死，就是在护城河里扑腾。原来，城上汉军早有防备，他们将柴草扎成一团，蘸了油点燃后，扔向塔楼。

第二十四章　凡木出城葬知县
　　　　　　刘秀策马搬救兵

　　凡木在宅院寝食难安，眼前不时浮现出李知县殉难之相，及知县夫人凄楚忧郁的面容。李知县殉难后，张书办被王凤委以重任，代行知县之职。此前，张书办与李知县过从甚密，由他出面，李知县的后事定能妥当处置。想到此，凡木心下稍安。凡木却不知哪天出殡，李知县夫妇一向待他不薄，无论如何，他都该去点炷香，为知县送行。今日是李知县殉难的第三日，按当地风俗，安葬逝者不宜超过今日。凡木跟孟江交代一声，独自奔县衙去了。

　　眼前景象让凡木大感不解。后宅一派沉寂，县衙的人一个不见，棺木摆放在门里，苏婉守候一旁，望眼欲穿。

　　见到凡木，苏婉一阵慌乱。她急忙拿手帕在眼角轻拭一下，本是想要平复自己的，却适得其反，眼泪簌簌而下。她旋即背转身子，只将瘦削的肩头送与凡木，那肩头颤抖不已。婢女站在一旁不知所措。

　　凡木惊道："已是第三天了，为何不见衙门的人过来？"

　　婢女看一眼苏婉，带着哭声道："好多人惧怕汉军，不敢过来。张书办找过汉军将领，想让汉军打开城门，让老爷的棺木葬到郊外，像是没能谈妥。今日没见张书办过来，不知他是否又去找汉军将领了。"

　　凡木道："在城里找不到墓地？"

婢女道:"还没找到。本来有个能打墓的地方,两边的住户却死活不让,给多少钱都不让打墓。"

凡木急道:"张书办在不在县衙?"

婢女怯生生道:"不知道。"

苏婉转过身来,泪水已被拭去,脸上依旧挂着忧伤。凡木看一眼苏婉,转身去了。

张书办在居室里踱着步子,他不时挠头,显得焦虑不安。凡木在门口道:"张知县、李知县的后事该如何安置,眼下还没着落吗?已是第三天了,耽搁不得。"

凡木情急之下的话挫伤了对方,张书办翻眼看看凡木,一言未出,旁若无人地踱着步子。见状,凡木转身要走,却听张书办在身后言道:"李大人的棺木乃在下出钱所买,本人屡次找汉军将领交涉未果,确已尽力。"

凡木回身道:"这么放下去,尸首不得放臭啊!"

张书办道:"县衙隔壁丁老先生家,他夫人六天前过世,本想三天头上去城外安葬的,不想,恰好是三天头上,官军合围了昆阳。不就是放臭了嘛。"

凡木道:"你找的是哪位汉军将领?"

张书办道:"王凤。"

凡木道:"我去找刘秀试试。"言罢,自顾去了。

走出县衙,见孟江胆怯地站门外候着,凡木惊道:"孟江,你是几时来的?"

孟江道:"回家主,家主出门后,奴才放心不下,就紧紧跟在身后。这兵荒马乱的,大白天也不一定太平。"

凡木道:"你即刻回去,将牛车赶到县衙。"

孟江疑惑不解,见凡木急匆匆走了,便没敢追问,放开步子,匆匆赶回家去。

来到将军衙署外,凡木跟诸多卫兵交涉良久,说是刘秀故友,有要事参见将军。一个卫兵细细打量凡木,而后惊道:"没有记错的话,你是凡掌柜,在临河镇有过一面之交,刘将军还送凡掌柜一头黄牛呢!"

凡木喜道："正是，正是。"

那卫兵道："既是刘将军故友，请凡掌柜少候，我这就进帐禀报。"言罢，匆匆去了。

刘秀不住房舍，喜住军帐，抑或是习惯，抑或是军帐四周皆空地，不易被人自暗处偷袭。凡木施礼后，不卑不亢道："在下凡木，久仰刘将军大名，此前临河镇相识，乃幸事一件。今有一事相求，还望刘将军成全。"

刘秀正与两个参将议事，听凡木如此说来，忽想起在临河镇征马之事，遂对一个参将道："刘某想起来了，王将军，你的坐骑就是这位凡掌柜献上的。凡掌柜，别来无恙？临河镇一别，虽时日不多，怎奈军务繁忙，寻常事常常是丢东忘西。有何事尽请讲来。"

凡木道："李知县为人耿直，少了些权宜。其尸首已放置多日，如不及早送到城外安葬，恐尸首腐烂，为邻里妄议，有伤汉军之名，还望刘将军恩准！"

刘秀迟疑片刻，目视左右，而后道："开城门放棺木出城，这并非难事，要紧的是，凡掌柜如何与莽军交涉。"

凡木道："在下先去城墙上对莽军将领喊话，李知县本是为新朝殉国，此乃其一；其二，是人都有生老病死，莽军哪个兵士之父母都有这么一天，在下动之以情，晓之以理，谅那莽军不会拒之。若不成，凡木依旧感将军之恩，并代李知县家眷谢过刘将军。"

刘秀听了凡木这受听之词，遂笑着对一旁的参将道："王将军，你的坐骑既是凡掌柜献予，枣红马还将侍奉着你，你理当陪凡掌柜去城楼一趟。"

王将军笑道："刘将军一向宽厚仁慈，卑职本该效仿。"言罢起身，领凡木去了。

登上城楼，城墙外的境况让凡木一阵惊悚。但见莽军及军帐蔓延至数里之外，不见边际。此时，莽军屡攻不下，便停止攻城，开挖地道，以期自地下进得城来。而挖出的新土并未运至别处，似乎不怕为汉军所知。凡木不解，城墙之外是护城河，地道该如何过河，开挖的地道莫不是要自水下穿过？这得挖下多深啊！地道万一被河水灌入，如之奈何！要不就是恐吓汉军，以涣散军心，自古便有兵不厌诈之说。

第二十四章

凡木对着城下喊道:"城外兵勇听了,请传话给你们将军,就说昆阳知县李大人为国捐躯,尸首已放置多日,若不及早运至城外安葬,只怕民怨沸腾,对朝廷之名声多有不利。李知县不为汉军所用,城破之时,断然殉国,其忠君守节之气节令人动容,念及李知县乃新朝忠臣,念及李知县至死不侍二主之分上,请容其棺木去城外安葬。"

凡木至理之言,让城外兵士为之动容。早有偏将奔往王邑、王寻军帐,将凡木所言讲了。王邑策马来至军前,对着凡木喊道:"你乃何人?为何替李知县讲情?"

凡木喊道:"在下凡木,微末商人,只因自设粥棚,赈济灾民,被李知县获知,李大人大为赞许,并赐予墨宝,匾额至今悬挂于店铺正墙之上,由此,鄙店的生意一日好过一日。俗话说,滴水之恩,须当涌泉相报。今李大人以身殉国,城内并无可葬之地,在下冒死一试,求将军开恩,容李大人的棺椁去城外安葬。"

大约那王邑被凡木的人品打动,良久无语。少时,王邑喊道:"念及李知县乃为国捐躯,念及凡掌柜感恩心切,那就容李知县的棺木去城外安葬,只是出城之人勿带兵器,顶多三个,且要开棺验尸。"

凡木再三致谢,而后下了城楼,别过王将军,直奔县衙而去。王将军站在城门一侧等棺木过来。望着疾步而去的凡木,王将军暗道:"此乃真君子也!"

远远地,见孟江站车前东张西望。孟江的个头本就不低,黄牛扭脸看孟江时,不得不把头仰得老高。凡木示意孟江赶上车在身后跟着,二人径自进了县衙后院。张书办探头看时,恰遇凡木找他。张书办喊来六个衙役,各自烧了香表后,合力将棺木抬上牛车。之后,众人低下头均不言语。凡木道:"张大人,能否将铁锨和镢头借来一用?我和孟江还有李夫人,送李大人去城外安歇,莽军只答应三人出城。"

众人听罢,即刻将脑袋抬起,话语一时多了不少。张书办吩咐衙役找来镢头和铁锨,轻轻放在棺椁一旁。孟江将马凳摆放车边,由婢女搀扶苏婉坐在车头右侧,孟江坐在车头左侧赶车,凡木则坐在车后。正要离开后宅时,苏婉的婢女手抓车帮不放,执意要爬上车去。凡木劝阻再三,而后望着这婢女眼泪汪汪地跟随车子走出老远。

王将军一直在城门等候,见牛车载着棺木过来,对着城楼的兵士望上一眼,而后命人打开城门。牛车吱吱呀呀、咕咕噜噜,这沉闷的声响在城门回荡。王将军命人旋即将城门关上,他仔细检查过城门,便登上城楼,等牛车返回。

哨卡上的莽军原本是要打开棺椁的,看着阴森森的棺木,却无人敢撬,任由牛车顺官道一路南去。小黄牛慢吞吞不急不忙,不时扭头望望官道两侧陌生的军帐。终于走出帐篷区,凡木回望时,昆阳城楼已在虚无缥缈间。

棺椁原是由多人抬上车去,眼下却只有三人,这让凡木一时犯愁。最终让黄牛下辕,车后触底,将棺木一点点滑下车子。更让他犯愁的是打墓,在洼地打墓相对容易,可易被水泡;高处最难,且棺椁不易上去;最终择平地开挖。墓地选在道旁,两个男人一人持镢头,一人持铁锨,铁器所到之处,尘土飞扬,叮当乱响。

苏婉站在道旁默默望着二人挥汗如雨,她暗暗掏出白色手绢,却迟疑着没敢近前。半个时辰过去,墓坑里不再有尘烟扬起,但见一团团湿土飞出,凡木和孟江的模样清晰可见。两人早已将外衣脱去,白色内衣已被汗水浸湿,紧贴于成块的胸肌之上。两人忽然停下手来,孟江将双手在腋下擦拭后,捧着凡木的手细看,而后生生将凡木推出墓坑。凡木摇摇头无奈地走到路边,望着棺木发呆。他的手忽然被苏婉拉起,苏婉见这双手上足有三个血泡,且早已破皮,露出红红的嫩肉。苏婉浑身战栗不止,忙把手绢塞到凡木手里。苏婉看看凡木,再看看棺椁,她背转身去,啜泣不已。她一点不知道是为夫君还是为凡木。

见一队兵士驱赶着羊群自南边过来,凡木灵机一动,忙问苏婉:"身上带钱没有?孟江,把身上的钱全部掏出。"说时,自己跳下官道,去拿外衣。

三个人将各自的钱凑到一起时,那队赶着羊群的兵士已到棺木跟前。凡木捧着满满的铜钱道:"诸位,请行行好吧,帮忙将李大人的棺木移入墓道,还望成全。出门仓促,所带铜钱不多,诸位拿去喝杯小酒。"

一个兵士伸头看看墓道,再看看铜钱道:"墓道还没打好,你这是打墓道的钱还是安放棺木的钱？"

见凡木一时无语，另一年纪稍大者道："也不看是什么事，送人最后一程，胜造七级浮屠。干吧，干完分钱。"说时，已将铜钱悉数装入怀中。

人是不少，怎奈铁锹就此一把，好在众兵士轮番跳下墓坑，墓道很快打好。而后，众人合力将棺椁放入墓道。兵士们没有填土，赶上征来的羊吆喝着奔军帐去了。凡木的手已让苏婉包扎过，他和孟江轮着将黄土填入墓道，坟丘高高隆起后，两人瘫坐一旁，气喘吁吁。

苏婉伏在坟前，泪流不止。旷野的风将苏婉的长发撩乱，一缕缕在肩头飘忽。她没用衣袖拭泪，任由泪水簌簌而下，不忌讳有外人在场，哭诉声凄婉任性："万里之外有归期，九泉之下无见时。自此你我白云断，何当抚慰妾所思。夫君去矣，妾身何以苟活于世。碧玉之年，随了夫君，本在荆楚之地，省亲睹故多有便利。然，夫君志存高远，有心赴先贤教化之地，以兴仁爱之风。怎奈世事无常，前路多厄，鸿志未酬，便含恨九泉。如今葬无良地，举目无亲，归根无望，魂无所依，怎不叫妾身肝肠寸断、拭涕不及。夫君此去，留妾身生疏之地，望断飞燕，何日随君归故里。呜呜呜呜。"

凡木和孟江已哭成泪人，荒野里，三人啼哭不止。狂风刮来，尘土漫卷，坟地里，一派昏暗。

衙署内，王凤、王常、刘秀正争得面红耳赤。王凤忧道："原指望刘演拿下宛城后，挥师北上，以解昆阳之围，不想，宛城如今却久攻不下。眼见莽军轮番攻城，我昆阳汉军早已士气大落，昨日莽军已开挖地道，方才有军士来报，莽军挖出的新土已堆积成山，若无数地道进入城内，你不知出口在哪儿，若是选在居民家里，若是选在茅厕之内，又不知莽军精兵几时破土而出，该如何防备？昆阳城岌岌可危！"

王常道："莽军声称百万之师，虽是唬人之说，可反复查看，城外兵力至少十万，而汉军却不足九千。兵力如此悬殊，若刘演大军迟迟不到，我们出城迎敌，指定不妥。若一味死守，久之军中粮草自然告急，小小个昆阳城，居民不过万人，如何长久供得起近万大军！眼见莽军地道正逐日抵近城内，窃以为，与其这么坐以待毙，不如弃了昆阳，突围南下，与刘演合兵一处，速速拿下宛城，而后再剑指昆阳。"

刘秀道："愚以为不妥。护城河河底松软，使地道穿河而过，不过是唬人之词，无非是撼我军心。如王常将军所言，汉军弃城而去，恰好中了莽军之计。试想，十万大军在平原之上围堵九千之众，汉军能有几成胜算？怕是汉军未到宛城，早已被莽军全歼。据说，宛城之莽军早已军粮匮乏，士气低落，加之宛城民众民怨沸腾，宛城不日定会被刘演攻破。届时，刘演挥师北上，我等出城迎敌，两厢夹击，料那莽军定难招架，必定溃败四散。"

王凤道："据报，军中弓箭早已不足，城内铁匠铺子也就一家，正连夜赶制。要紧的是物料从何而来？总不能将百姓的铁锅砸了吧？而一旦百姓造反，汉军可是腹背受敌，他们不必兵刃相见，只消将城门为莽军打开，汉军便万事休矣。故而，安抚百姓乃当务之急。"

王凤之言倒让刘秀不由一惊。自古守城者不惧城外，若食物、兵器充足，兵士、百姓齐心，攻城者必定无功而返。然而，既被围困，再好的城池也终是死城一座，譬如人之躯体，不造血，如何也支撑不久。刘秀思虑良久，而后道："二位将军，汉军固守昆阳，等刘演率军北上，而后夹击莽军，本不失为上策。要紧的是，刘演得及早攻取宛城。鉴于昆阳城内粮草兵器日显不足，坐等，便凸显被动。最好的防守是进攻，即便刘演迟迟不到，如有另一支精兵自外围突袭莽军，莽军也必军阵大乱，军心涣散。"

王常哂道："刘将军，此话等于白说，何来精兵？"

刘秀道："刘某情愿一试。此前我等攻取定陵、郾城时，曾留下两千兵勇，大军开赴昆阳后，定陵和郾城的守将断不会不征兵买马，此时那两城之内的兵士怕不止两千，刘某趁后半夜人静之时，率随从星夜出城，去定陵、郾城搬兵，不知二位意下如何？"

王凤忽觉眼前一亮，少时便暗淡下来，叹道："不算算这才几天，如此短的时间，定陵、郾城能征得多少兵马！若以三两千人冲击莽军大营，无异于以卵击石。"

刘秀胸有成竹道："偷袭者，人不在多少。"

见刘秀信誓旦旦，王常忧道："刘将军该如何突出重围？城外莽军大营可是绵延数里。"

刘秀道:"容刘某细细想来。如无他事,刘某告辞。"言罢,别过王凤、王常,回了自己军帐。

刘秀在军帐踱着方步,良久,竟不合时宜地想起他在新都时的一句誓言:娶妻当娶阴丽华。阴丽华,乃春秋名相管仲之后,只因祖上后来自齐国迁居楚国,被楚国封为阴大夫,后来便以阴氏为姓。秦末汉初,阴家举族迁往新都。这位出身豪门大户的阴家小姐,性情温良,容貌可人。新都一遇,刘秀便不能自持,以至于冲锋陷阵时,常有秀玉之色萦绕心间。此刻,想起那温良之人,刘秀忽觉血往上涌,不禁暗道:大丈夫为江山,亦为美人也!

他大声喊道:"笔墨伺候!"

一随从忙将一张鸡皮铺于刘秀几案之上,再拿笔递到刘秀眼前。刘秀提笔将鸡皮写满文字,而后道:"速将这十二位将佐请至大帐!"

少时,王霸、任光等十二位将佐依次来到军帐,刘秀讲了眼下危局,及夜间出城事宜,随后让各位喂饱军马,将盔甲、兵刃佩戴停当,到帐外听令。众人齐声应下,匆匆去了。

凌晨,月暗星稀,狂风呼啸,飞沙走石。街道上,青石板泛着点点亮光,如贼眼闪烁。风扫街面,生出呲呲声响。有夜猫在不远处叫曲儿,那声音忽高忽低,哀婉凄凉。十三人牵马行至昆阳南门,刘秀丢了缰绳,独自登上城楼。但见旷野上一派阴森,官道上游动着诸多黑影,风沙并未将哨兵驱离。刘秀对守城的偏将耳语一番,而后一道走下城楼。

城门缓缓打开,十三匹坐骑奋蹄冲出城去。却因马蹄上绑了棉套,马蹄声未响,嘶鸣声不闻。战马飞速扑向莽军哨卡,哨兵的头颅纷纷落地。忽有兵士的喊叫声凄然响起:"贼兵偷袭!贼兵偷袭!"

莽军军营慌乱之时,十三人已出城一里。怎奈兵营重重,兵阵如水,前方官道之上,已是呐喊声四起,雷鸣般震耳欲聋。刘秀冲在最前面,大刀上下翻飞,沾上者死,碰上者伤,莽军成片倒地。前营的兵士堵截,后营的兵士追赶,厮杀声响彻苍宇。军情报至王邑、王寻军帐,两人均不信区区十三人,敢闯十万之众的莽军大营。厮杀声最终让二人醒悟,遂策马循声而去。良马才跑一箭之地，那厮杀声已渐渐停息。赶到阵前，但见横尸遍野，那十三人已不见踪迹。

王邑并不知这十三人出城何为，料定城中粮草不足，是为筹集粮草而去，遂命人严守，一粒粮也休要放进城内。

风声依旧很大。刘秀抹一把血水，回头看时，见十二人一个未缺。他忽觉腿部生疼，低头一看，见一支羽箭还吃在肉里。他勒马停下，问众人伤势如何，得知并无大碍，遂拔出腿上羽箭，撕下一根布条将伤口绑上，人不离鞍地大喊一声，十三人转而向东，奔定陵而去。

当初攻取定陵、郾城，是为肃清昆阳外围之莽军，以防攻打昆阳时，两地之莽军驰援昆阳，使汉军腹背受敌。刘秀离开时，在定陵、郾城各留一千兵力，并让两军将领酌情扩充兵员，如今兵力多少，刘秀一概不知。

定陵守将谢恭见刘秀等人满身是血，大惊，待问明缘由，忽生惊恐之色。这位年长将领知刘秀率兵兵不血刃进了昆阳，但等宛城汉军一到，便挥师北上，却不知几十万莽军如今已将昆阳死死围住，更不知宛城仍在鏖战，宛城守军虽是强弩之末，依旧不肯献城受降。谢恭将刘秀等人送至驿馆，坐等众将包扎更衣后，欲以酒肉招待。

刘秀道："谢将军美意！只是眼下军情不待，多耽搁半个时辰，昆阳城就有被破之险，请速将定陵之兵集结待命，而后开赴昆阳。"

谢恭迟疑道："回刘将军，定陵之汉军本就不足两千，若悉数撤走，定陵之防务就形同虚设，且不说莽军收回失地乃举手之劳，一伙强人就能把持定陵，我等当初苦苦鏖战得来的城池如轻易易主，让人心有不甘，城内百姓必定怨声载道。若分出千人随刘将军驰援昆阳，面对数十万莽军，这无异于飞蛾扑火。还望将军三思。"

刘秀不悦道："成国公王凤将军尚在昆阳城内，成国公乃绿林军始创者，他若有个三长两短，我等有何颜面去见更始帝。谢将军之言我刘某没有听见，故而王凤将军不会知晓，请谢将军想好重说。"

这谢恭眼珠一转，暗道：若王凤死在昆阳倒还罢了，若相反，他一旦获知我谢恭畏缩不前、见死不救，只消一支令箭，我这脑袋就得搬家。想到此，便换了一副笑容道："刘将军仁厚，末将谢过刘将军。实不相瞒，末将之手下，此前皆外围征战，如今进得城内，便懈怠下来，晨操、军训皆大不如前，并非末将有意推诿，唯恐士气不振，贻误战机。"

刘秀会意一笑，道："安于享乐，人性使然。然，如今远未到花天酒地之时，待日后兵进长安，再享乐不迟。闲话少言，速速将兵士集结。恐士气不振？那是军法开恩，不信刀架项间，兵士还睡眼惺忪！"

刘秀的宽厚与仁慈让谢恭感动不已，他随即集结一千五百兵士，交由刘秀带去。刘秀将这一千多人带至郾城时，郾城守将王孝天大惑不解。刘秀遂说明来意，并敦促王孝天即刻集结队伍。这位守将本是刘秀兄长刘演属下，却因王凤与刘演一向不睦，王凤有意拆散刘演原有部属，便征得刘玄应允，将王孝天征调至他与刘秀帐下。为让刘玄称帝，王凤费尽心机，于刘玄而言，王凤有着不世之功，故而，刘玄对王凤自是言听计从。对王凤之所为，刘演曾咆哮公堂，最终权衡再三，还是忍下。忍是忍了，可祸根却已埋下。他日后被暗算杀头，此乃罪证之一。

王孝天乍一听王凤被莽军围困于昆阳，心下暗喜，遂道："刘将军，末将本该听命，将郾城守军悉数调往昆阳，只是眼下河匪猖獗，常有河匪远道划船而来，结帮滋扰百姓，即便我等固守城池，城里城外还有盗匪滋事。汉军无船，只得沿河道追击河匪，顶多用羽箭射之，常常无功而返。今日被赶走，隔日还会来，我等疲于奔命，却又束手无策。兵士本就一千多人，若悉数调往昆阳，只怕难以绥靖周边。若莽军乘虚而入，我等先前之功，悉已白费，还望将军三思。"

刘秀仰头看天，而后喝道："王孝天，你休要拖延，我命你即刻集结队伍，不得怠慢，不然，军法从事！"

不得已，王孝天将郾城不足两千人集结待命。刘秀从中挑出一千五百人，与定陵之兵合二为一。

刘秀瞧这三千兵士，大多动作拖沓、双目无神，已无先前模样。此前征战，居无定所，食仅果腹，又无女人可观，如今进得城来，无仗可打，只是靖安，面对丝竹声声、酒肉飘香，少不得醉心花眼，萎靡不振，以此等颓废之态去冲击莽军大营，无异于送死。刘秀思前想后，决意大力整训一番，而后再率兵开赴昆阳，唯如此，方有奇兵之效。

第二十五章　急缴械王凤保命
　　　　　　遇兵祸卉子遭殃

　　连日来，莽军的攻势虽不见成效，却有增无减。巨毋霸所带的巨兽每日都在阵前狂吼乱叫，而挖地道的新土也在逐日增多，堆积如山，这大大消耗着汉军的羽箭及斗志。

　　站在城楼眼望新土，王凤不觉后背发凉。一想到不定哪个漆黑夜晚，他的床榻之下会有地道出口猛然打开，莽军精兵会鱼贯而入，他便彻夜难眠。终于忍无可忍，他试着对王常道："王廷尉，莽军像是增兵不少，兵多势大，攻势一日猛过一日，地道怕是不日便能挖到城内，一旦城破，势必玉石俱焚，我等该另谋计策才是。"

　　王常惊道："成国公何出此言！眼下正是生死攸关之时，你我万万不可懈怠。此言若被兵士听去，必将扰乱军心，一旦军心涣散，后果不堪设想。"

　　王凤叹道："既是后果难料，不如保全性命要紧。诸多将士随你我出生入死，到头来弄得死无全尸，何以面对万千爹娘！白发人去送黑发人，乃痛彻心扉之事。"

　　王常疑道："莫非成国公有了退敌之策？"

　　王凤哂道："退敌？数十万大军如何退之？与其坐以待毙，不如为众将士寻个活路，你我率众出城缴械。"

王常怒道:"缴械?这比说投降是好听些。成国公,大丈夫岂可轻言缴械!宁可站着死,绝不跪着生!刘秀将军已去定陵和郾城搬兵,待援兵一到昆阳城下,我等打开城门,倾巢而出,内外夹击,破莽军指日可待。"

王凤笑道:"定陵和郾城的兵力如何,你王常不是不知,但凭那一两千人敢驰援昆阳?刘秀不过是一厢情愿罢了。我担心他刘秀是否活着。出城那日,敌阵重重,杀声惊天,他十三个人能全身冲出重围?"

王常气道:"莽军大营并未传出十三勇士殉难之说,刘将军必有破敌之策。而我等一旦出城缴械,莽军必定直扑宛城,宛城的更始帝和刘演他们腹背受敌,势必全军覆没,如此,汉军休矣,此前所有功绩旦夕间化为乌有。"

王凤道:"留得青山在,不怕没柴烧。只要逃过此劫,保全性命,来日可东山再起。"

王常道:"这是异想天开!那王邑、王寻能放过我等?即便他们网开一面,王莽会吗?"

王凤道:"事先指定要得了他们承诺,这是不二前提。"

王常道:"那王邑、王寻是一诺千金之人?只怕我等日后既丢了气节,又丢了性命,还为后人耻笑。"

王凤道:"王常将军,请你弄清身份,谁是主将,谁听谁的,你务必掂量清楚!"见王常无语,王凤放缓语调道:"王廷尉所言不无道理,既如此,你在阵前督战吧,让我再好生想想。"言罢,自顾去了。

王常矗立城楼,命人节省羽箭,多用滚木、石块和沸水,绝不让莽军上得城墙。城墙外陈尸如山,惨叫声如同雷鸣。莽军依仗人多,攻势一浪高过一浪,地道也将挖到城内。

莽军一兵士见一支异样的羽箭自城墙上飞来,捡起看时,见一张鸡皮卷成卷绑在箭尾,打开一看,赶忙跑向督战的王邑,将鸡皮呈上。王邑看后哈哈大笑,随之对身边的大将严尤道:"他王凤早知如今,何必当初!想要出城乞降?他是白日做梦!昆阳城若不被攻陷,便不属巨功。"

严尤看过王凤的亲笔投降书,沉吟片刻道:"司空大人,既是那王凤意欲率众乞降,昆阳之战何不就此了结?宛城岌岌可危,待受降之后,得了昆阳，而后顺势南下，宛城之危不日可解。而后班师回朝，皇上必定重赏，满朝文武无不敬仰，届时，司空大人可是荣光无限。"

王邑摇头道："严尤，王某重述一遍。昆阳城指日可破，若此时受降，难显大军虎威，唯有攻取昆阳，方显功勋显赫。"

严尤道："兵法云，不战而屈人之兵，善之善者也。何苦要斩尽杀绝！"

王邑道："不斩尽杀绝，难扬我新朝之威。不斩尽杀绝，难震那不肖之徒。若日后再有逆贼反叛，你来承当？"

严尤一时无语。良久，严尤道："既如此，末将听命。只是宛城告急，是否分兵赶往宛城，以解宛城之危？"

王邑道："昆阳城指日可破，届时，会师南下，那刘演必将闻风而逃；若分兵宛城，刘演不会畏惧这零星之兵。"

严尤道："古人云，困兽犹斗。兵法云，围城必阙一角，宜使守兵出走。是否让开一角，让贼兵逃出些许，如此一来，一可减弱攻城压力，二可扰乱昆阳防务。"

王邑道："一个不留，务必全歼。"

严尤摇摇头，暗自叹道：不知宛城将士眼下如何，惟愿岑彭能撑到昆阳城破之时。

宛城守将岑彭，早已闻听朝廷派四十多万大军南下，便日日期盼援军早日到来，以解宛城之危，望眼欲穿。眼见每日里损兵折将，粮草早已接济不上，城内百姓人吃人之惨状时有发生。最终无望，便投书城下，愿率众出城缴械。

刘演大喜，遂将书信送到刘玄行宫。刘玄看时，见书信上写道："更始帝及刘演将军，宛城被围日久，城内惨状实难言及，若汉军承诺守城将士及城内百姓性命无忧，我等便开门缴械。宛城守将岑彭敬上。"

刘玄看罢，将书信递与刘演，随之怒道："这岑彭罪大恶极，死守城池达数月之久，让朕久居军帐，凄苦难耐。他人均可赦免，唯岑彭不能，不杀之，难解心头之恨。"

刘演望着一脸怒气的刘玄道："陛下息怒！人臣各为其主，此乃天经地义。岑彭乃新朝将军，受命驻守宛城，恪尽职守，实属忠义之士。陛下欲光复汉室，须有海纳百川之胸襟，如此，方能天下归心。今岑彭乞降，若拒之，或被处死，虽图了一时之快，却寒了万众人心，还望陛下三思。"

刘玄思虑再三，瞥一眼刘演，虽心有不甘，见众人点头，也就不再固执己见，遂命人修书，送往城楼。

岑彭看了刘玄的诏书，在城头走了一遭，见众兵士一个个衣衫褴褛，面黄肌瘦，他忽觉一阵感伤，热泪簌簌而下。而后望望昆阳方向，遂命人打开城门，率众出城缴械。岑彭跪于刘演跟前，满脸沮丧道："败军之将岑彭，今归降来迟，还望大将军治罪。"

刘演扶起岑彭，一脸和悦道："岑彭将军既是新朝名将，本该为新朝出生入死，就忠义而言，你何罪之有！更始帝已赦免将军罪过，我刘某焉敢治罪！还望将军日后多立战功，届时，陛下会一视同仁，按功论赏。"

岑彭难堪道："久闻刘将军为人和善、慷慨有节，日后同朝为臣，还望多多关照！"言毕，领刘演进得城内，奔衙署而去。而各自属下则忙着交接城池防务。

二人本是到衙署拿上大印，而后去叩见刘玄的，不想，才在大堂落座，忽见更始帝御前太监领了一帮人匆匆而来。那太监至大厅门口，便高声喊道："刘演听旨！"

刘演不觉一惊，此时下旨，不知何事，赶忙跪倒接旨，众人齐刷刷一并跪下。太监慢声念道："奉天承命，皇帝诏曰，宛城之地多沃野，江河纵横自富饶，在此建都，必定龙兴云属。钦命大司徒刘演，即刻率众涤净街面，布置宫舍，以备明日吉时迎朕入城登殿。钦此。"

刘演听罢，忽觉血气上涌。昆阳尚在血战，九千将士生死未卜，本该速速调集兵马驰援昆阳，刘玄之意分明是要大摆排场，整出个入城仪式来，这让刘演大为光火，却又不敢造次，迟疑着未能及时接旨。刘演没有起身，众人自是跪着不敢妄动，大殿之内一派沉寂。

太监冷冷道："大司徒莫非又要抗旨不遵？"

刘演忙道："公公息怒，刘演接旨。"

待刘演将圣旨接过，那太监诡秘一笑，缓缓转过身去，被众太监簇拥着去了。

望着一行人远去，刘演默默无语，众人却在身后愤愤不平，窃窃私语。刘演漠然说道："休要胡言，即刻清扫街道，装点宫舍，明日迎驾进城。"

刘演将迎驾进城之事布置完毕，便策马直奔刘玄行宫。行宫里，更始帝正召集文臣商议入城礼仪。那刘玄一心想要摆出汉朝皇帝气派，入城礼仪自然得依着皇宫仪仗预备，可銮驾是何模样，仪仗有何器物，却无人亲眼见过，众人各执一词，莫衷一是。末了，陈牧道："陛下，据微臣所知，大司徒刘演年少时曾游历长安，遍读经书，见识甚广，何不宣刘演进宫，细问其详？"

刘玄忙道："来呀，速将刘演宣来。"

一太监应下，正欲转身，另一太监进来道："陛下，大司徒刘演前来见驾，正门外候着。"

刘玄笑道："大司徒来得真巧，快快宣进。"

见一帮文臣齐聚行宫，刘演一猜便知，定是在合议入城礼仪之事，不免心生厌烦。昆阳那边正在血战，城池被破或许旦夕之间，宛城这边却按兵不动，更始帝醉心于入城仪式，这让刘演急火攻心。当初让这懦弱无能的刘玄登上帝位，不过是绿林头领为压制刘演和刘秀，三人虽是堂兄堂弟，可眼下君臣名分已定，刘演纵有天大怨气，也不能意气用事，于是，和颜道："臣刘演叩见吾皇陛下。"

更始帝喜道："大司徒率众收了宛城，功不可没，来日定有封赏。经由众臣合议，欲在宛城建都。有宛城这坚实后盾，再有君臣股肱之力，何愁北上而不畅，何愁天下不归心！既是要光复汉室，就该以汉室礼仪入城，大司徒曾游学长安，见多识广，礼仪之事还是由大司徒出面张罗为好。"

见更始帝只字不提昆阳之事，王凤、刘秀等九千将士像被刘玄忘却，刘演皱眉道："谢陛下赏识，微臣不才，虽游历长安，怎奈心粗意疏，礼仪之事不曾上心，故而知之甚少。太常将军刘秀，曾游学长安，且遍读经书，对典章礼仪之事知之甚详，何不召刘秀前来？"

更始帝目光黯然道："刘秀远在昆阳，远水难解近渴。"

刘演眼神一亮，道："微臣愿督率部属前去驰援昆阳。待击败莽军，解了昆阳之危，微臣再与刘秀前来见驾，合议礼仪之事。请陛下恩准！"

第二十五章　243

更始帝变色道："扫兴！"

陈牧见刘玄色变，眼珠一转，适时说道："陛下，宛城虽被我汉军拿下，可王邑、王寻百万大军随时可兵临城下，若分兵北上，宛城势必空虚，保宛城乃重中之重，宛城务必万无一失。昆阳乃弹丸之地，眼下得失不甚关紧。"

更始帝怒道："刘演，你无非是巧借礼仪之事，行出兵之实。朕命你清洗街面，装点宫舍，明日躬迎朕入城，你却跑来讨要出兵旨意，莫不是要抗命不遵？"

刘演惊道："陛下息怒，微臣至死不敢有违君命。微臣之意无非是及早解了昆阳之危，凯旋之后，张灯结彩，金鼓齐鸣，喜迎陛下入城。届时，宛城、昆阳军民齐贺，岂不壮哉！陛下之荣光必为万人敬仰。"

更始帝未等刘演说完，冷冷道："绕来绕去，你还在固执己见，朕最后奉劝一次，你即刻返回城内，照旨行事，没有旨意，你休要离宛城半步，不然，后果自负。"

刘演斗胆道："陛下，果真要置昆阳于不顾？"

更始帝无力道："昆阳事小，宛城事大。你我虽是君臣名分，亦是堂兄堂弟。去吧。"

刘演默默无言，躬身退出。

自刘秀率人出城，昆阳城便不再安宁。被困日久，将士自然心绪烦躁，加之粮草兵器供给不足，汉军扰民掠民之事时有发生，各家各户鲜有人出，大街之上行人寥寥。

王桂来找凡木时，一脸沮丧，一进屋便四处打量。凡木疑惑道："先生，你饿吗？能吃的均在厨房。"

王桂道："我不是找吃的，想看下你那铁锅在不。我家的铁锅全被汉军拉去做兵器了，不得不用瓦罐做饭。这倒罢了，你是见过我书窗外那排翠竹的，纤细柔美，长青不败，窗竹影摇书案上，翠鸟声入砚池中，那妙趣难以言表。如今可好，被汉军悉数砍了，做弓箭之用。院中那棵百年槐树也被砍了，说是要做滚木用。你这里像是没被祸害过。"

凡木一笑道："人家是瞧不上我这小门小户。门头高大，四角飞檐翘起，自然会是汉军首选。非常之时，能忍则忍，举家安然就好，毕竟是多事之秋，终究会等到云开见日的。先生，大户人家是否都有如此遭遇？譬如杨匪家，他家的门头跟你家比，可是有过之而无不及。"凡木竟想起卉子来。

王桂叹道："像是比我家还惨。你没听说？"

凡木惊道："卉子家人多势众，还养着十多个男奴不是？她家能出什么事？感觉城内还算安宁，故而，我有所疏忽。"

王桂道："圣人云，防祸于先而不至于后伤情。知而慎行，君子不立于危墙之下。那杨匪明知家奴甚多，本该好生约束的，却疏于管教，惹出事端，到头来还不是自己承受？俗语说得好，好汉不吃眼前亏。"

凡木的额头上一时急出汗来。王桂的话依旧不休，却没讲出个所以然。见王桂语速稍缓，凡木急道："先生，卉子家出了何事？你最好先说这个。"

王桂慢条斯理道："凡木呀，那杨匪本是不该出事的，起初，花上几个钱，打发一下不就得了？非要依律行事，眼下有何律可依？去何处论理？去县衙？李知县不都慷慨殉国了？去兵营？人家是自家人，况城头激战正酣。"

凡木跺着脚道："王先生，您这么个说法指定想要急死凡木，劳您先说下卉子家出了何事好不？"

王桂轻声道："茶，茶，渴着呢。"

凡木着急道："孟江，干吗呢？你磨蹭什么！"

孟江闷闷的声音自厨房传来："回家主，水这就烧开。家主平日里极少喝热水，我就没有预备。不知王先生今日过来，烧水不及，还望先生担待。"

凡木不耐烦道："说话还文绉绉的，你快点吧。"

王桂一时大笑不止。见凡木面带焦虑，王桂忙道："凡木啊，你尽可放心，卉子一切安好。据说那杨匪瘫痪在床，家里男奴悉数被带上城墙，穿上盔甲，日夜守城。"

王桂言罢，盯着凡木，见凡木的神色一时安定下来，便换成舒缓语调道："我今日过来，是想与你一道去杨府探望一下，杨掌柜毕竟是你我

第二十五章　　245

房东。"

凡木自责道:"这些天我没有出门,只让孟江时不时去店铺看看,看五邑叔他们是否安好,却忽略了杨掌柜一家。听先生所言,汉军定是去了杨府,且惹出事端。人无大碍就好,惟愿杨掌柜别有生命之忧。"

王桂笑道:"凡木啊,何苦要自责!你不是也没让孟江去我家问候过吗?试想,若孟江时不时去杨府问候,那杨匦不起疑心才怪!杨掌柜本来就是个心眼极窄的人,他的性情你不是不知。杨府出事,我也是道听途说,只知其一,不知其二。走吧,去杨府看看,究竟因何事而起,一问便知。"

孟江将茶水端上时,二人恰好起身。他尴尬地搓搓手,而后锁了门,跟随二人身后。

探望病人空手而去恐有不妥,三人边走边寻找开张的杂货门店。门店却无一开门。不得已,凡木让孟江速速去漆器店拿件雷击木漆器过来。街面上行人稀少,偶有三两个讨饭者在空荡的大街上游荡。他们的碗里极为干净,他们的眼里满是迷茫,忽而望望高高的城楼,忽而盯盯紧闭的店门。

杨府管家接待了凡木三人。他先是去内宅通报,而后领客人至杨匦床前。内室里一股中药味扑面而来。杨匦瘫在紫檀床榻上,眼神呆滞,嘴角歪斜,不时有口水自腮边淌下,哼着谁也听不懂的话语。卉子坐在床边,不时拿手帕擦拭杨匦嘴角。她的脸上挂满忧伤,她的眼神散乱迷茫。管家将凡木三人领到客厅,分主宾坐了。凡木环视客厅,见显眼处均摆着雷击木漆器,方鼎、圆樽、麒麟、葫芦,大小不一,分别被摆在供案两侧。他忽觉一阵伤感,这么多辟邪之物却没能保住杨匦身子,不过,命是保下了。

凡木急着问道:"管家,杨掌柜因何出事?"

管家长叹一声,遂将近日事一一说了。

两日前,三个汉军闯入杨府,见门便进,但凡遇到铜铁之类的东西就往外扔,连杨掌柜夜间用的铜壶都没能放过。管家自后院出来,见前院正中扔满铁锅、锅铲、菜刀、锄头、铜壶等器物,自是气愤不已,少不得与之争执。争执声传至后院,一帮男奴不由分说,直奔前院。见前院之乱象,抡起锄头就打，三个汉军忙拔剑抵挡。怎奈男奴人多势众，汉军终难招架，退缩至大门前头。本来他们就此去了，至少暂时告一段落，此后是否息事宁人，那是后话。偏一汉军兵士不知那铜壶为何物，见这夜壶圆溜溜肚大口小，憨憨的极为别致，忽生好奇，他一边挥舞大刀，一边试着向前，欲接近夜壶，将其带走。一男奴却不知这汉军用意，甘冒生命之险仅为夜壶，这超乎他的认知，以为汉军是以退为进，便抡起锄头，照着汉军手臂锄了下去。那汉军尖叫一声，那半截手臂留在了大门前头。就在这帮男奴愣在原处的当儿，那断臂汉军趁机瞥一眼夜壶，捡起断臂，与同伴夺路而去。

一将佐模样的人率百人之众将杨府团团围住时，杨府上下并不知灾祸临头。将佐率五十人直冲后院，他们手持各类兵刃，怒冲冲将十来个男奴绑了双手，悉数押解至前院。一个男奴试着挣脱绳索，一柄大刀在眼前一闪，颈上头颅旋即掉落在地，骨碌碌滚出老远。

望着头颅的血管处正噗噗冒着气泡，满院人鸦雀无声。将佐将刀尖指着圆溜溜的头颅，恶狠狠道："谁敢造反，便是莽军内应，汉军格杀勿论！汉军征用铜铁，是为打制兵器。众将士浴血守城，还不是为尔等免受战火摧残？试想，一旦昆阳城破，数十万莽军蜂拥而入，哪个敢保家中女眷不被莽军蹂躏？若想守贞，只怕比登天都难。你家倒好，不全力供给汉军，竟将前来征用铜铁之人手臂砍断，此举视同造反。来呀，将这群奴才悉数押解至城墙之上，严加看管，严格整训，而后充军，让其严守城池，不得懈怠。"

五十个汉军齐声应下，欲将十几个男奴押解出去。见状，杨匣喊道："且慢！这男奴皆是良民，均是我当初花大钱买来的，你们将其充军，我杨家城外数百亩田地何人耕种？让其充军也好，我当初是什么价买的，汉军如数交钱，如何打发男奴，我杨匣一概不管。"

将佐冷冷一笑，道："你是吃错药了，竟敢要钱！来呀，先将男奴带走。"望着一帮兵士押解着男奴依次走出大门，望着走廊下的杨匣一个劲儿咆哮，而管家等人在极力劝阻，将佐道："来呀，将这家里的粮食留下少许，剩余的全部拉走。"一兵士眨眼问道："将军，少许是多少？"将佐喝道："猪都不如。"那兵士便不再吱声，匆匆去各屋搜粮去了。将佐瞪一眼杨匣，重又喊道："来呀，搜遍各屋，将铜钱留下少许，剩余的全部带走。"一帮人应着去了。

而此时的客厅前，汉军仅剩将佐及随从六人。杨匣挣脱管家，大喊着欲上前与将佐理论，颈部的青筋一如蚯蚓伏着。他忽觉一阵昏眩，双腿软下，瘫在地上，再想说话，已是张口无声。众人赶忙抬起杨匣，匆匆去往内室。

管家大喊："来人，速请郎中过来！"

汉军兵士哪管这些，遵军令将搜来的铜钱、粮食、铜铁器物，或用箩筐装上，或用双臂抱着，送至前院会齐。有人将杨府的马车赶来，众人齐手装车。装了满满一车后，见地上尚有剩余，那将佐望一眼前厅道："杨府人多，留给他们吧。汉军一向仁厚，断不会让百姓有生计之忧。"

将佐缓缓来到客厅，见用人胆怯地躲让着，遂大声说道："拿笔墨过来。"一用人浑身一颤，速去书房将笔墨送来。

将佐再要来鸡皮数张，依次在鸡皮上写下征用物品名目及数量。不知何故，他将铜钱两万写了一张，将粮食十担写了一张，再将铜器、铁器写了一张。而后大手一挥，一行人依次出了杨府高大的门楼。

管家言罢，气喘吁吁，愤慨不已。王桂恍恍惚惚良久无语。凡木气道："这跟强盗别无二致！管家，你把征用字据放好，城头正在血战，此时去讨要说法不甚妥当，来日我凡木定去找那刘秀讨个公道。失了财物是小，杨掌柜若留下病根，那才是杨府的天大灾祸。"

王桂小心道："管家，郎中如何说？"

管家黯然道："郎中瞧过杨掌柜之面相，把过脉象后，说是得了脑中风，虽无性命之忧，只怕日后难以自理。"

王桂点头道："凡木啊，你忧的不无道理。正如管家所言，得了中风者，虽无性命之忧，恐日后症结难消。脑中风本是情志所伤或年老肾衰，致阴阳失调，再由暴怒伤肝，使肝阳暴动，引起心火，风火相扇，气热郁逆，气血并走于上，心神昏冒而发病。中药医之，无非是用些僵蚕、全蝎、川芎、地龙、红花、茯苓等，活血化瘀，补益肝肾。至于日后能否痊愈，全凭个人造化。"

凡木急道:"杨掌柜遭此不测,卉子将何以面对!毕竟她才二十岁。"他正要说下去,见管家和王桂正直视着他,管家的脸上带着疑惑,王桂的眼神里分明有着劝阻的意味,他赶忙停下,低了头沉默无语。

第二十六章　小女子舍生取义
　　　　　　大丈夫痛心守灵

　　凡木和孟江自杨府回来，见大门洞开，孟江大叫一声，抢先跑进院子。五个汉军正向外搬运东西，铁锅、食物，还有满满一裆裆五铢钱。孟江正要抢夺裆裆，被凡木喊住，凡木上前对一个将佐模样的人道："汉军标榜欲光复汉室，此等下流做派，跟强盗别无二致。失了民心，何以平天下！刘秀在哪儿？我去找他理论。"

　　这将佐哂道："你跟刘将军认识？"

　　凡木掏出那张字据在将佐眼前一晃，道："何止是认识！这是刘秀给我亲笔写下的文书。"

　　将佐瞟一眼文书，噗嗤一笑，道："兄弟，当我是傻子呀！这样的字据怕是哪家都有，还不止一张。刘将军星夜出城搬救兵，救兵在哪？半个人影都没见，他本人是死是活还是两说呢。甭说刘将军，连成国公王凤都有乞降之意，这昆阳城能有盼头？有个鸟！能活一天是一天吧。"

　　凡木惊道："刘秀出城了？如此说来，昆阳之危不日可解。试想，若刘秀突围未成，死于莽军阵前，那莽军势必会将其尸首或头颅高悬城下，以乱汉军军心。既然没见莽军有此动作，那分明是刘秀已成功突围。宛城的刘玄、刘演有汉军数万，不出所料，两天之内，定有援军驰援昆阳。一旦援军抵达莽军外围，昆阳汉军势必倾城而出，莽军腹背受敌，必将溃不成

250　昆阳关

军。古人云，将在谋不在勇，兵在精不在多。城外莽军虽有数十万之众，可这数十万兵士均来自各地州府，乃州府守城靖安之兵，城外大军属临时拼凑而成，不具野战实力。若不信，那就拭目以待。"

将佐上下打量着凡木，满脸狐疑，看一眼褡裢道："你是何人？不是城中百姓？你是如何知道宛城那里有汉军数万的？居然知道刘玄、刘演，你跟刘家沾亲？"

凡木淡然道："在下凡木，寻常商人。"

将佐将信将疑道："怎么看你都不像个寻常商人。上峰有令，让兄弟们换防后，去各家征用军中急用之物，兄弟们是不得已而为之。"

凡木道："既如此，那就悉数拿去吧。"

将佐将褡裢放下，道："各家店铺都已关门，这钱在城里也派不上用场，拿些粮食回去也能蒙混过关。打扰了。"

望着将佐率兵士远去，孟江不解道："家主，你明明让他们悉数拿去，他们为何不拿？这将佐像是怕你。"

凡木道："有的人天生莽撞，而有的人生性多疑，这有点像狐狸。狐之为兽，其性多疑，每渡冰河，且听且渡，故言疑者为狐疑。既然人家不要，那就拿回屋吧。"等孟江将院子收拾干净，凡木道："走，去漆器店看看。"

店门外围着一群汉军，汉军在咚咚砸门。孟江冲上去阻止汉军时，旋即被汉军绑了双手。凡木只觉血往上涌。即便军中断粮，也不该这般行事，让知县派人到诸家征粮，而后送往军中，远比这么擅闯民宅易于接受。凡木手指一个将佐装束的人怒道："先把我的人放开，我们有话好说。"

将佐道："兄弟们在例行公务，你们因何阻挠？"

凡木道："我是这家店铺掌柜。你先放开我的人，他有错，我来纠，他有事，我顶着，你有气，冲我来。"

将佐道："算你有种！既然你是这家门店掌柜，那就打开大门，让我等进去瞧瞧，看店里粮食多不？众将士出生入死，浴血奋战，昼夜守护昆阳，保尔等平安，却连肚子都无法填饱，如今找上门寻口饭吃，居然死活敲不开门，这公平吗？各家各户粮食剩着，女人闲着，而将士们食难饱腹，憋躁难耐，试问苍天，公理何在！"

凡木怒道："人与兽之别在于仁，在于德，缺了仁德，便与禽兽无异。"

将佐变色道："谁是禽兽？给我拿下！"凡木的臂膀随之被两个彪形大汉死死摁住。

凡木的声音惊了屋中人。五邑将店门打开时，辛茹手持剪刀，首个跑出店门。见凡木被人死死摁住，辛茹疯了般冲到凡木身前，边大声喊叫，边撕扯汉子衣袖。这个一向怯弱的女子竟有这般胆识，这让凡木始料未及，他大声喊着辛茹名字，让其赶快回店。辛茹像是没有听见，直将那汉子扯得身子歪斜。好在汉子的双手正摁着凡木，无暇对付辛茹。

将佐被辛茹惊到，惊到他的是辛茹的举止，更是辛茹的美艳。只见这将佐笑嘻嘻走近辛茹，将手搭在辛茹温润的手腕上。将佐未及说话，辛茹已挣脱将佐的手，直愣愣盯着白净的手腕。少时，她手持剪刀，将刀刃顺着将佐摸过的地方用力剐去。随着一层娇嫩的肉皮一点点卷起，本是白净的手腕，一时间血肉模糊。

众人大惊。凡木惊叫着，试图挣脱出来，不想，双臂被两个汉军摁得更紧。五邑等人均被辛茹的举动吓呆，愣在原处。两个讨饭者不知这边出了何事，木然望着这里。

将佐惊诧莫名，见被辛茹剐去的皮肤恰是他方才抚摸之处，怜爱之余又火气顿生，他忽将右手伸到辛茹的左脸上，温润的凝脂般地柔滑，让他周身一阵酥麻。辛茹打掉将佐那带毛的右手，将剪刀自左脸猛然划过。望着鲜血顺辛茹的下颌直流而下，将佐慌乱中想夺过剪刀，却被辛茹的喊叫声吓得缩了回去。辛茹大声喊道："再敢碰我，我就剪掉鼻子，而后去见守城将军，不信就试试。"

将佐终被吓呆，愣在原地良久没动。少时，他呼哨一声，一帮人灰溜溜去了。两个讨饭者远远看着这边，见众兵士仓皇而去，且时不时勾头回望，便犹豫着走近店铺。

芥子哭喊着抱辛茹回到店内。她母亲边责怪，边用净布摁住伤处。五邑、张二、孟江，急得乱转，却又不知该如何是好。凡木的眼里流下泪水，木然站在一旁看着辛茹。猛然间，张二噗通一声跪在凡木跟前，哭道："家主，奴才罪该万死，没能按您吩咐保护好辛茹。您打死我吧，奴才没脸活着见人。您别哭了，奴才从没见家主哭过。"

凡木本想将泪水止住，见张二已哭成泪人，最终把持不住，蹲下身，扶住张二肩膀，暗自啜泣。若干年前，他的父母及妹妹被大火吞噬，两间旧房也化为灰烬，他不得已远走他乡。出息后返乡，便子承父业，意欲将木器生意做出名堂，以告慰先父在天之灵。历经万般辛劳，几近丢命，终有小成。本指望进城后凭着这小本生意安稳度日的，不想却遭遇战事，不得不藏匿家中，闭门不出。那辛茹，本是书香门第，大家闺秀，却因家道中落，碧玉年华沦为婢女。本就坎坷命苦，受尽人间屈辱，今日为凡木挺身，毅然守节，必落下终身伤疤，想来怎不让凡木肝肠寸断、涕泪双流！

远远地，自城头传来缥缈的厮杀声，若有若无。而城内则沉寂异常，偶有换防的兵士列队自空阔的街上走过，话极少。春日的暖阳懒散地投向寂寞的街面。不知名的鸟儿在紧闭的店门外肆意翻飞，留下成堆黑粪。

那讨饭者见漆器店大开未关，端着破碗怯生生道："善人，行行好，给点吃的吧。"而后又重说一遍。见没人搭理，嘴里嘟囔着别人听不懂的话语，悻悻然去了。见一个女孩子失魂般自身边跑过，跌跌撞撞，乞丐回转身，茫然望着女孩儿跑向漆器店那敞开的大门。

辛茹被芥子母女搀扶着去了后宅之后，几个男人在店里颓然无语。忽见苏婉的婢女撞进门来，面色煞白，气喘吁吁，凡木不觉长叹一声，低下头暗暗叫苦。孟江见状，赶忙问道："何事如此惊慌？"那婢女哭道："我家夫人她她她上吊了。"言罢，蹲下身啼哭不止。

五邑惊道："孟江，你磨蹭什么！还不快去救人？"

婢女气息虚弱道："衙门里的人早就去了，人都凉了。"

凡木无力道："你不是一直陪在李夫人身边吗？却为何人都凉了你才发觉？"

婢女哭诉道："婢子死有余辜。夫人一早还好着，我送早饭过去时，夫人言说不想用饭，想再睡会儿，让我别去敲她房门。眼见快到正午，夫人的房门还是没开，我贴门听听，没一点动静。越来越不安，便找个门缝偷偷往里看，隐约看见一根布带垂着，那布带竟吊着夫人。我撞门撞不开，便在院中大喊大叫。衙门里的人闻讯赶来，撞开门，我家夫人已面色发紫，身子冰凉。呜呜呜呜。"

凡木望着空荡大街，良久无语。孟江倒了杯水递给这虚弱女子，看一眼脸色灰暗的凡木，站在一旁不敢多言。凡木的声音空虚乏力："你家夫人因何寻了短见？昨晚是否有人去过府上？你喝口水，慢慢说。"

这女子的眼里迸出愤怒的光来。她说汉军头领王凤来过府上。那王凤本是在县衙用的晚饭，由张县令陪酒。酒足饭饱后，执意去牌位前凭吊殉国的李知县，并驱散他人，布了门岗，独自去了李知县的宅院。王凤在李知县牌位前拜过，又好心劝慰苏婉一番。侧目看时，见苏婉素颜素装，面带忧伤，油灯下，苏婉的玉手并于身前，面若温玉，娇艳欲滴。借着酒兴，王凤试着踱至内室，言说想看一眼李知县遗物，以示敬仰。苏婉哪会多想，便随着进了内室。不想，那王凤竟堵了苏婉的嘴，将其掳入怀中。不知是苏婉惧怕惊着夫君，还是那王凤力大劲猛，内室并无声响传出。

夜深人静时，王凤喜滋滋而去。婢女才得以进得室内。她见苏婉正对着铜镜梳理长发，眼神呆滞无光。

婢女言罢，依旧啼哭不止。她掏出一张鸡皮递给凡木道："凡掌柜，这是我在夫人床头拿到的，像是写给您的。"

凡木的身子猛然一颤，忙接过鸡皮，见鸡皮上写满娟秀字迹："凡先生，有缘遇上，天不负人。夫君寻道而去，仰先生周旋，方入土为安。今奴家去矣，尚有挂牵系心。婢女锦儿，及笄之年，形单影只。荆楚迢迢，恐难返乡。若先生不弃，便赏口饭吃。如此，奴家去而无忧矣。今日刻刻于怀，来世结草衔环。苏婉敬上。"

凡木看罢，掩面而泣。良久，他拭去泪道："苏红，这兵荒马乱的，你哪里都别去，只在店里待着，但凡我凡木还有一碗饭，指定有你半碗。孟江，你去棺材铺买口最好的棺木，送往县衙。张二，随我走。五邑叔父，我们走后，你把店门关闭严实，生人敲门千万别开。"说罢，径自出了漆器店。张二赶忙跟上。

昆阳的汉军头领，凡木只跟刘秀认识，刘秀如今却不在城内。如今的昆阳，不征得守城将军应允，任谁都难以出城。不将苏婉的灵柩安葬于李知县墓旁，凡木于心不忍。该如何去城外安葬苏婉，凡木一筹莫展。

孟江拿了钱，急匆匆赶往东关的棺材铺子。街上行人寥寥。他在东关的偏街上来回走了两趟，此前写着"寿材店"的黑色门头怎么也寻它不见。莫不是走错街道了？经反复辨认，确定那寿材店就在这条街上，于是，在一家没有门头的店铺前停下，门框两边的对联让他注目良久。上联是：唯恐生意太好；下联是：但愿主顾莫来。

他反复揣摩，但从对联的字义上看，像是那家做寿货的门店，却依旧难以确认。不确认便不敢轻易敲门，更不敢随意开口问人家。万一不是，指定找打。想起家主那焦急的模样，孟江硬着头皮敲响了店门。良久，店内无人应答。接着他用手掌拍门，用力稍大。

大门开了一条缝，一张胡子拉碴的嘴出现在门缝中，那人不耐烦道："打鼓呢？手也不嫌疼？"

孟江唯恐问错，闭着嘴，伸头往里看，至少看见与棺木相关的器物时再问不迟。不想，那人将门板推了一下，道："这是干啥？要抵架？"

孟江的头被门板轻磕一下，不悦道："谁跟你抵架呀！我又不是牛。"

那人气道："你当我是？不抵架你把你这窝瓜塞过来干啥？要饭是吧？直说不就得了？"

孟江急道："我这肚子还撑着呢，要什么饭呀！我是看看这是不是那个什么店，为何把门头给摘了？"

伙计道："你是想买寿材吧？也不早说！进吧，进吧。"伙计说时，将店门打开。

孟江道："弄不准，不敢乱说，万一不是，不挨骂才怪。伙计，门头被人偷了？"

伙计气道："哪呀？自己摘下的。三天前，来了一帮兵，将店里的木头整个儿弄走了，说是拉城墙上当滚木用，这比弓箭来劲。掌柜的怕他们再来，就把门上的匾额摘下了。"

孟江叹道："一旦打起仗来，谁家都休想安生。有现成的寿材吗？要最好的。"

伙计领孟江进屋后，手指棺木道："只剩这一口，不过，也算是最好的

第二十六章

寿材了，正经的柏木货。俗话说，门留三，房留四，棺留七尺三。七尺三来走遍天，英雄好汉往里钻。这棺木正好七尺三，不信你量量。"

孟江惊道："为何色泽发红？没有黑色的？"

伙计道："方才你说要最好的寿材，红色才是好寿材。"

孟江道："此话怎讲？"

伙计道："一黑遮百丑，浅漆罩面方能看出板材好坏，而黑漆罩面的寿材，用的多是歪瓜裂枣的板材。"

两人讨价还价后，孟江边掏钱边打量着棺木道："照你这么说，这里边还挺有讲究。不过，说来说去也没有别的可挑，那就这个吧，找人给我装车上，我的车就在门外。"

这伙计喊来掌柜的，两个人一人拿上撬杠，将棺木一头撬起，另一人将一个机凳高的四轮推车塞进寿材底下。寿材的另一头如法炮制。孟江忽生好奇，他一点不信，单凭这两人能将寿材弄到车上。偌大个寿材被两人推到街上，掌柜的让孟江把车辕上的绳索打开，使车辕脱离牛背。他去车后轻轻一摁，那牛车便后头着地，车辕高高翘起，斜指昏沉沉的天。瘦小的黄牛歪斜着眼，奇怪地看着头顶的车辕。两人齐手，稍一用力，棺木便哼唧着爬上牛车。

"先生，你把牛车套好吧。"掌柜的手扶棺木道。

就在孟江专注于套车的当儿，一队换防的汉军自东城门那边列队而来。见牛车上的棺木厚厚实实，将佐模样的人喊停队伍，对着掌柜的道："这是要送往城头当滚木？拆散了送去岂不便当多了？"

那掌柜的惊慌道："不是的，不是的，是这个主顾买的，家里有人过世了。"

将佐不悦道："我们弟兄们一旦战死，哪个不是被扔到城墙外？弟兄们的身子不是身子？就你们的身子金贵？也不看看是什么时候，还用这么贵重的棺材。埋哪里？巴掌大个昆阳城，哪个地方能打墓？总不会埋在自己院子里吧？来呀，拉到城门去。"见掌柜的和伙计面面相觑，那将佐道："家里还有别的能做滚木的东西吗？我看看。"言罢径自往里闯。

那掌柜的赶忙掏出一把铜钱塞给将佐，乞求道："军爷，家里真的没有了，您就行行好吧。"

将佐收了钱，便不再纠缠这两人。两人见状，赶忙跑进门去，将大门上得死死的。门缝里，依稀露出一只惊恐的眼。

一个汉军推开孟江要将牛车赶走，孟江岂能容他。这个性情耿介的人自是不会拿钱巴结将佐，他的额头青筋鼓胀，他的眼睛血丝猩红，一伸手，将那汉军推出老远，着急道："我家家主还在县衙等着呢，我已经弄丢一辆牛车了，这棺木万万不能有闪失。"

将佐不解道："你家家主死了？为何在县衙？"

孟江生怒道："你才死了呢！"

将佐面色骤变，上前攥住孟江衣领道："战时征用，天经地义，你敢抗命不遵？这是找死。来呀，将棺木拉走！"

见五个汉军奔向牛车，铜锣似的巴掌啪啪打在牛背上。那黄牛回望一眼孟江，不知所措地迈步前行。孟江双手奋力抓住将佐的手腕，只一扭，那将佐便哎哟着后退数步。孟江直奔牛车，与汉军争夺缰绳。一把大刀架在项间时，孟江全然不知，只顾推搡着赶车的汉军。大刀划破皮肉，热血染红衣襟，他不为所动，只奋力抓住车辕不放。

"这是个有种的主。"将佐说时，收回大刀，再用刀背猛然拍向孟江头顶。

孟江忽觉一阵昏眩。等回过神来，他伸手夺过大刀，而后猛然一抢，将佐的半截手指恰恰触在刀刃上，骨碌碌滚出老远。将佐号叫着，一脚将孟江踢翻在地。几个汉军旋即将孟江摁住，用绳索将他的双手及双脚死死捆住。将佐一扬手，众人抬起孟江扔到车上，而后赶车而去。小黄牛知孟江就在车上，故而，走得分外安稳。

"猪狗不如！有本事跟老子单挑。放开我，家主还在县衙等我呢。"孟江的喊叫声响彻街巷。

凡木在县衙等孟江送棺木过来，他并不着急。县衙里的人早已将苏婉放在床榻之上，洁净的被子已将她整个身子盖得严严实实。凡木悲痛欲绝，在床榻前站立良久，他很想掀开被头看上一眼，碍于人多，迟疑再三。终也没能忍住，轻轻掀开被头一角。刹那间，他的泪水簌簌而下。县衙里的人大多不知凡木何许人也，站在门口漠然望着内室。

苏婉的床前没有香表，没有檀香，甚至连个守灵者都没有，任由她一人躺在这清冷空荡的屋子里。夫君早早亡故，至亲之人又远在荆楚，无一人能听她诉诉衷肠，问个冷暖。这倒罢了，要紧的是该如何送她平安入土？昆阳正在鏖战，刘秀又不在城内，若无法出城，情何以堪！

"凡掌柜，你的人去买棺木了，几时送来？"张知县进来时轻轻问道。

"按说该到了。"凡木叹息一声，走到门口喊过张二。"张二，你去外边迎迎孟江。"之后，他回到床边，坐在对面的木榻，静静陪着苏婉。张知县来回走了数步，而后踱出门去。

一个时辰过后，张知县重又进来，试着小心问道："凡掌柜，都这个时辰了，棺木还没送来。还跟李大人一样，出城安葬？能出得去吗？"

凡木无力道："刘秀将军此时没在城内，我求别的将军试上一试。"言罢，见张二自外头回来，焦急地在门口转悠，便喊过张二道："你速去棺材铺看看，莫不是孟江出事了？"张二应下后，急匆匆去了。

张二头上冒着热气，气喘吁吁地跑到棺材铺门外，见大门上端空空如也，像是胳膊上的一块伤被揭去黑痂。敲门数下，不听回应，于是，高声喊道："掌柜的，来买棺木那个人去哪了？"他喊过数次，听门缝里挤出一声："跟汉军去东城门了。你去那里找吧，别再吆喝了。"张二再问，门里却不再有声。于是，嘟嚷着奔城门而去。

牛车停在城门一侧，小牛的眼里满是惊恐。见到张二，小牛眼角闪着泪光，扭头望望车上，尾巴摇得像扇风。张二看时，见孟江被绑着四肢，嘴里塞满树叶，被人塞在棺木旁的缝隙里，动弹不得。张二破口大骂，正要为孟江解开绳索，却被几个汉军扭住双臂。将佐模样的人捏着包扎过的手指道："你是来救人的？回去拿钱吧，两万，一个子儿不能少。"

张二怒道："光天化日之下，竟敢绑架良民！还要勒索钱财，我去将军那里告你们。"

将佐冷冷道："你随便。我早已请示过将军，似这等刁民，不让其尝尝苦头，焉知天高地厚！你还为他叫屈？看看吧，我的手指被他砍掉半截。"

张二将信将疑，待细细问过缘由，对孟江道："孟江，你再委屈一会儿，别怕，我这就去见家主。"见孟江挣扎着，呜啦着听不懂的话，张二拍拍他，急匆匆奔县衙去了。

听了张二的回复，凡木摇摇头哭笑不得。良久，凡木道："张二，你来回跑了数趟，别累坏了身子，省点力气，别着急。你去漆器店找五邑叔，店里该有两万钱，你一文不少地送到城门去，速将孟江赎回，我在这里等你们。去吧。"

张二走后，凡木坐回苏婉床前，他忽觉一阵神安。闭上双眼，脑际一片空无。

第二十七章　昆阳之战现分晓
　　　　　宛城宫闱起血腥

　　天色微亮，雾罩昆阳。这晨雾并不成团，更非丝缕，而是严密而厚实。床底下，军帐顶，皆与外界无二致；趴地上，爬树梢，周遭一般模样；伸长手臂，连手指都难看清楚；用手掌扇扇，一如搅在深水里。

　　自昆阳城东南方开来一队人马。战马扎下头辨别路径，那头颅几乎触上路面，每迈一步都战战兢兢，又不能擅自停下。刘秀的三千人马依着罗盘所指，蜗牛般向昆阳爬行。

　　刘秀牵着缰绳走在前头。他的战马忽然停下，战马的面前出现个白花花的东西。刘秀探头看时，竟是个人在大解。后头的战马不知刘秀的坐骑停下，依次碰了过来，一派嘈杂。正撅臀大解那人听见动静，勾头看时，见一个毛茸茸的家伙已触及臀部，乃大惊，喊叫声凄惨沉闷："鬼，有鬼了！"

　　他旋即被刘秀的随从制服，那喊叫声戛然而止。忽听浓雾里传来一声责斥："狗蛋，你咋呼个屌，生怕人家多睡会儿。"

　　刘秀轻轻下马，示意众人切勿声张。见随从一手捂着狗蛋的嘴，一手卡着那人脖颈，他伸手一摆，径自走向队列后头。随从自然知道刘秀用意，挟持着狗蛋跟随而去。

　　刘秀已知前方乃莽军大营，便轻声问狗蛋："切勿大声说话，不然，咔嚓一下，你这脑袋就得搬家。"

叫狗蛋的兵士哆嗦着频频点头。大约是刘秀的随从方才用力稍大，狗蛋点头后又时不时左右摆头，这让刘秀误以为他想择机逃脱。刘秀小声说道："你要想活命，就休要耍心眼，老实回我问话。王邑、王寻的中军大帐在哪里？你得带我们悄悄靠近大帐，立功有奖。"

狗蛋支吾道："小的是新兵，哪里会知道大将军军帐的位置！就连大将军我都极少看见。你们是汉军吧？这是从哪里冒出来的啊？宛城还没被攻陷不是？"

刘秀道："如此说来，你是个无用之人，留着也是个累赘。都什么时候了，还有闲心打听宛城的事。"

狗蛋急道："不，不，不，千万别杀我，我家上有老下有小，老母还是个瞎子，天天盼着我身前伺候呢。"

刘秀道："既如此，那就留下你。不过，你得带我们摸进大营。中军大帐在哪个方位你总会知道吧？"

狗蛋忙道："谢将军不杀之恩！小的一定带路。中军大帐就在昆阳城西门方向，这里是南门。"

刘秀道："走吧，你前面带路，若遇上巡逻队，就说是去城下换防，雾大，谁也看不清穿戴。"

狗蛋连连应着。刘秀对众将道："打蛇打七寸，擒贼先擒王，我等这就奔中军大帐，擒拿王邑和王寻。如得手便罢，如有意外，不可恋战，速速退回到此处正南二里地集结。切记，此地乃昆阳城南门方向。相互传话，不得大声。"刘秀的话被众兵士依次传向远处。

"狗蛋，你遇上女鬼了吧？咋还不回来呀？"浓雾里，传来一个兵士的打趣声。

"大头，你再睡会儿吧，我去转悠转悠。"狗蛋应道。

"啥声音？这么大，马蹄声？"那人警觉道。

"哪儿有啊！风。"狗蛋道。

汉军成功避开岗哨，在狗蛋引领下，深入大营腹地已有一箭之地时，真的有北风吹来，加之天色大亮，浓雾正渐渐变淡。忽有一支莽军巡逻队

第二十七章　261

迎面而来，汉军已躲无可躲。见状，那狗蛋撒腿便跑，旋即匿身于雾霭中。狗蛋的呼喊声接着响起："汉军偷袭！汉军偷袭！"

厮杀就此开始。莽军的大营连片，此处距城门足有二里开外，加之雾霭沉沉，厮杀声并未传至昆阳城头。若昆阳守军知是刘秀率军驰援，准备充足，倾巢而出，内外夹击，莽军必定顾此失彼，难以招架，一旦军阵大乱，王邑、王寻便残局难收，一败涂地。可刘秀率兵厮杀多时，终也未见城内汉军的影子。毕竟只有三千人马，怎敌数十万莽军围追堵截，眼见难以招架，刘秀命人吹响号角，且战且退。莽军不知这汉军是何来头，误以为是宛城被破，刘演的数万大军蜂拥而至，加之雾霭未消，便不敢贸然追击。

刘秀率众退至一个山丘之上，见一侧林木繁茂，便命汉军在山丘上安营扎寨，择机反击。一偏将道："将军，昆阳汉军为何闭门不出？窃以为，眼下据守山丘怕不妥，若被莽军围困，即便不攻，只消断我水源，不日便军中大乱。"

刘秀道："区区三千人马，焉能坐等数日！昨日观天象，见白云紫绕太阳，日落时晚霞血红。俗语称，云下日光，定有雨至。午后日昏，飞沙走石。日暮胭脂红，无雨必有风。稍后云雾散去，必有反常天象，届时乃我等出击之良机。地不利，可仰仗天时。再者，待云开雾散，城内王凤他们必定能看清我等在城外厮杀，傻子都会率兵夹击的，尽请宽心。"

这偏将道："刘将军，可有备用之策？"

刘秀顺手一指，道："山丘一侧是林子，若天象与我预测不符，可留千人于此，且战且退。大部人马穿林而出，自另一侧快速冲击莽军大营，冲乱敌阵，造出声势，昆阳守军定会闻风而出。莽军腹背受敌，必败无疑。"

偏将不住点头，对刘秀敬佩有加。

莽军大将王邑，一大早听厮杀声若有若无，本以为乃幻觉所致。经由副将禀报，知是汉军前来偷营，遂问道："前来闯营者兵马多少？"

副将道："大约三千轻骑。他们在大营里横冲一阵，便退守至南边一个山丘之上。将军，属下愿率军合围山丘，将贼兵悉数铲除。"

王邑冷冷一笑，道："不急，待查明详情，让我亲自操刀。区区三千人马，竟敢闯我官兵大营，传到朝廷，必定使我颜面无光。这贼军自宛城而来？"

副将道："该不是刘演的兵马，若是宛城来兵，断不会只来这区区三千人。有人认出那将领是刘秀刘文叔，他数日前逃出昆阳，不日便率三千人马前来闯营。属下愚钝，不懂他刘秀此番何意，这分明是前来送死嘛！"

王邑一哂，道："且不论他因何而来，你只消查明他是否就三千人马即可。"

副将道："初来时确实三千。今日闯营，必有死伤，如此算来，该少于三千才是。"

王邑朗朗一笑，道："传我将令，各部驻守原地，不得擅自移动，以防昆阳守军趁机偷袭，我亲率帐前精兵去擒那狂妄之徒。如此，方不被朝廷轻慢，不然，会被人笑掉大牙。"

副将迟疑着勉强应下。他本想讨个将令，立下头功，以期来日有所晋升的，本想劝王邑，杀鸡焉用杀牛刀，见王邑话里毫无余地，便不再多言。

待大雾渐渐散去，王邑亲率中军万余人抵达山丘之下。想起兵法所言"高陵勿向，背丘勿逆"，便显得迟疑不决。若强攻，山丘上少不得有乱石、滚木倾泻而下，兵士死伤必定陡增。若围而不攻，断其粮草水源，不出数日，汉军必不战而降。可他并无耐心坐等！于是，一声令下，兵士便蜂拥而上。正如王邑预料，山丘之上不缺石头，一时间，石如雨下，众兵士抱头鼠窜。有将佐提议多备盾牌。少时，手持盾牌的兵士黑压压地站在队列前头。

而此时，狂风大作，飞沙走石，乌云翻滚着汹涌而至，不消多时必定暴雨如注。刘秀的"天象"之说恰好应验。王邑仰头观天，叹道："天不佑我。来呀，鸣金收兵。"

随着号角声响起，莽军急匆匆收拢队伍，意欲回营。见状，刘秀一声令下，近三千轻骑，离弦的箭一般，凭借坡道，直插莽军阵营。刘秀早已有令在先，不与莽军纠缠，不计杀敌多少，直插大营深处，冲乱莽军阵营乃重中之重，并择机斩杀首领。不如此，单凭区区三千人，何以与数十万莽军抗衡！刘秀战术得当，兵士领悟透彻，行之便颇有成效。

王邑的双眼被沙土眯住，大风掀起他的锦缎短袍直往脸上拍打。他反复揉搓双目，挤着眼自细缝中见汉军将至，便马鞭一挥，夺路而逃。一帮亲兵守护左右，低着头在风沙中穿行。王邑勾头看时，透过人缝，见刘秀紧跟其后。刘秀的兵马似乎无意杀人，只箭一般穷追不舍，他的万余中军，却落在三千人后头，这大大出乎他的预料。王邑大惊失色，对着两侧傻站着的黑压压的兵士高声喊道："堵住，堵住，给我堵住！废物，一帮废物！"

刘秀率将士紧追王邑，终也没能将其斩杀，成堆的莽军城墙般堵了他们前行的路。刘秀的战马所到之处，必有众兵士紧紧跟随，他像蛇头似的，带着蛇身在莽军大营逶迤穿行。而将士的兵刃所到处，莽军成片倒下，一如丛生的杂草被蟒蛇的躯体胡乱压过。

远远地，一个穿戴极为考究者，在战马上指东指西，而两侧将佐林立。刘秀细看，见此人金盔上红缨飘扬，身披裹金生铁甲，上穿一领红衲锦缎短袍，腰间系着五色丝绦，镶有宝石的剑柄时隐时现。刘秀并不识得此人，但看穿戴及配饰，知此人绝非寻常之人，非王邑即王寻。刘秀大喊一声，策马而去。而此时，大雨倾盆，电闪雷鸣，眼睛才被擦过，又被雨水眯上。忽有一偏将自身后蹿出，直奔那金甲裹身者。就在刘秀揉眼的当儿，偏将已经斩杀此人。被斩之人竟是王寻，自将佐的呼叫声中一听便是。这让刘秀大喜过望。

莽军群龙无首，建制被汉军打乱，无头苍蝇般四处乱撞。被错杀，被踩死者不计其数。而此时，昆阳守军早已获悉刘秀率军前来驰援，王凤命人打开四个城门，九千汉军倾巢而出，莽军腹背受敌，号声连天。

天昏地暗，雨泻如注，昆阳城外皆泥潭，将士、战马、军帐，一个色泽。刘秀使计，冒充莽军喊话："弟兄们，宛城沦陷了，五万汉军已到昆阳城外，快跑吧。"汉军将士声声相传，喊声响彻苍穹。远处的莽军闻之，怎辨真伪，既是宛城汉军自南边而来，他们理应向北逃跑，像被狂风刮起一般，数十万莽军向着一个方向奔拥而去。王邑自是跑在前头，率诸多亲兵，过滍水，向着潼关方向，奔长安而去。

巨毋霸本来是紧随王邑的，王邑见战事不妙，对着巨毋霸暴跳如雷："要你何用！你的野兽呢？人没用，野兽总得派上点用场吧！"巨毋霸带野兽随军前来，本是恐吓汉军的，不想竟毫无用武之地。气急之下，他亲自打开铁笼，老虎、豹子、大象、犀牛等，它们上辈子都没见识过这般场面，加之风雨闪电愈加猛烈，早被吓得不知所措，一经放开，便再难节制。个个眼神不好，极难辨认哪是汉军，哪是莽军，于是，逮谁咬谁，除却主人。巨毋霸一时傻眼，唯恐被王邑斩首，便择机逃了。如此一来，众野兽少了主人管制，便随着向北的人流，边跑边咬，直至潩水河畔。近万汉军紧随其后，没被野兽咬死者，则被汉军斩杀。汉军大喊大叫，凶猛厮杀，再有野兽驱赶莽军，莽军一批批跳入河水。适逢山洪奔腾而下，致潩水暴涨，河道里死尸成堆。

王凤、王常自昆阳城出来，率大军向北追击数十里，遍地死尸遍地泥。他的战马因闲适日久，出得城来，乍一见城外阴曹地府一般，自是极难适应，不时被死尸磕绊，踉跄着几近跌倒。纵使王凤频频抖动缰绳，这战马依旧扭捏迟缓，连步兵都跑到了它的前头。忽见前方洪水横流，水上漂着一层尸首，王邑大惑不解。等他赶到潩水河畔，方知其中因由。那潩水竟被莽军的死尸堵得几近断流，而河道上游又有洪峰下来，以至于河水漫堤。

河道旁，汉军雀跃着庆贺大胜，刘秀正被众将抛出老高。见状，王凤和王常忽觉五味杂陈。王凤瞥一眼刘秀，不觉喟然长叹，心绪黯然。他曾写下投降书信，并用羽箭射向莽军大营。他曾极力阻挠刘秀出城搬兵。他曾致李知县血溅县衙。他曾使苏婉失了贞操，再失性命。

刘秀的职位本在他王凤之下，昆阳一战，刘秀功高至伟，势必名声大噪，若任其名望压过自己，他日后何以呼风唤雨！于是，盘算着如何在刘玄那里为刘秀穿个小鞋。

刘秀被将士抛向空中时，见王凤、王常下马后站在不远处纹丝未动，只冷冷地望着潩水，望着潩水上堆积如山的莽军尸首及辎重，他一时感到不该任由部将这般忘乎所以。于是，他擦去面部血水，整整湿漉漉的行装，拨开诸多将士，缓步走向王凤和王常。他拱手一拜，道："二位将军亲率昆阳九千兵马出城，算是救了我等性命，不是将军及时搭救，我这三千人马只怕早被那莽军剁成肉酱了，请受刘秀一拜。"刘秀言罢，躬身拜下。

第二十七章　265

王凤、王常忙上前扶起刘秀，王凤笑道："岂敢岂敢！昆阳一战，贤弟功高至伟，必受更始帝封赏。王某欣喜之余，先为贤弟道贺，今晚一醉方休。"

王常咧着嘴道："若拼酒量，刘将军必醉无疑，不信试试。多日未闻酒香，我这肚里能装着呢。"

刘秀嘿嘿一笑，道："那咱拼吃，吃，刘某指定行。二位将军，这河道堵塞，溢水断流，若不及早加以疏通，只怕水漫堤坝，殃及乡民。"

王常道："洪水早已漫堤，只是那漫堤之水不是很大。来呀，众将士齐手，将河道里莽军的尸首移开。稍后将莽军遗弃的兵器带回昆阳，而后送往宛城。"

王凤补充道："叮嘱将士，切勿被洪水冲走。"见偏将领命去了，他接着说道："不知宛城那边战况如何，已被我大军围困数月之久，那守将真是个人物。来呀，即刻派一哨人马赶赴宛城，一来告知更始帝及刘演，莽军数十万大军已被我击败，昆阳之战大获全胜；二来请命更始帝，昆阳汉军是否开赴宛城。"

偏将领命去了。王常道："那宛城守将何以这般厉害！一座孤城居然能守数月之久。刘演手头有数万汉军，也不缺昆阳这八九千人吧？"

二人面上在夸那宛城守将，实则是诋毁刘演，刘演手下数万汉军竟拿不下个小小宛城。刘秀对这位兄长知之甚深，刘演看似鲁莽粗暴，实则仁慈心善，宛城之所以迟迟未破，皆因刘演不忍屠城，意欲劝降。白河流经宛城，起初，刘演想在白河上游高筑堤坝，而后堵死河水而成堰，待河水集聚成害，便扒开堤坝及围堰，任由白河水冲溃宛城。念及城内百姓足数万之众，终又不忍，致使宛城时至今日而未破。于是，刘秀道："皆因刘演心慈，意欲劝降那宛城守将。"

刘秀话音才落，方才派往宛城的偏将前来禀报道："诸位将军，末将率众前往宛城，途中巧遇宛城来客，说宛城守将三日前已出城受降。更始帝派人前来昆阳打探军情，若昆阳依旧被围，宛城数万大军不日便到。"

王凤、王常和刘秀闻听此言，自是欢喜不已。王凤道："双喜临门，双喜临门啊，刘将军，今晚不醉不休。"

刘秀笑道："那就一醉方休吧！"

王常道："诸位将军，宛城既是三天前就已到手，那刘演的数万大军为何迟迟不前来驰援？两地相距不远，急行军，一日便可抵达昆阳。"

刘秀道："其中定有蹊跷。"

偏将插话道："诸位将军，听那宛城来的将佐言说，更始帝在张罗入城仪式，故而，驰援昆阳有所迟缓。"

三人一时无语。少时，王常道："亏了刘将军及时驰援，亏了老天恩赐，及时赐予这狂风暴雨和雷电，不然，谁人能知昆阳城何时被莽军所破？说不准是昨日，抑或是此时，庆幸之余，让人心惊又胆寒。"

刘秀道："河道已被疏通，两位将军，收兵吧？"

汉军鸣金收兵时，暴雨依旧未停。数千将士或背或扛，莽军遗弃的刀枪剑戟等兵器，在大雨中闪着寒光。

三人策马回到城内，早有张知县率衙署官吏在帐外恭迎，几个鼓乐手立时敲锣打鼓，好不热闹。张知县笑吟吟地道："三位将军劳苦功高，使昆阳城免受战火涂炭，卑职代昆阳父老乡亲谢过将军！县衙里略备薄酒，为将军一洗征尘，请三位将军赏光。"

王凤笑道："张知县既有此心，那就叨扰了。看这雨已有停歇之意，莽军在城外遗弃了大量粮食，均被泡在水泊里，请张知县指派人手去城外运粮，分往各家。汉军被莽军所困，其间，昆阳百姓多有资助，还望张知县代我等谢过百姓。"

张知县忙道："汉军不惜性命，固守城池，城中百姓资助一二，乃理所应当。莽军遗弃的军粮该归汉军才是，八九千汉军，每日消耗指定不少。"

王凤笑道："张知县是个实诚人，非得让我将因由说破？莽军遗弃的粮食得有上万斤之多，皆被大水浸泡，经了水的粮食如何存放？若不及时下肚，不出两天就得生芽。"

张知县一拍脑门，幡然醒悟，这顺水人情一经说破，便失了味道。他尴尬道："三位将军循天意，行善事，必受万民拥戴。卑职这就指派青壮汉子，去城外运粮。"

刘秀道："城中百姓给予昆阳守军莫大资助，百姓手中握有不少征用字据，请张知县告慰百姓，来日定会偿还，汉军断不亏待。"

当晚，县衙里灯火通明，酒气熏天。张知县断不会将苏婉上吊之事贸然说出。王凤那一夜风流，早被胜仗的欢喜悉数掩埋，抑或是打心底就没记住苏婉的模样。譬如饭菜，昨日吃过，今日便不易记起。酒足饭饱后，他哼着小曲，被众人簇拥着，头也不回地出了县衙大门。而苏婉，依旧被蒙在黑洞洞的被子里，孤零零地无人陪伴。

翌日，风住雨去，朝阳东升。城里城外，水汽集聚，抬头远望，一派迷离。

宛城那边传来刘玄旨意，圣旨上大赞昆阳汉军以少胜多，大败数十万莽军之壮举，并让王凤、王常及刘秀不日率军南下宛城，共议大事。众将士劳苦功高，皆有封赏。待休整后，择日北上，直捣长安，去摘那王莽人头。

莽军兵败时丢盔弃甲，遗弃大批辎重，昆阳城方圆数十里，遍地皆是。汉军将能够带走的带走，带不走的就地焚毁或掩埋。昆阳城内留下千人驻守，其余将士踏着泥泞，顺官道奔宛城而去。

刘玄大喜，亲率文武大臣出城门迎接。沿街张灯结彩，知不知情的宛城百姓，皆被赶出家门，站满大街两侧。有人问道："这是要干啥？"有人道："听说要攻打长安城。"有人问："长安城不是在北边吗？汉军何以向南开进？"有人道："管它呢，让出来站街，咱就老老实实站街。谁打谁都行，谁坐天下与你我何干！只要百姓有吃的就成。"

步入大殿，唯刘玄乐不可支。昆阳一战，必定撼动新朝根基，王莽纵有天大能耐，也难扶大厦之将倾，自此，昆阳关隘必定再无大战，他此后北上平天下，乃时日长短之事。王凤、王常则嫉刘秀功高。两人若不如实将昆阳大战之详情悉数讲来，恐有不妥；若如实说出，则于颜面无光，毕竟是刘秀在其中力挽狂澜。刘秀谨小慎微，虽厥功至伟，却丝毫不敢邀功，他深知木秀于林风必摧之的道理，更知功高震主之害，众人的眼神他一看便知。刘演更是小心翼翼，为入城礼仪之事，曾惹刘玄大怒，再有小人从中作梗，刘玄对他必定怀恨在心。昆阳之战未分胜负之时，他刘演安然无事，如今昆阳得手，他的忌惮便随之而来。他深知，他与刘秀乃汉军中坚，任谁都不愿见这兄弟俩名声远播，刘玄尤甚。

诸将多有封赏，刘秀却在封赏之外。刘玄眯着眼道："欣闻刘将军劳苦功高，又为人低调，不把封赏当事看，也罢，封赏之事，留给来日也未尝不可。"

刘秀回道："昆阳大捷绝非个人之功，乃众将士浴血奋战所得。惟愿汉军及早北上，破长安，斩窃贼，光复汉室。"

刘秀的隐忍与养晦之术保了自身。而刘演却因性情耿介，终招杀身之祸。

一日，刘玄被人怂恿，设下圈套，命刘演修书一封，将刘演手下刘稷召至宫中。那刘稷来得匆忙，未能及时卸去随身佩剑，旋即被侍卫拿下。经文臣密议，刘演、刘稷均被斩首，其罪名乃图谋不轨，意欲刺杀更始帝。刘秀得知兄长遇难，纵使棉枕被泪水浸湿，朝会上仍向更始帝谢罪。下朝后饮食言笑一如往常，刘演的丧事他并未前往，刘演的属下他拒绝接触。如此一来，那刘玄非但不觉刘秀"震主"，反而深感愧疚，丢了斩杀刘秀之心，封刘秀为破虏大将军及武信侯。

刘秀在宛城迎娶了思慕多年的阴丽华。这个新都豪门千金，在刘秀极为凄楚的日子里，陪伴他吟诗赏月，疗治心伤。刘秀深居简出，养花种草，逗狗戏猫，他的隐忍保全了自身，从而成全了其日后之盖世功业。

第二十八章　葬苏婉男女齐手
　　　　　怜卉子凡木倾家

　　凡木用两万钱将孟江和棺木赎回。他并未留意孟江的懊恼与沮丧，指使孟江和张二将棺木盖打开，再将黄牛脱离车辕，牛车的后头便自行触地。他返回室内，抱出一床被子轻轻铺在棺木里。见县衙里的人意欲去室内抬苏婉，凡木示意他们退后，独自来到苏婉的床榻前，蓦然淌下一串热泪。良久，他拭去眼泪，双手伸进被子里，托起苏婉早已僵硬的尸首，缓缓走向棺木。

　　见被子的一角触及地面，张二忙上前去提那被角。凡木道："别动。"言罢，他抬起右腿，将那被角撩起，用小指钩着被角，一步步走向牛车。

　　凡木将苏婉轻轻放入棺木后，将搭在尸首上的被子小心抚摸了一遍，而后示意张二和孟江将棺盖盖上。

　　县衙里的人在一旁站着，茫然望着凡木，而后望着牛车缓缓出了县衙大门，消失在街道的转弯处。没人私语。

　　小黄牛迈出城门的一刹那，惊诧不已，不觉东张西望。它见官道两侧的泥泞里，满是黑压压的人，有人搬运粮食，有人抬着尸首，有人将死马就地分尸，扛起血淋淋的肉块踉跄着走向城门，不忌讳泥水和血水沾满周身。这小牛的个头比绵羊没大多小，车辕内显得极为空荡。它的目光更多地盯在马尸身上，它或许在想着自己的来日，或许是庆幸，或许是好奇。

纵使小牛极通人性，它也想象不到，这战马至少能给昆阳留下点什么，譬如骨头。而人的尸首却远没战马幸运，被人拉走后，悉数扔在河水里，随浊水东去。

小牛身后是牛车，车上载着红色灵柩，孟江拉着缰绳，凡木扶着灵柩走在一侧，车后跟着张二、芥子、辛茹和苏红。三个女人早把眼睛哭红，苏红更甚。

战事才过，天刚转晴，官道上泥泞不堪。偏昆阳地界的黄泥极其黏脚，小牛不怕，却苦了三个女人，每人的鞋上带着大团黄泥，不甩脚，走不动，甩甩脚，鞋子难留。就这样，一行人歪歪扭扭抵达了李知县的墓地，而眼前的景象让凡木始料未及。李知县的墓地虽不在低洼处，可官道旁地势较低，黄腾腾的水已漫延到坟茔边缘。三个男人相互望望，叫苦不迭。凡木挠着头，一筹莫展。

本该等积水下去再行出殡的，可苏婉的尸首难以再等。不将苏婉葬于她夫君墓旁，凡木于心不忍，不想，眼前却是这般境况。见状，苏红哇哇大哭，诉道："夫人，你的命为何这么苦啊！难道是上辈子得罪了阎王爷？要是的话，阎王爷，您别再惩罚夫人了，您就惩罚苏红吧。呜呜呜呜呜。"芥子和辛茹跟着啜泣不已。

凡木速将袍子下摆撩起，挽于腰间，脱去鞋，跳入水中。孟江、张二见状，便仿效凡木，拿着铁锨跳进深水。三个女人心疼地看着凡木，哭泣声一时大了许多。

三人在道旁积水中打出两道高高的围堰来，而后用铁锨将水一锨锨端到围堰之外。小黄牛懵懂地望着干活的人们，偶尔发出一两声沉闷的哞哞声。

比起给李知县打墓，苏婉的墓道打起来要容易许多。经了雨，泥土松软，三个青壮汉子干起来并非多难，只两个时辰，墓道便已打好。他们再将稍干的黄土垫在地表，踩踏结实后，三个女人伸出纤细的手，与三个男人一道，终将苏婉安顿停当。苏婉的坟茔紧挨夫君，其间难以过人。凡木拭去汗水，定定望着两个坟茔，忽觉五味杂陈。

苏红趴在坟头哭得死去活来。望着眼前这纤弱女子，凡木伤心不已。

第二十八章

一个十五岁的孩子，一年前远离爹娘，随李知县夫妇自荆楚之地千里迢迢来到昆阳。如今知县夫妇相继离去，撇下苏红孤苦伶仃。兵荒马乱的，送她回归故里怕是件奢望的事。既是苏婉临终前将苏红托付给他，他理应为苏红谋个好的归宿，不然愧对苏婉。凡木扶起苏红，对着坟茔凄然说道："李夫人，尽请宽心，既是信得过凡木，凡木定当不负嘱托，誓以亲妹待之，不让苏红受丁点儿委屈。如若不然，便无颜面对夫人信赖。自今以后，每年的今日，凡木都会来到此地，陪夫人聊上数语，或能为夫人排解孤寂。"凡木言罢，已是泪眼晶莹。

众人将要离开时，见一牛车由远及近。水生跳下牛车，噗通一声跪在凡木跟前。泥水溅至老远。水生眼圈发红，哽咽道："奴才来迟了，该受责罚。让家主遭罪，奴才心如刀割。家主何曾干过这样的活！若被外人瞧见，下人的脸该往哪儿搁！"言罢，揉揉眼，痛心不已。

凡木扶起水生，拍拍他的泥腿，心疼道："看你这模样，哪像个男人！起来，起来。你是如何知道我在这里的？"

水生站起身，不顾满腿稀泥，急着说道："听文寨姚亭长说汉军把官兵打败了，昆阳城能够进出了，我就拉上田掌柜一道进城了。赶到漆器店，五邑叔说家主领人出城了，要给别人办件大好事，就在去宛城的官道旁。于是，急着赶来了。昆阳被困这些天，家主一定受苦了。我和田掌柜急得要死，屡次出寨来昆阳，官军堵着路，死活不让过。"

凡木问道："家里没遭兵祸吧？"

水生难过道："都是奴才不好，家里如今只剩房子了。"

在场的人无不瞪大眼睛。见凡木闭上眼一时无语，孟江急着问道："水生，你是说家里被人抢劫了？"

见水生气得语不成句，一旁的田雨摇摇头叹息一声，道："水生已经尽力了。虽有一个木匠被砍了手臂，至少一家人保全了性命。家里木料全被官军征用了，钱也没剩几个。不过，官军没动库房里的漆器。"

孟江气道："这么说来，官军跟土匪没有两样！"

田雨无奈道："战时征用，奈何！"

凡木看着水生道："李黄那里没被洗劫吧？他的欠账最近结过没有？漆

器没被抢走就好，漆器也是钱。"

水生和田雨面面相觑。见凡木着急，水生看看三个女人，支支吾吾道："李掌柜的钱财没被官军洗劫，他店里的漆器也一件没少，他大约欠着我家八千钱。"

凡木道："既如此，你为何惊慌？"

水生轻声道："家主啊，我说了怕对李黄不好，难以启齿，他的女人被官军那个了。"

众人良久无语。辛茹低下头，一阵颤抖。凡木不解道："文寨与昆阳相距甚远，官军何以跑到文寨去？这帮禽兽不如的东西，真可谓无孔不入。对了，方才田掌柜说，一个木匠伤了手臂，莫不是被官军所伤？"

水生气道："那木匠哪里是伤了手臂呀！他的手臂是被官军生生砍断了。还不是那木匠看不过去，上前阻止他们肆意妄为！"他遂将官军登门之事一一说了。

此战本是为争夺昆阳关隘，距昆阳十里开外的文寨竟旁生不堪的奇事来，众人愤慨不已。凡木气道："岂有此理！水生啊，那木匠既是为守护我家的生意被官军致残的，我们理应照顾他的后半生，你酌情处置吧。"

凡木正要招呼众人上车，见田雨盯着辛茹，面露惶惑之色。辛茹脸上像根蚯蚓趴着。田雨惊道："辛茹这脸上怎么了？方才还以为是泥巴呢。我的天，伤疤居然这么长！"

水生这才去看辛茹的脸。辛茹的刀痕极像一根麻绳贴在面颊。她手臂上的伤痕与面部别无二致。水生和田雨惊讶地望着凡木。凡木痛心道："都是我不好，没能保护好家里人。"遂将那日一帮汉军来漆器店的事大致说了。两人听后，惋惜不已，大骂汉军厚颜无耻。

辛茹见凡木伤心，仰起头道："这伤疤不妨吃喝，不是多大个事，比起断臂的木匠来，辛茹算是幸运多了，四肢健全不说，还不耽搁烧水做饭。"言罢，勉强笑出声来。在众人听来，这笑声如细针扎心。

田雨看一眼坟茔，小声问芥子："谁的坟？"

芥子轻声道："李知县的夫人。"

田雨不解道："为何一大家子人要给她送葬？"

第二十八章

芥子酸酸道："这你得去问凡木哥。"

这个愣头愣脑的人真的看着凡木道："凡掌柜，就我所知，李知县与我们非亲非故，因何要为他夫人送葬？"

见凡木略微迟疑，孟江道："李知县生前没少帮我家，漆器店正墙上的匾额就是人家给题的字。"

田雨挠挠头道："题了几个字就得为人家送葬？"

孟江一时语塞。芥子道："田雨，孟江不是将实情说了吗？你还是弄不懂啊？既然弄不懂，那就别问了，再问还是弄不懂。"

田雨越听越糊涂，摇摇头，罢了。两辆牛车载着众人，缓缓走向昆阳城那高大的城门。官道两侧的泥泞里，依旧有不少忙碌的人，或齐声喊着号子，或独自哼哼哧哧。

城内大街上，个别屋顶上，铺满被雨水浸泡过的粮食。一个衙役敲着铜锣沿街吆喝："各家听了，街上不准晒粮食。各家听了，街上不准晒粮食。"纵使衙役的声调超出了铜锣声，晒粮的人依旧我行我素。

漆器店里的境况让凡木蓦然心惊，他见卉子在她爹娘跟前哭成泪人。见众人进店，卉子赶忙擦擦眼，故作镇静。五邑不悦道："卉子呀，都是自家人，就别掖着了，哪个不知道你家那点破事？我和你娘帮不了你，兴许大家伙能帮你。"说罢，瞟一眼凡木。

芥子抢话道："姐，又是那个粮商欺负你了？"

五邑哂道："他倒想欺负。"

芥子急道："我咋听不懂啊！姐，你倒说话呀！天天像个闷葫芦似的，真是急死人了。"

卉子瞟一眼众人，低头言道："我得走了。"说罢，没有理睬凡木，自顾去了。

凡木喊上五邑去了后宅，遂将卉子的事问了个透彻。那粮商杨匣，自打瘫痪在床，大小事均难自理，虽是心中敞亮，却一个字都难以蹦出，让其握笔写字更是奢望。明知家里十几号奴婢，如今一个不剩，明知管家早已悄然离去，家里的钱财悉数被汉军征用，急在心，不能表，便以泪水宣泄。只卉子懂他，谎说家里的钱都在库房，一文没少。杨匣不信，那眼神分明是想要亲眼看见。卉子无奈，便找各式理由搪塞。那杨匣每日里时而啼哭，时而谩骂，闹得卉子生不如死。偌大个宅院，如今人去院空，夜间少不得狗嘶猫叫，瘆人至极。一个小女子陪着个瘫痪人，如何度过那漫漫长夜！

五邑言罢，叹息不已。凡木听了，自是为卉子难过。昆阳之战，莽军虽没能攻入城内，昆阳城免了一劫，却依旧毁了不少个家。好在各家被征用的财物均留有字据，一旦汉军站稳脚跟，拿上字据，或许能够要回财物。凡木想罢，走出后宅，喊上水生和孟江，上车后，匆匆去了卉子家。

杨府大门紧闭，水生敲门数次，才听见卉子的声音隐约传出："请问是哪位？"水生忙道："我是水生，我家家主过来看看杨掌柜。"卉子开门后，闯祸的孩子般站在门边低头不语。待三人进院，忙将大门紧闭。

大院空空，枯叶满院，一只灰猫警觉地瞪着来者。卉子领三人来到内室，见杨匣动情地抖动着身子，他嘴唇颤动，却不听有声，嘴角不住流出唾液。卉子赶忙为其擦拭，并轻声劝他少安毋躁。杨匣眼含热泪，定定望着凡木。凡木握住杨匣的手，轻声说道："杨掌柜安心养病，我那里存有好酒，待来日病情好转，你我一醉方休。"

杨匣的手在不住用力，泪水簌簌下淌。见他的下颔不停地朝枕边使劲，凡木不懂，卉子能懂，卉子捏起枕边的一枚铜钱放在杨匣眼前。杨匣点着头，望着凡木。凡木这下懂了，他指指铜钱道："杨掌柜，卉子怕你伤心，一直瞒着你没将实情讲给你听，其实，杨府的钱早被汉军征用了。"

卉子大惑不解，趁着杨匣闭目伤心时，悄悄瞥一眼凡木。待杨匣睁开双目，怒视卉子时，凡木道："杨掌柜，非但杨府，我那漆器店也是如此，店里的钱全被汉军征用了。不过，明日就能如数返还，除却你我，昆阳城但凡被汉军征用之财物，明日统统返还。汉军以德治天下，断不会贪占民众便宜。前几日宛城城破，汉军得了宛城钱库，库里满是金钱。"

杨匣的眼里忽生亮光，身子重又抖动不已。凡木急忙伸双手向下按按，随之说道："杨掌柜，切勿急躁。明日我让孟江去县衙领钱，随后送到府上。卉子，汉军留下的字据呢？拿来给我。"卉子将信将疑地找来字据，茫然望着凡木。

凡木接过鸡皮递给孟江道："杨掌柜，你安心静养吧，我得空再来看你。你务必记住，我那好酒可放不了太久，及早好起来，你我痛饮桂花酒，不醉不散。"

杨匣的身子抖动难停，泪水再涌。卉子噙着泪送三人出来，站在空荡荡的大门外，目送牛车消失在视线中。

孟江怯生生地试着问凡木："家主，你说的可是真的？"

凡木一言未发。水生看一眼凡木，没敢出声。

回到漆器店，凡木长出一口气，唤来众人，肃然言道："五邑叔，除去送给汉军那两万，你翻翻看，店里还有多少钱。水生，你速速赶回文寨去，找李黄要钱。明日一早，务必凑够两万钱。如若不够，由田雨垫上。孟江，送我去宅院。"

望着牛车远去，余下的人目瞪口呆。

次日一早，孟江将两万钱如数送到杨府，并将铜钱摆上柜子。杨匣放眼望去，只觉整个柜子铜光闪闪，笑意瞬间生满面颊。卉子则背转身，暗自垂泪。

清晨的昆阳与大战前境况迥异，进城赶集者的叫卖声虽与此前大致相当，薄雾中却少了犬吠与鸡鸣，盖因鸡犬皆被汉军吃光。凡木的腿隐隐疼了一宿，起床后忽觉全身酸疼，少气无力。恰逢雅士王桂过来，见凡木这般模样，王桂劝道："我正要去看郎中呢，随我一道去看看？"

凡木忙道："先生几时生病了？"

王桂道："每年都这样，一换季，肠胃就闹腾。"

凡木道："那得及早看看。大战前北门里新开了家中药铺子，据说那郎中来自沧州。"

王桂笑道："我正是去找那沧州郎中的，路过这里。"

凡木道："我就不去了，我的身子我知道，之所以浑身疼痛，还不是昨日泡水了？前些年落下的病根，无以医治。已瞧过几个郎中，喝过无数汤药。"

王桂道："兴许这郎中能妙手回春呢。"

两人来到位于北城门里侧的药铺时，一见那郎中才三十来岁，凡木便有所懈怠。那郎中观了凡木面相，再看凡木舌苔，而后闭目把脉。少时，郎中慢悠悠道："先生面色黯淡，舌苔发白有齿痕，眼袋稍有浮肿，脉象两关弦虚，两尺虚弱乏力，此乃寒湿痹症。风寒湿邪，导致血脉闭阻，气血不畅，痹症日久，易耗伤肾精。恕我直言，先生下身常无挺举之力，不思男女之事。"

见凡木不住点头，郎中接着言道："先生此前定是长居湿洼之地，长浸寒水之中，不然，断不会得此痹症。不知此言是否应验？若先生别无顾忌，就请实言相告，这对出具药方大有裨益。"

凡木自然知道，在郎中面前，无以遮掩，见店内并无他人，对王先生不必避讳，遂将数年前的历险大致说了。

数年前，凡木家遇火灾，父母及妹妹均被大火吞噬。他和水生幸免于难，遂南下蜀地，铤而走险。皆因卉子在客栈捡到一册书简，书简上的文字让他想入非非。于是，循着书简所记，边走边问，最终赶到长江边时，不禁喟然太息。江水汹涌，水浪滔天，难怪此处常有行船倾覆。

那书简记载：哀帝元年，巴郡太守赴任荆州，举家乘船，落难崆岭滩，所携财宝皆沉江底。民间云，西陵峡中行节稠，滩滩皆是鬼见愁。

问老者，知隆冬时节，西陵峡的水流稍缓。于是，凡木和水生砍来树木，在山崖下搭建居所。将随身带来的一袋粟米置于高处，每日仅用一把，多以瓜果野菜为食。凭着在老家河水里练就的潜水本领，逢着江水稍缓时，两人便游鱼般潜入江底，寻找沉船。江底确实沉着诸多船只，有的早已腐烂，有的一如新建。只是，金银珠宝和铜钱多是匿身隐秘处，打捞极为费劲。两人不惜身子，忘却性命，忍着刺骨冰寒，忍着酷暑与潮湿，在长江边一待三年。最终如愿以偿，带着诸多财物返回故里。

自觉身子不适，途中看过数个郎中，郎中多是摇头，而后言辞委婉。凡木一听便知，恐日后难有子嗣。虽身患痼疾，难以治愈，两人倒也愉悦，毕竟有了立业的本钱。

凡木言罢，王桂唏嘘不已。而郎中已在鸡皮上写着方剂：黄芪五钱，桑寄生五钱，桂枝三钱，白术三钱，生姜三钱，川附片二钱，炙甘草二钱，炒薏米一两，红枣四枚。

郎中抓药时，凡木看着王桂，内心五味杂陈。

继而，郎中为王桂把脉。少时，他沉吟道："先生的身子并无大碍，脾胃虚弱而已。白扁豆、白术、茯苓、甘草、桔梗、莲子、砂仁、山药、薏苡仁。药材不宜过多，上述足矣。按方服用，六剂即可。"言罢，低头写下方剂。

不知何故，凡木一时想起辛茹来。

回到宅院，凡木让孟江速去街上买来砂锅。少时，宅院里药味四溢，初闻呛鼻，再闻时，已是馨香可人。

五日后，凡木的下身已有挺拔之力，不免暗喜。适逢水生来宅院看他，遂将水生带至郎中那里。凡木有意隐瞒起水生的际遇，只想看郎中如何开方。不想，他开给水生的药方与自己的别无二致，这让凡木叹为观止。

凡木、水生和孟江来到漆器店时，水生双手提着中药。见状，五邑惊道："水生得病了？"水生道："五邑叔，你看我这身子牛一样壮实，像是有病的人吗？"五邑道："那为何抓汤药？"水生道："这得问家主，家主非要让我去瞧郎中，还得喝下这汤药。"五邑不解道："让你瞧郎中，你就跟他去，让你喝汤药，你就只管喝，也不问个清楚，这不是个傻小子又是啥？"水生肃然问凡木："家主，为何让我喝药？"凡木道："废什么话！喝就是了。"

见漆器店依旧摆着不少漆器，凡木道："水生，文寨库房里还有漆器吗？"水生道："回家主，也就这些了，家里一件都没剩。没钱买木料，该如何给木匠说？"

凡木一时无语。少时，喊过孟江道："把汉军写下的字据拿给我。"孟江忙将两张鸡皮递过去。凡木拿手里端详良久，而后道："孟江，备足草料，随我去宛城，不将欠账要回来，生意指定是无望。"

孟江试着问道："家主，送往卉子家那两万钱，不是只让杨掌柜瞅瞅吗？过几天还不拿回来呀？放那儿也派不上用场，放着也是白放。"

凡木道："谁说是白放？一旦拿回来，杨掌柜定死无疑。"见辛茹搓着手，站在一旁一脸迷茫，蚯蚓一样的疤痕自眼角直至下颌，便喊过辛茹道："收拾一下，随我去宛城。"

小黄牛比绵羊没大多少，走在宽裕的车辙里，步履舒缓。浅雾仍未收起，战后的昆阳城行人寥寥。牛车顺着空荡的街面小声吱呀着，渐渐被雾霭掩去。

2022 年 8 月 3 日
于平顶山

图书在版编目（CIP）数据

昆阳关 / 董新铎著. -- 北京：作家出版社，2023.11
ISBN 978-7-5212-2367-5

Ⅰ.①昆… Ⅱ.①董… Ⅲ.①长篇小说 - 中国 - 当代 Ⅳ.①I247.5

中国国家版本馆CIP数据核字（2023）第118098号

昆阳关

作　　者：董新铎
出版统筹策划：汉　睿
装帧设计：天行云翼·宋晓亮
责任编辑：李　娜
出版发行：作家出版社有限公司
社　　址：北京农展馆南里10号　　邮　编：100125
电话传真：86-10-65067186（发行中心及邮购部）
　　　　　86-10-65004079（总编室）
E-mail:zuojia@zuojia.net.cn
http://www.zuojiachubanshe.com
印　　刷：唐山嘉德印刷有限公司
成品尺寸：165×240
字　　数：236千
印　　张：18
版　　次：2023年11月第1版
印　　次：2023年11月第1次印刷
ISBN 978-7-5212-2367-5
定　　价：58.00元

作家版图书，版权所有，侵权必究。
作家版图书，印装错误可随时退换。